Cindy Woodsmall

Wie Federn im Wind

francke

Über die Autorin:
Cindy Woodsmall lebt mit ihrem Mann in Georgia. Als ihre 3 Kinder flügge wurden, begann sie zu schreiben. Bereits ihr erster Roman wurde für einen Christian Book Award nominiert. Ihre Freundschaften zu Mennoniten und Amisch bereichern ihre lebendigen und authentischen Romane.

Bibliografische Information Der Deutschen Bibliothek
Die Deutsche Bibliothek verzeichnet diese Publikation in der Deutschen Nationalbibliografie; detaillierte bibliografische Daten sind im Internet über http://dnb.ddb.de abrufbar.

ISBN 978-3-86827-216-1

Originally published in English under the title:
The Hope of Refuge by Cindy Woodsmall

Published by WaterBrook Press, an imprint of
The Crown Publishing Group, a division of Random House, Inc.
12265 Oracle Boulevard, Suite 200
Colorado Springs, Colorado 80921 USA
International rights contracted through:
Gospel Literature International
P.O. Box 4060, Ontario, California 91761-1003 USA
This translation published by arrangement with
WaterBrook Press, an imprint of The Crown Publishing Group,
a division of Random House, Inc.

Deutsch von Silvia Lutz
Umschlagbilder: © iStockphoto.com / Ron_Thomas
© iStockphoto.com / pixdeluxe
© iStockphoto.com / Andreas Reh
Umschlaggestaltung: Verlag der Francke-Buchhandlung GmbH /
Christian Heinritz
Satz: Verlag der Francke-Buchhandlung GmbH
Druck und Bindung: CPI Moravia Books, Korneuburg

www.francke-buch.de

Prolog

„Mama, kannst du es mir nicht verraten?“ Cara hielt ihr Lieblingsspielzeug fest und streichelte das kleine Plastikpferd, als könnte es auf ihre zärtliche Berührung reagieren. Die braunen Erhöhungen, die wie ein Fell aussehen sollten, waren längst zu einem hellen Beige verblasst.

Mama hielt das abgegriffene Lenkrad schweigend fest, während sie über Schotterstraßen fuhr, auf denen Cara noch nie gewesen war. Durch die offenen Fenster flog Staub ins Auto und blieb an Caras verschwitztem Gesicht kleben; der Kunstledersitz fühlte sich unter ihrer Hand heiß an. Mama drückte aufs Bremspedal und fuhr im Schritttempo über eine Brücke. Solche überdachten Brücken hatte Cara auch noch nie in ihrem Leben gesehen. Die holprigen Holzplanken rüttelten Cara durcheinander. Sie hüpfte auf dem Sitz auf und ab, als rutsche sie in einem Pappkarton eine Treppe hinunter.

Mama streckte den Arm zum Beifahrersitz herüber und fuhr mit der Hand über Caras Hinterkopf, um einen ihrer Haarwirbel glatt zu streichen. Obwohl Mama ihre Haare kurz schnitt, standen sie trotzdem eigenwillig in alle Richtungen ab. „Wir besuchen eine ... eine Freundin von mir. Sie ist amisch.“ Sie legte den Zeigefinger auf ihre Lippen. „Du musst das tun, was die Mutter von Jesus tat, wenn sie kostbare Momente erlebte: Sie bewahrte sie in ihrem Herzen und dachte darüber nach. Ich weiß, dass du unser Tagebuch liebst, und dass du alles darin aufschreibst, aber dieses Mal darfst du das nicht tun. Von dem Ausflug, den wir jetzt machen, darfst du kein Bild malen und kein Wort schreiben. Du darfst auch deinem Vater kein Wort davon erzählen, okay?“

Das Sonnenlicht brannte hell auf sie herab, als sie aus der überdachten Brücke wieder hinausfuhren. Cara suchte die Felder nach Pferden ab. „Fahren wir zu deinem Versteck?“ Cara hatte ein Versteck, das ihre Mutter auf dem Dachboden hinter der Wand für sie gebaut hatte. Dort tranken sie manchmal miteinander Tee, wenn sie Geld für Teebeutel und Zucker hatten. Wenn Daddy seine Ruhe brauchte, zog ihre Mutter sie schweigend in dieses Geheimzimmer. Wenn ihre Mama bis abends nicht kam und sie holte, schlief sie dort und schlich sich nur kurz heraus, wenn sie zur Toilette musste.

Mama nickte. „Ich habe dir gesagt, dass jedes Mädchen einen schönen Ort braucht, an dem es sich eine Weile verstecken kann, weißt du noch?“

Cara nickte.

„Das hier ist mein Versteck. Wir bleiben ein paar Tage, und wenn es dir gefällt, ziehen wir vielleicht eines Tages hierher – nur wir Mädchen.“

Cara überlegte, ob Mama von den Geldeintreibern, die ihr und Daddy keine Ruhe ließen, die Nase so voll hatte, dass sie überlegte, sich einfach heimlich davonzuschleichen. Das bekannte Gefühl war wieder da: das Gefühl, als wäre alles in ihr aus Wackelpudding, oder als befände sie sich in einem Karussell und würde schneller und schneller fahren. Sie drückte ihr Spielzeugpferd fester an sich und schaute aus dem Fenster. Sie stellte sich vor, wie sie auf einem Pferd in eine Welt galoppierte, in der sie essen konnte, so viel sie wollte, und ihre Eltern glücklich waren.

Nachdem sie eine Steigung hinaufgefahren waren, verlangsamte ihre Mutter das Tempo und bog in eine Einfahrt. Mama stellte den Motor ab. „Schau dich um, Cara. Dieses alte, weiße Schindelhaus sieht immer noch genauso aus wie damals, als ich ein Kind war.“

Die Fensterläden hingen schief und hatten nicht mehr viel Farbe. „Es ist sehr klein und sieht aus, als würden hier Geister wohnen.“

Ihre Mama lachte. „Das ist ein *Daadi-Haus*. Das heißt, in diesem Haus wohnen die Großeltern, wenn ihre Kinder erwachsen sind. Es hat nur eine kleine Küche, zwei Schlafzimmer und ein Badezimmer. Dieses Haus steht schon seit vielen Jahren. Du hast recht, es sieht wirklich ein wenig baufällig aus. Komm.“

Wenige Sekunden, nachdem Cara die Beifahrertür zugeschlagen hatte, tauchte eine alte Frau zwischen hohen Maisstauden auf. Sie schaute sie an, als wären sie Fremde, und Cara fragte sich, ob ihre Mutter diese Leute wirklich kannte. Die Frau trug ein langes, weinrotes Kleid und keine Schuhe. Die Falten, die ihr Gesicht überzogen, sahen aus wie eine Straßenkarte, und als sie die Stirn runzelte, zeichneten sich neue Linien darin ab. Obwohl es Juli und zu heiß für eine Wintermütze war, trug sie eine weiße Haube.

„Großmammi Levina, ich bin kumme bsuche. Ich hab aa die Cara mitgebrocht."

Überrascht schaute Cara zu ihrer Mutter hinauf. Was hatte sie gesagt? War das eine Geheimsprache?

Die alte Frau ließ die Zipfel ihrer Schürze los, und mehrere Maiskolben fielen auf die Erde. Sie eilte auf Mama zu. „Malinda?"

Mama traten Tränen in die Augen, und sie nickte. Die alte Frau stieß einen lauten Schrei aus und umarmte Mama.

Ein schlaksiger Junge kam aus dem Maisfeld gelaufen. *„Levina, was iss letz?"* Er blieb abrupt stehen und schaute die zwei Frauen einen Moment lang an, dann wanderte sein Blick zu Cara.

Als er sie kritisch musterte, fragte sie sich, ob sie für ihn genauso seltsam aussah wie er für sie. Sie hatte keinen Jungen mehr in einer langen, schwarzen Hose gesehen, seit der Winter vorbei war. Und noch nie hatte sie einen Jungen mit Hosenträgern und einem Strohhut gesehen. Warum hatte er bei der Gartenarbeit ein Sonntagshemd an?

Der Junge hob einige Maiskolben auf, die die alte Frau fallen gelassen hatte, ging zu einer hölzernen Schubkarre und warf sie hinein.

Cara hob die restlichen Kolben auf und folgte ihm. „Hast du einen Namen?"

„Ich heiße Ephraim."

„Ich kann dir helfen, wenn du willst."

„Hast du schon einmal Mais gepflückt?"

Cara schüttelte den Kopf. „Nein, aber ich kann es lernen, wenn du mir zeigst, wie es geht."

Er stand nur da und schaute sie an.

Sie hielt ihm ihr Pferd hin. „Ist es nicht schön?"

Er zuckte die Achseln. „Es sieht ein wenig abgegriffen aus, würde ich sagen."

Cara steckte das Pferd in ihre Tasche.

Ephraim runzelte die Stirn. „Darf ich dich was fragen?"

Sie nickte.

„Bist du ein Junge oder ein Mädchen?"

Diese Frage war für sie nichts Ungewohntes. Sie hörte sie in der Schule von neuen Lehrern oder Lehrern, die nur vertretungsweise in ihre Klasse kamen, ständig. Sie dachten, sie sei ein Junge, bis sie begriffen, dass sie ein Mädchen war. Das war ihr oft auch ganz recht. Zum

Beispiel, wenn sie sich am Lehrer vorbeischlich, der Aufsicht vor den Toiletten hatte, und in die Jungentoilette huschte, um Jake Merrow einzubläuen, dass er nicht ihr Geld für die Pausenmilch stehlen dürfe. Sie hatte ihr Geld zurückbekommen, und er hatte nie einer Menschenseele verraten, dass ihn ein Mädchen verprügelt hatte. „Wenn ich sage, dass ich ein Junge bin, darf ich dir dann helfen?"

Ephraim lachte freundlich. „Früher hatte ich auch so ein abgegriffenes Pferd, es sah ähnlich aus wie das, das du mir gezeigt hast. Ich trug es auch in der Tasche mit mir herum, aber dann habe ich es verloren."

Cara schob das Pferd tiefer in ihre Tasche. „Du hast es verloren?"

Er nickte. „Wahrscheinlich unten am Bach, wo ich geangelt habe. Angelst du auch?"

Sie schüttelte den Kopf. „Ich habe noch nie einen Bach gesehen."

„Du hast noch nie einen Bach gesehen? Woher kommst du denn?"

„Aus New York City. Meine Mama musste sich ein Auto leihen, damit wir weiter fahren können als die U-Bahn."

„Wenn wir mit der Arbeit fertig sind, zeige ich dir den Bach. Wir haben eine Schaukel, und wenn deine Mama es dir erlaubt, kannst du dich damit über den Bach schwingen und an der tiefsten Stelle ins Wasser fallen lassen. Wie lang bleibst du hier?"

Sie schaute sich um. Ihre Mama und die alte Frau saßen im Schatten eines Baumes, hielten sich an den Händen und unterhielten sich. Auf der anderen Straßenseite befand sich ein Stall, und sie konnte ein Pferd darin sehen. Grüne Wiesen erstreckten sich bis zum Horizont. Sie atmete tief ein. Die Luft roch herrlich nach Erde, und nicht nach dem Schmutz der Großstadt. Nach Erde, in der etwas zu essen wächst. Vielleicht war das der Ort, an den ihr Pferd sie in ihren Träumen brachte. Die Maispflanzen ragten fast bis zum Himmel, und ihre Brust fühlte sich an, als würde sie vor Freude gleich zerspringen. Sie hätte wissen müssen, dass etwas schön sein musste, wenn ihre Mama es mochte.

„Bis es kein Geheimnis mehr ist, denke ich."

Kapitel 1

Zwanzig Jahre später

Sonnenlicht fiel durch die schmutzigen Fenster der Bar, die mit Mittagsgästen voll war. Cara stellte zwei Flaschen Bier auf den Tisch, an dem bekannte Gesichter saßen.

Die Stammgäste kannten die Regel: Alle alkoholischen Getränke wurden sofort bezahlt. Einer der Männer hielt ihr einen Fünfdollarschein hin, wandte aber den Blick nicht vom Fernseher ab. Der andere trank einen langen Schluck, während er einen Hundertdollarschein über den Tisch schob.

Sie starrte den Schein an, und ihr Herz pochte vor Verlangen. Als wäre es nicht schon schwer genug, sich als Kellnerin ihren Lebensunterhalt zu verdienen, steckte Mac auch noch den größten Teil ihres Trinkgeldes ein. Das Geld, das der Gast über den Tisch schob, war nicht nur Bargeld, es verkörperte auch Macht. In ihm steckte die Möglichkeit, ihr und Lori nächste Woche etwas anderes als Kartoffeln zu kochen und ihrer Tochter Schuhe zu kaufen, die nicht drückten.

Würde der Gast es überhaupt merken, wenn ich ihm nicht richtig herausgäbe?

Die Grenzen der Ehrlichkeit verschwammen leicht, wenn die Verzweiflung zu groß wurde. Cara verabscheute es, dass sie keine staatliche Hilfe beantragen konnte und dass sie alle paar Monate umziehen musste, um vor einem Verrückten zu fliehen. Jeder Umzug kostete Geld. Neue Kautionen und immer höhere Mieten. Außerdem fehlte ihr die Zeit, in der sie nichts verdiente, weil sie sich eine neue Stelle suchen musste. Und jede neue Stelle war armseliger als die letzte. Mike hatte es geschafft, ihr alles zu nehmen. Bis auf ihr Leben. Und ihre Tochter.

„Ich bringe Ihnen gleich das Wechselgeld." *Das ganze Wechselgeld.* Sie nahm den Geldschein.

„Cara." Macs knurrende Stimme hallte durch den Raum. Er stand hinter der Bar und bedeutete ihr zu kommen. „Telefon!“ Er hielt ihr den Hörer hin. „Kendal sagt, es sei ein Notfall.“

Jedes Geräusch um sie herum verstummte. Sie schlängelte sich um die Tische, an denen die Gäste saßen, und eilte zu ihm.

„Mach es kurz.“ Mac reichte ihr das Telefon und bediente dann seine Gäste weiter.

„Kendal, was ist passiert?“

„Er hat uns gefunden.“ Die normalerweise harte Stimme ihrer Freundin zitterte, und Cara wusste, dass sie mehr Angst hatte als bei den früheren Malen.

Wie war das möglich nach allem, was wir getan haben, um uns zu verstecken? „Haben wir einen Brief an unsere neue Adresse bekommen?“

„Nein. Schlimmer.“ Kendals Worte zitterten. „Er war hier. Er hat das Schloss aufgebrochen und kam in die Wohnung und suchte dich. Er hat alles verwüstet.“

„Er hat *was?*“

„Er wird immer brutaler, Cara. Er hat alle Kissen aufgeschlitzt, die Matratzen umgedreht, die Schubladen und Schachteln ausgeleert. Er fand dein Lederbuch und ... und bestand darauf, dass ich bleibe, während er es sich gemütlich machte und das Buch durchlas.“

„Wir müssen zur Polizei gehen.“

„Du weißt, dass wir das nicht können ...“ Kendal beendete den Satz nicht, und Cara hörte sie weinen.

Sie wussten beide, dass es ein Fehler wäre, zur Polizei zu gehen.

Eine der anderen Kellnerinnen stellte ein Tablett mit schmutzigem Geschirr geräuschvoll neben ihr auf der Theke ab. „Hör auf zu telefonieren, Prinzessin.“

Cara steckte sich den Zeigefinger ins Ohr und versuchte verzweifelt nachzudenken. „Wo ist Lori?“

„Sie ist inzwischen bestimmt in der Nachmittagsbetreuung.“ Cara hörte durch die Telefonleitung, wie eine Autotür zugeknallt wurde. Sie besaßen kein Auto.

Eine männliche Stimme fragte: „Wohin?“

Cara umklammerte das Telefon fester. „Was ist bei dir los?“

Kendal schluchzte. „Es tut mir leid. Ich halte das nicht mehr aus. Wir leben ständig in Angst und ziehen von einem Teil New Yorks in den nächsten. Er ist ... Er ist nicht hinter mir her.“

„Du weißt, dass er versucht, mich von allen Leuten zu isolieren. Bitte, Kendal!"

„Es ... es tut mir leid. Ich kann dir nicht mehr helfen", flüsterte Kendal. „Das Taxi wartet."

Cara konnte es nicht glauben. „Wann ist er in die Wohnung eingebrochen?"

Hinter Cara fiel ein Schatten über die Theke und legte sich auf sie. „Hallo, Mausebär."

Sie erstarrte. Während sie die schemenhaften Umrisse anstarrte, fiel ihr auf, wie winzig sie im Vergleich zu ihm war.

Mikes dicke Hand knallte neben ihr ein Buch auf die Theke. Er nahm die Hand weg und brachte darunter ihr Tagebuch zum Vorschein. „Ich wollte das nicht, Mausebär. Du weißt, dass das normalerweise nicht meine Art ist. Aber ich musste in deine Wohnung kommen, um herauszufinden, warum du immer wegläufst."

Sie schluckte ihre lähmende Angst hinunter und schaute ihn an, brachte aber kein Wort über die Lippen.

„Johnny ist schon lange tot. Und du bist hier ... bei mir." Sein breiter Körper stand über ihr. „Ich wäre bereit zu vergessen, dass du dir diesen Verlierer ausgesucht hast. Wir könnten neu miteinander anfangen. Komm schon, Schönheit, ich kann dir helfen."

Mir helfen? Der einzige Mensch, dem Mike helfen wollte, war er selbst. Er wollte sie für sich haben.

„Bitte ... lass mich in Ruhe."

Sein stahlhartes Grinsen jagte ihr Angst ein, und inmitten der lärmenden Bar wurde es in ihren Ohren ganz still. Panische Überlegungen, wie sie ihm entkommen könnte, explodierten wie ein Feuerwerk in ihrem Kopf und schossen in alle Richtungen. Aber bevor sie sich konzentrieren konnte, verschwanden sie in der Dunkelheit und hinterließen nur Rauchspuren. Die Angst wurde übergroß und drohte sie ihr Leben lang zu verfolgen.

Er tippte auf ihr Tagebuch. „Ich weiß jetzt alles, auch wo du dich verstecken würdest, wenn du wieder weglaufen solltest, was du aber *nicht* tun wirst, nicht wahr?" Der drohende Tonfall in seiner Stimme war nicht zu überhören, und die Panik raubte ihr den Atem. „Ich kenne deine Tochter jetzt genauso gut wie du. Was passiert, wenn ich eines Tages nach der Schule mit einem Hündchen namens Schamu auftauche?"

Caras Beine gaben unter ihr nach. Ohne die geringste Mühe hielt er sie am Ellbogen fest.

Nachdem sie sich jahrelang in der Hoffnung, Lori zu beschützen, versteckt hatte, kannte er jetzt Loris Namen und ihre Schule und wusste, was sie mochte und nicht mochte. Sie schaute sich zitternd nach Hilfe um. Flaschen in verschiedenen Größen und Formen füllten die Regale hinter der Bar. Der Fernsehlautsprecher dröhnte. Ausdruckslose Gesichter waren auf den Bildschirm gerichtet. Der Mann, der ihr den Hundertdollarschein gegeben hatte, warf einen kurzen Blick zu ihr herüber und wandte sich dann an eine andere Kellnerin.

Apathie lag in der Luft wie Smog im Sommer und erinnerte sie daran, dass es für Menschen wie sie und Lori keine Hilfe gab. An einem guten Tag gab es Ablenkungen, die ihnen halfen, die Realität für ein paar Stunden zu vergessen. Noch während ihr Verstand auf Hochtouren arbeitete, schien sich das Leben im Zeitlupentempo zu bewegen. Sie hatte niemanden.

„Du weißt, was ich für dich empfinde." Seine Stimme wurde zu einem leisen, besitzergreifenden Flüstern, das ihr einen kalten Schauder über den Rücken jagte. „Warum musst du es uns beiden so schwer machen?" Mike fuhr mit dem Finger an ihrem Hals hinab. „Du hast meine Geduld jetzt lange genug strapaziert, Mausebär."

Wo konnte sie sich verstecken? An einem Ort, den sie sich leisten konnte und von dem er nichts wusste und an dem er sie nicht aufspüren konnte. Eine Erinnerung, die von einem farblosen Nebel umhüllt war, wehte wie ein Bettlaken an einer Wäscheleine vor ihrem geistigen Auge.

Eine schwarze Schürze. Eine weiße Haube. Eine alte Frau. Hohe Maispflanzen.

Er bohrte die Finger in ihren Oberarm. Ein scharfer Schmerz durchfuhr sie, und die zusammenhanglosen Gedanken verschwanden. „Wage es ja nicht, wieder zu verschwinden. Ich werde dich finden. Du weißt, dass ich dich finde ... immer." Aus seinen Augen sprach die bekannte Mischung aus Bosheit und Unsicherheit, als er sie zwingen wollte, ihm zu gehorchen. „Ich habe das Sagen. Nicht du. Nicht der liebe alte Johnny. Sondern ich."

Aber vielleicht hatte er doch nicht das Sagen. Ein schwacher Hoffnungsfunke machte sich breit. Wenn sie dieser Erinnerung trauen konnte und sie real war, gäbe es vielleicht doch einen Ort, wohin sie gehen konnte. Einen Ort, an dem Mike sie nicht finden konnte, und an dem sie sich niemandem ausliefern müsste, nur um etwas zu essen und ein Dach über dem Kopf zu haben. Sofort meldeten sich Zweifel und versuchten, ihre neu gefundene Hoffnung auszulöschen. Es war wahrscheinlich ein Film, den sie gesehen hatte. Es war ihr genauso unmöglich, sich an irgendetwas aus ihrem Leben vor dem Tod ihrer Mutter zu erinnern, wie es unmöglich war, sich von Mike zu befreien. Sie war erst acht gewesen, als ihre Mutter beim Überqueren der Straße von einem Autofahrer, der Fahrerflucht beging, überfahren wurde. Danach war Caras Leben so schwer geworden, dass alles, was vorher geschehen war, schemenhaft und verschwommen wurde.

Während sie nach Antworten rang, tauchten unscharfe Bilder vor ihr auf. Ein Küchentisch mit frischem Essen. Ein warmer Wind, der durch ein unbekanntes Fenster hereinwehte. Bettwäsche, die an einer Wäscheleine flatterte. Gedämpftes Lachen, als ein Junge in einen Bach sprang.

War das nur ein Tagtraum? Oder war sie einmal an einem solchen Ort gewesen und konnte jetzt nur nicht hinkommen, weil sie sich nicht mehr erinnern konnte?

Ihr Herz raste. Sie musste die Antwort finden.

Mike zog ihr das Telefon aus der Hand und überspielte mit einem hämischen Grinsen seine eigene Unsicherheit. „Vor einer Sache hast du mehr Angst als vor allem anderen. Und ich weiß, was das ist." Er legte den Telefonhörer auf und schlug das Tagebuch auf. „Wenn du nicht willst, dass das Jugendamt sie dir wegnimmt ..." Er tippte mit seinem riesigen Finger auf ein Foto von Lori. „Denk nach, Mausebär. Wir sehen uns in deiner Wohnung, wenn deine Schicht zu Ende ist." Er marschierte zur Tür hinaus.

Cara sank gegen die Theke. Sosehr sie sich auch bemühte, landete sie immer wieder an derselben Stelle – in den Fängen eines Verrückten.

Auch wenn es angesichts ihrer Lage völlig absurd war, sehnte sie sich nach einer Zigarette. Sie würde ihr helfen, klar zu denken und ihre Nerven zu beruhigen.

In ihrer Faust hatte sie die zwei Geldscheine zerknüllt, die die zwei Männer ihr gegeben hatten. Sie rieb das Geld zwischen den Fingern. Wenn sie unbemerkt durch die Hintertür verschwände, hätte niemand in der Bar eine Ahnung, wohin sie gegangen war. Sie könnte Lori abholen und untertauchen.

Kapitel 2

Ephraim und Anna Mary schaukelten in seinem Garten gemütlich vor und zurück. Von der großen Eiche hingen Ketten und waren unten mit der breiten Schaukel verbunden. Die Metallkette fühlte sich kühl in seiner Hand an, und die zarten Frühlingsblätter raschelten an den Bäumen. Er hielt Anna Mary seine freie Hand hin. Ohne ein Wort zu sagen, lächelte sie und schob ihre weiche Hand in seine.

Dieser kleine Garten, in dem sie saßen, war auf drei Seiten von hohen Hecken umgeben. Die vierte Seite war offen und gab den Blick auf eine Wiese, weidende Rinder und einen großen Weiher frei. Das Versteck, wie er diesen Garten nannte, bot ihm die Privatsphäre, die auf seinem Hof, dem Eigentum der Familie Mast, sonst nur schwer zu finden war. Ephraim hatte sich dieses Versteck geschaffen, als er vor neun Jahren auf den Hof zurückgekehrt war, und er war dankbar, dass seine Familie es nur betrat, wenn er sie dazu einlud.

Sturmwolken zogen am Abendhimmel auf und würden bald den Blick auf die Sterne und den klar umrissenen Halbmond verbergen. Auch ohne sein Teleskop konnte er das Mare Crisium und etwas unterhalb, links daneben das Mare Fecunditatis erkennen.

Anna Mary drückte seine Hand. „Woran denkst du?"

„An das aufziehende Gewitter." Er deutete nach Südwesten. „Siehst du diese Wolken? In ein paar Minuten versperren sie mir den Blick auf die Sterne, aber die Felder können den Frühlingsregen gut vertragen."

Sie legte den Kopf schief und schaute ihn an. „Ich verstehe nicht, was du daran findest, Nacht für Nacht denselben Himmel anzuschauen."

An den wenigen Abenden, an denen sie ihm hier Gesellschaft leistete, schenkte sie dem wunderbaren Schauspiel, das sich über dem ganzen Himmel ausbreitete, kaum Beachtung. Ihr Interesse an einem solchen Abend bestand vielmehr darin, herauszufinden, was er dachte. Sie war nicht der Typ, der geradeheraus sagte, was sie dachte oder wollte, aber ihn forderte sie immer wieder auf zu reden. Das fand er lästig, aber er verstand ihren Wunsch.

„Weite. Unendliche Weite, die über die Dunkelheit hinausgeht. Jeder Stern ist eine Sonne, und dort, wo er ist, scheint sein Licht taghell. Ich sehe unseren Gott, der mehr ist, als wir je begreifen können."

Sie drückte ihm die Hand. „Weißt du, was ich sehe? Einen Mann, der in dem Leben, für das er sich entschieden hat, ein wenig ruhelos wird."

Er hatte in der amischen Lebensweise, die ihn vor Jahren nach Hause zurückgerufen hatte, Frieden gefunden. Aber mit ihren vierundzwanzig Jahren wollte Anna Mary Versprechungen von ihm. Er war vier Jahre jünger gewesen als sie jetzt, als er angefangen hatte, frei von allen amischen Beschränkungen durch das Land zu ziehen. Aber als er dreiundzwanzig gewesen war, hatte seine Stiefmutter ihn angerufen und ihm mitgeteilt, dass sein *Daed* krank war und dass die Familie ihn brauchte.

Er hatte nach Hause kommen müssen. Sein *Daed* hatte sich einen Virus eingefangen, der sein Herz befallen und es schwer beschädigt hatte. Ephraim hatte die Möbelschreinerei seines Vaters übernehmen und seinen Vater, seine schwangere Stiefmutter und ein Haus voll jüngerer Geschwister versorgen müssen. Es hatte keine Rolle mehr gespielt, dass er unter anderem gerade deshalb weggegangen war, weil sein Vater so bald nach dem Tod seiner Mutter wieder geheiratet hatte. Nun, neun Jahre später, gefiel ihm die Rolle, in die er gedrängt worden war, immer noch nicht.

Als er ein Pferd und einen Einspänner auf der geschotterten Auffahrt hörte, stand er auf und ging dem Wagen entgegen. Anna Mary folgte ihm. Als sie durch die kleine Öffnung zwischen den Hecken traten, sah er seine Schwester und Mahlon, die den Wagen gerade zum Stehen brachten.

Deborah hielt einen Teller hoch, der mit Alufolie zugedeckt war. „Geburtstagskuchen." Sie zeigte ihm ein Messer und freute sich unübersehbar, diesen lang erwarteten Tag zu feiern. Mahlon stieg aus und half Deborah auf den Boden.

Ephraim hatte gewusst, dass dieser Tag kommen würde, aber er konnte kaum glauben, dass die Zeit, ihr das zu geben, was sie wollte, so schnell gekommen war.

Vor zwei Jahren, als sie neunzehn gewesen war, war sie zu ihm gekommen, um mit ihm darüber zu sprechen, dass sie Mahlon heiraten wollte. Da es bei den Amisch nicht Tradition war, dass eine junge Frau ihren Vater um seinen Segen zu ihrer Hochzeit bat, geschweige denn ihren Bruder, war er damals sehr überrascht gewesen. Er hatte sie damals nicht anlügen wollen, es aber andererseits auch nicht übers Herz gebracht, ihr seine Bedenken offen zu sagen. Deshalb hatte er sie nur gebeten, zu warten. Dann hatte er seine Jacke genommen und war zur Tür gegangen ... und hätte Deborah um ein Haar mit ihrer Enttäuschung allein gelassen.

Aber sie war ihm gefolgt. „Ephraim, unser Gespräch ist noch nicht beendet."

Er war in seine Jacke geschlüpft. „Doch, ich würde sagen, es ist beendet."

Die Enttäuschung hatte sich auf ihrem Gesicht deutlich abgezeichnet.

„Wie lange soll ich warten?", hatte sie gefragt.

Da er überzeugt gewesen war, dass zwei Jahre genügen würden, hatte er geantwortet: „Bis zu deinem einundzwanzigsten Geburtstag."

Wenn sie sich entschieden hätte, nicht auf ihn zu hören, hätte er sie nicht daran hindern können. Aber sie hatte gedacht, der einzige Grund für seine Bitte wäre die Familie, die sie dringend brauchte. Deshalb war sie seiner Bitte nachgekommen, ohne weiter zu fragen. Heute war sie einundzwanzig geworden, und sie hatte den größten Teil dieses Tages damit verbracht, ihr Glück mit Mahlon und seiner Mutter, Ada, zu feiern. Manchmal war Ephraim nicht sicher, wen Deborah mehr liebte, Mahlon oder Ada.

Aber seine Schwester stand jetzt vor ihm und hoffte, er würde ihr sagen, dass sie in der nächsten Hochzeitssaison heiraten könne. Er warf einen kurzen Blick auf Anna Mary, die schweigend wartete. Ihre Augen verrieten ihr Vertrauen in ihn und ihre Hoffnung für Deborah und Mahlon.

Ephraim hatte zwei Schwestern, die altersmäßig zwischen ihm und Deborah lagen, aber sie hatten schon vor einigen Jahren geheiratet und waren in amische Gemeinden in anderen Bundesstaaten gezogen. Bei ihren Heiratswünschen hatte sich niemand eingemischt.

Trotz der Bedenken, die er immer noch hatte, deutete Ephraim zum Haus. „*Kumm.* Ich mache den Ofen an und koche uns einen Kaffee. Dann können wir reden."

Deborah reichte Mahlon den Kuchen und murmelte etwas, worüber Anna Mary leise lachen musste.

Eine laute Autohupe ließ alle vier aufblicken. Ein Auto bog hinter Mahlons Einspänner in die Einfahrt, und Robbie drehte das Seitenfenster nach unten. „Hey, ich habe meinen Lieferwagen in die Werkstatt gebracht, wie wir besprochen haben, aber der Mechaniker braucht ein paar Tage, bis er ihn fertig hat. Muss ich mir einen anderen Wagen mieten, um euch morgen irgendwohin zu fahren?"

Ephraim schüttelte den Kopf. „Nein. Mahlon und ich nehmen einen Pferdewagen. Wir bauen bei den Wyatts Schränke ein. Sie wohnen nur ungefähr fünf Kilometer von hier. Und für dich und Grey habe ich in der Werkstatt genug Arbeit."

„Ah, du hast das also geahnt."

„Ja. Als du die Autowerkstatt erwähntest, habe ich den Terminplan geändert. Wenn du deinen Wagen in die Werkstatt bringst, damit er besser läuft, läuft er meistens erst einmal eine Weile überhaupt nicht. Aber wenn er bis Dienstagnachmittag nicht fertig ist, müssen wir uns einen Wagen mieten. Am Mittwoch haben wir einen Auftrag in Carlisle. Wenn ich mein Pferd zum Schmied bringe, habe ich nie solche Probleme."

Ein breites Grinsen zog über Robbies Gesicht. „Der Wagen müsste bis dahin längst fertig sein. Ich habe dem Mechaniker die Telefonnummer der Schreinerei gegeben und ihm gesagt, dass er anrufen soll, sobald der Wagen fertig ist." Robbie deutete zu Mahlon. „Du arbeitest also mit dem Chef und ich mit dem Gesellen. Sie lassen uns bestimmt beide arbeiten bis zum Umfallen, was denkst du?"

„So sind sie immer", knurrte Mahlon.

Robbie lachte und legte den Rückwärtsgang ein. „Dann bis morgen früh."

„Gute Nacht." Ephraim richtete seine Aufmerksamkeit wieder auf die Gruppe. „Will noch jemand außer mir einen Kuchen?"

Deborah strich die Falten an ihrer Schürze glatt. „Also ... ich würde lieber mit dir über das sprechen, weswegen wir gekommen sind."

Ephraim nickte. Mahlon hatte heute einige Stunden früher als üblich in der Möbelschreinerei das Werkzeug aus der Hand gelegt und Feierabend gemacht. Leider schien es Mahlon sehr leichtzufallen, die Arbeit jederzeit liegen zu lassen und das zu tun, was ihm gerade gefiel, ohne danach zu fragen, wie dringend Ephraim ihn brauchte. Aber die Liebe seiner Schwester zu Mahlon war unerschütterlich, und es war an der Zeit, dass Ephraim ihrem Instinkt vertraute.

Mahlon wirkte ein wenig unsicher. „Sie ist heute einundzwanzig geworden."

„Ich weiß." Ephraim schüttelte ihm die Hand und versicherte ihm damit wortlos, dass er keinen neuen Aufschub von den beiden verlangte. „Dann ist es wohl an der Zeit für Hochzeitspläne."

Deborah warf Ephraim die Arme um den Hals. *„Denki."*

Ihr Dank war unnötig, aber er erwiderte die Umarmung. *„Gern gschehne."*

Sie ließ ihn los und umarmte Anna Mary, dann lächelten und flüsterten beide aufgeregt miteinander.

„Ephraim?", hörte er seine Stiefmutter rufen.

Er schaute zum Haus seines Vaters zurück und sah Becca über die Wiese kommen, die ihr Haus von seinem trennte. Sein Geschäft und seine Familie gönnten ihm an manchen Tagen keine Verschnaufpause. Aber um einige Bereiche seines Lebens hatte er Grenzen gezogen. Aus seiner Familie hatte nur Deborah die Erlaubnis, jederzeit sein Haus zu betreten, weil sie meistens sehr wenig von ihm wollte und ihm immer etwas Gutes tat, zum Beispiel kochen oder das Geschirr spülen.

„Ist Simeon bei dir?", rief Becca.

„Ich habe ihn das letzte Mal vor dem Abendessen gesehen." Aber er wusste, dass der Junge nicht weit war. Sein Bruder hatte ein Geheimnis, ein unschuldiges Geheimnis, wie es achtjährige Jungen brauchten.

Sie eilte näher, und die Gruppe ging ihr entgegen.

„Seitdem ist er verschwunden." Ihre Hände zitterten vor Nervosität, als sie sie an ihrer Schürze abwischte. „Es ist zum dritten Mal in zwei Wochen, dass er einfach verschwindet, ohne etwas zu sagen. Du musst dem ein Ende setzen, Ephraim, bevor er deinen Vater wieder ins Krankenhaus bringt. Er scheint einfach nicht zu verstehen, wie krank sein *Daed* ist."

„Weiß *Daed*, dass er weg ist?"

Becca schüttelte den Kopf. „Noch nicht. Ich hoffe, er erfährt es auch nicht. Wenn Simeon nach Hause kommt, hätte ich gute Lust, ihn ohne Abendessen ins Bett zu schicken."

„Sag *Daed* nichts. Simeon ist nicht weit. Wenn ich ihn finde, sorge ich dafür, dass er so etwas in Zukunft nicht mehr macht."

„Denki." Ohne ein weiteres Wort zu sagen, drehte sie sich um und ging zu ihrem Haus zurück.

Mahlon sah sich um. „Soll ich dir suchen helfen, Ephraim?"

„Das hat keinen Sinn. Bleib einfach hier und hilf Deborah, Feuer in der Küche zu machen und Wasser für Kaffee aufzusetzen." Er schaute Anna Mary an. „Ich bin bald zurück."

„Wenn du nicht zu lang brauchst, heben wir dir ein Stück Kuchen auf", drohte Anna Mary scherzhaft und zog eine Braue in die Höhe. Er verkniff sich ein Lächeln und ahmte die hochgezogene Augenbraue nach.

Er wollte schon gehen, als ihm ein Gedanke kam. Er zog ein großes Taschentuch aus der Hosentasche. „Kann ich ein Stück Kuchen mitnehmen?"

„Heißt das, dass du vorhast, zu lang wegzubleiben?" Anna Mary entfernte die Alufolie.

Er schaute sie schmunzelnd an.

Deborah schnitt ein Stück vom Kuchen ab und legte es in das Taschentuch. „Hier hast du ein Stück."

„Denki."

Mahlon grinste. „Willst du den Jungen bestechen, dass er nach Hause kommt?"

„Etwas in der Art." Ephraim schob das Stück vorsichtig in seine weite Hosentasche. „Ich bin bald wieder da." Er marschierte auf die Wiesen hinter dem Haus zu.

Er schritt durch die frisch gepflanzten Maisreihen auf den Stall zu, den er immer noch als Levinas Stall bezeichnete. Auch wenn sie mit seiner Familie nicht verwandt gewesen war, war Levina für ihn immer wie eine Großmutter gewesen. Nach ihrem Tod hatte er das Grundstück gekauft, weil es an den Grund grenzte, auf dem sein Haus stand.

Im leichten Abendwind tauchten Bilder aus seinem Leben vor der Erkrankung seines Vaters auf. Ihm war es nicht schwergefallen, eine Welt, die genauso viel Unfreiheit wie Freiheit bot, zu verlassen. Aber ihn beunruhigte, dass seine Familie ihn mit jedem Jahr mehr brauchte.

Als er Levinas alte Auffahrt hinabging, blieb seine Aufmerksamkeit an den eng zusammenstehenden Bäumen hängen, die in der Nähe wuchsen. Sie waren majestätisch und steckten voller Erinnerungen. Er hatte sich angewöhnt, im Vorbeigehen mit der Hand über die Rinde zu fahren. Eine einzige Berührung weckte dutzende von Kindheitserlebnissen.

Durch die Ritzen des verlassenen Stalls fiel ein schwaches Licht, und er war zuversichtlich, dass er seinen Bruder gefunden hatte. Genauer gesagt, seinen Halbbruder. Nachdem er die Straße überquert hatte, drückte er an die Stalltür, die quietschend aufging.

Simeon, auf dessen Schoß sich kleine Hundewelpen tummelten, schaute zu ihm hinauf. „Ephraim, schau! Ich habe heute mit ihnen gearbeitet, und ich habe für dich einen guten Hund gefunden."

„Und ich habe eine *Mamm* gesehen, die dich ohne Abendessen ins Bett schicken will. Es ist schon dunkel, Sim. Was denkst du dir nur? Wenn sie herausfindet, warum du immer wegläufst, wird sie die Hunde wegschaffen lassen. Und die Wahrscheinlichkeit, dass sie im Weiher ersäuft werden, ist genauso groß wie die Wahrscheinlichkeit, dass ein Zuhause für sie gefunden wird."

„Die Mutter der Kleinen ist verschwunden." Simeon hob den kleinsten Hund auf und streichelte ihn. „Ich habe auf dem Weg hierher jemanden vor dem Stall gesehen. Als er mich bemerkte, verschwand er. Glaubst du, er hat die Hundemutter gestohlen?"

„Es wäre sinnlos, die alte Hündin zu stehlen und die Welpen hierzulassen." Ephraim legte den Welpen auf den Heuhaufen, auf dem Simeon ihnen ein kleines Bett gemacht hatte. „Wenn du noch einmal bis nach Einbruch der Dunkelheit wegbleibst und deine Mutter sich wieder Sorgen machen muss, werde ich diese Welpen höchstpersönlich zur Auktion bringen. Verstanden?" Auch wenn er vierundzwanzig Jahre älter war als Simeon, hasste er es, wenn er wie ein Vater mit ihm sprechen musste. Er sollte ein Bruder und ein Freund sein, aber seine Rolle war mehr die eines Mannes, der seine Familie versorgen musste und für alles verantwortlich war.

Simeon traten Tränen in die Augen, aber er nickte.

Ephraim hob die Laterne hoch. „Jetzt komm."

Die Schultern seines Bruders sackten nach unten, als sie den Stall verließen. Ohne ein weiteres Wort steuerte Simeon auf die Straße zu und wollte sie überqueren. Ephraim aber ging zur hinteren Wiese.

„Wohin gehst du, Ephraim?"

Er blieb stehen. „Komm mit. Wir suchen in dieser Richtung nach der Mutterhündin."

Simeon wischte sich mit dem Handrücken die Tränen aus dem Gesicht.

Ephraim zog das Taschentuch aus seiner Hosentasche. „Ich habe Kuchen mitgebracht. Wenn wir in ihre Nähe kommen, riecht sie ihn bestimmt und kommt angelaufen."

Kapitel 3

Die Geräusche und die Hektik auf dem Busbahnhof „Port Authority“ erzeugten bei Cara das Gefühl, ein Déjà-vu-Erlebnis zu haben. Sie war schon oft in diesem Gebäude gewesen, aber dieses Mal regte sich ein ganz sonderbares Gefühl in ihr.

Sie hatte ihr Tagebuch unter einen Arm geklemmt und hielt mit ihrer anderen Hand ihre Tochter fest und ging mit ihr an Geschäften, Restaurants und Fahrkartenschaltern vorbei. Das sonderbare Gefühl wurde stärker, als sie in den Aufzug stieg und nach unten zu den U-Bahnen fuhr.

Plötzlich hielt ihr Vater ihre Hand und nicht Lori. Erinnerungen liefen in ihr ab. Mehrere Treppen, die sie und ihren Vater immer tiefer in den Bauch der Stadt hinunterführten. Eine braune Papiertüte, die sie am oberen Rand zusammengeknüllt hatte und in der Hand hielt. Sie gingen immer weiter, während es die vielen Menschen um sie herum nicht im Geringsten interessierte, dass ihre Mutter letzte Woche gestorben war. Ihr Vater trat in ein Café und setzte sie auf einen Stuhl. *„Hör auf zu weinen, Cara. Dir wird es gut gehen. Das verspreche ich dir.“*

Er zog die Karte aus seiner Jackentasche, die er am Vorabend für sie gezeichnet hatte, und die sie mit ihm ausgemalt hatte. Er breitete sie auf dem Tisch aus. *„Siehst du? Genau an dieser Stelle bist du jetzt, am New Yorker Busbahnhof. Eine Frau wird dich abholen. Sie heißt Emma Riehl. Der Bus wird dich und sie in südwestliche Richtung bringen. In Harrisburg steigt ihr wahrscheinlich um und fahrt noch einmal ungefähr eine Stunde in Richtung Westen weiter. Bis hierher.“* Sein breiter Finger tippte auf das Papier.

Sie musste etwas Seltsames gesagt haben, denn er starrte sie wortlos an und bestellte sich dann etwas zu trinken. Er trank, bis seine Worte lallend klangen, dann führte er sie zu einer Bank, forderte sie auf, hier sitzen zu bleiben, und versprach, dass Emma kommen würde.

Dann ließ er sie allein.

Die Panik, als er wegging und sie ihm nur hilflos nachschauen konnte, verblasste im Laufe der Stunden. Aus Angst, dass sie Emma verpassen könnte, verließ sie ihren Platz, an den ihr Vater sie gesetzt hatte, nur für ein paar Minuten, um auf die Toilette zu gehen.

Später schlief sie ein, und ein Mann in einer Uniform weckte sie. Neben ihm stand eine Frau. Cara hoffte, das wäre Emma. Aber die Frau war nicht Emma. Man brachte sie in ein Haus, in dem Metallbetten an der Wand standen. In den Betten lagen böse Kinder, die auch irgendwo sitzen gelassen und nie abgeholt worden waren.

Als Lori an ihrer Hand zupfte, schaute sie in die unschuldigen, braunen Augen ihrer Tochter hinab.

„Suchen wir Kendal, Mama?"

Sie schüttelte den Kopf. Die Tage, in denen sie sich mit ihrer Freundin getroffen hatte, waren vorbei. Dass Kendal sie eines Tages im Stich lassen würde, hatte sich schon länger angebahnt. Früher standen sie sich einmal sehr nahe. Sie waren eine Weile in derselben Pflegefamilie untergebracht gewesen, aber in den letzten Jahren hatte Kendal Cara oft bestohlen, belogen und mit ihr gestritten. Da Kendal der einzige Mensch war, den Cara hatte, wollte sie sie nicht aufgeben. Aber nun ...

Lori deutete auf ein Schild. „Fahren wir mit dem Bus irgendwohin?"

„Ja."

„Was ist mit Kendal?"

„Diesmal fahren nur wir zwei."

„Aber ..."

„Pscht ..." Cara legte liebevoll einen Arm um Loris Schultern, während sie weitergingen. Die Erinnerungen an Kendal verhöhnten sie, und sie kam sich wie eine Idiotin vor, weil sie so lange versucht hatte, mit ihr zusammenzubleiben. Sie hatte immer gedacht, dass Kendal die einzige Familie sei, die sie je haben würde. Seine Familie konnte man sich nicht aussuchen, und man konnte sich auch nicht aussuchen, wer einen rettete. Kendal hatte sie gerettet. Mit neunzehn hatte sie die klebrige Tür ihrer winzigen, schäbigen Wohnung geöffnet und war das Risiko eingegangen, eine fünfzehnjährige Ausreißerin bei sich wohnen zu lassen. Damit hatte sie Cara Hoffnung geschenkt. Ohne Kendal hätte Cara damals kaum eine Chance gehabt, sich allein durchzuschlagen und Mike zu entkommen. Aber damals war es leichter gewesen, Kendals Schwächen – Männer und Drogen – zu ignorieren. Cara hatte immer den Eindruck gehabt, dass sie und Kendal wie viele Geschwister in echten Familien starke Gegensätze waren.

Ihre Aufmerksamkeit wanderte zu dem Tagebuch, das unter ihrem Arm klemmte. Vielleicht hatten die verblassten Worte, die ihre Mutter ihr vor über zwanzig Jahren geschrieben hatte, sie davon abgehalten, bei Männern und durch Drogen den Schmerz in ihrem Inneren vertreiben zu wollen. Sie hatte die schönen Einträge im Laufe der Jahre tausendmal gelesen und konnte sich nicht von den Hoffnungen und Träumen lösen, die ihre Mutter für sie gehabt hatte.

Eine Lehrerin hatte einmal gesagt, dass das Tagebuch ihrer Mutter Caras Liebe entfacht habe, viele Bücher zu lesen und sie begreifen zu wollen. Wahrscheinlich hatte sie mit dieser Beobachtung recht gehabt. Cara war eine gute Schülerin gewesen, aber dann hatte sich ihr Leben verändert, und Bücher und eine Ausbildung waren in den Hintergrund getreten und vom puren Überlebenskampf abgelöst worden. An dieser Stelle war Kendal ins Spiel gekommen.

Während sich ein Gedanke an den anderen reihte, tat es Cara weh, dass Kendal auf diese Weise verschwunden war. Ohne eine letzte Ermutigung für sie oder Lori. Ohne den geflüsterten Wunsch, sich wieder zu treffen, wenn Cara Mike von sich abgeschüttelt hätte. Nur ein endgültiges Lebewohl. *Nachdem* sie gepackt und ein Taxi bestellt hatte.

Ihre Benommenheit wurde von einer tiefen Trauer abgelöst, und auf eine sonderbare Weise, die Cara nicht verstehen konnte, erschien es ihr richtig, dass sie in diesem Moment hier war. In dem Gebäude, in dem ihr Vater sie vor vielen Jahren verlassen hatte.

„Mama." Lori zog das Wort, halb weinerlich und halb fordernd, in die Länge. „Ich will wissen, wohin wir fahren."

Cara dachte einen Moment nach. Sie mussten die Stadt verlassen, aber ihr Reisegeld war knapp. „Nach Jersey, denke ich. Uns geht es gut, und wir sind in Sicherheit. Mach dir also keine Sorgen, okay?" Die Worte kamen ihr nicht leicht über die Lippen.

Sie wusste keine Lösung. Aber eines wusste sie: Egal, welches Leben sie Lori gab, es wäre tausendmal besser als das Leben in einer Pflegefamilie, wo sie bei Fremden leben müsste, die dafür bezahlt wurden, dass sie so taten, als würden sie sich etwas aus ihr machen.

Cara hatte ihr ganzes bisheriges Leben lang versucht, gut zu sein, und sich immer bemüht, so zu leben, dass ihre tote Mutter stolz auf sie wäre. Aber als „Lohn“ für ihre Bemühungen war sie Mike zum Opfer gefallen, der sie immer wieder fand. Vielleicht waren sie und Lori deshalb so ein leichtes Ziel für Mike geworden.

Sie würde nie zulassen, dass jemand sie von ihrer Tochter trennte, und sie würde alles tun, um sie zu behalten. Wenn es sein musste, auch lügen, betrügen oder stehlen.

Da sie ein paar Momente brauchte, um in Ruhe nachzudenken, ging sie zu einem leeren Tisch vor einer Bäckerei. Sie schlug ihr Tagebuch auf, blätterte darin und suchte nach Spuren eines Lebens, von dem sie nicht einmal sicher wusste, ob es wirklich existierte. Der ausgefranste Lederumschlag und die ausgebeulten Seiten verrieten, wie sehr sie dieses Buch liebte. Sie schrieb keine Alltagssachen in das Tagebuch. Dieses Buch diente hauptsächlich dafür, dass Mutter und Tochter sich Dinge anvertrauten, früher Cara und ihre Mutter, und jetzt sie und Lori. Ihr wurde übel, als sie daran dachte, dass Mike die Gedanken und Hoffnungen ihrer Mutter für Cara, die besonderen Dinge, die sie miteinander unternommen hatten, und Caras kostbarste Erinnerungen mit Lori gelesen hatte.

Als er vor einer Stunde vor ihr gestanden war, hatte sie vor ihrem geistigen Auge hohe Maispflanzen gesehen, einen Jungen lachen gehört und sich erinnert, dass sie von einer alten Frau mit einer schwarzen Schürze und weißen Kopfbedeckung herzlich begrüßt worden war. Aber ihr geliebtes Tagebuch verriet kein Wort von alledem. Warum nicht?

Lori zog eine Tüte mit alten Keksen aus ihrem Rucksack. Diese Kekse hatten wahrscheinlich Bestandteile, die noch nicht einmal Hunde essen sollten, aber sie schmeckten halbwegs und konnten den schlimmsten Hunger vertreiben. Da Mike vermutlich ihre Wohnung beobachtete und vor der Tür auf sie wartete – vielleicht war er sogar in der Wohnung –, mussten sie und Lori in der Kleidung, die sie auf dem Leib trugen, und mit dem, was in diesem Rucksack steckte, New York verlassen.

Cara blätterte eine Seite nach der anderen um und überflog die Einträge, die ihre Mutter geschrieben hatte. Sie hatte dieses Buch bekommen, als sie jünger gewesen war als Lori. Mit einer Ausnahme war jeder verfügbare Platz beschrieben. In jede Zeile waren zwei Schreibzeilen gequetscht worden. Die Ränder waren mit winzigen Worten und Zeichnungen gefüllt. Selbst die Innenseiten der Buchdeckel waren beschrieben. Es gab Stellen, an denen sie raues Papier auf bestehende Seiten geklebt oder geheftet hatte, bevor sie sie ebenfalls mit Worten gefüllt hatte. Nur eine Stelle, ungefähr acht Zentimeter hoch und zehn Zentimeter breit, war leer.

Die Worte, die ihre Mutter darüber geschrieben hatte, forderten sie auf, diese Stelle nicht zu beschreiben, sondern sich zu erinnern. Wieder legte sich die tiefe Traurigkeit, die sie so hasste, auf ihr Herz, als sie die Worte ihrer Mutter las.

Schreib nichts auf die Stelle, die ich umrahmt habe. Wenn die Zeit reif ist, meine geliebte Tochter, werde ich diese leere Stelle füllen.

Geliebte Tochter. Diese Worte wühlten sie jedes Mal, wenn sie sie las, wieder auf. Hatte ihre Mutter sie wirklich so sehr geliebt?

Offenbar hatte ihre Mutter ihren Plan nicht mehr verwirklichen können, und Cara erinnerte sich nicht mehr, was sie damit gemeint haben konnte. Aus dem Datum des Eintrags schloss Cara, dass ihre Mutter diese Worte geschrieben hatte, als Cara fünf gewesen war. Sie hob den Kopf und fuhr suchend mit dem Zeigefinger über die Stelle.

Dann befahl sie ihrem Verstand, mit diesem emotionalen Unsinn aufzuhören. Sie vergrub den Kopf in ihren Händen und versuchte, ihre Gefühle wieder unter Kontrolle zu bekommen.

Lori schlug mit der Handfläche auf die leere Stelle im Tagebuch. „Was ist das?“

Cara wischte die Kekskrümel weg, die aus der Hand ihrer Tochter auf die Seite gefallen waren. „Eine leere Stelle. Meine Mutter hat gesagt, dass ich sie nicht beschreiben soll.“

„Warum?“

Cara zuckte die Achseln. „Keine Ahnung.“

„Darf ich meinen Namen daraufschreiben?“

Sie zögerte einen Moment und schob Lori dann das Buch hin. „Klar, warum nicht?“

Lori kramte in ihrem Schulranzen und holte einen Bleistift heraus. Sie versuchte, in Schreibschrift zu schreiben. Aber mit ihren sieben Jahren waren Loris Buchstaben eher Schleifen als echte Buchstaben. Cara schaute die wenigen übrig gebliebenen Kekse an, weigerte sich aber, einen zu essen. Sie hatten kaum Geld, und Lori bräuchte diese Kekse vielleicht, bevor Cara eine neue Stelle fand.

Das Gute an der Arbeit als Kellnerin war, dass man sofort Geld bekam. Sie müsste zwar auf ihren Lohnzettel warten, aber ab dem ersten Arbeitstag gab es Trinkgeld. Da sie nach einem Umzug sofort Geld brauchte, um etwas zu essen kaufen zu können, arbeitete sie immer wieder als Kellnerin. Und weil sie nach der zehnten Klasse die Schule abgebrochen und keine Berufsaubildung gemacht hatte. Aber sie war klug und könnte mehr erreichen. Das wusste sie. Sie hatte gute Noten gehabt, sie hatte sogar die dritte Klasse übersprungen und immer zu den Klassenbesten gehört. Aber wahrscheinlich bekäme sie nie eine Chance zu beweisen, dass sie mehr als eine erfolglose Schulabbrecherin war.

„Mama, schau!"

Cara deutete auf das Tagebuch und schloss die Kekstüte. Ihre Tochter hatte ihren Versuch, in Schreibschrift zu schreiben, aufgegeben und ein dickes, langes *L* gemalt. Dann hatte sie es dünn ausschraffiert. „Sehr hübsch, Lori."

„Nein, Mama, schau."

Sie zog das Buch näher zu sich heran und entdeckte, dass unter der Schraffur Buchstaben auftauchten.

„Das sind nur Buchstaben, die auf die Rückseite geschrieben wurden." Sie schob Lori das Buch wieder hin.

Es ist lange her, meine geliebte Tochter ... Wie ein Flüstern hörte sie die Stimme ihrer Mutter.

„Warte, Lori. Hör auf zu schreiben." Cara zog das Buch wieder zu sich heran. Durch die hellgraue Bleistiftschraffur sah sie den Teil eines Wortes. „Gib mir bitte kurz deinen Bleistift."

„Nein." Lori riss ihr das Buch weg. „Das ist meine Stelle."

Cara widerstand dem Drang, scharf zu reagieren. „Okay. Du hast recht. Ich habe dir diese Stelle überlassen." Sie räumte die Kekse in den Rucksack und zog den Reißverschluss zu. „Wenn du das Datum über diesem Eintrag liest, siehst du, dass ich zwei Jahre jünger war als du, als deine Oma das schrieb." Sie deutete auf die Worte, die ihre Mutter über die leere Stelle geschrieben hatte. „Es könnte sein, dass deine Oma ein Geheimnis in dem Tagebuch versteckt hat. Aber wenn du lieber deinen Namen hierhin schreiben möchtest ..."

Lori zog das Buch näher heran und betrachtete die freie Fläche. „Glaubst du, sie wollte mir etwas sagen?"

„Nein, Schatz. Wie hätte sie das sollen? Sie kannte dich nicht. Aber wir sollten trotzdem herausfinden, was sie geschrieben hat."

Lori runzelte die Stirn. „Dann machen wir es gemeinsam."

Cara nickte. „Das ist eine gute Idee. Wir müssen mit dem Bleistift sehr, sehr vorsichtig über die Stelle malen, sonst löschen wir die Nachricht aus, statt sie sichtbar zu machen."

Lori reichte ihr den Stift. „Ich habe schon etwas gemalt. Jetzt bist du dran."

Erleichtert nahm Cara den Bleistift und begann, das Blei leicht über die Seite zu reiben. Worte, die schon hier gestanden hatten, als ihre Mutter noch gelebt hatte, erschienen plötzlich auf der Seite. Es sah wie eine Adresse aus. Die Hausnummer war dem Kunstwerk ihrer Tochter zum Opfer gefallen, aber die Straße, Stadt und der Bundesstaat waren deutlich zu erkennen.

Mast Road, Dry Lake, Pennsylvania.

„Was steht hier, Mama?"

Neue Hoffnung keimte in ihrem Herzen auf, und Tränen brannten in ihren Augen. Lori hatte niemanden als sie, eine alleinerziehende Mutter, die selbst eine Waise war. Sie hatte keine Verwandten. Sie wollte ... nein, sie sehnte sich schmerzlich danach, Lori etwas Wichtiges in ihrem Leben zu schenken: eine Verwandte oder eine Freundin ihrer Großmutter. Vielleicht war das die Antwort. Auf jeden Fall war es besser als Jersey. „Hier steht, wohin wir fahren."

„Und wohin fahren wir?"

Cara klappte das Buch zu. „Nach Dry Lake in Pennsylvania." Sie warf sich den Rucksack über eine Schulter und hielt Lori die Hand hin. „Du hast ein Geheimnis entdeckt, von dem ich keine Ahnung hatte. Komm. Wir müssen Busfahrkarten kaufen."

Mit einer Mischung aus Verwirrung und Angst kaufte Cara Fahrkarten nach Shippensburg, Pennsylvania. Der Mann am Fahrkartenschalter erzählte, dass sie ins Herz von Amischland fuhren. Als sie verständnislos die Achseln zuckte, erklärte er, dass die Amisch leicht zu erkennen wären. Sie waren gekleidet wie im achtzehnten Jahrhundert und bewegten sich zu Pferd und mit Einspännern fort.

Mit den Fahrkarten in der Hand bestiegen Cara und Lori einen Bus, fuhren stundenlang, hatten an einem anderen Busbahnhof einen langen Aufenthalt und stiegen dann in einen zweiten Bus. Jetzt war es wieder Abend. Nachdem sie die Busfahrkarten und etwas zu essen gekauft hatte, war fast kein Geld mehr übrig. Die Ungewissheit machte ihr Angst und raubte ihr jedes Triumphgefühl, weil sie Mike entkommen war und das lange gehütete Geheimnis in ihrem Tagebuch entdeckt hatte.

Während Lori schlief, betrachtete Cara die Städte, durch die sie fuhren, und hoffte vergeblich, dass ihr irgendetwas bekannt vorkäme.

Der stundenlange Nieselregen verwandelte sich in einen strömenden Dauerregen und erschwerte ihr, überhaupt etwas zu sehen. Ihre Augen brannten und ihre Lider wurden schwer. Als die Augen ihr immer öfter zufielen, setzte sie sich aufrechter hin und konzentrierte sich auf alles, was sie vor dem Fenster sah.

Die Regentropfen auf den Scheiben ließen nur einen verschwommenen Blick zu. Sie wischte die beschlagene Fensterscheibe ab und betrachtete die nasse Welt außerhalb des Busses. Als der Bus an einer Haltestelle stehen blieb, rief der Fahrer: „Shippensburg. Shippensburg, Pennsylvania."

Ein sonderbares Gefühl beschlich sie. Eine ältere Frau stand auf und ging durch den Gang nach vorne, um auszusteigen.

Die Vorstellung, Lori aus ihrem Schlaf im trockenen, warmen Bus aufzuwecken, um in eine verregnete, unbekannte Welt hinauszugehen, erschien ihr plötzlich lächerlich. Sie hatte ein paar Dollar übrig. Vielleicht könnten sie noch ein Stück weiterfahren.

„Shippensburg?" Der Fahrer schaute in den Rückspiegel und gab jedem Fahrgast Gelegenheit, auszusteigen.

Cara umklammerte die Armlehnen und redete sich ein, dass jede gute Mutter sitzen bleiben würde. Als die Bustüren anfingen, sich zu schließen, sprang Cara auf und gab dem Fahrer zu verstehen, dass sie auch aussteigen wollte.

Sie steckte ihr Tagebuch in Loris Rucksack und hob ihr schlafendes Kind auf ihre Arme. Neben dem Busfahrer blieb sie stehen. „Haben Sie eine Ahnung, wie ich nach Dry Lake komme?"

„Gehen Sie auf dieser Straße geradeaus." Er deutete nach vorne. „In der Earl Street biegen sie rechts ab. Es sind ungefähr zehn Kilometer."

„Danke."

„Gleich da vorne ist ein nettes Motel. Das Shippen Place Hotel. Das einzige Hotel hier in der Gegend."

„Danke.“ Kalte Regentropfen prasselten wie Nadelstiche in ihr Gesicht, als sie aus dem Bus stieg. Da sie kein Geld für ein Hotel hatte, müsste sie etwas finden, wo sie kostenlos übernachten könnten.

Lori hob den Kopf von Caras Schulter und begann zu jammern. „Nein, Mama. Ich will nach Hause.“

„Pscht.“ Cara lehnte Loris Kopf auf ihre Schulter und legte den Rucksack über die Wange ihres kleinen Mädchens, um ihr Gesicht vor dem Regen abzuschirmen. „Lori, du musst mir vertrauen. Okay?“

Lori schlang leise weinend ihre kleinen Arme um Caras Hals. Wenige Sekunden später war ihre Tochter wieder eingeschlafen, ohne den Regen zu hören, der unaufhörlich auf ihren Rucksack prasselte.

Kapitel 4

Durch das Fenster über der Küchenspüle schaute Deborah zu, wie die hellen Sonnenstrahlen durch die letzten dicken Wolken brachen. Sie schnitt große Fleischstücke für einen Eintopf in mundgerechte Würfel und war in Gedanken bei Mahlon.

Seit ihrem Geburtstag, den sie vorgestern gefeiert hatte, fuhren sie und Mahlon durch den Gemeindebezirk und erzählten ihren Familien und Freunden von ihren Heiratsplänen im Herbst. Sie hatte noch nie so viel Spaß gehabt wie am Donnerstagabend, als sie die Leute überraschend besucht und ihnen ihre gute Nachricht überbracht hatten. Bis Oktober würde nichts offiziell verkündet werden. Erst dann gab der Bischof alle Paare bekannt, die heiraten wollten. Er würde alle vorlesen, die in der Hochzeitssaison heiraten wollten, aber sie müssten schon vorher mit den Planungen beginnen. Sie hatte ein Verlobungsgeschenk für Mahlon bestellt. Für das Geschenk hatte sie ein ganzes Jahr gespart. Sie würde es ihm überreichen, sobald es eintraf.

Ihr Herz schlug vor Vorfreude auf das, was die kommenden Monate bringen würden, höher. Sie schob das geschnittene Fleisch zum Anbraten in eine Fleischpfanne und fing an, das Frühstücksgeschirr zu spülen. Der Wunsch, ihre Morgenarbeiten bald zu erledigen, um dann zu Mahlon gehen zu können, trieb sie zur Eile. Die Betten waren gemacht, die Wäsche war gewaschen und zum Trocknen aufgehängt, und sie und Becca hatten das Frühstück für die Familie gekocht. Ihre To-do-Liste wurde stündlich kürzer. Mahlon hatte sich heute Vormittag in der Schreinerei freigenommen, damit sie mit ihren Planungen beginnen konnten, und sie wollte keine Minute verlieren.

Becca kam in die Küche. Auf jeder Hüfte hatte sie einen Zwilling sitzen. Ihre runden, rosigen Wangen verliehen ihr ein gesundes, kräftiges Aussehen. Seit ihre braunen Haare allmählich grauer wurden und sie bei jeder Schwangerschaft ein paar Pfunde zugelegt hatte, sah sie nicht mehr wie die viel zu junge zweite Ehefrau von Deborahs Vater aus, die sie vor zwölf Jahren gewesen war. Sie wirkte nun wie die Mutter einer großen, wachsenden Familie.

„Wie viele Häuser wollt ihr euch heute anschauen?“ Becca setzte Sadie und Sally hinter das Sicherheitsgitter ihres Spielzimmers und trat dann an den Herd.

„In Dry Lake gibt es nur zwei. Und ein drittes, das einem Englischen gehört und vielleicht gerade noch innerhalb der Grenzen unseres Gemeindebezirks liegt.“

Becca hob den Deckel und rührte das Fleisch um. „Ja? Wo steht dieses Haus?“

„Ungefähr einen Kilometer von Mahlons Haus entfernt.“

„Auf der rechten oder linken Seite?“

„Links. Die Eigentümer heißen Everson.“

Sie zuckte die Achseln. „Das könnte zu Yoders Bezirk gehören. Sie haben ihre Gottesdienstsonntage an unseren freien Sonntagen. Wenn ihr dorthin zieht, wird es schwerer, deine Familie zu besuchen. Dein *Daed* wird davon nicht begeistert sein.“

„Ja, ich weiß. Mahlon hat fest vor, ein Haus in Dry Lake zu finden, aber er hat gesagt, dass es vielleicht nur in Yoders Bezirk etwas Passendes gibt.“

„Gefällt dir dieses Haus besser als die anderen?“

Deborah trocknete sich die Hände ab. „Für mich ist es nicht so wichtig, wo wir wohnen.“ Sie ging zum Kühlschrank und holte Karotten, Zwiebeln und Kartoffeln heraus. „Ich wäre auch damit zufrieden, in das Haus zu ziehen, in dem er und Ada jetzt wohnen.“

„Es ist klein, aber für den Anfang wäre es doch ein schönes Zuhause.“ Becca stellte das Feuer kleiner, goss einen Viertelliter Wasser über das Fleisch und legte den Deckel wieder auf die Fleischpfanne.

Deborah wusch die Karotten und Kartoffeln, bevor sie sie auf das Schneidebrett legte. „Ja, aber Mahlon sagt, der Vermieter will, dass seine Tochter dort einzieht. Das will er schon seit fast einem Jahr.“

„Ach ja, richtig. Sie wohnen dort nur zur Miete. Es war eine Schande, dass Ada nach dem Tod von Mahlons Vater ihr Haus verkaufen musste.“

Becca nahm ein trockenes Geschirrtuch und begann, das Geschirr abzutrocknen und wegzuräumen. „Die Gemeinde wollte das eigentlich verhindern, aber viele von uns hatten damals selbst schwer an ihren eigenen Verlusten zu tragen. Außerdem wollte Ada niemandem zur Last fallen."

Während sie die Kartoffeln schälte, merkte Deborah, wie die alte Trauer zurückkehrte. Es tat nicht mehr so weh wie früher, aber es schmerzte trotzdem noch. Vor dreizehn Jahren hatte sie ihre Mutter bei demselben Unfall verloren, in dem auch Mahlons Vater gestorben war. Beccas Mann war damals ebenfalls tödlich verunglückt und sechs andere aus ihrer Gemeinde. Alle bei einem tödlichen Autounfall. Die Amisch aus Dry Lake hatten drei englische Fahrer gemietet, die sie zu einer Hochzeit nach Ohio bringen sollten. Sie fuhren hintereinander her, als eines der Fahrzeuge verunglückte. Niemand war bei der Hochzeit angekommen. Damals hatte es in ihrem Gemeindebezirk dreißig Familien gegeben, von denen neun einen Angehörigen verloren hatten. Deborah hatte Jahre gebraucht, um das Gefühl loszuwerden, sie wären mit einem Fluch belegt.

Becca räumte den letzten Teller in den Küchenschrank. „Wird Ada bei dir und Mahlon wohnen?"

„Ja. Das ist zwar nicht Mahlons bevorzugter Plan, aber er kann sich keine zwei Häuser leisten und eines für uns und eines für sie zahlen. Ich verstehe sowieso nicht, warum ihn das stört. Ada wird ihr Leben lang nichts als ein Segen sein."

„Und dieses Leben wird lang dauern, da sie noch jung ist. Wie alt ist sie? Dreiundvierzig?"

Deborah nickte.

Becca legte das Geschirrtuch über ihre Schulter. „Ich finde es seltsam, dass sie nie wieder geheiratet hat. Aber solange es dich nicht stört, mit ihr unter einem Dach zu wohnen, habt ihr Frieden im Haus."

„Am schwierigsten wird sein, dass wir beide gern kochen. Ich hoffe, eines der Häuser hat eine große Küche. Dann haben wir beide Platz und können einen Kochwettbewerb veranstalten. Möge die jüngere Köchin gewinnen!"

Becca schmunzelte. „Ada sollte auf der Hut sein. Es sieht so aus, als hätte sie in den letzten Jahren ihre besten Küchengeheimnisse einer ehrgeizigen jungen Frau verraten."

Zum ersten Mal seit langer Zeit dachte Deborah wieder an ihren früheren Traum, ein amisches Restaurant zu besitzen. Aber sie wohnten abseits vom Touristenstrom, und deshalb war diese Idee nicht praktikabel. Hope Crossing hatte zwar eine amische Gemeinde, die mehr auf Touristen ausgerichtet war, aber Deborahs Familie brauchte sie zu Hause und war auf ihre Hilfe im Haushalt angewiesen. Außerdem war sie in Mahlon verliebt, seit sie zehn Jahre alt war, und sie konnte sich nicht vorstellen, woanders zu wohnen. Mahlons Mutter gab ihr die Möglichkeit, etwas zu tun, was ihr auch sehr viel Freude bereitete: Gegen Bezahlung Kuchen und süßes Gebäck zu machen. Von Ada hatte sie viele Rezepte gelernt, und so backten sie miteinander für eine Bäckerei, die dreimal in der Woche einen Fahrer vorbeischickte.

„Wenn du eine Küche zum Backen brauchst, bist du hier jederzeit willkommen." Becca verzog einen Mundwinkel zu einem Lächeln. „Natürlich bleibt das, was hier gebacken wird, auch hier im Haus."

Deborah schmunzelte. „Es bleibt nicht lang hier. Es wird bestimmt schnell gegessen."

Becca lachte. „Geh und hol dein Pferd. Vielleicht verlässt Ephraim die Werkstatt lang genug, um dir zu helfen, es vor den Wagen zu spannen."

„Bist du sicher?"

Einer der Zwillinge begann zu weinen. Es klang, als hätte sich eins der Mädchen einen Finger eingezwickt oder als hätte das andere ihm ein Spielzeug weggenommen.

Becca schaute ins Zimmer und hob warnend den Finger. „Du solltest lieber gehen, solange hier alles ruhig ist. Deine Schwester Annie muss noch viel lernen, bis sie eine so große Hilfe im Haushalt ist wie du, aber sie ist vierzehn, und da du im Herbst heiratest, wird es höchste Zeit, dass sie ein wenig mehr Übung bekommt, nicht wahr?"

Deborah nickte. „Mahlon hat gesagt, wenn die Erde nicht zu nass ist, graben wir den Garten weiter um, wenn er und Ephraim heute Nachmittag von ihrem Kunden zurückkommen."

„Er hat recht. Das, was wir gesät haben, reicht nicht, um eine Hochzeitsfeier im Herbst auszurichten. Wenn du also schon unterwegs bist, könntest du im Geschäft vorbeifahren und mehr Samen kaufen, besonders Sellerie- und Karottensamen. Und kauf auch Kisten mit Setzlingen, die wir schon mal pflanzen können. Wir werden im Herbst viel mehr Gemüse als sonst brauchen."

Deborah lächelte so breit, dass ihr die Wangen fast wehtaten. „Das ist alles so aufregend."

Becca traten Tränen in die Augen. „Ja, das stimmt. Ich kann dir gar nicht sagen, wie ich mich für dich freue. Wir werden dich hier sehr vermissen, aber dein *Daed* und ich sind so glücklich über deine Heirat. Es überrascht mich, dass du so lange gewartet hast."

Deborah wollte ihr nicht verraten, dass Ephraim leise, aber bestimmt gesagt hatte, dass sie warten müssten. Damals hatten Becca und *Daed* sechs Kinder unter dreizehn Jahren gehabt, und die Zwillinge waren erst zwei Monate alt gewesen. Wegen *Daeds* gesundheitlichen Problemen konnte er nicht viel helfen.

Aber Annie wäre in ein paar Wochen mit der Schule fertig und könnte dann Becca im Haushalt unterstützen.

Aufgeregt und voll Vorfreude lief Deborah zur Weide, um ihr Pferd einzufangen. Sie wollte Mahlon überraschen und eine Stunde früher kommen, als sie vereinbart hatten.

Doch bevor sie zum Gatter kam, bog ein Wagen in ihre Auffahrt. Ihre Freundinnen Rachel, Linda, Nancy, Lydia, Frieda und Esther saßen darin. Und Lena. Sie sprachen, lachten leise miteinander und winkten ihr zu. Lenas Lächeln allein hätte schon genügt, um Frohsinn zu verbreiten. Aber ihre Cousine beließ es nie nur bei einem Lächeln. Sie lachte gerne und brachte auch andere zum Lachen. Das große Muttermal auf ihrer Wange, konnte ihre gute Laune nicht trüben, und Deborah fand, dass sie die Schönste von ihnen allen war. Aber obwohl sie schon dreiundzwanzig war, hatte noch nie ein Mann Lena gefragt, ob er sie nach dem Singen nach Hause begleiten dürfe.

Lena brachte den Pferdewagen zum Stehen. „Wir sind gekommen, um dir bei der Hausarbeit zu helfen."

„Ja", nickte Nancy. „Damit du genug Zeit hast, um mit Mahlon Häuser anzuschauen."

„Becca hat gesagt, dass ich für heute fertig bin."

Die jungen Frauen zogen überrascht die Brauen in die Höhe und lächelten dann erfreut.

„Dann komm mit", forderte Lena sie auf. „Wir fahren ein wenig spazieren ... und spielen Anna Mary einen Streich, und danach setzen wir dich bei Mahlon ab."

Als Deborah in den Wagen stieg, strich Lydia mit der Hand über einen gekauften Sack Kieselsteine. „Wir haben einen wunderbaren Plan. Lena hat zufällig ein paar Insiderinformationen und weiß, dass Anna

Mary noch keine Zeit hatte, ihre Pflanzen umzutopfen, aber sie hat schon einen Beutel Blumenerde gekauft."

Die Mädchen begannen, von früheren Streichen zu erzählen, die sie sich gegenseitig gespielt hatten. Als sie in die Nähe von Anna Marys Haus kamen, hielt Lena den Wagen an. Zwei Mädchen blieben sitzen, während die anderen sich am Haus vorbei in den Schuppen schlichen. Sie nahmen Anna Marys Blumenerde mit und tauschten sie gegen den Sack mit den Kieselsteinen aus. Bald waren sie zu Mahlon unterwegs und überlegten lachend, wie lang es wohl dauern würde, bis Anna Mary bemerkte, dass sie Steine statt Erde in ihrem Sack hatte.

Deborah saß vorne neben Lena. „Wenn sie denkt, dass sie den falschen Sack gekauft hat, sollten Lena und ich versuchen, sie zu begleiten. Dann kann eine von uns den Sack wieder austauschen, während sie im Geschäft ist."

Die Mädchen brachen in neues Gelächter aus.

„Und dabei siehst du so unschuldig aus", scherzte Lena.

Deborah schob das Band ihrer Kapp schwungvoll hinter ihre Schulter. „Nicht nur ich, meine liebe Cousine. Du auch. Nur so kommen wir mit unseren Streichen ungeschoren davon, nicht wahr?"

Als Lena auf die Straße bog, die zu Mahlons Haus führte, bemerkte Deborah ein Auto, das aus der entgegengesetzten Richtung kam. Sie dachte sich nicht viel dabei, bis es zehn Meter von Mahlons Auffahrt entfernt am Straßenrand stehen blieb. Eine Tür ging auf, und ein amischer Mann stieg aus. Erst als der Mann die Autotür schloss und zur Fahrerseite herumging, erkannte sie Mahlon. Selbst aus dieser Entfernung konnte sie ihn an seinem langsamen, ruhigen Gang erkennen. Ihre Freundinnen waren so in ihre lustigen Erzählungen vertieft, dass keine das Fahrzeug oder Mahlon bemerkte. Er stand neben dem Beifahrerfenster und sprach mit dem Fahrer. Dann trat er einen Schritt zurück, winkte und ging über die Wiese zu seinem Haus.

Als würde sie Kindern bei einem Schulauftritt zuschauen, tauchten Erinnerungen an ihre Freundschaft mit Mahlon vor ihrem geistigen Auge auf – gemeinsames Essen in der Mittagspause, Spiele im Schulhof und der gemeinsame Schulweg. Es hatte alles begonnen, als sie in der vierten Klasse gewesen war und er in der sechsten.

Sie hatten miteinander getrauert, nachdem sie beide am selben Tag einen Elternteil verloren hatten. Sie hatten miteinander gelernt, ihren

Verlust zu akzeptieren, sie hatten gelernt, wieder zu lachen, und sie hatten miteinander einen Weg gesucht und gefunden, wieder vertrauensvoll und zuversichtlich durchs Leben zu gehen. Gemeinsam hatten sie viele Veränderungen in ihren Teenagerjahren überstanden. Er hatte sich am 11. September 2001 in New York City aufgehalten und Deborah dann erzählt, wie schrecklich das für ihn gewesen war. Sie wusste von seiner Verwirrung und Hilflosigkeit, von seinem Wunsch nach Rache und seinen immer wiederkehrenden Albträumen.

Still.

Tief.

Und ... verschlossen?

Das Auto, aus dem er gestiegen war, fuhr an ihrem Pferdewagen vorbei, und sie sah, dass der Fahrer ungefähr in Mahlons Alter war und eine Militäruniform trug. Als sie den Kopf zu der Stelle drehte, an der sie Mahlon gesehen hatte, war er nirgends mehr zu finden. Als Rachel in seine Auffahrt bog, begriff Deborah, dass er wahrscheinlich die Holztreppe hinaufgestiegen war, die an der Außenseite des Hauses hinauf und direkt in sein Schlafzimmer führte. Sie hatte gedacht, er würde diesen separaten Eingang nie benutzen.

Sie stieg aus, winkte ihren Freundinnen und steuerte auf die Haustür zu.

Was war mit ihm los? Seine Schweigsamkeit erschwerte ihre Beziehung manchmal. Es war nicht immer leicht zu erraten, was er dachte. Aber seit Jahren behielt sie seine Geheimnisse für sich. Nur wenige andere wussten, dass die Last, sich und seine Mutter finanziell versorgen zu müssen, als er noch nicht einmal dreizehn gewesen war, ihn in Panik versetzt hatte, oder dass er nach den Terroranschlägen vom 11. September 2001 Mühe gehabt hatte, die amische Ordnung zu akzeptieren.

Sie klopfte an die Tür und trat ein.

Ada stellte das Bügeleisen auf den Ofen, kam um das Bügelbrett herum und umarmte sie. „Guten Morgen."

„Guten Morgen, Ada. Wo ist Mahlon?"

„Er schläft noch. Ich kann mich nicht erinnern, wann ich ihn das letzte Mal wecken musste, aber ich möchte heute nicht damit anfangen. Außerdem braucht er wahrscheinlich so viel Schlaf, wie er bekommen kann, da wegen der morgigen Auktion viel Arbeit auf ihn wartet und er heute auch noch viel zu tun hat."

Deborah hoffte, dass man ihr nicht ansah, was ihr gerade durch den Kopf ging, und atmete zitternd ein. „Hast du etwas dagegen, wenn ich hinaufgehe und ihn wecke?"

„Natürlich nicht."

Während sie die schmalen Stufen hinaufstieg, hörte sie, wie über ihr Wasser aufgedreht wurde. Das Haus bestand aus einer kleinen Küche und einem Wohnzimmer unten und zwei kleinen Schlafzimmern und einem Badezimmer oben. Unter der geschlossenen Badezimmertür drang ein wenig Wasserdampf in den Flur.

Sie klopfte an die Tür. „Mahlon?"

„Hallo, Deb. Ich bin in der Dusche. Du bist früh hier. Ich bin in ein paar Minuten bei dir."

Seine Stimme klang nicht anders als sonst.

„Okay." Statt wieder nach unten zu gehen, schlenderte sie in sein Zimmer. Es sah aus wie das Zimmer eines unverheirateten Mannes und kein bisschen anders als beim letzten Mal, als sie hier gewesen war. Damals war er noch ein Teenager gewesen. Auf seiner Kommode stapelte sich saubere Kleidung, und in einer Ecke lag ein Haufen Schmutzwäsche. Teile einer Zeitung lagen neben seinem Stuhl; jedes Blatt war so gefaltet, dass sie sehen konnte, welche Artikel er gelesen hatte und welche ihn nicht interessiert hatten. Auf seinem Nachttisch lagen einige Geldscheine.

Er kam ins Zimmer und knöpfte im Gehen sein Hemd zu. Sein Gesicht und das, was sie von seiner Brust sehen konnte, waren noch nass und erinnerten sie an den Jungen, der er früher gewesen war. „Du steckst heute voller Überraschungen. Zuerst kommst du früher, als wir ausgemacht haben, und dann bist du in meinem Zimmer." Das Lächeln in seinem Gesicht konnte nicht von den Ringen unter seinen Augen ablenken. Er zog die Hosenträger über seine Schultern und steckte sich das Hemd in die Hose. „Ist etwas passiert?"

Sie versuchte, ihre Gefühle nicht zu zeigen, und wollte nicht angespannt oder neugierig klingen. „Das weiß ich noch nicht genau."

„Erzähl es mir. Dann versuche ich, es in Ordnung zu bringen." In seinen Augen lag etwas, was sie nicht definieren konnte, aber sie kannte diesen Tonfall. In diesem Ton sprach er, wenn er sich zwang, Geduld zu haben. Das geschah meistens dann, wenn das Leben ihm Aufgaben aufbürdete, gegen die er sich innerlich sträubte.

„Du musst nichts in Ordnung bringen. Ich gehöre nicht zu deinen Lasten im Leben, die du ertragen musst.“ Als er weder lächelte noch schmunzelte noch ihr versicherte, dass sie das Beste in seinem Leben sei, wurde sie plötzlich unsicher. „Oder doch?“

Er schüttelte den Kopf. „Du weißt ganz genau, dass es nicht so ist. Ich habe Hunger. Isst du was mit mir?“

Sie war verletzt, weil er ihrer Frage auswich, und versuchte, ihm in die Augen zu schauen, konnte es aber nicht. Sie hatte schon hundertmal erlebt, wie er Fragen seiner Mutter ignoriert hatte, aber sie hatte gedacht, ihr würde er alles anvertrauen.

Sie ging zum Nachttisch und deutete auf das Geld. „Hast du einen zweiten Job?“

„Nein. Dafür hätte ich gar keine Zeit. Dein Bruder lässt mich ja ständig Überstunden machen. Ich wollte eigentlich den ganzen Tag mit dir verbringen, aber ich konnte nur den Vormittag freibekommen.“

Ohne ein Wort zu dem Geld zu sagen, drehte er ihr den Rücken zu und ging zu seiner Kommode.

„Wenn du nur einen Job hast, woher bist du dann gekommen, als ich dich vor ein paar Minuten aus einem Auto steigen sah?“

Er blieb einige Sekunden mit dem Rücken zu ihr stehen. „Ach, darum geht es also?“ Nachdem er ein Paar Socken aus einer Schublade gezogen hatte, setzte er sich aufs Bett und drehte ihr immer noch den Rücken zu. „Eric Shriver ist auf Heimaturlaub, und wir haben uns getroffen. Das ist alles.“

„Ich wusste nicht, dass er wieder in Amerika ist.“ Sie hatte auch nicht gewusst, dass Mahlon Eric immer noch als seinen Freund betrachtete und sich mit ihm traf. Sie hatten sich vor ungefähr sechs Jahren angefreundet, als er und Ephraim für Erics Eltern Küchenschränke eingebaut hatten. Aber Mahlon hatte sich entschieden, diese Freundschaft aufzugeben, als er in die amische Gemeinschaft eingetreten war. Oder hatte sie das falsch verstanden? War er mit einem Soldaten befreundet?

Nachdem er die Schuhe angezogen hatte, stand er auf. „Er kam letzte Woche nach Hause. Und ... freust du dich darauf, dir heute Vormittag Häuser anzuschauen?“

Sie spürte, dass er nicht über Eric sprechen wollte, und beschloss, ihn nicht zu drängen, aber sie war trotzdem verletzt.

Er schaute sie forschend an und trat dann näher. „Es war nichts, Deb.

Er kam gestern Abend her und wollte sich mit mir unterhalten. Und ich bin mit ihm weggefahren."

„Du warst die ganze Nacht weg ... und ihr habt euch nur unterhalten?"

„Hey, ihr zwei", rief Ada. „Der Immobilienmakler ist da."

„Wir sind gleich unten." Er legte die Hände auf ihre Schultern. „Zeigt meine Deb plötzlich eine leichte Unsicherheit? Denn falls das der Fall sein sollte, würde ich am liebsten unsere amischen Regeln missachten und diesen seltenen Augenblick mit einer Kamera festhalten."

Sie verdrehte die Augen. „Ich zweifle nicht an deiner Liebe oder an deiner Treue. Nur hin und wieder an deinem gesunden Menschenverstand."

Er strich mit den Lippen über ihre Wange. „Ich habe dich, und das zeigt doch, dass ich einen unglaublich guten Menschenverstand habe."

„Ja ... das stimmt natürlich."

Lachend ließ er sie los. „Du hattest immer genügend Freunde, deshalb kannst du wahrscheinlich nicht wirklich verstehen, wie sich Eric fühlt. Ich habe mich auch immer ziemlich schwergetan, Freundschaften zu schließen, deshalb sind wir zwei uns ein bisschen ähnlich. Sollte ich den Kontakt zu ihm abbrechen, nur weil er als Soldat im Irak war und ich in dieser Zeit in eine Kirche eingetreten bin, die Gewaltlosigkeit predigt?" Er nahm einen Kamm von seiner Kommode und fuhr damit durch seine braunen Haare.

Nachdem er Eric kennengelernt hatte, hatte Deborah sich manchmal gefragt, ob Mahlon überhaupt ihrer Gemeinschaft beitreten würde. Manchmal schien diese Freundschaft nicht nur den religiösen und politischen Grenzen, die zwischen ihnen standen, zu widersprechen, sondern auch völlig unlogisch zu sein. Aber sie wusste, wenn sie Mahlon bedrängte, würde er noch stiller und schweigsamer werden, als er es ohnehin schon war. Und damit wäre keinem gedient.

Sie baute sich vor ihm auf. „Wenn ich dich nicht habe, fehlt mir immer ein wichtiger Freund. Ich kann also nachvollziehen, wie sich Eric fühlt. Aber es ist einfach seltsam, dass zwei Leute, die das Leben mit so unterschiedlichen Augen sehen, den Abend miteinander verbringen wollen."

„In bestimmten Punkten überrascht es mich, wie ähnlich wir die Dinge sehen. Außerdem gehören Unterschiede doch bei einer Freundschaft dazu, oder? In Bezug auf Kochen oder Haushalt oder neue Kleider unterscheiden du und ich uns ja auch."

Sie beschloss, seinem Urteilsvermögen zu vertrauen. „Das ist richtig. Andererseits würdest du in einem meiner selbst genähten Kleider wahnsinnig gut aussehen." Er zog sie an sich heran. „Ich würde dir fast jede Beleidigung durchgehen lassen, solange du in meinem Schlafzimmer stehst und ich dich umarme ..." Er beugte sich nach unten und küsste sie. „Aber jetzt sollten wir lieber gehen." Er nahm sie an der Hand und führte sie die Treppe hinab.

Kapitel 5

Trotz ihrer starken Selbstzweifel schleppte sich Cara auf der Suche nach der Mast Road müde weiter und hoffte, irgendetwas käme ihr bekannt vor. Bald wäre es wieder dunkel, und sie waren nicht besser dran als bei ihrer Abfahrt aus New York vor vierzig Stunden. Die Zeit verschwamm in einem Nebel aus Stress und Schlafmangel und Hunger, aber sie wusste immer noch genau, welcher Tag heute war. Sie hatte New York am Mittwoch gegen Mitternacht verlassen, war spät am Donnerstag aus dem zweiten Bus gestiegen, und im Moment begann die Freitagnachmittagssonne hinter den Baumwipfeln zu verschwinden.

Der Regen hatte ihre Kleidung durchnässt, und inzwischen waren die Innenseiten ihrer Oberschenkel wund gerieben. Ihre Beine waren so schwach, dass sie immer wieder stolperte. Sie sehnte sich nach einem heißen Bad und einem Bett. Aber es sah nicht danach aus, als würde so etwas in nächster Zukunft auf sie warten.

Ihr dünner, eng anliegender Pullover lag immer noch feucht auf ihrer Haut, aber sie hatte ein paar Sachen gekauft, damit ihre Tochter sich umziehen konnte. Nachdem sie aus dem Bus gestiegen war, hatte sie Lori fast anderthalb Kilometer weit getragen, bevor sie eine heruntergekommene Tankstelle entdeckt hatte, in der Alkohol und Lebensmittel verkauft wurden, und die sogar ein Regal mit überteuerten T-Shirts, Sweatshirts und Kapuzenshirts gehabt hatte.

Die Tankstelle hatte überhaupt nicht den ländlichen Eindruck erweckt, den sie sich vorgestellt hatte. Sie hatte eine Rauheit ausgestrahlt, die sie stark an New York City erinnert hatte. Eine Gruppe von sechs betrunkenen Männern, umgeben von leeren Bierdosen und Whiskeyflaschen, hatte jede ihrer Bewegungen von einer Veranda auf der gegenüberliegenden Straßenseite verfolgt.

Als sie den Laden betrat, klingelte die Glocke an der Tür und weckte Lori. Sie zappelte und wollte nach unten. Als Cara sie auf den Boden stellte, schaute Lori finster an sich hinab und stampfte mit den Füßen.

„Ich bin patschnass! Wie bin ich so nass geworden?“ Ihr Schreien hallte durch den Laden, und sie warf sich auf den Boden. Der Hunger und die Erschöpfung forderten ihren Tribut.

Der Mann hinter der Kasse schaute zuerst Lori und dann Cara an. Seine Verachtung war ihm ins Gesicht geschrieben. Er sah aus, als würde er sie jeden Augenblick hinauswerfen. Als Cara den Laden mit einem Kapuzenshirt in einer kleinen Erwachsenengröße und Socken für Lori sowie mit Brötchen, Milch und den nötigsten Toilettenartikeln wieder verließ, hatten die Männer auf der anderen Straßenseite gepfiffen, gegrölt und ihr anzügliche Bemerkungen nachgerufen. Sie war froh, dass keiner von ihnen von seinem Platz auf der Veranda aufstand. Sie waren wahrscheinlich zu betrunken, um stehen zu können, was gut war, denn ihr Benehmen war ziemlich abstoßend. Sie waren sicherlich zu Gemeinheiten fähig. Das sah sie ihren Gesichtern an, und sie beeilte sich, weiterzugehen.

Nach zwei Kilometern waren sie an einem alten Schuppen vorbeigekommen, in dem sie die vergangene Nacht verbracht hatten.

Nachdem sie einen ganzen Tag durch Dry Lake marschiert waren, hatte Lori Blasen an den Füßen. Cara wusste nicht, was sie anderes tun konnte, als ihr die Schuhe auszuziehen und sie in Socken laufen zu lassen.

Cara fühlte sich verloren und überfordert. Das war wieder einmal typisch für sie. Sie ging mit großen Träumen an etwas heran und musste erleben, dass die Realität alle ihre Hoffnungen zerschlug. Sie ärgerte sich über sich selbst. Als ob die Notwendigkeit, alles stehen und liegen zu lassen und obdachlos durch das Land zu ziehen, nicht schon genügt hätte, quälte sie nun auch noch der Nikotinentzug. Aber sie bemühte sich, sich ihre schlechte Laune nicht anmerken zu lassen.

Der Wunsch nach einer Zigarette war übermächtig. Ihre Nikotinabhängigkeit hatte begonnen, als sie fünfzehn gewesen war. Der Umstand, dass sie nur selten etwas zahlen musste, um zu rauchen, hatte es noch leichter gemacht, süchtig zu werden. An der Arbeit boten ihr einige Stammgäste eine Zigarette an, wenn sie ihnen ihre Getränke brachte. Sie steckte sie immer in ihre Kellnerinnentasche und rauchte sie später. Fast jeden Abend ließen Gäste unabsichtlich oder als Trinkgeld eine halb volle Schachtel liegen. Wenn sie im Moment vier oder fünf Dollar für eine Packung gehabt hätte, hätte sie sich eine gekauft. Natürlich war das fehlende Geld für die Zigaretten nur ein Teil des Problems. Das andere Problem war, dass Lori bei ihr war, die nicht wusste, dass ihre Mutter rauchte. Als Lori kleiner gewesen war und gefragt hatte, warum ihre Mutter so nach kaltem Rauch roch, hatte Cara es damit abgetan, dass sie in einem Lokal arbeitete, in dem Rauchen erlaubt war. Ihre Tochter hatte seit Jahren nicht mehr nach dem Rauchgeruch gefragt.

„Meine Füße tun immer noch weh", jammerte Lori. „Und schau, meine Socken sind voll Blut."

„Das kommt von den Blasen. Soll ich dich tragen?"

Sie schüttelte den Kopf. „Aber die Steine auf der Straße tun weh, Mama."

„Ich weiß, Schatz. Ich überlege mir bald etwas."

Lori hielt ihre Hand und verfiel wieder in ein müdes Schweigen. Am Fuß des Hügels stießen sie auf eine Straßenkreuzung. Sollten sie auf der Suche nach der Mast Road abbiegen oder geradeaus weitergehen?

Sie wusste es nicht. Wenn sie jemanden sah oder an einem Haus vorbeiging, wagte sie es nicht, stehen zu bleiben. Die Leute würden sich nichts dabei denken, wenn eine Mutter an einem schönen Frühlingstag mit ihrem Kind spazieren ging. Aber wenn sie nach einer bestimmten Straße fragte, würde das sicher neugierige Fragen auslösen. Haben Sie sich verlaufen? Wen suchen Sie? Ist Ihr Auto liegen geblieben? Wo wohnen Sie? Was machen Sie hier zu Fuß?

Nein, sie konnte niemanden fragen.

Lori zupfte an ihrer Hand. „Diese Straße beginnt mit einem *M*, Mama."

„Wirklich?" Cara blinzelte und versuchte, sich trotz ihrer pochenden Kopfschmerzen zu konzentrieren.

Mast Road.

Ihre Müdigkeit dämpfte fast die große Erleichterung, weil sie die richtige Straße gefunden hatten. Sie waren seit Tagesanbruch auf der Suche nach diesem Straßenschild. Die meisten Straßen in Dry Lake waren lang und hügelig, aber wenigstens hatten sie die Straße gefunden, die sie suchten, obwohl Cara keine Ahnung hatte, was sie hier erwartete. Sie hatte keine Ahnung, ob sie hier überhaupt irgendetwas erwartete.

Sie hatten kaum fünfzig Meter auf der Mast Road zurückgelegt, als sie einen Mann bemerkte, der ein Pferd und eine Kutsche vor ein Haus führte. Er ging einen Moment hinein und kam mit einer Frau und fünf Kindern zurück. Sie stiegen alle in die Kutsche. Wenn sie dieses Fortbewegungsmittel benutzten, mussten sie wahrscheinlich amisch sein. Als sie an ihr vorbeifuhren, fiel ihr ein Mädchen in dem Wagen auf, das ungefähr ein Jahr älter sein musste als Lori.

Ihre Schuhe würden Lori passen, ohne dass sie Blasen bekäme.

Während Cara sich dem Haus näherte, sah sie nur eine Mückengittertür zwischen sich und dem Inneren des Hauses. „Komm, klopfen wir an diese Tür."

„Wozu?"

„Nur um zu sehen, ob jemand zu Hause ist."

„Mama, schau." Lori deutete auf eine Bierflasche, die im Graben lag.

„Das ist Müll, Schatz. Komm, gehen wir weiter."

Lori zog ihre Hand frei und hob die Flasche auf. „Das sieht aus wie brauner Topas, den unsere Lehrerin uns in der Schule gezeigt hat."

„Vergiss es, Kind. Das ist nur eine leere Bierflasche." Cara nahm ihr die Flasche aus der Hand.

„Wirf sie nicht weg."

Da sie die angespannten Gefühle ihrer Tochter nicht weiter provozieren wollte, nickte sie und behielt die Flasche in der Hand.

Als sie die Verandastufen hinaufstiegen, stellte Cara die Flasche auf eine Stufe. Sie klopfte und wartete. Als niemand antwortete, klopfte sie laut dagegen. „Hallo?" Aus dem Haus war kein Geräusch zu hören. „Komm, gehen wir kurz hinein."

„Aber, Mama ..."

„Das ist okay. Es ist niemand zu Hause. Wenn jemand da wäre, würde man uns bestimmt ein Pflaster und Schuhe geben, die dir passen, nicht wahr?"

„Ja, wahrscheinlich. Aber ich will nicht hineingehen."

Cara ließ Lori an der Haustür stehen und eilte auf der Suche nach sauberen Socken, Pflaster, Salbe und Schuhen durch das Haus. Mit zwei Paar Schuhen, einer Flasche Peroxyd, einer Schachtel mit Verbandszeug, frischen Socken und einer Salbe für die Blasen ihrer Tochter in der Hand kam Cara schnell wieder heraus. Sie hatte es so eilig, dass sie stolperte und dabei die Sachen aus ihrer Hand auf der Veranda verstreute.

Lori hatte die Bierflasche in der Hand. Cara nahm sie ihr ab und stellte sie wieder auf die Veranda. „Ich denke, eines dieser Schuhpaare müsste dir passen. Probier dieses Paar an, und dann verschwinden wir von hier. Kannst du noch ein wenig warten, bevor wir die wunden Stellen säubern und verbinden?"

„Ich glaube schon."

„Braves Mädchen."

Während sie Lori in die Schuhe half, schaute sich Cara auf dem Hof um. Ein Mann stand an einem offenen Viehgatter und beobachtete sie. Ihr Herz raste. Wie lang stand er schon da? Aber er hatte anscheinend nicht vor, sie zur Rede zu stellen. Nach der Beschreibung des Fahrkartenverkäufers musste dieser Mann amisch sein. Er sah schon ein wenig älter aus und trug ein weißes Hemd, eine schwarze Hose, einen Strohhut und Hosenträger.

Ohne ihn aus den Augen zu lassen, ließ sie ein Paar Schuhe auf der Veranda stehen und sammelte die übrigen Sachen ein und stopfte sie in den Rucksack. „Passen die Schuhe?"

„Ja, aber meine Füße tun immer noch weh."

Sie warf einen Blick auf den Mann, der regungslos dastand und sie beobachtete.

„Ich klebe dir später ein Pflaster auf deine Blasen. Jetzt müssen wir gehen."

Cara stolperte, als sie aufstand, und stieß dabei versehentlich die Bierflasche die Stufen hinunter. Ihr entfuhr ein ärgerliches Fluchen.

Der Mann starrte sie weiter wortlos an.

Cara ergriff Loris Hand und eilte die Stufen hinab und zur Straße.

„Mama, warte. Du hast die Bierflasche vergessen."

„Lori, pscht. Komm." Sie zog das letzte Wort in die Länge, und Lori gehorchte.

Der Mann schien sich nicht bewegen zu können, er rieb sich nur die linke Schulter. „Malinda?"

Ihr Herz wollte stehen bleiben, als sie den Namen ihrer Mutter hörte.

Er blinzelte und öffnete den Mund, um etwas zu sagen, aber er blieb stumm.

„Daed?", rief eine junge Frauenstimme.

Er drehte sich um und schaute hinter sich. Cara konnte nicht sehen, wer gerufen hatte, aber es klang, als wäre die junge Frau sehr nahe. Der Mann schaute wieder Cara an. „Betrunkene, Süchtige und Diebe wollen wir hier nicht haben."

„Aber ich bin nicht ..."

Er trat auf die Weide und schloss das quietschende Metalltor, ohne Cara eine Chance zu geben, sich zu verteidigen.

Cara hätte gern ihr Verhalten erklärt und den beiden Leuten, die ihr jetzt den Rücken zukehrten und über die Wiese davongingen, Fragen gestellt. Warum hatte der Mann sie mit dem Namen ihrer Mutter angesprochen? Aber sie fürchtete, er könnte anfangen zu schimpfen und Lori erschrecken, wenn sie es wagte, ihm nachzulaufen und ihn anzusprechen. Stark aufgewühlt nahm sie Lori an der Hand und ging auf der Straße weiter. Sah sie ihrer Mutter ähnlich? Kannte dieser Mann ihre Mutter?

„Mama, was hat dieser Mann zu dir gesagt?"

Da sie ihr nicht die Wahrheit sagen wollte, ließ sich Cara schnell etwas einfallen. „Irgendwas von Unken und Sieben ... vielleicht?"

Das kleine Mädchen kicherte. „Er ist anscheinend ein wenig durcheinander."

„Ja, das glaube ich auch. Aber ich bin auch ein wenig durcheinander. Wie fühlen sich die Schuhe an?"

„Ziemlich gut. Danke. Ich brauche vielleicht gar kein Pflaster."

„Du bist ein tapferes kleines Mädchen, weißt du das?" Cara beugte sich vor und küsste Lori auf den Kopf.

Sie hatte gedacht, es würde ihr irgendwie weiterhelfen, wenn sie und Lori Leute träfen, die ihre Mutter gekannt hatten ... aber jetzt hatte sie das Gefühl, dass das ein großer Fehler gewesen war. Sie wusste nichts über die Vergangenheit ihrer Mutter, und dieser Mann hatte entsetzt ausgesehen, als er sie für Malinda gehalten hatte.

Sie gingen unbeirrt weiter und brachten gut zwei Kilometer zwischen sich und diesen Mann. Während sie sich bemühte, seine Reaktion irgendwie einzuordnen, betrachtete sie die Landschaft. Ein weiterer Stall, der dringend einen neuen Anstrich vertragen könnte, tauchte ein Stück vor ihnen auf, aber nichts daran kam ihr bekannt vor. Ihre Arme und Schultern schmerzten von dem weiten Weg, den sie Lori getragen hatte. Sie hatten wahrscheinlich jeden Kilometer von Dry Lake durchwandert, jede Asphaltstraße und jeden Schotterweg. Während sie sich jetzt über die Mast Road schleppten, hatte sie keine Ahnung, was sie als Nächstes tun sollten.

Sie stolperte wieder und merkte, dass sie immer müder wurde. Cara musste bald etwas finden, wo sie die Nacht verbringen konnten. Weit und breit war kein Haus zu sehen, aber vielleicht konnten sie in diesem baufälligen Stall schlafen.

Während sie auf das alte Gebäude zugingen, erblickte Cara auf der anderen Straßenseite etwas, was ihr Interesse weckte. Ohne Lori loszulassen, ging sie hinüber. Sie schritt einen kurzen Schotterweg hinauf und betrachtete einen riesigen Garten, der neben der Straße angelegt war. Vor ihr lag ein abgetragenes Fundament, auf dem nur noch ein gemauerter Kamin stand. Sie trat auf den Betonboden und ging zu der Feuerstelle. Auf dem gemauerten Kamin standen ein rostiges Gitter und ein schwarzer Kessel.

„Dieser Topf sieht aus wie ein Hexenkessel, findest du nicht, Mama? Wie in *Harry Potter*."

Cara fuhr mit den Fingern über das Metall. „Mit so einem Topf kann man über einem offenen Feuer kochen. Das Haus, das hier früher gestanden hat, muss mehrere hundert Jahre alt gewesen sein."

Etwas regte sich in ihr, aber sie konnte es nicht greifen.

Lori zupfte an ihrer Hand. „Siehst du diesen Baum da? Ich wollte schon immer auf einen Baum klettern. Weißt du noch?"

Natürlich wusste sie das noch.

„Auf diesen Baum komme ich bestimmt hinauf."

„Vielleicht." Während die grausame Realität sie niederzudrücken drohte, versuchte Cara, sich an das Positive zu klammern. Sie waren frei von Mike. Sie hatte Lori. Trotzdem hatte sie keine Ahnung, wie sie einen Neuanfang schaffen sollte und ohne Hilfe, ohne Geld und ohne Wohnung ein neues Leben für sie beide aufbauen sollte.

Sie schob die Finger ineinander und half Lori auf den untersten Ast hinauf. Wenigstens konnte sie Lori einen lebenslangen Traum erfüllen: Sie durfte auf einen Baum klettern. Dieser Baum schien perfekt zum Klettern zu sein. Er war groß, hatte aber einen dicken Ast ungefähr anderthalb Meter über der Erde.

Cara schaute sich um und fragte sich, ob sie das wenige Geld, das sie gehabt hatten, für ein völlig unsinniges Unterfangen ausgegeben hatten. Sie sollte sich lieber eine Arbeit suchen und nicht irgendwelchen Schatten aus der Vergangenheit nachjagen.

Sie wusste, wie es war: Alle Kinder, die in Pflegefamilien aufwuchsen, glaubten, dass sie irgendwo auf der Welt einen Verwandten hatten, der sie liebte. Sie bildete in dieser Hinsicht keine Ausnahme. Seit dem Tod ihrer Mutter war sie jeden Abend mit der Hoffnung ins Bett gegangen, dass ein Verwandter zufällig hören würde, dass es sie gab, und sie holen würde. Anfangs war sie so dumm gewesen zu hoffen, ihr Vater würde kommen. Aber als die Jahre vergingen, begriff sie, dass er sie nie gewollt hatte. Deshalb hatte sich diese Fantasie in den Traum verwandelt, ein Verwandter, den sie nie gekannt hatte, würde eines Tages auftauchen und sie zu sich nehmen. Als sie vierzehn wurde, weigerte sie sich, dieser Sehnsucht noch länger Raum in ihrem Herzen zu geben. Auf diese Weise tat das Leben weniger weh. Aber der Wunsch, einen Verwandten zu haben, der sich etwas aus ihr machte, war nie ganz erloschen. Sie hoffte, dass dieser Traum endlich verblassen würde. Vielleicht würde dann auch der Schmerz in ihrem Herzen nachlassen.

„Schau, Mama. Hier ist eine Stelle, an der man wie auf einem Pferd reiten kann. Und dieses knotige Ding sieht aus wie ein Pferdekopf."

Cara schaute kurz zu ihr hinauf. Eine Vertiefung in dem Ast, auf dem Lori saß, war eine perfekte Stelle, um rittlings darauf zu sitzen und so zu tun, als reite man auf einem Pferd. „Ja, das stimmt. Dir fehlen nur noch die Zügel."

„Woher weißt du das, Mama?"

Cara wandte den Blick wieder von den Wiesen ab und drehte sich zu ihr um. „Woher weiß ich was?"

Lori hielt zwei rostige Ketten hoch. Sie waren dünn und kurz.

„Woher wusstest du, dass hier Zügel sind?" Lori zog an den Ketten, die um den Teil des Astes gewickelt waren, der wie ein Pferdekopf aussah. „Ein Teil der Kette ist in den Baum eingewachsen, aber es geht noch."

Cara schlenderte zu dem Baum zurück und ließ die Hände über die mit Moos bewachsene Rinde gleiten. Sie dachte an die Erinnerungsfetzen, die sie gehabt hatte, als Mike in der Bar aufgetaucht war – eine alte Frau, hohe Maispflanzen, ein Küchentisch mit Essen, Bettwäsche, die im Wind flatterte. Während sie den Baum und das Land um sich herum betrachtete, begann sie zu ahnen, dass ihre Gedankenfragmente vielleicht doch nicht ihrer Fantasie oder einem alten Film entsprungen waren.

Kapitel 6

Deborah hielt ihren Vater am Arm fest und führte ihn den Hang hinauf. Ihr Haus stand gleich hinter der Wiese, aber vielleicht war der Weg zu anstrengend für ihn. „Du bist blass und du zitterst. Was ist nur in dich gefahren, heute einen so langen Spaziergang zu machen?" Er gab ihr keine Antwort, und sie versuchte es erneut. „*Kumm,* gehen wir heim."

Er zog an ihrem Arm, dass sie mit ihm stehen bleiben musste. „Hast du diese Frau und das Kind aus dem Haus der Swareys kommen sehen?"

„Nein." Deborah schob ihren Arm unter seinen und versuchte, ihn zu ermutigen, weiterzugehen. „Kennst du sie?"

Die Füße ihres Vaters blieben wie angewachsen stehen, und sie hatte das Gefühl, ihn nicht von der Stelle bewegen zu können.

Er schaute zum Himmel hinauf und schloss dann die Augen. „Aber das kann sie nicht sein. Sie muss inzwischen viel älter sein, und ihre Tochter ist sieben oder acht Jahre älter als du."

„Wer, *Daed*?"

Er massierte seine Schulter, als hätte er tief innen Schmerzen. „Deine Mutter hat sie so geliebt. Sie hat nie geglaubt, dass der Bann fair war – nicht einmal, als sie acht Jahre später mit einem Kind zurückkam. Als sie mit ihrer Tochter zurückkehrte, war ich erst kurz vorher zum Prediger berufen worden." Er zuckte leicht die Schultern und rieb die Stelle unter seinem Schlüsselbein.

„*Daed,* wovon redest du da?"

Er drehte sich um und steuerte auf das Viehgatter zu. „Das kann sie nicht sein. Ein Geist ... ein Trugbild – etwas anderes kann es nicht gewesen sein. Oder ..." Er beschleunigte seine Schritte. „Oder es ist eine andere, die an ihrer Stelle geschickt wurde, um die Zerstörung, die sie angerichtet hat, fortzusetzen."

„*Daed.*" Deborah nahm ihn wieder am Arm und zog ihn sanft in die andere Richtung. „Du machst mir Angst, wenn du so einen Unsinn redest. Komm, gehen wir nach Hause."

Er deutete mit dem Finger auf sie. „Ich leide zwar an einer chronischen Krankheit, aber ich bin kein Kind."

Er hatte mit seiner Zurechtweisung natürlich recht. Sie nickte und ließ seinen Arm los. Sie kamen zum Gatter, und er wartete, während Deborah es öffnete. Als sie hindurchgegangen waren, schloss sie es wieder. Ihr Herz raste vor Angst.

Sie hielt ihren Mund und versuchte zu begreifen, wovon er sprechen könnte.

„Obwohl ich erst neu zum Prediger berufen worden war, glaube ich immer noch nicht, dass ich falsch gehandelt habe." Er ging ein wenig schneller und murmelte dabei: „Aber Pontius Pilatus hat auch nie geglaubt, dass seine Entscheidung falsch gewesen sei. Ruben schwört, dass sie eine zerstörerische Art hat – eine verlogene, verführerische, manipulierende Art. Wer sollte das besser wissen als der Mann, der mit ihr verlobt war? Was hätte ich sonst tun können? Was hätte ich sonst tun sollen?"

„Wovon sprichst du?"

„Und diese Frau, die ich gerade gesehen habe, hat etwas von den Swareys gestohlen, und sie war betrunken. Sie war nicht Malinda. Sie kann nicht Malinda gewesen sein."

„Wer ist Malinda, *Daed*?"

„Du sorgst dafür, dass die Kinder in der Nähe des Hauses bleiben. Ich muss unsere Leute warnen."

Seine Worte ergaben überhaupt keinen Sinn. Und obwohl die Temperaturen höchstens bei sechzehn Grad lagen und ein leichter Wind wehte, standen ihm Schweißtropfen auf der Stirn. Als er ein wenig taumelte, schob Deborah ihren Arm unter seinen und half ihm, das Gleichgewicht nicht zu verlieren.

„*Liewi* Deborah." Er streichelte ihren Arm. „Es ist nicht leicht, die Tochter eines Predigers zu sein, nicht wahr?"

Ihre Sorge wuchs, da seine Worte immer noch nicht viel Sinn ergaben, und sie versuchte, ihn zu ermutigen, umzukehren und nach Hause zurückzugehen. Es gab nicht viele Telefone im Bezirk, aber der Bischof hatte in ihrer Möbelschreinerei eines erlaubt.

Er ging ein paar Schritte und blieb dann stehen. „Ob ich richtig oder falsch liege, weiß nur Gott. Aber manchmal müssen einfach Entscheidungen getroffen werden, um unseren Glauben zu schützen, auch wenn diese Entscheidungen hart sind."

„Ich verstehe dich. Du bist gerecht und fürsorglich und gibst dein Bestes. Davon war ich immer überzeugt."

Er nickte. „Ich hoffe, das bist du auch weiterhin."

Er taumelte, und sie versuchte mit ihrer ganzen Kraft, ihn auf den Beinen zu halten. „*Daed*?"

Seine Beine gaben nach, und er fiel auf die Knie.

„*Daed!*"

Cara versuchte, sich einen Plan zu überlegen, während Lori auf dem Baum spielte. Dieser Mann, der sie Malinda genannt hatte, ließ sie nicht los, und sie wusste, dass die Erinnerung an diese seltsame Begegnung nicht so schnell verblassen würde. Als sie Pferdehufe auf dem Asphalt klappern hörte, fuhr sie zusammen. „Komm, Schatz. Wir müssen von diesem Grundstück verschwinden." *Oder wenigstens so aussehen, als würden wir es nicht unbefugt betreten.*

„Noch nicht, Mama, bitte." Lori wickelte die Beine fest um den Ast und hielt sich an den Ketten fest.

„Lori, wir müssen weiter. Komm jetzt."

„Ich kann reiten. Schau." Sie tat, als gebe sie dem Baum die Sporen, und ahmte alle Bewegungen nach, die ein Reiter auf einem Pferd machte.

Das Hufeklappern der echten Pferde kam immer näher. Sie konnte noch keine Kutsche sehen, aber sie würde bald über die Kuppe dieses Hügels kommen.

„Lori." Cara kniff die Augen zusammen und bedachte sie mit einem strengen Blick. „Komm sofort herunter."

Lori schnaubte, aber sie hängte sich mit den Armen an den Ast und ließ ihre Beine so nahe über der Erde baumeln, wie sie konnte. Cara legte die Hände um die schmale Taille ihrer Tochter. „Okay, jetzt kannst du loslassen."

Lori ließ los.

„Komm. Wir müssen weitergehen, als wären wir nur zu einem Spaziergang unterwegs, okay?" Sie eilten zum Stall auf der anderen Straßenseite.

Ihre Tochter zog an ihrer Hand und brachte sie zum Stehen. „Hast du das gehört?"

Was, – dass ich an dir versagt habe?

Loris braune Augen wurden ganz groß. „Ich höre Hundebabys." Sie zog an der Hand ihrer Mutter und versuchte, sie zur Eile anzutreiben. „Dort aus diesem Gebäude."

Das Grundstück sah verlassen aus, und Cara überlegte, dass es vielleicht eine bessere Idee wäre, ganz aus dem Blickfeld zu verschwinden. Die beiden liefen zur Stalltür. Während sie schnell darin verschwanden, erblickte Cara zwei Pferde, die eine einfache, offene Kutsche in ihre Richtung zogen. Das bedeutete, dass sie und Lori möglicherweise auch gesehen worden waren. Sie schloss die Tür, spähte durch die Schlitze und hoffte, der Wagen würde weiterfahren.

„Mama, schau!"

Ihre Tochter saß zwischen sechs Welpen, die sich alle über die Aufmerksamkeit des Mädchens freuten.

„Pscht." Cara spähte durch den Spalt der leicht offenen Stalltür und versuchte zu sehen, welche Richtung die Pferde und der Wagen eingeschlagen hatten. Sie hörte kein Hufeklappern mehr.

„Entschuldigen Sie", rief eine Männerstimme.

Sie fuhr zusammen und schaute in die andere Richtung. Zwei Männer saßen in dem Pferdewagen und hatten den Blick auf den Stall gerichtet.

„Bleib hier", flüsterte Cara und trat dann hinaus.

Ephraim schaute das Mädchen durchdringend an und hatte das Gefühl, als hätte er sie schon einmal irgendwo gesehen. An ihre kurz geschnittenen, blonden Haare, ihre zerrissene Jeans, den eng sitzenden Pullover, der ihren Bauch freiließ, würde er sich jedoch erinnern, wenn er in ihrem Haus etwas zu tun gehabt hätte.

Aber diese braunen Augen ... Wo hatte er schon einmal Augen in dieser goldbraunen Farbe gesehen? Oder Augen, die so eigensinnig waren? Sie strahlte eine gewisse Unsicherheit aus, vielleicht weil ihr bewusst war, dass sie sich auf Privatgrund befand. Aber sie strahlte noch etwas anderes aus, etwas ... Zynisches und Kaltes.

Sie trat vom Stall weg. „Gibt es ein Problem?"

„Das würde mich auch interessieren. Sie befinden sich auf Privatgrund."

„Ja, ich habe mir schon gedacht, dass es kein Nationalpark oder so etwas ist. Ich schaue mich nur um. Dieses alte Gebäude hat Charakter."

„Danke, aber dadurch, dass es alt ist, ist es auch gefährlich. Ich würde es vorziehen, wenn Sie weitergehen."

„Das kann ich mir denken. Sie sind bestimmt sehr um meine Sicherheit besorgt."

Das Gefühl, sie irgendwoher zu kennen, ließ ihm keine Ruhe. Vielleicht gehörte sie zu den Teenagern aus New York, die das Leben auf dem Land kennenlernen sollten und die die Millers jeden Sommer bei sich aufnahmen. Normalerweise kamen sie jedoch erst Mitte Juni, aber ... „Sind Sie aus dieser Gegend?"

Eine leichte Überraschung verdrängte für einen Moment die Härte aus ihren Augen. „Ist das die amische Version von ‚Kennen wir uns nicht?'"

Ephraims Gesicht glühte bei der Andeutung, er würde versuchen, mit ihr zu flirten. Er nahm den Hut ab, stemmte den Ellenbogen auf sein Bein und beugte sich vor. „Das war die höfliche Version von ‚Ich will, dass Sie von meinem Grundstück verschwinden'. Aber wenn Sie hier in der Gegend neu wären und nur spazieren gehen würden, wollte ich nett sein."

Sie zog eine Augenbraue in die Höhe, und er hatte das Gefühl, als hätte sie ihm noch einiges andere zu sagen. Er hatte in der Zeit, in der er unter ihnen gelebt und gearbeitet hatte, genug Erfahrungen mit solchen Englischen gemacht, um zu wissen, dass ihre Zurückhaltung weniger mit Respekt als vielmehr mit eigennützigen Interessen zu tun hatte.

Sie steckte die Fingerspitzen in die vorderen Taschen ihrer Jeans. „Wie ich schon sagte, haben wir uns nur kurz umgeschaut. Ich dachte nicht, dass ich damit einen so großen Aufstand auslösen würde."

Während er seinen Hut wieder aufsetzte, dachte er über ihre Worte nach. Dry Lake hatte manchmal viele Probleme mit Teenagern, und in seiner Vorsicht klang er wahrscheinlich härter, als er wollte. „Ich ..."

In diesem Moment hörte er Deborah rufen. Ephraim schaute sich um und sah, dass seine Schwester auf ihn zugelaufen kam. „*Daed* geht es nicht gut. Komm schnell!"

Er wollte sich sowieso nicht länger mit dieser ungewöhnlichen Fremden auseinandersetzen. Er schlug dem Pferd leicht mit den Zügeln auf den Rücken, und der Wagen rollte los.

Kapitel 7

Cara schlüpfte durch die nur einen Spaltbreit offene Stalltür, ließ aber den Wagen, der sich auf der Straße entfernte, nicht aus den Augen. Der Mann, der mit ihr gesprochen hatte, war genauso kalt und unangenehm, als würde man einen Winter in einer zerschlissenen Jacke verbringen. Sie hatte es schon zu oft erlebt: gut aussehende, starke Männer, die völlig gefühllos und herzlos waren. „Komm, Liebes. Wir müssen weiter."

„Nein, Mama. Schau doch."

Ein einziger Blick auf Lori ließ einen Teil des Stresses und der Müdigkeit von ihr abfallen. Es war in ihrer Situation irgendwie unangebracht zu grinsen, aber die pelzigen, schwarzen Welpen, die schon ungefähr fünf Pfund wiegen mussten, hatten es sich auf dem Schoß ihrer Tochter bequem gemacht und schliefen friedlich, während Lori sie streichelte.

Lori schaute zu ihr hinauf. „Wir können nicht weggehen. Sie mögen mich."

Lag in den Augen und der Stimme ihrer Tochter ein Anflug von Ehrfurcht?

Cara kniete neben ihr nieder und streichelte ein Hündchen. „Sie sind wirklich süß, Lori-Schatz, aber wir können nicht hierbleiben. Dieser herzlose Mann kommt vielleicht zurück."

„Bitte, Mama." Aus Loris braunen Augen sprach eine so hoffnungsvolle Sehnsucht, als würde jedes leere Versprechen, das alle Weihnachtsmänner der Welt gaben, wiedergutgemacht, wenn Cara ihr diese eine Bitte erfüllte.

Cara saß mit überkreuzten Beinen da und fragte sich, was es schon schaden könne, wenn sie Lori ein paar Stunden mit den Welpen erlaubte. Außerdem mussten sie heute Nacht irgendwo schlafen. Sie schaute sich im Stall um und entdeckte verrostete Mistgabeln, Fässer und modrige Heuballen. Ein morscher Wagen stand in einer Ecke mit Abdeckplanen, Seilen und einer Gießkanne. An einigen Stellen fehlte das Blechdach.

Der Eingang zu einem Silo erregte ihre Aufmerksamkeit. Sie zog an der Tür und fiel fast um, als sie endlich aufging. Diese Tür war lange nicht geöffnet worden. Wenn der Mann wiederkam, könnten sie und Lori sich hier drinnen verstecken. Er käme nie auf die Idee, in das Silo zu schauen. Als sie auf der Straße gewesen waren, waren sie nicht weit von hier über eine kleine Brücke gekommen. Es musste also ein Bach in der Nähe sein. Das bedeutete, sie hatten genug zu trinken und könnten sich waschen und die Zähne putzen. Wenn sie den Schmutz von zwei Reisetagen von sich und Lori abwaschen konnte, könnte sie vielleicht sogar schlafen – selbst wenn sie sich in einem schmutzigen Stall befanden.

Ein Stück Blech, das an der Wand lehnte, klapperte und bewegte sich. Ein älterer Hund kam dahinter hervor. Nach einem kurzen Blick auf Cara zog die Mutterhündin den Kopf ein und klemmte den Schwanz zwischen die Beine.

Cara kniete nieder und lockte die Hündin zu sich. „Ich weiß genau, wie du dich fühlst. Aber du darfst es dir nicht anmerken lassen." Die alte Hündin kam zögernd zu ihr und stand still, während Cara ihr kurzes, schwarzes Fell streichelte. „Wenn du zeigst, dass du dich traurig und verlassen fühlst, werden die Leute nur noch gemeiner. Weißt du das denn noch nicht?"

Die Hündin wedelte mit dem Schwanz. Als spürten sie die Nähe ihrer Mutter, wachten die Welpen plötzlich auf und begannen, zu winseln und zu ihr zu laufen. Die Hündin leckte Caras Hand und bewegte sich dann in eine Ecke, wo sie sich niederlegte, um die Welpen zu säugen.

„Was machen sie denn da, Mama?"

Cara zog die Tüte mit den Brötchen aus Loris Rucksack. „Sie säugt sie. Das heißt, dass die Welpen von ihrer Mutter Milch trinken."

„Hast du das mit mir auch gemacht?"

Cara reichte ihr ein Brötchen. „Das war kostenloses Essen. Was denkst du denn? Natürlich habe ich das mit dir gemacht."

Lori wischte sich die Hände an ihrem Kleid ab. „Wenn ich nur die Hälfte meines Brötchens esse, darf ich es dann mit der Mamahündin teilen?"

„Dein Teil *ist* die Hälfte des Brötchens, also nein, du darfst der Hündin nichts davon geben."

„Weißt du was?"

Cara zuckte die Achseln. „Ich bin im Moment nicht zu Ratespielen aufgelegt, okay?"

„Wenn ich irgendwann mehr Essen habe, als ich brauche, gebe ich es anderen Mädchen und Jungen, die Hunger haben."

Cara verdrehte die Augen. „Ja, wenn." Der Sarkasmus in ihrem Tonfall war nicht zu überhören, wurde ihr dann bewusst.

Aber mit einem Mal erinnerte sie sich an ihren Traum als Kind, in dem sie auf ein Pferd sprang und in eine Welt ritt, in der Menschen lebten, die sie liebten, und in der die Tische voll Essen waren. Sie starrte ihr halbes Brötchen an. „Gib deine Hoffnungen nie auf, Lori-Schatz. Nie."

Deborah zitterte immer noch am ganzen Leib, als Ephraim in die Hofeinfahrt bog. *Daed* saß neben ihr, und Mahlon saß direkt hinter ihm auf der Kante der Ladefläche. Er stützte ihren Vater, damit er nicht aus dem Wagen fiel, der holpernd über den Schotterweg rollte. Sein aschfahles Gesicht machte Deborah große Angst.

Lieber Gott, nimm ihn nicht zu dir. Bitte! Sie schrie diese Worte stumm zu Gott. Der Tod ihrer Mutter hatte fast ihre ganze Familie zerstört. Sie könnte es nicht ertragen, noch jemanden zu verlieren. Ihr Vater und Becca hatten in den letzten Jahren eine neue Familie gegründet und die Kinder, die jeder von ihnen schon gehabt hatte, getröstet.

Mahlon sprang vom Wagen, bevor dieser zum Stehen kam. Er schaute Deborah in die Augen und sagte ihr mit seinem Blick, dass er sie liebte und dass er sie verstand. Das wusste sie. Er hatte sie schon immer geliebt, und sie verließ sich auf seine stille Stärke.

Becca lief aus der Tür. „Abner?"

„Er hatte einen Herzanfall." Deborah erstickte fast an den Tränen, die sie nicht zu weinen wagte.

„Ruft den Arzt und bestellt einen Fahrer." Beccas Flüstern konnte ihre Panik nicht verbergen.

Ephraim war schon auf halbem Weg zur Werkstatt.

„Mir geht es schon wieder besser." *Daed* bedeutete ihnen mit einer unwirschen Armbewegung, dass sie ihn loslassen sollten. „Hört auf, so ein Theater um mich zu machen."

Sie ließen ihn los.

„Aber du musst dich untersuchen lassen, Abner. Das muss sein", flehte Becca.

„Ich habe gesagt, dass es mir schon wieder besser geht."

Deborah stand vor ihm. „Du hast wirres Zeug geredet, *Daed.* Und du hattest stechende Schmerzen in der Brust." Sie fuhr ihm mit den Fingern über die Stirn. „Dir steht immer noch der Schweiß auf der Stirn."

Er schaute sie direkt an. „Das wird schon wieder. Ich muss mich nur ein wenig ausruhen."

„Bitte." Deborah drückte leicht seinen Arm. „Du musst ins Krankenhaus fahren, damit wir genau wissen, was los ist. Nicht morgen oder in ein paar Tagen. Sondern jetzt auf der Stelle."

Er hob langsam eine Hand an ihr Gesicht und legte seine raue Handfläche auf ihre Wangen. „Okay. Aber lasst die Kleinen nicht draußen herumlaufen, während wir weg sind. Du musst dafür sorgen, dass sie in der Nähe des Hauses bleiben. Damit sie vor dieser betrunkenen Diebin in Sicherheit sind. Und sperr die Türen zu." Sein heiserer Atem war abgehackt und seine Hände zitterten. „Wenn ich im Krankenhaus bin, wollen die Ärzte mich mindestens eine Nacht dortbehalten. Das ist immer so."

Deborah legte ihre Hände über seine Hand. „Mahlon wird hierbleiben und Ephraim helfen, alles für die Auktion vorzubereiten. Und Ada wird für Becca einspringen. Die Gemeinde kann die Auktion planmäßig durchführen, auch ohne dass du hier bist und nach allen Seiten Anweisungen erteilst."

Daed nickte.

Becca trat zu ihm. „*Kumm.*" Sie nahm *Daed* am Arm und half ihm ins Haus.

„Er wird sicher bald wieder gesund sein." Mahlon trat hinter sie und legte beruhigend die Hände auf ihre Schultern. „Die Ärzte können das wahrscheinlich leicht beheben. Erinnerst du dich an letztes Jahr, als er zu viel Salz gegessen hatte und deshalb zu viel Flüssigkeit einlagerte?"

„Damals hat er aber keine Schmerzen gehabt."

„Nein, aber bei solchen Herzproblemen müssen von Zeit zu Zeit die Medikamente neu eingestellt werden. Das wissen wir aus früheren

Erfahrungen. Ich bin sicher, dass die Ärzte dieses Problem schnell lösen können."

„Er sagt immer wieder, dass eine Frau aus dem Haus der Swareys etwas gestohlen habe und dass sie betrunken gewesen sei. Ich habe allerdings niemanden gesehen. Dann begann er, etwas von einem Geist zu murmeln, und dass Mama sie geliebt habe und dass er sich vielleicht geirrt habe wie Pontius Pilatus." Sie schluckte und hatte Mühe, ihre Gefühle in den Griff zu bekommen. „Ich konnte nichts tun, um ihm zu helfen."

„Er wird wieder gesund, Deb." Mahlon trat vor sie. „Du hast alles richtig gemacht." Seine tiefe, leise Stimme gab ihr Kraft. „Du hast an seine Liebe zu euch appelliert, damit er das tut, was nötig ist."

Sie trat zu einem Stuhl auf dem Rasen und setzte sich. „Ich ... ich weiß einfach nicht, ob ich es verkraften würde, wenn ich ihn auch noch verlieren würde."

„Deb." Mahlons Haltung wurde angespannt, und aus seinen Augen sprach eine unübersehbare Frustration. „Tu das nicht. Alles wird wieder gut werden. Und natürlich könntest du es verkraften, falls es dazu käme. Bleibt dir denn eine andere Wahl? Willst du deshalb zusammenbrechen? Dann müssten alle anderen sich auch noch um dich kümmern."

Die Angst um ihren *Daed* trat für einen Moment in den Hintergrund und sie fühlte sich verletzt. Aber sie wusste, warum er das sagte. Deshalb atmete sie tief durch und beherrschte sich. „Du hast recht. Ich wollte nicht ... Das Leben ist nur manchmal so beängstigend, und wenn man gerade so weit ist, dass man eine Sache verkraften kann, passiert schon wieder etwas anderes."

Er senkte für einen Moment den Kopf, bevor er ihr in die Augen sah. „Ich weiß. Aber es ist ein Unterschied, ob man sich um jemanden Sorgen macht, oder ob man sich in die Angst hineinsteigert, was ihm alles passieren könnte. Du bemühst dich so sehr, dass alle gesund sind und dass es ihnen gut geht. Tu ... das einfach nicht ..."

Er klang, als wollte er noch mehr sagen. Sie fand, dass sie eine Entschuldigung mehr verdiente als eine Ermahnung, und sie wartete darauf. Ein Auto hupte, und sie wusste, dass der Fahrer gekommen war, um *Daed* zum Krankenhaus zu bringen.

Kapitel 8

Das Donnergrollen weckte Cara. Ihr Kopf schmerzte, und sie wünschte sich eine Zigarette und eine Tasse Kaffee. Dunkelheit umgab sie, aber das Stück Himmel, das sie durch die Löcher im Dach sehen konnte, verriet, dass die Sonne bald am Horizont aufgehen würde. Die zerrissene Plane, die sie über sich und Lori gebreitet hatte, konnte die Kälte nicht abhalten. Die Welpen lagen auf Lori. Ihr war also trotz des Schmutzes wenigstens warm.

Der Geruch von Heu, dem erdigen Boden und dem alternden Stallgebäude stieg ihr in die Nase. Sie sah sich als kleines Mädchen, das an einem Seil schaukelte und sich in einen Heuhaufen fallen ließ. Konnte es sein, dass sie früher schon einmal in diesem Stall gewesen war?

Die Hündin hob den Kopf und legte ihn auf Caras Bein. Sie streichelte das Tier und fragte sich, was dieser Tag wohl bringen könnte und wo sie nächste Nacht schlafen würden. Sie sehnte sich nach einigen grundlegenden menschlichen Annehmlichkeiten und vermisste eine Toilette, eine Dusche und saubere Kleidung.

Während sie aufstand und das modrige Heu und die Erde von sich abwischte, nahm ihre winzige, armselige Wohnung in der South Bronx einen Hauch von Luxus an, den sie nie wahrgenommen hatte. Dort hatte es fließendes, heißes Wasser gegeben. Eine Küche. Ein Badezimmer. Eine Haustür mit einem Schlüssel, der sagte, dass sie das Recht hatte, in der Wohnung zu leben. Sie entfernte einen schwarzen Käfer von ihrem Pullover. Die Käfer in ihrer Wohnung waren nachts wenigstens auf dem Fußboden geblieben und nicht in ihr Bett gekommen.

Während sie noch überlegte, was sie an diesem Tag am besten machen sollte, schlüpfte sie durch ein schmales Loch an der Rückseite, an der zwei senkrechte Holzlatten fehlten, aus dem Stall. Die kühle Mailuft roch nach Regen. Ihre Augen brannten vor Schlafmangel oder vielleicht auch wegen der Staubschicht, die sie bedeckte. Sie hatte den starken Wunsch, zum Bach zu gehen und sich zu waschen, aber sie blieb hier. Die Sonne stieg langsam über den Horizont. Vögel sangen. Tau lag auf der Wiese. Einen solchen Sonnenaufgang hatte sie noch nie gesehen. Lichtstrahlen tanzten auf den Wassertropfen, die die Felder überzogen.

Als sie ein Geräusch hörte, drückte sie sich wieder durch die Öffnung in der Stallwand. Sie sah einen kleinen Jungen, der neben Lori stand und einen Welpen hielt.

„Ich muss sie verstecken", flüsterte er. „Mein Bruder will sie heute bei der Auktion verkaufen."

Cara trat vor. „Er kommt hierher?"

Der Junge drehte sich um. „Jetzt noch nicht. Wahrscheinlich wartet er, bis sie anfangen, das Vieh zu verkaufen, und dann holt er sie."

„Wir müssen die Hunde verstecken, Mama. Simeon sagt, dass sie noch zu jung sind, um ohne ihre Mama zu leben."

Trotz ihres Wunsches, so schnell wie möglich von hier zu verschwinden, kam ihr etwas an dieser Szene bekannt vor – der Strohhut, das weiße Hemd, die Hosenträger, die schwarze Hose des Jungen.

Simeon zog ein Taschentuch aus seiner Hosentasche, legte es auf den Boden und faltete es auseinander. Die Hündin verlor keine Zeit, die Essensreste darauf zu verspeisen.

„Was ist eine Auktion?", wollte Lori wissen.

„Bei einer Auktion kann man alles Mögliche kaufen. Sie findet immer auf unserem Hof statt, weil wir die Einzigen sind, die genug Platz zum Parken und ein riesiges Gebäude haben, das den Regen abhält. Wir haben auch Pavillonzelte aufgestellt, die nur ein Dach und keine Seitenwände haben. Deshalb kann einiges draußen verkauft werden, und ein paar Verkaufstische sind auch in der Werkstatt aufgestellt. Und es gibt genug Essen für alle." Simeon erzählte, wo er wohnte, und wo das Haus seines Bruders stand, und er sprach auch von einer Versammlung, die morgen Abend bei ihm zu Hause stattfinden würde, und dass sein Bruder allein wohnte. Er plauderte einfach drauflos, als hätte er völlig vergessen, wozu er hierhergekommen war.

„Simeon!", rief eine Männerstimme.

Die Augen des Jungen wurden ganz groß. „Das ist mein Bruder."

Cara packte Lori am Arm, hob den Rucksack auf und eilte ins Silo. Während sie die Tür schloss, legte sie den Zeigefinger über ihre Lippen und hoffte, Simeon würde sie nicht verraten.

Der Junge riss die Tür auf. „Versteckt ihr die Welpen auch mit?"

„Sie machen zu viel Lärm." Cara zog die Tür wieder zu, aber als sie seinen enttäuschten Blick sah, befürchtete sie, dass er sie vielleicht verraten würde.

„Simeon Mast."

Sie erkannte die Stimme des Mannes. Simeons Bruder und der herzlose Mann waren ein und derselbe. Cara hielt den Atem an. Unbefugtes Betreten von Privatgrund war strafbar. Es wäre zwar kein großes Verbrechen, aber es würde genügen, um die Behörden auf sie aufmerksam zu machen. Sie würden dann anfangen, in ihrem Leben herumzuschnüffeln, und bald herausfinden, dass sie kein Geld, keinen festen Wohnsitz und eine Tochter bei sich hatte.

„Mama", flüsterte Lori. „Bei der Auktion gibt es etwas zu essen, und ich habe Hunger."

Cara legte Lori liebevoll die Hand über den Mund. „Pscht." Wie konnte sie ihr erklären, dass sie kein Geld für das gute Essen hatten, das es bei der Auktion sicher geben würde? Nachdem sie an der Tankstelle in Shippensburg Essen und Kleidung gekauft hatte, hatten sie noch zweiunddreißig Cent übrig. Wenn sie Loris Rucksack durchsuchte, würde sie vielleicht noch ein paar Münzen finden, um ihr eine Kleinigkeit zu kaufen.

In diesem dunklen, feuchten Loch wimmelte es von Ungeziefer. Wie hatte sie nur so tief sinken können?

In ihr wuchs der Wunsch, es Mike heimzuzahlen. Er verfolgte sie seit über einem Jahrzehnt. *Er* sollte in einem dunklen Loch mit Ungeziefer stecken, und nicht sie.

Die Stimme des Mannes wurde lauter, als steuere er geradewegs auf das Silo zu. „Natürlich bringe ich die Welpen nicht zur Auktion." Es klang, als lehnte er sich an das Silo. „In ein paar Wochen, wenn sie alt genug sind, suchen wir ein Zuhause für sie. Aber da *Daed* im Krankenhaus ist und deine Schwestern wegen der Auktion alle Hände voll zu tun haben, musst du bei mir bleiben. Jetzt komm, bevor ich die Geduld verliere."

Einen Moment war es still, und dann fiel die Stalltür ins Schloss. Sie wartete noch einige Minuten, dann öffnete Cara die Siloluke und half Lori, wieder hinauszuklettern. Simeons Bruder musste Essen mitgebracht haben, denn die Hündin wedelte begeistert mit dem Schwanz und machte sich darüber her.

Das Klappern von vielen Pferdehufen ließ Cara aufhorchen. Sie spähte aus der Stalltür. Eine lange Reihe von Pferdewagen war auf der Straße in Richtung Osten unterwegs. Autos überholten sie. Alle fuhren in dieselbe Richtung.

„Simeon hat erzählt, dass zu der Auktion mehr als tausend Leute kommen", berichtete Lori. „Können wir auch hingehen? Bitte?"

Wenn Cara noch ein wenig Geld auftreiben könnte, würden sie vielleicht einen Hotdog oder etwas Ähnliches kaufen können, um Loris Hunger zu stillen. Vielleicht würde dieser Ort ihr auch helfen, dass sich die nebelhaften Erinnerungen etwas lichteten. Vielleicht würde sie dort eine Antwort darauf bekommen, warum dieser Mann sie mit dem Namen ihrer Mutter angesprochen hatte. Jedenfalls waren die Antworten, die sie suchte, sicher nicht auf abgelegenen Landstraßen zu finden. Da die Auktion jedem offenstand, konnte es nicht schaden, wenn sie dort auftauchten.

Cara nahm den Rucksack. „Komm, zuerst gehen wir an den Bach und machen uns frisch. Wir wollen doch nicht so aussehen, als hätten wir in einem Stall geschlafen, wenn wir zur Auktion gehen."

Das Zelt über Deborahs Kopf versprach den drohenden Regen abzuhalten, während sie ein Blech Zimtschnecken mit Zuckerguss bestrich. Sie und Ada hatten seit zwei Uhr morgens gebacken und waren nun für den Ansturm der vielen Kunden gerüstet. Sechs Warmhaltebleche waren mit Frühstücksessen gefüllt: Rühreier, Wurst, Speck, Waffeln, Hackbraten und Frühstücksbrote.

Listen, was sie noch alles erledigen musste, gingen Deborah durch den Kopf, aber sie suchte eine Gelegenheit, um mit Mahlon zu sprechen. Da sie mehrere hundert Waffeln und Zimtschnecken für die heutige Auktion gebacken hatte, und da ihre jüngeren Geschwister sie brauchten, hatte sie ihn seit gestern Abend nur einmal kurz aus der Ferne gesehen.

„Hallo, kleine Debbie." Als sie Jonathans Stimme hörte, drehte sie sich um.

Sie lachte, als sie Mahlons Vetter in seiner gewohnten amischen Kleidung, aber zusätzlich mit einer weißen Kochschürze und matschverschmierten, kniehohen Gummistiefeln vor sich stehen sah.

Er verdrehte die Augen. „Hey, sei nett. Mein Kochzelt versinkt fast im Schlamm."

„Sei du lieber nett, wenn du später einen Kuchen von mir willst. Und hör auf, kleine Debbie zu mir zu sagen."

Er hielt ihr die Hand hin. „Abgemacht."

Sie betrachtete vorsichtig seine Handfläche, um zu sehen, ob er vielleicht ein Insekt darin liegen hätte.

Er lächelte und zeigte ihr seine leere Hand und ließ sie dann wieder sinken. Jonathan machte meistens eine freundliche, aber lustige Bemerkung über ihren Namen. Vielleicht benutzten irgendwelche Amisch irgendwo den Namen Deborah, aber niemand in ihrer Umgebung kannte Leute, die so hießen. Sie war nach der englischen Hebamme ihrer Mutter benannt worden.

Sie hob leicht das Bein und betrachtete den Saum ihres Kleides. Es hatte schon einige Schmutzspritzer abbekommen. „Heute Abend muss ich den ganzen Matsch aus unserer Kleidung auswaschen."

„Ja, darauf solltest du dich einstellen. Du hättest ein dunkelfarbiges Kleid anziehen sollen. Hast du die Kasse mit dem Wechselgeld?"

„Noch nicht. Ich habe sie vergessen."

„Es geht doch nichts über einen lästigen Freund, der dich an etwas erinnert, das du vergessen hast." Er schmunzelte. „Ich kann sie nicht holen. Meine Würstchen warten auf mich. Aber wenn ich dir irgendetwas kochen soll, brauchst du nur zu rufen."

„Denki."

Es war kaum zu glauben, dass Jonathan und Mahlon Vettern waren, da die einzige Ähnlichkeit zwischen den beiden ihre Augenfarbe war. Jonathans fröhliche Offenheit bildete einen starken Gegensatz zu Mahlons schweigender Introvertiertheit. Mahlon zu verstehen war nicht immer leicht. Aber sie fühlte sich zu ihm hingezogen, als wäre sie ein ausgetrocknetes Land und er ein tiefer Brunnen mit kühlem Wasser.

Als sie sich kurze Zeit später umdrehte, entdeckte sie Mahlon, der am Zeltrand stand und sie beobachtete. Sie wünschte sich so sehr, sie könnte besser verstehen, was hinter diesen nussbraunen Augen vor sich ging. Ein breiter und tiefer Fluss wahrscheinlich, in dem sich Gedanken und Gefühle tummelten, die tiefer reichten als bei den meisten Menschen.

Er nickte ihr ein stummes Hallo zu, und sie ging zu ihm. Die Entschuldigung, die sie gestern Abend von ihm hatte hören wollen, stand in seinen Augen.

„Guten Morgen." Bei seiner tiefen, liebevollen Stimme lief ihr ein Kribbeln über den Rücken. Er schob seine Hand in ihre und drückte sie. „Gibt es Neuigkeiten von deinem *Daed*?"

„Becca hat gestern Abend vom Krankenhaus aus in der Werkstatt angerufen. Die Ärzte sind ziemlich sicher, dass es kein Herzinfarkt war. Das ist die gute Nachricht." Sie zuckte die Achseln, da sie nicht sicher war, ob sie den Rest gut genug verstanden hatte, um es richtig erklären zu können. „Es sieht so aus, als hätte er einen Krampf in einem Brustmuskel gehabt. In seinem ganzen Körper hat sich wieder Flüssigkeit angesammelt. Auch um sein Herz und seine Lunge herum. Der Arzt sagte, das hätte die Atemnot und einen Teil der Brustbeschwerden verursacht. Sie geben ihm Medikamente, die die Schwellung reduzieren. Aber das alles erklärt weder sein sonderbares Verhalten noch dass er angeblich einen Geist gesehen hat."

„Wann kommt er wieder heim?"

„Voraussichtlich am Dienstag. Becca hat mich gebeten, mich an diesem Tag von einem Fahrer ins Krankenhaus bringen zu lassen. Sie braucht ein paar Sachen aus der Apotheke und dem Supermarkt, und sie ist zu erschöpft und durcheinander, um alles in Ruhe durchzudenken."

Mahlon beobachtete etwas hinter ihr, und sie drehte sich um.

Israel Kauffman ging neben Mahlons Mutter her und trug eine Zwanzigpfundpackung mit rohen Würsten. Für einen Mann Mitte vierzig sah er richtig gut aus. Er war schlank, aber kräftig, hatte glänzende, braune Haare und ein Lächeln, das nie aufhörte. Er brachte Ada mit seinen Worten zum Lachen. Ada war nur wenige Jahre jünger als er, und sie waren beide verwitwet. Deborah fand, dass sie ein schönes Paar abgeben würden, aber soweit sie wusste, sahen sie einander nie außerhalb von Ereignissen im Bezirk oder in der Gemeinde.

Israel trug das Fleisch auf die Rückseite des Kochzeltes, in dem Jonathan die Würstchentöpfe beaufsichtigte. Deborah nahm Mahlon an der Hand und ging zu ihrem Platz zurück. Sie reichte ihm eine Zimtschnecke, und dann begann sie, Waffeln mit Eier und Speck vorzubereiten.

Ada ging zur Waschschüssel und schrubbte sich die Hände. „Ich habe Israel erzählt, dass wir seit zwei Uhr morgens in eurer Küche Waffeln und Zimtschnecken gebacken haben. Weißt du, was er daraufhin gesagt hat?"

Deborah schüttelte den Kopf.

„Dass wir lieber noch mehr backen sollen, weil er das alles bis zum Mittag allein aufessen würde."

Deborah schmunzelte. „Danach hat er bestimmt einen vollen Bauch und einen leeren Geldbeutel."

Jonathan kam mit einem Blech gekochter Würstchen um die Ecke. Er stellte sie neben das Warmhalteblech und begann, sie daraufzuschieben. „Ich weiß, dass wir alle Zutaten für verschiedene Wurstwaffeln haben, aber weißt du denn auch, wie man ein Wurstbrötchen macht?"

Deborah zuckte die Achseln. „Keine Ahnung."

„Du bohrst ein Loch in das Brötchen und schiebst die Wurst hinein."

Sie lachte und warf einen Blick auf Mahlon, der keine Miene verzog. Er hatte in den letzten Tagen so beunruhigt gewirkt. Andererseits war ihre Woche, seit Ephraim ihnen vor drei Tagen seinen Segen zu ihren Hochzeitsplänen gegeben hatte, ein einziges Auf und Ab gewesen. Vielleicht war er auch einfach nur müde.

Sie wickelte eine Waffel mit Wurst und Ei in Folie ein und riss das nächste Stück Plastikfolie ab. „Wir müssen so viele verschiedene Waffeln mit Wurst und Eiern vorbereiten wie möglich. Sie verkaufen sich am schnellsten."

Jonathan hob seinen nun leeren Behälter hoch. „Willst du noch einen Bottich mit Rühreiern?"

„Ja, bitte."

„Ich bringe sie gleich, aber ich gebe sie dir nur, wenn ich eine Tasse von deinem leckeren Kaffee bekomme." Er tippte an seinen Hut und verbeugte sich. Sein breites Lächeln verriet, dass er nur einen Scherz machte.

Deborah nahm die Kaffeemühle, gab frische Kaffeebohnen hinein und drehte die Kurbel. „Bring die Eier, und ich koche den Kaffee."

„Ja, Madam." Er verschwand.

Mahlon berührte ihre Schulter. „Ich schaue in ein paar Stunden wieder vorbei. Ich muss jetzt los."

Die wenigen Sekunden, die verstrichen, als sie ihm in die Augen schaute, versicherten ihr, dass er sie liebte, egal, was ihn zurzeit belastete. „Vielleicht können wir morgen eine lange, gemütliche Spazierfahrt machen. Nur wir beide."

„Das bezweifle ich, solange Becca fort ist und du den Haushalt führen musst, aber wenn es möglich sein sollte, würde ich das gern machen."

Sie konzentrierte sich wieder darauf, alles für die ersten Kunden vorzubereiten – Papierteller und Servietten in die vorgesehenen Behälter zu stapeln und die Salz- und Pfefferstreuer und Fläschchen mit der Würzsauce aufzufüllen.

„Es wird heute wild zugehen, Deborah." Jonathan kam mit einem riesigen Behälter mit dampfend heißen Rühreiern um die Ecke. Er nickte zu den vielen Leuten hinüber, die ihre Fahrzeuge auf den abgemähten Wiesen parkten. Sie würden bald vor Deborahs und Adas Frühstücksstand Schlange stehen, und diese Schlange würde bis zum Mittag nicht abreißen.

Kapitel 9

Cara und Lori folgten der Schlange aus Pferden und Einspännern, die sich langsam zur Auktion bewegte. Zum Glück waren sie nicht die Einzigen, die zu Fuß unterwegs waren, und fielen deshalb nicht auf. Wenigstens nicht allzu sehr. Keine der anderen Frauen trug eine Jeans. Hier trugen anscheinend alle Kleider und Röcke und so lange Haare, dass man sie zurückstecken musste. Darin sah Cara keinen großen Sinn. Wenn die Frauen ihre Haare die ganze Zeit zurücksteckten, warum schnitten sie sie dann nicht einfach ab?

Nachdem sie einen knappen Kilometer weit marschiert waren, sah sie, dass auf einer Wiese am Straßenrand Autos parkten. Pferdewagen standen auf einer anderen Wiese mit einer eingezäunten Koppel, auf der die abgezäumten Pferde frei herumliefen. Einige mobile Toiletten und Waschbecken waren offensichtlich nur für diesen Tag aufgestellt worden. Vor sich erblickte sie neben der Straße ein riesiges Bauernhaus. Ein Stück dahinter stand ein Gebäude, das wie eine große Lagerhalle oder Werkstatt aussah.

„Riechst du das Essen, Mama?"

Bei dem herrlichen Duft, der in der Luft lag, lief ihr das Wasser im Mund zusammen. Noch verlockender als der köstliche Essensgeruch war für Cara jedoch der himmlische Kaffeeduft. Aber wenn sie in Loris Rucksack nicht irgendwo ein paar Münzen entdeckte, müssten sie sich mit dem alten halben Brötchen und dem Bachwasser, das es zum Frühstück gegeben hatte, zufriedengeben. „Vielleicht können wir uns später etwas kaufen. Wir haben doch gerade erst gegessen. Wir brauchen im Moment nichts."

Der Himmel öffnete seine Schleusen. Sie und Lori eilten zum nächsten Zelt und drängten sich mit vielen anderen, die sich vor dem Regen schützen wollten, darunter. Sie schaute sich um. Auf dem hinteren Teil des Grundstücks, ein gutes Stück entfernt und hinter den Sträucher- und Baumreihen fast versteckt, stand ein anderes Gebäude – möglicherweise ein Wohnhaus, aber sie konnte es nicht genau erkennen. Falls es ein Wohnhaus war, war es wahrscheinlich das Haus von Simeons Bruder, von dem der Junge erzählt hatte. Es sah aus, als gäbe es dort eine Abkürzung zu ihrem Stall, wenn sie durch die Wiese und an dem Gebäude hinter den Bäumen vorbeiginge. Wenn sie später die Auktion verließen, würde sie diesen Weg ausprobieren.

Aus der Lagerhalle ertönten die schnellen Worte eines Mannes, der einen Gegenstand versteigerte. Cara nahm Lori an der Hand und betrat mit ihr das überdimensionale Gebäude. Es war in verschiedene Verkaufsbereiche unterteilt. Ein Mann, der Topfpflanzen verkaufte, stand in der ersten Abteilung. Daneben befand sich ein improvisierter Küchenbereich mit Bänken und Tischen. Cara vermutete, dass hier später Mittagessen verkauft werden würde.

Ein riesiges Fuhrwerk, das mit den verschiedensten Sachen gefüllt war, stand in der Mitte des Gebäudes und wurde von ziemlich vielen Leuten umringt. Zwei Männer, die genauso gekleidet waren wie Simeon und sein Bruder – dunkelblaue Hose, einfarbiges Hemd, Hosenträger und Strohhut – standen auf der offenen Ladefläche. Der Auktionator beugte sich nach unten und hob etwas neben sich auf. „Wer bietet auf dieses Stück?“ Mit einem Stirnrunzeln hielt er einen vollen, alten Pappkarton hoch. „Was ist das überhaupt?“

Die Leute, die um den Wagen herumstanden, lachten. Der Gehilfe des Auktionators zuckte die Achseln, nahm ihm die Schachtel ab und reichte ihm stattdessen eine große, handbemalte Gießkanne. „Ah, da haben wir etwas, was ich verkaufen kann. Morgen ist Muttertag. Diese Gießkanne würde gut zu den Topfpflanzen passen, die nebenan angeboten werden.“

Loris Augen wurden groß. „Morgen ist Muttertag?“

Cara nickte.

Lori traten Tränen in die Augen. „Aber … aber ich habe in der Schule etwas für dich gemacht.“

Cara kniete neben ihrer Tochter nieder. „Ich habe *dich*. Wenn alle Mütter eine Tochter wie dich hätten, würde man so etwas wie einen Muttertag gar nicht brauchen.“

Der Schmerz in Loris Augen wurde schwächer. „Wirklich?“

Cara legte sich die Hand aufs Herz. „Wirklich.“

„Ich habe dir ein Bild gemalt.“

„Es ist bestimmt so schön, dass sich auch die traurigste Mutter riesig darüber freut. Ich denke, die Lehrerin wird es Sherrys Mama geben. Wenn eine Mutter ein Geschenk verdient, weil ihr Kind sich nicht wie eines benimmt, dann sie." Cara kannte die Frau nicht, aber sie hatte gesehen, wie sich ihre Tochter Sherry in der Schule benahm und wegen jeder Kleinigkeit frech zur Lehrerin war.

Lori lächelte, legte die Arme in Caras Nacken und hielt sich an ihr fest. Cara hob sie hoch und drückte sie an sich.

„Mama, ich will nach Hause."

„Ich weiß, Schatz." Cara ging an den vielen Leuten vorbei in den hinteren Teil des Gebäudes. Reihen mit den verschiedensten Gartenstühlen standen vor einer Wand mit Regalen, die mit Quiltdecken gefüllt waren. Auf einem Tisch neben den Regalen stand ein Schild mit der Information: „Quiltverkauf ab Mittag."

Sie ging zu einem leeren Stuhl und nahm ihre Tochter auf den Schoß. In dieser Woche hatte es zu viele schnelle Veränderungen gegeben, außerdem hatten sie viel zu viel laufen müssen und zu wenig zu essen bekommen. Sie streichelte die lockigen Haare ihrer Tochter und beruhigte sie, bis sie sich völlig entspannte. Lori lehnte sich mit dem Rücken an Caras Brust und beobachtete stumm die Leute.

Der Regen fiel stärker, aber unter dem Dach des Gebäudes boten die Auktionatoren weiterhin Waren zur Versteigerung an. Niemand schien Cara zu bemerken. Amische Frauen mit Klemmbrettern und Stiften schauten die Zettel an den Quiltdecken an und machten sich Notizen. Sie schoben einige Quilts von einer Seite auf die andere und unterhielten sich in einer Sprache, die Cara nicht verstand. Sie schloss die Augen und döste leicht ein. Sonderbare Bilder tauchten vor ihrem geistigen Auge auf und verschwanden wieder. Ein Küchentisch mit frischem Essen. Eine herzliche Umarmung von einer Frau, die ihre Mutter Levina nannte. Zwei nebeneinander stehende Bäume. Sie kletterte auf den einen Baum hinauf, und ein Junge kletterte auf den anderen. Er rief ihr etwas zu, während sie rittlings auf einem dicken Ast saß, als wäre es ein Pferd, und so tat, als reite sie weit, weit weg.

Das Lachen ihrer Mutter erfüllte sie. *„Levina, ich bin kumme ..."*

Cara fuhr aus dem Schlaf hoch. Eine amische Frau stand neben ihr und unterhielt sich mit einer anderen amischen Frau. Diese Sprache ... War das nicht die gleiche Sprache, in der ihre Mutter mit ... mit ...

dieser Frau gesprochen hatte? Wie hieß die Frau, von der sie gerade geträumt hatte?

Sie konnte sich nicht erinnern, aber sie wollte ein paar Dinge über ihre Kindheit wissen. Das sollte eigentlich nicht wichtig sein, denn immerhin war sie schon achtundzwanzig. Aber es war ihr wichtig. Und sie wollte Dry Lake erst verlassen, wenn sie ein paar Erklärungen hatte.

Simeons Bruder stand im vorderen Teil des Raumes. Zum Glück hatte er sie noch nicht bemerkt. Am liebsten wäre sie schnell von hier verschwunden, aber draußen regnete es in Strömen. Sie und Lori wären völlig durchnässt, bis sie in den Stall zurückkämen oder einen neuen Unterschlupf fänden. Dann müssten sie den ganzen Tag und die ganze Nacht in nasser Kleidung verbringen.

Ein Auktionator trat an den Schreibtisch neben den Quiltdecken. „In Kürze beginnen wir mit der Versteigerung der Quiltdecken."

Sie beschloss, dass es am besten wäre, Lori auf ihrem Schoß sitzen zu lassen und zu hoffen, Simeons Bruder würde sie nicht sehen. Aber selbst wenn er sie bemerkte, war es eine öffentliche Veranstaltung. Sie hatte genauso viel Recht, sich hier aufzuhalten, wie jeder andere nichtamische Besucher.

Der Geruch von gegrillten Hähnchen erfüllte die Luft. Ihr Magen knurrte. Sie hatte noch nie so viel selbst gekochtes Essen an einem Ort gesehen. Sie durchsuchte Loris Rucksack und förderte eine Zehncent-Münze zutage.

Großartig. Jetzt haben wir zweiundvierzig Cent. Das genügt nicht, um Lori irgendwas zu kaufen.

Zwei Frauen befestigten eine Quiltdecke an einem Gestell, an dem Seile und ein Flaschenzug angebracht waren. Simeons Bruder zog dann die Quiltdecke am Gestell weit nach oben, damit jeder sehen konnte, worauf er bot. Als diese Quiltdecke verkauft war, ließ er sie wieder nach unten und trat zur anderen Seite, wo mehrere Frauen eine andere Quiltdecke an einem zweiten Gestell befestigt hatten.

Er half den Frauen unabhängig von ihrem Alter und Aussehen und lächelte, während er ein paar Worte mit jeder wechselte. Er eilte von einer Quiltdecke zur nächsten, damit sie die schweren Decken nicht selbst heben mussten. Cara hatte noch nie einen Mann so freundlich und hilfsbereit erlebt.

Der Quiltverkauf dauerte mehrere Stunden. Lori setzte sich auf einen Stuhl neben Cara, sang leise und blätterte in einer Kinderzeitschrift aus ihrem Rucksack und wartete, dass die Zeit verging. Der Regen ließ ein wenig nach. Cara hoffte, das Gewitter würde bald vorüberziehen.

Zu einigen Quiltdecken erzählte der Auktionator kleine Geschichten. Seine Stimme kam durch das batteriebetriebene Mikrofon, das an seinem Hemd steckte. „Emma Riehl hat die nächste Quiltdecke vor zwanzig Jahren begonnen."

Emma Riehl?

Die Stimme des Mannes verschwamm, als der Name Emma Riehl in Caras Kopf widerhallte.

Plötzlich war sie wieder in einem Busbahnhof und ging an der Hand ihres Vaters durch die langen Gänge.

„Wohin fahren wir?"

„Nicht wir, nur du."

„Du willst mich hier allein lassen?"

„Nein. Ich bleibe da, bis Emma Riehl kommt. Sie wird bald hier sein."

Lori tippte auf ihren Arm. „Mama, ich habe Hunger."

Caras Gedanken arbeiteten weiter auf Hochtouren, aber sie kehrte so weit in die Gegenwart zurück, dass ihr die köstlichen Gerüche, die sie mit jedem Atemzug einatmete, neu bewusst wurden. „Ich weiß, Lori-Schatz. Aber wir haben nur noch zweiundvierzig Cent. Das reicht nicht, um uns irgendetwas zu kaufen. Es tut mir leid."

Als Lori nickte und sich traurig über die Augen wischte, brach es Cara fast das Herz.

„Ich muss zur Toilette."

Cara betrachtete die amischen Frauen und fragte sich, ob eine von ihnen Emma war. „Kannst du noch kurz warten?"

„Nein."

„Bist du sicher? Ich brauche nur noch ein paar ..."

„Ich muss jetzt gehen."

„Okay. Okay." Cara schlängelte sich mit Lori an der Hand durch die Menge. Sie schaute sich nach dem nächsten mobilen Toilettenhäuschen um, stellte sich mit Lori in die Schlange und wartete.

Emma Riehl? Dieser sonderbare Zufall und der Umstand, dass dieser Mann sie gestern mit dem Namen ihrer Mutter angesprochen hatte, überzeugten sie, dass sie diesen Ort erst verlassen würde, wenn sie ein paar Antworten hätte.

Nachdem sie auf der Toilette gewesen waren und sich die Hände an dem mobilen Waschbecken gewaschen hatten, kehrten sie zum Quiltverkauf zurück.

Als sie an einem Zelt mit Essen vorbeikamen, zupfte Lori an Caras Hand. „Mama, bitte. Können wir mit dem Geld nicht die Hälfte von etwas kaufen?"

Eine amische Frau hinter einer Kasse schaute sie an.

„Ich habe noch ein Brötchen im Rucksack."

Lori schaute zu ihr hinauf. „Ich habe Hunger auf ein richtiges Essen, Mama."

Cara beugte sich nach unten und flüsterte: „Ich habe es dir doch gesagt. Wir haben nicht genug Geld."

Lori nickte.

„Warten Sie", rief eine Stimme.

Cara drehte sich um und sah eine junge amische Frau, die ihr einen Teller hinhielt.

„Deborah?", rief ein Mann.

„Ja?", antwortete die Frau.

„Wo ist die Alufolie?"

„In der Kiste unter der Kasse." Deborah hielt ihnen den Teller näher hin. „Wegen des Regens sind heute nicht so viele Besucher zur Auktion gekommen wie sonst. Könnten Sie mir vielleicht bei dem übrig gebliebenen Essen helfen?"

Lori jubelte. „Bitte, Mama? Bitte?"

Auf dem Teller lagen zwei riesige Waffeln, die mit dampfenden Rühreiern und Wurst beladen waren. „Die Eier und Wurst sind noch ganz heiß." Ihr Lächeln verriet, dass sie wusste, dass Lori etwas zu essen haben wollte.

„Danke."

„Ja!" Lori führte einen kleinen Freudentanz auf.

Die junge Frau schmunzelte. „Ich glaube, ihr gefällt die Idee. Kommen Sie. Sie können sich auch etwas zu trinken aussuchen. Wir haben Milch, Schokomilch, Orangensaft …"

„Orangensaft? Ich liebe Orangensaft!" Lori strahlte über das ganze Gesicht.

Caras Augen wurden feucht. „Danke."
Deborah nickte. „Kommen Sie hier herüber." Sie schenkte Lori ein Glas Saft ein, dann hielt sie Cara einen Styroporbecher hin. „Kaffee?"
Cara zog das wenige Kleingeld, das sie in der Tasche hatte, heraus und reichte es Deborah. „Ja, bitte." Sie zog das zweite Wort so sehnsüchtig in die Länge, dass die junge Frau lachen musste.
Deborah zögerte. Dann nahm sie das Geld.
Cara balancierte den Teller mit dem Essen und der Tasse Kaffee vorsichtig in ihren Händen. „Kannst du dein Getränk tragen, ohne es zu verschütten?"
Lori nickte und bedankte sich noch fünfmal bei der Frau.
Cara lächelte. „Vielen Dank."
„Gern geschehen."
Sie gingen zu Caras Stuhl im Auktionsgebäude zurück. Seit sie weggegangen waren, hatten sich mehrere Stühle geleert und auch die Regale mit den Quiltdecken waren leerer geworden.
„Wir haben ein warmes, köstliches Essen. Heute ist also ein guter Tag, nicht wahr, Mama?"
Cara wünschte, sie könnte ihrer Tochter versprechen, dass es morgen auch so werden würde, und nickte. „Ja, das stimmt." Aber Emma Riehls Quiltdecke war inzwischen verkauft worden, und jede Chance herauszufinden, welche Frau Emma sein könnte, war vertan.
Während sie sich ihr Essen und ihre Getränke schmecken ließen, faltete der Auktionator ein Papier in der Größe eines Briefes auseinander. „Das ist ein Vertrag für eine Frau, die bereit ist, drei Monate lang einen Tag in der Woche ein Haus zu putzen. Von wem kommt das erste Gebot?"
Als keine Antwort kam, hielt ein kräftiger Mann eine Visitenkarte hoch und rief: „Ich bin bereit, für eine amische Frau zu bieten, die fünf Tage in der Woche das Haus putzt, kocht und mir hilft, meine Frau zu versorgen, bis sie wieder gesund ist. Gibt es irgendwelche Interessenten?"
Es wurde viel gemurmelt und Witze wurden gemacht, aber niemand meldete sich.
Als der Mann aufstand, war nicht zu übersehen, dass er nicht amisch war. „Es würde wahrscheinlich auch reichen, wenn jemand nur vier Stunden am Tag käme. Wir würden jedes Mal vierzig Dollar zahlen. Es gibt doch sicher jemanden, der daran interessiert ist."

Zwei Frauen hinter Cara waren sich einig, dass die Bezahlung nicht schlecht sei, sagten aber, dass sie nicht die Zeit hätten, um noch eine weitere Arbeit zu übernehmen. Cara hätte gern die Hand gehoben, aber wenn sie aufstand, würde der Auktionator nach ihrem Namen und ihrer Adresse fragen. Jeder Arbeitgeber wollte eine Adresse, und da sich die Leute hier in der Gegend so nahestanden, würden sie sofort wissen, wenn sie log. Nachdem sie den ganzen Nachmittag hier verbracht hatte, wusste sie, dass hier jeder jeden kannte. Wenn sie mit diesem Mann allein sprechen könnte, käme sie mit einer Lüge vielleicht durch.

„Okay, ich erhöhe mein Angebot. Vier Stunden am Tag zu fünfzig Dollar. Ich bezahle am Ende jedes Arbeitstages in bar." Der Mann schaute sich im Raum um. „Kommen Sie schon. Mir geht es nicht anders als Ihnen allen hier. Ich verdiene gerade so viel, dass es zum Leben reicht. Und ich suche dringend eine Haushaltshilfe."

Niemand hob die Hand. Cara fragte sich, ob es vielleicht versteckte Gründe gab, aus denen sich niemand meldete.

Er warf seine Visitenkarte auf einen Tisch. „Hier ist meine Telefonnummer und Adresse, falls es sich jemand doch noch anders überlegt."

Cara starrte die Karte an und sehnte sich danach, sie sich zu schnappen. Sie bräuchte nur eine einzige Chance. Wenn sie finanziell auf die Beine käme, könnte sie staatliche Unterstützung beantragen. Falls sie dann noch Unterstützung brauchte. Und sie müsste nicht länger in Angst leben, Lori zu verlieren.

Sie spürte, dass jemand sie beobachtete. Als sie sich umdrehte, sah sie, dass Simeons Bruder sie anstarrte. Ihre Nerven waren aufs Äußerste gespannt und ihr wurde am ganzen Körper heiß. Er wollte sie bestimmt ausfragen, und sie wusste, ohne dass es ihr jemand sagen musste, dass er die Macht besaß, ihren Neuanfang zu vereiteln. Sie musste schleunigst von hier verschwinden.

„Gehen wir." Cara schob sich den Riemen von Loris Rucksack über die Schulter und sammelte ihren Müll zusammen.

„Ich habe immer noch einen halben Becher Orangensaft. Ist das nicht cool?"

„Ja, komm jetzt." Aber Cara rührte sich selbst nicht von der Stelle. Die Visitenkarte des Mannes lag auf dem Tisch und wartete nur darauf, dass Cara sie sich schnappte.

Wieder tauchte ein Bild vor ihrem geistigen Auge auf.

Ihr Vater tippte auf eine handgemalte Landkarte. *„Siehst du, wo ich dieses Pferd und diesen Einspänner gemalt habe? Dorthin gehst du. Von dort hätte deine Mutter nie weggehen sollen. Das war nicht gut für sie ... für uns."*

„Ich gehe zu Levina?"

Ihr Vater schaute sie hart an, bevor er den goldfarbenen Inhalt aus seinem Glas leer trank. *„Du weißt von ihr?"*

„Ich habe sie gesehen."

Er bestellte sich noch ein Glas und noch eines, bevor er aufstand und sie zu einer Bank irgendwo im Bahnhof führte. *„Bleib hier, Cara Atwater. Genau hier. Und rühr dich nicht von der Stelle. Emma wird kommen und dich holen."*

Cara schloss die Augen und versuchte, den Schmerz zu verdrängen. Sie war zweimal im Stich gelassen worden. Ihr Vater hatte sie einfach verlassen. Und Emma Riehl war nie gekommen, um sie abzuholen.

„Geht es dir gut, Mama?"

Sie schlug die Augen auf und zwang sich zu einem Lächeln. „Natürlich, Lori-Schatz." Als sie aufblickte, sah sie, dass Simeons Bruder sie anschaute. Ein gewisser Trotz regte sich in ihr und sie hielt seinem Blick stand. Sie würde nicht weggehen. Noch nicht. Dieser Mann konnte an seinem Geiz wegen seines schimmeligen Heus und seines baufälligen Stalls ersticken, aber sie lief nicht weg.

Verstecken? Ja. Weglaufen? Noch nicht. Erst wollte sie ein paar Antworten auf ihre Fragen haben.

Simeon tauchte auf und sagte etwas zu ihm und lenkte ihn von Cara ab.

Die Leute drängten sich um den Tisch, auf dem die Visitenkarte lag. „Bleib nahe bei mir und verhalte dich ruhig." Cara stand von ihrem Stuhl auf und mischte sich unter die Menge. Sie bewegte sich durch die Lücken zwischen den Leuten und nahm die Visitenkarte an sich. Niemand schien zu merken, dass sie den Arm zwischen sie geschoben hatte. „Gehen wir."

Auf dem Weg aus der riesigen Werkstatt heraus sah sie eine Theke, hinter der eine improvisierte Küche aufgebaut war. Sie blieb stehen und sah, wie eine Frau Frikadellen in zwei Brötchen legte, sie liebevoll garnierte und sie dann in eine weiße Tüte verpackt auf die Theke stellte. Cara bewegte sich unauffällig zu der Stelle und schnappte sich die Tüte. Sie schob sie in den Rucksack. Nicht einmal Lori bemerkte, was sie tat. Aber als sie aufschaute, sah sie Simeons Bruder, der sie von der anderen Seite des Raums her beobachtete. Sie widerstand dem Drang, eine grobe Bemerkung zu machen, und verschwand durch den Seiteneingang.

Kapitel 10

Cara warf einen Kieselstein ins Wasser. Lori saß am Bachufer und malte mit einem Stock auf die Erde. Ein Stück Dachpappe vom Stall lag unter ihr und sorgte nach dem heftigen Regen von gestern dafür, dass ihre Kleidung trocken blieb.

Am Muttertag obdachlos. Was für ein Witz! Da Simeons Bruder gestern im Stall aufgetaucht war, konnte sie Lori heute nicht einmal mit den Welpen spielen lassen. Bis sie eine Wohnung oder wenigstens ein Zimmer für sie beide gefunden hatte, müssten sie sich bis spätabends vom Stall fernhalten. Sie hatte sich nach anderen Außengebäuden umgesehen, in denen sie schlafen könnten, aber sie waren alle zu nahe bei bewohnten Häusern.

Jahraus, jahrein hatte Cara der Wunsch angetrieben, Lori Selbstwertgefühl zu vermitteln, sie wissen zu lassen, dass sie jemanden hatte, der sie liebte. Sie war hierhergekommen, weil sie Verbindungen zu ihrer Vergangenheit, zu Freunden oder Verwandten ihrer Mutter finden wollte. Aber würde sich für Lori etwas ändern, selbst wenn ihr das gelingen sollte?

Vielleicht war ihre Abreise aus New York nur eine Chance für eine saubere Trennung und einen Neuanfang.

Sie spielte mit der Visitenkarte, die der Mann auf den Tisch geworfen hatte – Richard Howard in der Runkles Road. Obwohl heute Sonntag war, waren sie und Lori zu ihm gegangen. Lori müsste mit ihr zur Arbeit gehen, deshalb hatte sie ihre Tochter auch zum Vorstellungsgespräch mitgenommen. Da sie auf der Suche nach der Mast Road den größten Teil von Dry Lake durchwandert hatte, erinnerte sie sich gut, wo diese Straße zu finden war. Als sie dort angekommen waren, hatte der Mann sie zu seiner Frau ins Schlafzimmer geführt. Ginny Howard hatte sich den Oberschenkelknochen gebrochen und steckte in einem Hüftgips. Ihr Mann hatte seinen ganzen Urlaub aufgebraucht, um bei ihr zu Hause zu bleiben. Er suchte dringend Hilfe, auch wenn Cara nicht amisch war, und wollte, dass sie für ihn arbeitete, aber Ginny war zurückhaltender. Sie sagte, wenn Cara sich anständig anziehen würde, würde sie es sich überlegen, sie einzustellen. Cara vermutete, dass Mr Howard mehr daran liegen musste, sie zu beschäftigen, als seiner Frau bewusst war. Sonst hätte er sie nicht aufgefordert, heute Abend in einer anderen Kleidung noch einmal zu kommen.

Er hatte sie daran erinnert, dass er am Ende jedes Arbeitstages fünfzig Dollar in bar zahlen würde. Mit ein wenig Glück und diesem Geld in der Tasche könnte sie vielleicht innerhalb von ein paar Tagen ein Zimmer zur Miete finden. Obwohl sie nur für vier Stunden bezahlt wurde, hatte sie ihm angeboten, dass sie jeden Tag dableiben könnte, bis er von der Arbeit nach Hause käme. Er war von diesem Gedanken begeistert gewesen, aber Cara hatte das nicht aus reiner Nächstenliebe getan. Sie wusste, dass es leichter wäre, den ganzen Tag in seinem Haus zu arbeiten, als sich mittags von Mrs Howard zu verabschieden und sich dann unsichtbar zu machen, bis sie bedenkenlos zum Stall zurückkehren konnten.

Auf dem Rückweg von den Howards hatte Cara „anständige" Kleidung auf der Wäscheleine in Simeons Garten hängen sehen. Sie hatte gesehen, wie die Frau, die ihnen bei der Auktion etwas zu essen geschenkt hatte, die Sachen aufgehängt hatte, und Cara wollte ihr nichts wegnehmen. Aber wäre es Diebstahl, wenn sie ein paar Sachen nahm und sie später zurückbrachte? Sie müsste warten, bis es dunkel war.

Sie sehnte sich danach, die Beziehung zwischen ihrer Mutter und Emma Riehl zu verstehen. Wenn diese Emma dieselbe Emma war, die sie damals nicht abgeholt hatte, wollte sie wissen, warum. Was für ein Mensch machte so etwas?

Die Sehnsucht, das herauszufinden, war genauso tief und beherrschend wie ihr Wunsch als Waisenkind, doch noch einmal mit ihrer Mutter sprechen zu können.

Als die Abenddämmerung sich über das Land legte, wusste Cara, dass es Zeit war, ihren Plan in die Tat umzusetzen. „Komm mit, Lori-Schatz."

Lori stand auf und wischte sich das Kleid hinten ab. „Wenn wir eine Angelrute hätten, könnte ich uns einen Fisch fangen, und wir könnten ihn kochen."

Cara steckte das letzte Brötchen in den Rucksack. Genauso wie die vorigen beiden müssten sie es in Wasser aufweichen, bevor sie es essen konnten, oder sie würden sich einen Zahn ausbeißen. Aber die Hamburger, die sie von der Auktion mitgenommen hatte, waren köstlich gewesen. Sie hätte ihren gern aufgehoben, um ihn Lori heute zu essen zu geben, aber sie hatte Angst gehabt, das Essen könnte schlecht werden. „Glaubst du wirklich, du könntest uns einen Fisch fangen?"

„Ja."

„Dann muss ich uns eine Angelrute besorgen." Sie hielt Lori die Hand hin, und sie schlenderten am Flussufer entlang. Auf diese Weise würde niemand sie bemerken, bis es dunkel wurde. Dann könnten sie die Straße benutzen. „Und wo wollen wir deine Fische dann kochen?"

„Vielleicht auf einem dieser Grills, auf denen die Männer mit den Hüten gestern ihre Hähnchen gekocht haben."

Cara schmunzelte. „Diese Grills waren groß genug für hundert Pfund Fleisch."

„Dann muss ich hundert Pfund Fische fangen."

„Deine Einstellung gefällt mir, Kind."

„Mama? Was machen wir jetzt?"

„Wir borgen uns ein paar Sachen." Während sie Lori über die Wiese hinter den Häusern führte, fiel ihr Blick auf das Haus von Simeons Bruder. Sie betrachtete das dunkle, stille Haus. Wenn sie ein Kleid ergattert hätte, wollte sie auch ein paar Sachen aus seinem Haus holen.

Sie war besorgt, weil sie so lange gebraucht hatten, um hierherzukommen, und hoffte, die Wäsche wäre noch nicht abgenommen worden. Sie ging weiter. Hinter den Büschen und Bäumen sah sie Simeons Haus und die Werkstatt. Sie schätzte die Entfernung ein, wie sie es aus New York gewohnt war und vermutete, dass die Häuser ungefähr zwei Häuserblocks voneinander entfernt waren – ungefähr zweihundert Meter. In New York würden auf der Fläche zwischen diesen zwei Häusern Tausende von Menschen leben, aber hier war kein einziges anderes Haus zu sehen.

In der Nähe von ein paar Bäumen ragte ein Felsen in die Höhe. Sie führte Lori in diese Richtung. „Du musst auf diesem Felsen bleiben, bis ich zurückkomme, okay?"

„Wenn es sein muss."

„Es muss sein. Du wartest hier und rührst dich nicht vom Fleck, bis ich zurückkomme und dich hole."

„Okay."

„Versprichst du es mir?"

Als sie ihre Tochter auf den Felsen setzte, hielt sich Lori die überkreuzten Finger aufs Herz.

Cara schlich sich außen um das Grundstück herum, bis sie die Wäscheleine sah. Dieselben Sachen hingen immer noch an der Leine. Es sah so aus, als wäre nichts dazugehängt und auch nichts abgenommen worden. Sie konzentrierte sich auf die Reihe mit den Kleidern, von denen zwei so aussahen, als könnten sie ihr passen. Sie bewegte sich langsam durch den Garten, versteckte sich im Schatten und merkte sich alles, was sie sah. Ein roter Kinderleiterwagen lag im Graben neben der Straße. Ein Handrasenmäher stand unter einem Baum. Aus dem Haus hörte man die Stimmen von mindestens einem Dutzend Menschen. In der Einfahrt standen sechs Einspänner, vor die Pferde gespannt waren. Sie vermutete, dass es Dieben entgegenkam, wenn die Leute beschäftigt waren. Wenn sie abgelenkt waren, passten sie nicht so gut auf.

Sie schnappte sich schnell ein Kleid und huschte in den Schatten zurück. Niemand schien etwas bemerkt zu haben.

Ihr nächster Plan machte sie nervöser. Simeon hatte gesagt, dass sein Bruder allein wohnte und dass er heute Abend im Haus seines *Daeds* wäre. Simeon hatte außerdem erzählt, dass das Haus nie zugesperrt wurde. Solange Simeons Bruder nicht unerwartet zurückkäme, dürfte sie keine Probleme haben.

Nachdem sie sich über die Wiese und durch seine Büsche geschlichen hatte, stand sie auf der Veranda dieses Mannes. Die Haustür stand offen. Nur die Mückengittertür war zu. Sie schlich hinein und suchte den Kühlschrank. Nach wenigen Sekunden hatte sie ihn entdeckt.

Als sie ihn öffnete, traute sie ihren Augen kaum. Er war von oben bis unten mit Essen beladen. Sie nahm den ersten Behälter, den sie erwischte, stellte ihn auf die Arbeitsplatte und öffnete den Deckel, nur um sicherzugehen, dass er nicht mit rohem Fleisch gefüllt war. Der Duft von gegrilltem Hähnchen stieg ihr in die Nase. Perfekt. Sie nahm eine Dose Limonade und ein paar Servietten. Sie steckte alles in das Kleid und schaute sich in dem dunklen Haus um – ein Badezimmer, ein Wohnzimmer und ein Schlafzimmer. Im Schlafzimmer öffnete sie die Schublade einer Kommode und entdeckte mehrere Taschenlampen. Sie nahm eine und ging zum Kleiderschrank. Unter einem Stapel

Quiltdecken zog sie etwas heraus, das wie eine alte gekaufte Decke aussah.

„Hey, Ephraim“, rief ein Mann und jagte ihr damit einen großen Schrecken ein. „Du gehst doch nicht schon schlafen, oder?“

Mit vollen Armen eilte sie zur Hintertür hinaus. Zwei Männer standen auf halbem Weg zwischen den zwei Häusern und unterhielten sich. Während sie zum Felsen zurückeilte, war sie von den Schätzen in ihren Armen begeistert, und ihr Herz pochte vor Adrenalin.

„Hey, Lori-Schatz, rate mal, was ich habe!“ Lori hielt den durchsichtigen Behälter hoch.

„Essen.“ Sie klatschte in die Hände.

Cara öffnete ihn. „So viel gegrilltes Hähnchenfleisch, wie ein Mädchen essen kann. Wir müssen aber im Gehen essen, sonst wird es für mich zu spät, um noch zu meinem Vorstellungsgespräch zu kommen.“ Cara zog sich das Kleid über den Kopf und schälte sich aus ihrer Jeans. „Ich habe in einem Graben einen kleinen roten Wagen gesehen. Ich lege ihn mit dieser Decke aus, dann ziehe ich dich, während du isst. Einverstanden?“

„Wir stehlen den Wagen?“

„Nein, Schatz. Wir bringen ihn zurück, bevor irgendjemand merkt, dass wir ihn uns geborgt haben.“

Lori leckte sich die Finger. „Das schmeckt köstlich. Willst du auch etwas?“

„Nur ein kleines Stück.“ Ihr Magen schmerzte vor Hunger, und sie hätte den ganzen Behälter allein leer essen können, aber sie gab sich mit dem Fleisch an einem Hähnchenflügel zufrieden. „Du kannst vier Schlegel haben, aber danach machen wir den Behälter fest zu und stellen ihn in den Bach. Dadurch bleibt der Rest kalt und verdirbt nicht.“ Sie stopfte ihre Jeans in den Rucksack. „Komm mit.“

Der Arbeitstag lag an diesem Montag hinter ihm, und Ephraim stellte sein Teleskop in seinem Versteck auf. Er versuchte, sich auf die Sterne zu konzentrieren, die am dunklen Himmel funkelten. Doch der Ärger über die Frechheit dieses Mädchens, gestern Abend einfach in sein Haus zu gehen und ihn zu bestehlen, beschäftigte ihn im Moment mehr als der Himmel. Sie entsprach der Beschreibung seines Vaters von der betrunkenen Diebin, die er gesehen hatte und vor der er die Gemeinde gewarnt hatte. Ephraim musste erst noch herausfinden, was sie genau von ihm gestohlen hatte. Aber er hatte gesehen, dass sie die Arme voll beladen gehabt hatte.

Der Mars war im Westen hoch oben am Himmel aufgetaucht. Gegen Mitternacht würde er im Nordwesten untergehen. Da er heute Nacht sein Haus nicht aus den Augen lassen würde, wäre er wahrscheinlich dann noch hier im Garten. Doch er wusste nicht, ob er sich lang genug konzentrieren konnte, um den Mars zu sehen.

Da er mit eigenen Augen gesehen hatte, wie das Mädchen gestern mit vollen Armen aus seinem Haus gekommen war, war er heute mehrere Male zum Stall gegangen, in der Hoffnung, sie dort zu finden. Er war durch verschiedene Teile von Dry Lake gefahren, aber er hatte sie nirgends gesehen. Er war sicher, dass sie wieder auftauchen würde. Diebe kehrten zu den Orten zurück, die eine leichte Beute waren, und sein Haus musste wie eine leichte Beute aussehen.

Wenn sein Onkel ihm nicht nachgerufen hätte, als er über die Wiese zwischen seinem und *Daeds* Haus gegangen war, hätte er sie gleich an Ort und Stelle zur Rede gestellt. Aber er wollte nicht, dass sein *Daed* und Becca etwas davon erfuhren und beunruhigt wurden.

Ein leises Geräusch drang durch die Luft, und er trat zum Eingang seines Verstecks. Als er nichts sah, begann er, um das Grundstück herumzugehen und sich umzuschauen. In der Nähe des Maisfeldes, das sich unweit von seinem Haus befand, sah er etwas, was wie ein kleines Mädchen aussah, das auf einem Felsen saß. Die Diebin musste auch irgendwo hier in der Nähe sein. Als ihm bewusst wurde, dass ihr nächstes Ziel vielleicht das Haus seines Vaters wäre, eilte er durch die Bäume und über die Wiese. Er sah sie an der Wäscheleine, aber heute hatte sie ein Kleid an. Ein amisches Kleid.

Er trat geräuschlos hinter sie und räusperte sich. Sie rannte schnell weg. „Halt." Er lief ihr nach und packte sie am Arm.

Sie versuchte, sich von ihm loszureißen. Er drehte ihr den Arm auf den Rücken. „Ich will Ihnen nicht wehtun."

„Das Gleiche kann ich Ihnen nicht versprechen", knurrte sie, während sie ihren Körper nach unten beugte und ihn mit sich zog. Dann schleuderte sie plötzlich den Kopf zurück und traf ihn mit voller Wucht auf den Mund.

„Au!" Er grub die Finger in ihre beiden Arme und rang sie zu Boden. Blut tropfte von seiner Lippe auf ihren Rücken. „Hören Sie doch einfach auf, sich zu wehren!"

Sie wand sich fluchend und versuchte, ihn von sich abzuwerfen. „Lassen Sie mich los!"

„Wenn Sie sich beruhigen, können wir darüber reden."

Dass sie trotz ihrer zierlichen Größe so kräftig war, überraschte ihn. Ihre unfeine Sprache war genau das, was er von einer Diebin erwartet hatte.

Die Schmerzen in Ephraims Mund breiteten sich in seinem ganzen Gesicht aus. „Entweder hören Sie auf, um sich zu schlagen, und sprechen mit mir, oder ich hole die Polizei, und Sie können mit ihr sprechen."

Zu seiner Überraschung erstarrte sie und blieb völlig regungslos liegen. Er ließ einen Arm los und hielt den anderen fest, während er aufstand und ihr half, auch aufzustehen. Sie war ungefähr einen Meter sechzig groß und konnte nicht viel mehr als hundert Pfund wiegen. „Sie haben uns bestohlen."

„Ich nehme an, das Kleid, das ich genommen habe, gehörte Ihnen?"

„Ihnen gehört es jedenfalls nicht."

„Ich habe es nicht gestohlen."

Er wischte sich das Blut vom Mund. „Es gehört Ihnen nicht, und Sie haben es genommen. Gibt es eine neue Definition für das Wort *stehlen,* die ich bis jetzt noch nicht kenne?"

„Ich habe Geld dafür gebracht."

„Natürlich."

„Sie können mit mir darüber streiten, oder Sie gehen und schauen nach. Es hängt an der Wäscheleine."

Ohne ihren Arm loszulassen, ging er zur Wäscheleine hinüber. Ein Zehndollarschein hing mit einer Wäscheklammer an der Leine.

Das Mondlicht fiel auf ihr Gesicht und zeigte, wie schön sie war. Er sah noch etwas anderes darin: Das Selbstvertrauen einer erwachsenen Frau, und plötzlich sah sie nicht mehr so jung aus. Wegen ihrer Größe und trotzigen Art und der Jeans und des Pullovers, der ihren Bauch frei ließ, hatte er sie für einen Teenager gehalten. Aber so wie sie sich benahm und ihn mit einer gewissen Selbstsicherheit anblickte, sah er sie nun mit anderen Augen. „Es ist also in Ordnung, wenn man Geld für etwas gibt, was man sich einfach genommen hat, obwohl es nicht zum Verkauf stand?“

„Das sind arrogante Worte von jemandem, dessen Mami und Daddy ihn sein ganzes Leben lang mit allem versorgt haben, was er brauchte.“

„Was haben Sie vor den Augen Ihrer kleinen Schwester noch alles gestohlen?“

Sie sah ihn an, gab ihm aber keine Antwort.

„Reden Sie schon. Was haben Sie noch genommen?“

Sie betrachtete ihn und schien von seiner Frage überrascht zu sein. „Sie haben so viel, dass Sie nicht einmal wissen, was fehlt?“

Was sollte er darauf antworten? „Sagen Sie mir, was Sie genommen haben.“

„Nur etwas zu essen und eine Decke.“

„Haben Sie vor, mir die Sachen auch zu zahlen?“

Sie gab ihm keine Antwort, aber er wusste sie auch so. Warum war sie zurückgekommen, um nur für Deborah Geld dazulassen?

„Wo wohnen Ihre Eltern ... wo wohnen Sie?“

Sie öffnete den Mund, überlegte es sich dann aber anders und schwieg.

„Und?“

„Ich werde mir nichts mehr borgen, und ich werde dieses Grundstück nie wieder betreten. Das verspreche ich. Lassen Sie mich bitte gehen.“

Er vermutete, dass er keine bessere Antwort von ihr bekommen würde. Und er brachte es nicht übers Herz, die Polizei zu holen. Immerhin hatte sie Geld gebracht, um das fehlende Kleid zu bezahlen, und von ihm hatte sie nur Sachen genommen, die er nie vermisst hätte.

Er ließ sie los. „Gehen Sie.“

Sie starrte ihn regungslos an, als hätte er etwas getan, was sie nicht erwartet hatte. Dann begann sie zu laufen.

Ephraim drehte sich um und schaute das Haus seines Vaters an. Die Öllampen warfen einen schwachen Schein auf den Rasen. *Daed* und Becca kämen morgen nach Hause, und er hatte die Absicht, dafür zu sorgen, dass hier alles ruhig war.

Sie hatte Essen und eine Decke gestohlen? Dieser Gedanke ließ ihn nicht los.

War es möglich, dass diese junge Frau und ihre Schwester Levinas, oder besser gesagt *seinen* Stall als Unterschlupf benutzten ... und womöglich sogar dort schliefen?

Er überlegte, ob sein Bruder wohl die Namen der Mädchen wusste, und ging ins Haus. Als er in der Küche war, trat er an die Spüle, nahm ein sauberes Tuch und ließ kaltes Wasser darüber laufen. Er legte sich das Tuch auf seine blutende Lippe und seufzte. Warum musste sie ausgerechnet jetzt auftauchen? Ihre Anwesenheit erschwerte es ihm noch mehr, für Frieden und Ruhe für seinen *Daed* zu sorgen.

Sie konnte gut argumentieren. Aber das rechtfertigte ihr Verhalten trotzdem nicht. Diebstahl war Diebstahl. Ephraim ging ins Wohnzimmer. Annie und Simeon waren in ein Damespiel vertieft.

„Simeon, kennst du die Namen der Mädchen, die im Stall waren und sich die Welpen angeschaut haben?"

„Das Mädchen heißt Lori. Wie ihre Mutter heißt, weiß ich nicht."

„Ihre Mutter?" Ephraim setzte sich auf einen Stuhl. Er lag mit seiner zweiten Vermutung also richtig. Sie war keine rebellische Jugendliche. „Die ältere ist ihre Mutter?"

„Ja. Sie ist auch nett. Obwohl sie sich ziemlich gut vor dir verstecken kann."

„Wo hat sie sich denn versteckt?"

„Im Silo."

„Wohnen sie im Stall?"

Er zuckte die Achseln. „Das habe ich nicht gefragt. Aber wenn Lori und ihre Mutter dort sind, wagt es niemand, den Welpen etwas zu tun."

Ephraim fuhr mit dem Finger über seine geschwollene Lippe. „*Das* glaube ich gern."

„Lori will den schwarzen Hund, wenn ihre Mama ihr das erlaubt. Ihre Mama ist wirklich nett. Als ich mich beklagte, weil *Mamm* mich wie ein Baby behandelt, hat sie gesagt, dass ich froh sein sollte, dass ich Menschen habe, die mich an der kurzen Leine halten. Und wenn ich mir ein langes, glückliches Leben wünsche, sollte ich lieber auf sie hören."

Er wollte wirklich nichts über die angeblichen Qualitäten dieser Diebin hören. „Wann hast du mit ihr über das alles gesprochen?"

„Als ich sie das erste Mal sah."

„Wann war das?"

„Am Samstagmorgen."

Sein Kopf schmerzte und machte es ihm schwer, sich zu konzentrieren. Vielleicht war sie neu in der Gegend. Aber warum kam sie ihm dann so bekannt vor?

Nichts von dem, was diese Frau tat, ergab einen Sinn. Sie hatte gestern Abend das Kleid gestohlen, und heute Abend hatte sie Geld an die Wäscheleine gehängt, um es zu bezahlen. Warum brauchte sie gestern ein Kleid, und warum hatte sie heute Abend plötzlich Geld dafür? Hatte sie das Geld irgendwo gestohlen? Das ergab auch keinen Sinn. Niemand benutzte gestohlenes Geld, um etwas zu bezahlen, was er vorher ungestraft gestohlen hatte.

Er beschloss, dem Stall einen weiteren Besuch abzustatten, und stand auf.

Während er zum Stall ging, stellte er fest, dass sein Maisfeld von jemandem beschädigt worden war, der die kleinen Pflanzen zertreten hatte. Bevor er Levinas Auffahrt überquerte, sah er einen dünnen Lichtstrahl. Wenn er jetzt den Stall betrat, würde die Frau ihm mit Ausreden kommen, ihn anlügen und verschwinden. Er wäre besser beraten, wenn er es sich irgendwo gemütlich machte und sie beobachtete. Links neben ihm in der Nähe des Maisfeldes lag ein umgestürzter Baum. Er setzte sich darauf und wartete. Einige Minuten später schaltete jemand die Taschenlampe aus.

Waren sie auf der Rückseite aus dem Stall geschlüpft oder hatten sie sich schlafen gelegt? Er wartete. Ungefähr eine halbe Stunde später kam die Frau aus dem Stall. Sie trug ihre Jeans und ihren zu knappen Pullover. Sie lehnte sich eine Weile an die Seite des Gebäudes und sah im Mondlicht ziemlich friedlich aus. Barfüßig überquerte sie die Straße und ging zum Baum. Als sie mit den Händen über die Rinde strich, lief ein Schauer über Ephraims Rücken.

Das kann doch nicht sein.

Er beugte sich vor und sah zu, wie sie auf den untersten Ast kletterte, die Vertiefung darin streichelte und sich dann an den Stamm zurücklehnte. War das möglich?

Sie fuhr mit den Fingern durch ihre kurz geschnittenen Haare und dann an ihrem Hals entlang.

„Cara“, flüsterte er. Am liebsten hätte er laut ihren Namen gerufen und wäre zu ihr hinübergelaufen. Es war ein dummer Gedanke, der seinen Kindheitserlebnissen entsprang.

Cara Atwater.

Vor zwanzig Jahren hatten sie fast eine ganze Woche miteinander verbracht und eine Freundschaft zueinander aufgebaut, wie er sie nie wieder erlebt hatte. Aufgrund ihrer mutigen, erfrischenden Art hatte es ihm mit ihr mehr Spaß gemacht als mit den meisten Jungen in seinem Alter. Ihr Eifer, alles auszuprobieren, gemischt mit ihrer Lebensfreude und Begeisterung hatten sich für immer in sein Gedächtnis eingegraben.

Als er Dry Lake für das „Rumschpringe" verlassen hatte – die Zeit, in der er entscheiden sollte, ob er in die amische Gemeinschaft eintreten wollte – war er nach New York gegangen. Er hatte gehofft, sie dort zu finden. Zwei Jahre hatte er dort gelebt und die Telefonnummer jedes Trevor Atwater – der Name ihres Vaters – im Telefonbuch angerufen. Er hatte in jedem Park, in jedem Restaurant und in jedem Geschäft nach ihr Ausschau gehalten. Schließlich hatte er es aufgegeben und war nach South Carolina gezogen.

Es wäre damals vielleicht interessant gewesen, den Kontakt zu ihr wieder aufzubauen, aber jetzt war sie in die Fußstapfen ihrer Mutter getreten – sie war allein mit einer Tochter zurückgekommen und offensichtlich mit einer Vergangenheit, die Dry Lake nur Probleme bescheren konnte.

Malinda hatte in der Gemeinde eine große Spaltung verursacht. Er durfte Cara keine Gelegenheit geben, das auch zu tun. Malinda hatte viel Trauer hier im Ort zurückgelassen. Zweimal. Selbst Levina, Malindas Großmutter, war gestorben, ohne je wieder von ihr gehört zu haben. Jetzt war Cara an den Ort zurückgekommen, der früher einmal ihrer Urgroßmutter gehört hatte. Ephraim wusste nicht, was er denken oder fühlen sollte, und beobachtete sie stumm. Ihr Leben musste ziemlich chaotisch sein. Kein Auto, keine Wohnung, kein Mann, kein Geld.

Er war so sicher gewesen, dass ihre Mutter ihr Leben ändern würde, als sie vor zwanzig Jahren zum zweiten Mal von hier fortgegangen war. Sie war mit einem Englischen verheiratet, deshalb hatte die Gemeinde ihr nicht helfen können, ihn zu verlassen, und ihr nicht erlaubt, hier zu wohnen. Da sie aber so verzweifelt einen sicheren Ort für Cara gesucht hatte, war die Gemeinde bereit gewesen, Cara bei sich aufzunehmen. Aber Malinda war mit ihr von hier weggegangen und nie zurückgekommen.

Die junge Frau auf dem Baum atmete tief ein, verschränkte die Arme vor sich und sah friedlich und schön aus. Aber das Aussehen konnte täuschen. Friedlich war nicht die richtige Beschreibung für sie, und ihre Schönheit überdeckte nur die Unruhe, die gleich unter der Oberfläche brodelte.

Obwohl er sich danach sehnte, mit ihr zu sprechen, würde er nicht zu ihr gehen. Die Gemeinde, besonders sein Vater, musste beschützt werden. Morgen früh würde er als Erstes nach Shippensburg fahren und ihr eine Busfahrkarte kaufen. Dann würde er ihr eine Kiste mit Sachen zusammenstellen, die ihr und ihrer Tochter das Leben ein wenig erleichtern würden.

Kapitel 11

Während der Morgen dämmerte und die Nacht allmählich verdrängte, stand Deborah im Waschraum und zog frisch gewaschene Kleidungsstücke durch die Mangel, bevor sie sie in den Korb für saubere Wäsche fallen ließ.

Bald würde ein Fahrer kommen und sie abholen, und deshalb musste sie vorher noch so viel Wäsche wie möglich aufhängen. Normalerweise erledigte sie den größten Teil der Wäsche montags, aber durch die Auktion am Samstag war so viel Arbeit liegen geblieben, dass sie gestern nicht dazu gekommen war. Am späten Samstagnachmittag hatte sie die Kleidung gewaschen, die sie und ihre Familie bei der Auktion getragen hatten, um zu verhindern, dass die Matschspritzer dauerhafte Flecken hinterließen. Sie hatte die Kleidung aufgehängt und ein paar Stunden später wieder abnehmen wollen, es dann aber vergessen. Deshalb hatte sie etwas tun müssen, was sie noch nie zuvor getan hatte: Sie hatte am Sonntag Wäsche an der Leine hängen lassen. Es war nicht akzeptabel, den Anschein zu erwecken, man hätte am Sonntag gewaschen. Am frühen Montagmorgen war ihr erst eingefallen, was sie getan hatte, und sie war hinausgeeilt, um die Wäsche abzunehmen. Doch ihr neu genähtes blaugrünes Kleid hatte gefehlt.

Eine ihrer Freundinnen wollte ihr sicher einen Streich spielen. Wenn Deborah herausfände, wer diesen Streich ausgeheckt hatte, sollte diejenige gut aufpassen, denn es anderen mit gleicher Münze heimzuzahlen ... das machte Spaß. Sie würde gut aufpassen, welche ihrer Freundinnen am meisten errötete und am lautesten kicherte, wenn sie sie das nächste Mal sah. Das war ein sicheres Zeichen und würde die Schuldige verraten. Dann würde sich Deborah auch einen Streich ausdenken und die anderen Mädchen überreden, ihr zu helfen.

Sie warf das letzte Wäschestück, nachdem sie es ausgewrungen hatte, in den Korb. Mit der sauberen, nassen Wäsche kam sie in die Küche und wollte weiter in den Garten hinaus. Nach einem kurzen Blick durch den Raum blieb sie abrupt stehen. Schubladen waren aufgezogen worden, und ein Teil des Inhalts lag verstreut auf der Arbeitsplatte. Offenbar war jemand in die Küche gekommen und hatte etwas gesucht, während sie im Wäscheraum gewesen war. Als sie nach draußen zur Wäscheleine ging, sah sie Ephraim, der eine Kiste in seinen Wagen lud. Ohne sie zu bemerken, stieg er ein und fuhr davon.

Sie nahm ein Hemd und schüttelte es aus. Er versuchte heute anscheinend auch, früh mit der Arbeit zu beginnen. Er musste derjenige gewesen sein, der die Unordnung in der Küche verbreitet hatte. Fast alle anderen im Haus schliefen noch. Was er wohl gesucht hatte?

Die Schwester ihrer Stiefmutter war gestern Abend gekommen, um sich um ihre jüngeren Geschwister zu kümmern, damit Deborah heute Morgen ins Krankenhaus fahren konnte. Sie wollte nach einer Wäscheklammer greifen und hielt abrupt inne. Ein Zehndollarschein hing an der Leine. Sie lachte über diese Dummheit und steckte das Geld in die Tasche. Geld wuchs nicht auf Bäumen, aber anscheinend auf Wäscheleinen. Die Freundin, die sich diesen Streich ausgedacht hatte, hatte offenbar mehrere Aktionen geplant – an einem Tag nahm sie ein Kleidungsstück, und am nächsten hängte sie Geld dafür an die Leine. Vielleicht sollte sie sich zehn Kleider von der Übeltäterin *borgen* und einen Dollar hinterlassen.

Das Sonnenlicht wärmte ihren Rücken und gab ihr das Gefühl, dass es ein guter Tag werden könnte. Während sie eine Hose an die Wäscheleine hängte, bogen ein Pferd und ein Wagen in ihre Auffahrt. Sie hatte gehofft, dass Mahlon so früh zu seiner Arbeit in der Möbelschreinerei käme, dass sie sich noch sähen, bevor der Fahrer sie abholte, aber in dem Einspänner saß nicht Mahlon, sondern Ada. Sie brachte den Wagen neben Deborah zum Stehen und sah sie an, sagte aber kein Wort.

Deborah ließ eine nasse Hose in den Korb fallen und ging zu Ada hinüber. „Guten Morgen. Was führt dich so früh zu uns?"

„Ich glaube, ich habe am Samstag meine Bratpfanne hiergelassen."

„Ich kann mich nicht erinnern, sie gesehen zu haben. Du weißt, dass ich jedes Jahr eine Kiste mit Fundsachen habe, die die Leute bei der Auktion vergessen. Aber als ich das letzte Mal etwas in die Kiste geräumt habe, waren keine Töpfe oder Pfannen darin. Wir können aber gern nachsehen."

Ada schüttelte den Kopf. „Wenn du sie nicht gesehen hast, ist sie bestimmt in einer der Kisten mit den Sachen, die ich am Samstag mit heimgenommen habe.“ Sie schaute zum Stall und über die Wiesen und schien etwas zu suchen. „Wenn ich schon hier bin, gehe ich zur Werkstatt hinüber und spreche kurz mit Mahlon.“

„Mahlon?“ Deborahs Herz zog sich zusammen.

Ada war nicht auf der Suche nach einer fehlenden Pfanne. Sie wollte ihren Sohn finden. Das bedeutete, dass er wieder die ganze Nacht fort gewesen war, und dieses Mal hatte seine Mutter es bemerkt. Aber Deborah hatte ihn seit gestern nicht mehr gesehen, als er nach der Arbeit zum Haus gekommen war. Wenn er schon in der Werkstatt wäre, stünde sein Einspänner am Zaun neben dem Haus, und sein Pferd würde auf der Koppel grasen.

Sie schaute sich um, sah aber weder von seinem Wagen noch von seinem Pferd eine Spur. „Ich habe Ephraim vor einer Weile wegfahren sehen. Vielleicht treffen sie sich bei einem Kunden.“ Oder vielleicht war Mahlon wieder mit Eric unterwegs gewesen.

„Ach ja. Wahrscheinlich hast du recht.“

Sie hoffte es. Ihr gefiel die Besorgnis in Adas Gesicht nicht. Wenn Mahlon sich hinter Adas Rücken mit Eric getroffen hatte, war Deborah versucht, ihm zu sagen, dass seine Mutter [illegible] Respekt verdiente. Aber Mahlon würde ihr erwidern, dass er kein Kind mehr sei und dass er ja schließlich die meisten Rechnungen bezahle. Sie hoffte, Mahlon würde sie nicht auch in solche Situationen bringen, wenn sie erst einmal verheiratet waren. Sie betrachtete Ada als Freundin und es gefiel ihr gar nicht, ihr nicht zu verraten, was sie wusste.

Mahlon war ein Mann, der Zeit und Freiraum brauchte, um die Dinge, die ihn quälten, zu verarbeiten. Deborah verarbeitete ihre Fragen mit Hilfe ihrer Freundinnen und der Leute in der Gemeinde. Im Laufe der Jahre hatten beide gelernt, dem anderen das zuzugestehen, was er brauchte. Wenn er so weit wäre, würde er ihr alles erzählen.

Ihr Fahrer bog in die Auffahrt, und sie hatte die Wäsche noch nicht fertig aufgehängt. Ada wickelte die Zügel um die Halterung vorne in ihrem Einspänner. „Ich hänge die Wäsche fertig auf. Hast du noch mehr Wäsche, die gewaschen werden muss?“

„Ja, aber du musst nicht ...“

„Ich weiß. Aber ich bin doch sowieso hier, und du musst los, also beeile dich.“

„*Denki*, Ada."

„*Gern gschehne*. Jetzt geh."

Deborah umarmte sie schnell und stieg auf der Beifahrerseite ins Auto. Die Beunruhigung wegen Mahlon ließ sie während der einstündigen Fahrt ins Krankenhaus nicht los, und sie betete im Stillen für ihn.

Drei Stunden später hatte Becca ihre Besorgungen erledigt, Deborah saß mit ihrem *Daed* und Becca wieder im Auto und sie befanden sich auf dem Rückweg. In der Ferne zogen Regenwolken am Himmel auf. Deborah hoffte, jemand hätte die trockene Wäsche ins Haus geholt.

Daed saß auf dem Beifahrersitz, schaute sich die Landschaft an und unterhielt sich mit dem Fahrer. Er sah überraschend gesund aus, und obwohl er zugab, dass er sehr müde war, sagte er, dass er sich gut fühle.

Als sie sich Levinas altem Stall näherten, deutete *Daed* mit dem Finger. „Was ist das für eine Kiste?"

Deborah schaute vom Rücksitz aus dem Fenster, konnte aber keine Kiste entdecken.

Daed klopfte auf die Scheibe. „Fahr an den Rand und lass mich kurz nachschauen."

Jetzt bemerkte auch Deborah die Holzkiste, die mit einem Stück blauer Plane zugedeckt war und vor der Stalltür stand. Sie sah aus wie die Kiste, die Ephraim heute Morgen aus dem Haus getragen hatte.

Daed stieg aus dem Auto, hob die Plane hoch, zog einen zusammengefalteten Zettel aus der Seite der Kiste, las ihn und steckte ihn dann zurück. Er legte die Plane wieder darüber und stieg ins Auto.

„Was hast du gelesen, Abner?", fragte Becca.

Er zuckte die Achseln. „Eine Nachricht von dem, der die Kiste hierhergestellt hat. Es sah aus wie Ephraims Handschrift."

Becca runzelte die Stirn. „Für wen war die Nachricht bestimmt?"

„Das stand nicht darauf. Nur die Aufforderung, dass der andere behalten solle, was er genommen hat, dass er aber nicht in seinem Stall wohnen könne und Dry Lake verlassen müsse."

Kapitel 12

Cara zog Lori in dem kleinen Leiterwagen, den sie sich von den Howards ausgeliehen hatte, über die Straße. Es fing an zu regnen, und das veranlasste sie, direkt zum Stall zu gehen. Da sie für Lori nichts anderes zum Anziehen hatte als das, was sie auf dem Leib trug, würde sie nicht abwarten, ob die Regenwolke vorbeizog, und das Risiko eingehen, nass zu werden. Ihre Muskeln schmerzten nach dem zweiten Tag, an dem sie das Haus der Howards gründlich geputzt hatte. Heute war erst Dienstag, und nachdem sie Geld für das Kleid an die Wäscheleine gehängt hatte, hatte sie noch neunzig Dollar in bar. Das Geld weckte in ihr den Traum von einer eigenen Wohnung mit Büchern, die sie Lori vorlesen könnte, und Betten mit Laken und einem Kissen und einem Kühlschrank mit Essen und ...

„Schau, Mama, jemand hat uns etwas hingestellt."

Cara blinzelte und kehrte aus ihrem Tagtraum in die Realität zurück. Direkt neben der Stalltür stand eine Kiste. Ein deutliches Unbehagen beschlich sie.

In ihrer Mittagspause hatte sie heute ein halbes Dutzend Telefonnummern angerufen und ein Zimmer oder eine Wohnung gesucht, die sie mieten könnte. Die Mieten waren hier im Vergleich zu New York zwar niedrig, aber es waren trotzdem mehrere hundert Dollar im Monat. Sie müsste zwei Wochen für die Howards arbeiten, um so viel zu verdienen.

Sie wagte es nicht, ihnen zu verraten, dass sie keine Wohnung hatte. Sie schienen zwar nette Leute zu sein, aber das machte sie noch lange nicht vertrauenswürdig. Trotzdem ließen sie Lori in ihrem Garten spielen, und es störte sie auch nicht, dass Cara sich und Lori auch ein bisschen zu essen machte, wenn sie für Mrs Howard die Mahlzeiten zubereitete. Während Mrs Howard schlief, duschte sich Cara und wusch ihre und Loris Kleidung. Heißes Wasser, Seife und Shampoo hatten sich noch nie so gut angefühlt.

Sie trat zu der Kiste und hob die Plastikplane hoch. Auf den ersten Blick sah sie Decken, Lebensmitteldosen und einen Dosenöffner. Jemand hatte herausgefunden, dass sie hier wohnten. Das bedeutete, dass sie verschwinden mussten. Und zwar schnell.

Ihr Blick fiel auf einen Zettel. Während Lori neben der Kiste kniete und sich die Sachen anschaute, las Cara die Nachricht.

Derjenige, der diesen Zettel geschrieben hatte, forderte sie auf, Dry Lake zu verlassen und zwei Busfahrkarten abzuholen, die bereits bezahlt waren. Ziel: New York City.

Ein Schaudern lief über ihren Rücken. Jemand wusste, dass sie aus New York waren?

„Schau, Mama, eine Stoffpuppe. Sie hat kein Gesicht. Hast du schon einmal eine Puppe ohne Augen gesehen?"

„Nein, aber ich habe Männer ohne Herz gesehen."

Sie lachte. „Was hast du?"

„Vergiss es. Hör zu, Schatz. Wir können nicht hierbleiben. Derjenige, der diese Kiste mit den Sachen hierhergestellt hat, sagt, dass wir weiterziehen müssen."

„Warum? Wir haben den Welpen nichts getan und wir haben auch nichts kaputt gemacht."

„Ich weiß. Aber wir müssen sowieso weggehen."

„Aber mein Hund!"

„Geh und verabschiede dich von ihm."

„Nein. Er gehört mir! Simeon hat doch gesagt, dass ich ihn haben kann."

„Lori, wir haben nicht einmal genug für uns beide zu essen." Sie biss sich auf die Zunge, um nicht frustriert zu fluchen.

Lori lief weinend in den Stall.

Sie folgte ihr. „Wir haben keine andere Wahl, Schatz."

„Warum nicht? Es ist nur ein dummer alter Stall, und wir tun doch niemandem etwas!"

Cara setzte sich neben ihre Tochter und wartete. Wenn sie sich ein wenig abreagiert hätte, würde Cara ihr noch einmal erklären, dass sie gehen mussten, und dann würden sie ohne hysterischen Anfall von diesem Grundstück verschwinden. Das Einzige, was diese ganze Situation für Lori erträglich gemacht hatte, war das Hündchen gewesen, das sie als ihr Eigentum betrachtete, und jetzt ...

Die Stalltür ging quietschend auf. Cara zuckte erschrocken zusammen. Ein Polizist trat ein. Ihre Knie wollten unter ihr nachgeben.

„Madam, könnten Sie bitte aus dem Stall kommen?"

Sie schluckte ihre Angst hinunter und ging zur Stalltür.

„Du auch, kleines Mädchen."

Panik stieg in Cara auf. „Gibt es ein Problem?"

„Folgen Sie mir bitte einfach."

Zwei Polizeiautos standen draußen. Eine Polizistin kam auf Lori zu. „Können wir uns ein wenig unterhalten, Schatz?"

Caras Atem kam in kurzen, abgehackten Stößen. Die Regenwolken zogen nach Osten weiter, und sie wünschte, sie hätte sich von den paar Regentropfen nicht verleiten lassen, so unvorsichtig zu sein und achtlos in den Stall zu eilen. Wenn sie nur gewartet hätte ...

„Sie befinden sich auf Privatgrund, Madam." Der Mann stand vor ihr, während die Polizistin ein paar Meter entfernt mit Lori sprach.

„In dem Stall sind Welpen, und meine Tochter hat sich einen ausgesucht."

Die Frau versuchte, Lori weiter in ein Gespräch zu verwickeln, und ihre Tochter beantwortete ein paar Fragen, aber die meiste Zeit galt ihre Aufmerksamkeit ganz allein ihrer Mutter.

„Der Besitzer hat sie aufgefordert, von hier zu verschwinden. Sowohl mündlich als auch in einer schriftlichen Nachricht."

„Ja, aber ... hier liegt ein Missverständnis vor. Ich arbeite nicht weit von hier."

„Uns ist zu Ohren gekommen, dass Sie die Bewohner hier in der Gegend bestohlen haben."

„Meine Mama stiehlt nicht!", schrie Lori den Polizisten an.

Er würde die Antwort, die Cara ihm gab, nachprüfen. Mit Lügen würde sie ihre Probleme also nur verschlimmern. „Ich habe ein paar Sachen genommen", gestand sie leise und hoffte, Lori würde sie nicht hören.

„Wo wohnen Sie, Madam?"

Tränen traten ihr in die Augen. Es war vorbei. Sie würden ihr Lori wegnehmen. „Bitte, Sie verstehen das nicht."

„Bleiben Sie ganz ruhig, Madam. Haben Sie eine Adresse?"

Sie konnte ihre Tränen nur mühsam zurückhalten und schüttelte den Kopf.

„In letzter Zeit wurde hier in der Gegend in mehrere Häuser eingebrochen.“ Er deutete auf ihr Kleid. „Unter anderem wurden amische Kleider und Quiltdecken gestohlen.“

Cara schaute Lori an. Ihr kleines Mädchen hatte etwas Besseres verdient als eine Mutter, die ständig versagte.

Der Mann trat einen Schritt zurück, und die Polizistin baute sich vor ihr auf und tastete sie ab, während er ihren Rucksack durchsuchte. Er zog das Bargeld heraus, das Mr Howard ihr gestern und heute für ihre Arbeit gezahlt hatte – fast hundert Dollar.

Er hielt das Geld hoch. „Lauter Zehner, genau wie das fehlende Geld in dem Bericht.“

„Aber ich ... ich habe das Geld verdient. Sie müssen mir glauben.“

„Sie sind in die unverschlossenen Häuser anderer Leute gegangen und haben Sachen genommen.“

„Das habe ich bereits gesagt, aber ich habe dieses Geld nicht gestohlen.“

Der Polizist zog Handschellen von seinem Gürtel. „Sie sind eingebrochen und haben gestohlen. Bevor wir weitermachen, muss ich Ihnen sagen, dass Sie das Recht haben zu schweigen ...“ Der Polizist ratterte die Worte herunter, die Cara hundertmal im Fernsehen gehört hatte.

Sie versuchte, sich etwas zu überlegen, was ihr aus dieser entsetzlichen Klemme heraushelfen könnte. „Sie können das Geld haben. Aber bitte lassen Sie mich gehen. Bitte.“

Die Frau legte die Hand auf Loris Kopf. „Wenn Sie keine Verwandten oder jemand anderen haben, der ihre Tochter bei sich aufnehmen kann, muss sie dem Jugendamt übergeben werden.“

Verzweifelt schaute Cara ihre Tochter an. „Es tut mir leid, Schatz. Es tut mir so leid.“

Lori versuchte, zu ihr zu laufen, aber die Frau hielt sie fest.

„Bitte drehen Sie sich um und legen Sie die Hände auf den Kopf“, forderte der Polizist sie auf.

„Lassen Sie meine Mama in Ruhe!“, schrie Lori und wehrte sich gegen die Frau, aber sie ließ sie nicht los. In einer Minute würde Lori in das eine Auto gesetzt werden und Cara in das andere.

Die ganzen Jahre, in denen sie trotz aller Hoffnungslosigkeit durchgehalten hatte, waren vorbei. „Lori, Schatz, hör mir zu, okay?“ Sie versuchte, ihre Tränen zurückzuhalten, und blinzelte. „Du hast jetzt große

Angst, ich weiß, aber man wird sich gut um dich kümmern. Dir wird nichts passieren, und ich werde bald zu dir kommen. Das verspreche ich dir."

„Nein!", schrie Lori. „Lass nicht zu, dass sie mich mitnehmen!"

Als Ephraim über die Kuppe der Anhöhe fuhr, sah er zwei Polizeiautos vor seinem Stall stehen. Er trieb die Stute zu einem schnelleren Tempo an.

Als er kurze Zeit später zum Stehen kam, sah er einen Polizisten, der Cara am Arm hielt – beziehungsweise die Frau, von der er glaubte, dass sie Cara war. Handschellen hielten Caras Arme auf ihrem Rücken, während ihr schmächtiger Körper zitterte, weil sie so sehr schluchzte. Der Polizist öffnete die Tür zum Rücksitz des Streifenwagens.

„Nehmen Sie meine Mama nicht mit!" Das kleine Mädchen, das von einer Polizistin festgehalten wurde, schrie dieselben Worte immer wieder.

„Lori, du musst dich beruhigen", befahl ihr die Frau streng. Lori trat nach ihr, aber die Polizistin wich ihren Tritten aus.

Ephraim sprang von seinem Wagen. „Was ist hier los?"

Der Polizist drehte sich zu ihm um. „Sind dieser Stall und dieses Grundstück Ihr Eigentum?"

„Ja."

Lori bekam fast keine Luft mehr, aber sie weinte trotzdem unaufhörlich weiter.

„Dann haben Sie die Polizei angerufen und diese Frau wegen Diebstahls und unbefugten Betretens von Privatgrund angezeigt?"

„Nein. Lassen Sie sie los."

„Das können wir nicht, Sir. Wir müssen dem Verdacht, dass sie ihr Kind gefährdet und vernachlässigt hat, nachgehen."

Cara wandte sich an Ephraim. „Bitte ..." Tränen standen in ihren Augen. „Bitte helfen Sie uns."

Er befand sich in einer Zwickmühle. Wenn er mehr für sie tat, als nur mit der Polizei zu sprechen, würden sicher alte Wunden aufgerissen werden. Die Leute hatten Malinda nicht getraut, als sie das letzte Mal hier gewesen war. Wahrscheinlich wären sie verärgert, wenn er nun

Malindas Tochter half, die durch die Gegend streifte und die Leute bestahl.

Sie schaute ihm in die Augen und flehte ihn stumm um Hilfe an. Er trat näher zu ihr und hätte ihr gern viele Fragen gestellt. Er sah ihr einen Moment ernst in die Augen. Er wusste, dass sie nicht so war, wie es den Anschein erweckte. Sie war keine betrunkene Diebin, die darauf aus war, Unruhe zu stiften. Er schaute den Polizisten an. „Das Ganze ist ein großer Irrtum. Die Polizei hätte nie geholt werden sollen." Er erkannte den Mann. „Sie sind Roy McEver, nicht wahr?"

Der Polizist nickte.

„Ihr Vater fuhr in dieser Gegend Streife, bevor er pensioniert wurde. Sie haben ihn als Kind manchmal begleitet. Ich bin Ephraim Mast. Mein Vater ist Abner Mast."

„Ach ja, er ist einer der Prediger hier. Ich erinnere mich auch an Sie. Als ich einmal mit meinem Vater hier war, haben Sie mich eingeladen, mit den Jungen Ball zu spielen."

Ephraim war später von den anderen Jungen dafür gehänselt worden, dass er einen Englischen eingeladen hatte, mit ihnen zu spielen. Ephraim nickte und hoffte, er könnte Cara aus dieser unangenehmen Situation noch heraushelfen. „Sie hat nichts getan, was Handschellen nötig machen würde."

„Sie hat gestanden, dass sie gestohlen hat."

Für ihre Ehrlichkeit hätte sie sich einen besseren Zeitpunkt wählen sollen.

Cara schüttelte den Kopf. „Nur dieses Kleid, für das ich bezahlt habe, und ein paar Sachen, die ich mir von Ihnen geborgt habe. Das schwöre ich. Mit allem anderen, was fehlt, besonders dem Geld, habe ich nichts zu tun. Sie müssen mir glauben."

„Sie hat nichts genommen, was ich nicht gern gegeben hätte", versicherte Ephraim dem Polizisten.

„Sie hatte Bargeld bei sich. Fast hundert Dollar. In Zehnern."

„Ich arbeite für Mr Howard in der Runkles Road. Sie können ihn fragen."

„Sie könnten ihre Geschichte nachprüfen und sie gehen lassen, oder?", fragte Ephraim. „Ich vermute, Sie werden feststellen, dass jemand anders das Geld und die übrigen fehlenden Sachen gestohlen haben muss."

Der Polizist seufzte. „So einfach ist das nicht. Ich könnte sie freilassen, aber das Mädchen muss mit uns kommen. Die Frau ist obdachlos. Wir müssen einen Bericht schreiben und den Fall dem Jugendamt übergeben."

Ephraim ahnte, dass er noch viel tiefer in die Sache verwickelt werden würde. Er konnte niemanden in Dry Lake bitten, eine Fremde, für die er nicht bürgen konnte, in ihrem Haus wohnen zu lassen. Wenn er den Leuten sagte, dass sie ihr helfen müssten, damit sie nicht verhaftet wurde, würde sie keiner bei sich aufnehmen. Trotzdem konnte er nicht einfach wegsehen und sie in ihrer Not alleinlassen.

„Sie kann in meinem Haus wohnen, bis sie wieder auf eigenen Füßen stehen kann."

„Wollen Sie damit sagen, dass Sie die Verantwortung für das Wohl des Kindes übernehmen?"

Ephraim nickte.

Roy zögerte, aber dann sperrte er die Handschellen wieder auf und ließ Cara frei. „Ephraim, ich brauche Ihre Daten. Wie lautet Ihre Adresse?"

Lori riss sich vom Griff der Polizistin los und stürzte zu ihrer Mutter. Sie warf sich in ihre Arme. Während Ephraim Roy alles sagte, was dieser wissen musste, klammerte sich Lori schluchzend an ihre Mutter.

„Pscht. Es ist ja gut, Lori-Schatz. Alles wird wieder gut." Cara hielt sie fest und sah blass und zittrig aus, während sie ihrer Tochter über die Haare strich.

Aber Ephraim wusste, dass nicht alles gut werden würde. Wie würde sein Vater reagieren? Er vermutete, dass sein Vater derjenige gewesen war, der die Polizei verständigt hatte. Sein *Daed* wollte, dass diese betrunkene Diebin, wie er sie nannte, aus ihrer Gegend verschwand.

Kapitel 13

Als die Polizeiautos davonfuhren, wich die Anspannung von Cara. Aber noch bevor sie erleichtert aufatmen konnte, meldete sich ein starkes Misstrauen, was die Gründe dieses Mannes, ihnen zu helfen, anging. Klar, sie hatte ihn darum gebeten, aber warum half er ihr tatsächlich?

Sie hatte ihm gestern Abend die Lippe blutig geschlagen, und die Spuren davon waren immer noch in seinem Gesicht zu sehen. Hatte er die Absicht, es ihr heimzuzahlen? Aber egal, welche Motive er hatte, sie konnte es sich nicht leisten, die Anweisungen der Polizei zu missachten. Das wäre ein Fehler, für den Lori teuer bezahlen müsste. Während sie ihre Möglichkeiten abwog, versuchte sie, ihr Zittern zu unterbinden.

Er drehte sich zu ihr herum. „Haben Sie noch etwas im Stall?"

Das, was sie im Stall hatte, waren seine Sachen. Wenn er sie so dringend zurückhaben wollte, konnte er sie gerne haben. Sie nickte und war nicht sicher, ob ihre Beine sie noch lange tragen würden. Während Loris Arme fest um ihren Hals geschlungen waren, ging sie in den Stall und wollte die Tür zum Silo aufziehen. Sie brachte sie nicht auf. Sie versuchte, Lori auf den Boden zu stellen, aber ihr kleines Mädchen begann zu schreien und hatte offensichtlich Angst, von ihr losgelassen zu werden.

Cara drückte sie an sich und streichelte ihr über die Haare. „Pscht. Uns kann jetzt nichts mehr passieren."

Er trat vor, öffnete mühelos die Silotür und holte eine Taschenlampe, einen leeren Essensbehälter und eine Decke heraus. „Das ist alles?"

Er verlor kein Wort darüber, dass es seine Sachen waren. Alles, was sie besaßen, einschließlich ihrer Kleidung, war in den Rucksack gestopft, den der Polizist neben der Stalltür liegen gelassen hatte. „Und der kleine Leiterwagen, der draußen neben dem Rucksack steht." Ihre Worte waren kaum hörbar.

Er deutete zur Tür. Sie ging zu seinem Einspänner und stieg mit Lori in den Armen unbeholfen die hohe Stufe hinauf. Er legte die Sachen nach hinten und hievte dann die Kiste mit den Decken und den Lebensmitteln hinauf. Danach ging er auf die andere Seite des Einspänners und stieg ein. Er ließ kurz die Zügel auf den Rücken des Pferdes schnalzen, und sie fuhren los.

Sie war schon einmal in einer solchen Situation gewesen, in der sie auf die Hilfe eines Mannes angewiesen gewesen war. Aber das war lange vor Lori gewesen. Ärger keimte in ihr auf. Damals war sie vor Mike weggelaufen. Wenn sie sich nicht in einer ähnlichen Notlage befunden und verzweifelt Hilfe gesucht hätte, hätte es nie eine Ehe und keine Lori gegeben.

Zu viele Gefühle gleichzeitig regten sich in Cara, und sie schwieg während der Fahrt. Lori stockte alle paar Sekunden der Atem und sie zuckte unkontrolliert. Ihre winzigen Hände klammerten sich verzweifelt an ihre Mutter.

Als sie zu der Straße kamen, in der der Mann wohnte, fuhr er jedoch weiter, ohne abzubiegen. Sie warf ihm von der Seite einen fragenden Blick zu und hätte gern gewusst, was er vorhatte, aber sie hielt den Mund. Er besaß im Moment zu viel Macht über ihr Leben, als dass sie Fragen stellen und Gefahr laufen wollte, mit ihm zu streiten.

Einige Minuten später bog er in eine schmale Einfahrt. Vor Unbehagen war ihre Kehle wie zugeschnürt. Der Weg schien endlos weiterzugehen. Auf beiden Seiten waren Wiesen und weit und breit war nirgends ein anderes Haus zu sehen. Als sein Haus vor ihnen auftauchte, begriff sie, dass er mit ihnen einen Umweg gefahren war, um von hinten zu seinem Haus zu gelangen.

Er fuhr in einen kleinen Stall. Nachdem er abgesprungen war, kam er auf ihre Seite herum. Es war schon schwierig gewesen, mit Lori in den Armen einzusteigen, aber auszusteigen war noch schlimmer.

„Kann ich Ihnen helfen?"

Lori klammerte sich noch fester an ihre Mutter und hatte die Beine um sie gewickelt.

„Nein, danke."

Er trat zurück. Cara bemühte sich, aus dem Wagen zu kommen, ohne zu fallen und ohne Lori loszulassen. Dann wartete sie. Schweigend spannte er das Pferd aus, hängte die Lederriemen an einen Haken, öffnete ein Tor an der Rückseite des Gebäudes und ließ das Pferd auf die Wiese hinaus.

„Kommen Sie mit ins Haus." Er ging voraus und hielt ihr die Tür auf.

Cara hatte Lori immer noch in den Armen, als sie in sein Haus trat. Die beigefarbenen Küchenwände waren mit Ausnahme einer einsamen Uhr kahl und leer. Ein kleiner Eichentisch sah stabil und teuer, aber gleichzeitig hundert Jahre alt aus. Stapel mit dicken Büchern lagen an einigen Stellen herum. Die Strahlen der Spätnachmittagssonne fielen auf den Holzboden.

Cara war schwach und zittrig. Sie löste Loris Hände von ihrem Nacken und stellte ihre Füße auf den Boden.

Der Mann nahm seinen Strohhut ab und trat näher. Lori schrie. Cara baute sich vor ihrer Tochter auf und schirmte sie vor dem Unbekannten ab.

Er beugte sich vor und hängte seinen Hut an einen Haken. „Ich wollte nur meinen Hut aufhängen."

Cara wurde verlegen und kam sich genauso überängstlich vor wie ihre Tochter. Sie trat einen Schritt zurück.

Er schaute sie verwirrt an. „Ich werde Ihnen nichts tun. Das wissen Sie doch bestimmt."

Das wusste Cara nicht, und sie hielt Lori hinter sich fest.

Er sah aus, als fühlte er sich in seinem eigenen Haus nicht wohl. „Habt ihr Hunger?"

Cara schüttelte den Kopf. „Sie haben den Zettel geschrieben, auf dem stand, dass wir verschwinden sollen?"

„Ja."

„Sie haben uns Busfahrkarten nach New York City gekauft. Warum ausgerechnet dorthin?"

„Seid ihr nicht dort zu Hause?"

Ihr Herz stockte. „Wie kommen Sie darauf?"

Er schaute sie an, als wollte er sie hundert Sachen fragen. „Ich heiße Ephraim."

„Ja, das habe ich gehört, als Sie dem Polizisten Ihren Namen nannten." Sie zog Lori hinter sich hervor. „Ich bin Cara. Und das ist meine Tochter, Lori."

Er neigte den Kopf zur Seite und betrachtete sie einen Moment lang nachdenklich. „Im Kühlschrank ist genug zu essen. Saubere Bettwäsche und Handtücher sind im Badezimmerschrank." Er nahm eine Streichholzschachtel von der Arbeitsplatte. „Wenn die Sonne untergeht, könnt ihr eine Öllampe anzünden, wenn ihr wollt. Da ihr ja auch schon in einem Stall geschlafen habt, stört es euch hoffentlich nicht, dass es hier keinen Strom gibt. Ich würde mich gern mit Ihnen unterhalten, aber das kann warten, bis Lori schläft. Oder auch bis morgen, wenn Sie heute zu müde dafür sind. Wenn Sie und Ihre Tochter sich vorerst draußen nicht blicken lassen würden, wäre ich Ihnen dafür sehr dankbar."

„Das kann ich mir denken."

„Ich will nur nicht, dass meine Familie von Ihnen erfährt. Noch nicht."

Sie fragte sich, wem er hier etwas vormachen wollte. Vielleicht sich selbst. Er wollte nicht, dass *irgendjemand* erfuhr, dass sie hier war. Das war ihm deutlich ins Gesicht geschrieben gewesen, als die Polizei gefahren war. Sie war Müll, und er war ein ehrbares Mitglied seiner Gesellschaft.

Er atmete tief ein und wirkte unsicher. Er sah ganz und gar nicht wie ein herzloser Mann aus. „Lori, magst du Bücher? Ich habe in der Abstellkammer ein paar Kinderbücher."

Lori schaute ihre Mama an und nickte dann.

Er verschwand in einem Zimmer und kam eine Minute später mit einem kleinen Bücherstapel zurück. „Sie sind etwas abgegriffen, aber immer noch so gut wie beim ersten Mal, als sie gelesen wurden."

Lori betrachtete skeptisch den Stapel und trat dann langsam näher, damit er ihr die Bücher in die Hände legen konnte.

„Danke", flüsterte sie.

„Bitte. Das dürfte für den Anfang genügen. Ich schlafe in der Werkstatt." Er wollte seinen Hut holen, ging aber dann lieber direkt zur Tür.

Lori rannte zur Tür und breitete die Arme aus. „Geh nicht weg."

Verblüfft schaute er das kleine Mädchen an. „Du bist hier in Sicherheit." Er schaute Cara an, als müsste jetzt er sie um ihre Hilfe bitten. „Sie hat Angst vor mir, und sie hat gleichzeitig Angst, dass ich gehe?"

Cara zuckte die Achseln und war nicht bereit, das, was ihre Tochter fühlen musste, in Worte zu fassen. Außerdem sollte inzwischen selbst für diesen Mann offensichtlich sein, dass Loris Gefühle im Moment irrational waren.

Er setzte sich auf einen Stuhl und rieb sich die Stirn. „Ich kann nicht hierbleiben. Sonst werde ich exkommuniziert."

„Was?“, fragte Cara.

Er schüttelte den Kopf. „Nichts. Ich hätte nicht laut aussprechen sollen, was ich dachte.“

Lori trat neben ihre Mutter. „Bitte, Mister. Diese Polizisten könnten wieder kommen.“

Cara wusste, dass es keinen Sinn hätte, wenn sie versuchen würden, ihr zu erklären, warum die Polizei nicht wiederkäme. Ein Kind, das unter Schock stand, würde das nicht verstehen. Außerdem könnte tatsächlich bald jemand vom Jugendamt hier auftauchen.

Er seufzte. „Okay. Ich gehe im Moment nirgendwohin. Vielleicht stört es Lori nicht mehr so sehr, dass ich aus dem Haus gehe, wenn sie Zeit hatte, sich zu beruhigen. Später muss ich draußen noch einige Arbeiten erledigen. Aber im Moment bin ich nur im Lagerraum. Er ist gleich dort.“ Er deutete zu einer Tür.

Lori klammerte sich an Caras Kleid und nickte. Ephraim verließ das Zimmer und schloss die Tür. Cara sank auf den Fußboden und drückte ihre Tochter fest an sich. Wie hatten sie nur in dieses peinliche unkontrollierbare Fiasko geraten können!

Kapitel 14

Ungläubig starrte Ada ihren Sohn an. „Du willst dir eine Auszeit nehmen? Von was? Warum?“

Mahlon zuckte die Achseln und richtete dann seine Aufmerksamkeit wieder auf die Kartoffelsuppe, die vor ihm stand.

Ada reichte ihm ein Glas Milch. „Hast du das mit Deborah besprochen?“

„Noch nicht.“

„Uns bleiben nur noch dreiunddreißig Tage, bis wir aus diesem Haus ausziehen müssen.“

„Das ist noch mehr als ein Monat, und der Umzug dauert nur einen Tag.“

„Und wohin willst du umziehen? Du hast dich noch nicht einmal für ein Haus entschieden. Wir brauchen konkrete Pläne und dürfen es nicht länger vor uns herschieben.“

Er blickte auf. „Ich denke, das Haus der Eversons ist das beste. Aber sie verlangen eine zu hohe Miete. Ich warte noch ein wenig, bis sie mit der Miete heruntergehen.“

„Wir brauchen kein Haus, das so groß und so teuer ist.“

„Dieses Haus gibt uns allen Bewegungsfreiheit.“

Bewegungsfreiheit? Ada befürchtete schon eine ganze Weile, dass ihr Sohn sie als Last empfand. Dabei war er derjenige gewesen, der nicht gewollt hatte, dass sie wieder heiratete. Er hatte erlebt, wie sehr Deborah sich hatte umstellen müssen, als ihr *Daed* nach dem Tod ihrer Mutter eine neue Ehe eingegangen war. Ada war der Ansicht gewesen, es sei richtig, Mahlon nachzugeben und unverheiratet zu bleiben. Sie hatte einen Plan ausgearbeitet, wie sie sich und Mahlon finanziell durchbringen könnte. Aber dazu hätte sie nach Hope Crossing umziehen müssen. Dort hätte sie mit den Kuchen, die sie backte, ihren Lebensunterhalt bestreiten können. Aber dieser Plan hatte ihm überhaupt nicht gefallen. Im Gegenzug hatte er ihr seine eigenen Pläne aufgetischt. Vielleicht war es falsch von ihr gewesen, so leicht nachzugeben. Als sie ihren Mann verlor, hatte sie nichts anderes sehen und fühlen können als ihre Liebe zu dem einzigen Kind, das sie miteinander gehabt hatten. Vielleicht hätte Mahlon in den ganzen Jahren seit dem Tod seines *Daeds* etwas anderes gebraucht als das, was er selbst für richtig gehalten hatte.

Aber unabhängig von alledem wirkte er in letzter Zeit ziemlich frustriert, weil Ada auf seine finanzielle Unterstützung angewiesen war. Sie wollte solche Gedanken nicht zulassen, aber vielleicht wäre er glücklicher, wenn sie eine eigene Wohnung fände, deren Miete sie sich ohne seine Hilfe leisten könnte. Wenn sie in eine Touristengegend zog, könnte sie an die Restaurants vor Ort ihre Backwaren verkaufen. Er und Deborah könnten dann allein wohnen.

„Warum musst du *jetzt* wegfahren?"

„Jetzt oder nie." Er schob die Suppe zurück und starrte auf den Tisch. „Du weißt, dass es so ist, Mama." Er schaute sie mit seinen ernsten, braunen Augen an. „Ich bin dreiundzwanzig, und ich arbeite seit neun Jahren ohne Unterbrechung. *Neun Jahre*, Mama. Acht Jahre davon für Ephraim. Im November bin ich verheiratet, und im nächsten Herbst hast du dein erstes Enkelkind. Und wahrscheinlich danach alle zwei Jahre wieder eines, bis ich mich nicht mehr erinnern kann, wie es war, jung zu sein. Ich brauche einfach ein paar Tage für mich allein. Ist das so falsch?"

„Bist du ... unsicher, ob du heiraten sollst?"

Er schnaubte. „Das Einzige, was ich in diesem Chaos mit Bestimmtheit weiß, ist, dass Deborah Mast mir mehr als alles andere bedeutet." Er nahm seine leere Suppenschüssel, stand auf und ging zur Spüle. „Sonst ist fast alles sinnlos. Dinge, an die ich nicht denken will, wecken mich nachts aus dem Schlaf. Vor dem Einschlafen höre ich Stimmen, die von Krieg und Heimatschutz flüstern, und ich sehe wieder die Twin Towers um mich herum einstürzen. Wenn ich schlafe, verwandelt sich alles in meiner Hand in irgendeine Waffe. Und wenn ich aufwache, erfüllt mich der Wunsch nach ... Rache, glaube ich."

Die aufgewühlten Gefühle, die er gerade bei ihr abgeladen hatte, waren zu erdrückend. Sie setzte sich müde. „Aber vor ein paar Jahren hast du gesagt, dass die Intensität und Häufigkeit dieser Träume stark nachgelassen haben."

„Ich weiß, *Mamm*. Aber sie sind wieder zurückgekommen."

„Warum?"

Er zuckte die Achseln. „Das spielt keine Rolle. Aber ich denke, dass ich mit Gott Frieden schließen kann, wenn ich ein wenig Zeit für mich allein habe."

Sie betrachtete ihn und hoffte, sie fände hilfreiche und tröstende Worte.

Er drehte sein halb leeres Milchglas in seiner Hand. „Eric ist seit einiger Zeit wieder da."

Die Puzzleteile begannen, sich zusammenzufügen, und sie wusste nicht, ob ihr das fertige Bild gefiel. „Vielleicht haben die Träume mit deiner Freundschaft zu ihm zu tun. Er ist bestimmt mit Kriegsgeschichten nach Hause gekommen."

„Er kam nach Hause, um einen gemeinsamen Freund zu beerdigen."

„Wen?"

„Stewart Fielding."

In ihrem Herz regten sich große Sorgen, die sie nicht aussprechen konnte. „Er ist einer der jungen Männer, mit denen du und Eric viel zusammen wart. Er schrieb dir regelmäßig Briefe aus dem Irak."

„Ja."

„Warst du bei seiner Beerdigung?"

Er nickte.

„Weiß Deborah, dass du dort warst?"

„Nein."

Dieses Thema hatten sie schon oft gehabt. Er wollte der amischen Lebensweise folgen, aber gleichzeitig hatte er Freunde, die ihn in die andere Richtung zogen. Ada kannte andere Amisch, die Englische als Freunde hatten, und das war kein Problem, aber die Lebensweise von Mahlons Freunden widersprach den grundlegendsten Überzeugungen der Amischgemeinde. Das musste bei ihrem sensiblen Sohn unweigerlich Konflikte auslösen.

„Mahlon, ich denke, ohne deine Erlaubnis wurde bei dir ein unguter Samen ausgestreut, und anderen hast du selbst ausgesät, ohne dir dessen bewusst zu sein. Aber du musst wissen, wann du dich von bestimmten Freunden trennen musst, bevor ..."

„*Mamm*, bitte! Hör einfach auf. Ich finde ein neues Haus für uns. Ich tue, was nötig ist, damit die Rechnungen bezahlt werden. Vertraue mir einfach und hilf Deborah, mir auch zu vertrauen. Ich will nicht, dass sie verletzt wird. Niemals."

Das Klappern von Pferdehufen und Wagenrädern lenkte Adas Blick zum Fenster. „Ich habe Deborah heute Morgen gesehen."

Er schaute sie besorgt an. „Als du mich gesucht hast?"

„Ja. Ich habe ihr nicht gesagt, dass du gestern Abend weggegangen und nicht nach Hause gekommen bist, aber sie fragt sich bestimmt, was los ist." Als sie sah, dass Deborah in dem Einspänner saß, der auf ihr Haus zurollte, deutete Ada aus dem Fenster.

Mahlon schaute hinaus. „Sie wird denken, dass ich mit Eric zusammen war, aber das stimmt nicht. Ich bin allein spazieren gegangen. Ich muss zehn bis fünfzehn Kilometer weit marschiert sein. Es hat mir geholfen, aber nicht genug. Ich habe immer wieder gedacht, jemand, den ich kenne, würde mich sehen, und Deborah würde sich wegen meines sonderbaren Verhaltens schämen. Ich brauche ein paar Tage irgendwo, wo mich niemand kennt. Wo niemand von mir irgendeine Arbeit oder Hilfe oder Antworten erwartet. Kannst du das verstehen?"

Sie hoffte, er wusste, was er tat, und umarmte ihn. „Ja, ein bisschen."

„Denki, Mamm. Ich fahre mit Deborah spazieren und rede mit ihr."

Ada schaute ihrem Sohn nach, als er das Haus verließ und neben seiner Verlobten in den Wagen stieg. Wenn überhaupt jemand Mahlon helfen konnte, seine trüben Gedanken zu überwinden, dann war das Deborah Mast.

Es tat ihr weh, ihn so mit sich ringen zu sehen. Wenn er nur aufhören könnte, das Leben in seine Vorstellungen hineinzwängen zu wollen! Dann wären seine Hände frei, um den Reichtum, der ihn umgab, zu greifen. Sie sollte sich keine Sorgen machen.

Vielleicht brauchte er wirklich nur eine Woche Zeit, um über alles nachzudenken, und die Nachricht, dass sie für sich allein eine Wohnung gefunden hatte, würde ihn sicher auch erleichtern. Aber mit dem wenigen Geld, das sie in Dry Lake verdienen konnte, war das nicht zu schaffen. Wenn sie sich ihren Lebensunterhalt selbst verdienen wollte, müsste sie von hier wegziehen.

Deborah reichte Mahlon die Zügel, als er neben ihr in den Wagen stieg. Er lenkte das Pferd auf die Straße und nahm dann beide Zügel in eine Hand.

„Wie geht es deinem *Daed*?"

„Er gewöhnt sich an die neuen Medikamente und fühlt sich ganz gut."

„Das ist schön." Ein leichtes Lächeln zog über seine Lippen, und seine haselnussbraunen Augen schauten sie durchdringend an, als er auf den Sitz neben sich deutete. Als sie näher rutschte, legte er den Arm um ihre Schulter. Sie fuhren schweigend weiter, aber seine Nähe tat ihr gut. Die meisten gemeinsamen Abende begannen schweigend, es sei denn, sie erzählte ihm etwas von ihrem Tag, aber nach einer Weile öffnete er sich immer. Und wenn er das tat, kamen sie sich noch näher.

Schließlich räusperte er sich. „*Mamm* hat gesagt, dass sie heute Morgen bei dir war."

„Ja. Sie hat dich gesucht, auch wenn sie das nicht so direkt gesagt hat."

„Ich war gestern Nacht fort, aber nicht mit Eric."

„Die ganze Nacht?"

Er nickte. „Es war neblig und still, und ich ging spazieren, bis die Sonne aufging. Ich habe ein paar Antworten gefunden, ein wenig Frieden, aber ... vieles ist jetzt noch verwirrender."

„Ich verstehe das nicht, Mahlon. Ich versuche es. Das weißt du."

Er spielte nervös mit den Zügeln. „Erinnerst du dich, als ich vor ungefähr vier Jahren fast eine Woche weg war?"

„Ja."

Das war eines ihrer Geheimnisse. Ephraim hatte einen Auftrag in einer anderen Stadt gehabt, der eine ganze Woche gedauert hatte. Mahlon hatte seiner Mutter gesagt, dass er mit Ephraim fahre, und Ephraim hatte er erzählt, dass er bei seiner Mutter zu Hause bleiben müsse. Niemand außer Deborah hatte die Wahrheit gewusst.

„Ich kam mit einem klaren Kopf zurück, und vieles lief danach besser, weißt du noch?"

Sie drehte sich um und schaute ihn an. „Du gehst wieder weg?"

„Nur für ein paar Tage. Ich brauche ein wenig Zeit. Das ist alles."

„Ich verstehe das nicht. Wozu brauchst du diese Zeit, was hast du vor?"

„Beruhige dich, Deb.“

„Versuche nicht, mich zu beschwichtigen, Mahlon. Ich habe genauso Gefühle und Fragen wie du. Und mir gefällt nicht, wie du dich benimmst. Vor ein paar Tagen haben wir unseren Freunden und Familien erzählt, dass wir heiraten wollen, und jetzt musst du weg und brauchst Zeit für dich allein?“

„Das hat nichts mit dir zu tun.“

Mahlon erzählte ihr von seinen Albträumen und seiner Schlaflosigkeit, aber sie hörte auch das, was er nicht sagte: dass die Verantwortung, ein Zuhause zu finden, zu heiraten und eine Familie zu gründen, alte Gefühle und eine spürbare Panik in ihm auslösten. Als er mit zehn Jahren seinen Vater verloren und die Verantwortung für seine verwitwete Mutter übernommen hatte, hatte das in seiner Seele tiefe Spuren hinterlassen. So tief wie das Wagenrad eines Einspänners, das in einer schlammigen Fahrspur hängen bleibt. Dass er am 11. September 2001 während der Terroranschläge in New York gewesen war, hatte diesen Zustand nur noch verschlimmert, und jetzt schien Erics Rückkehr Fragen in ihm ausgelöst zu haben, auf die er keine Antworten fand.

Er bog auf Jonathans langen Schotterweg ein und brachte das Pferd zum Stehen. „Wenn dir das passieren würde, bräuchtest du viel Zeit mit deinen Freundinnen und deiner Familie. Du würdest darüber sprechen, bis du die Antworten gefunden hättest, die die Dinge wieder ins rechte Licht rücken und den inneren Frieden zurückbringen. Aber so bin ich nicht, Deb.“

Ihr Herz zog sich zusammen, und Tränen traten in ihre Augen. „Du brauchst Zeit für dich ganz allein.“ Sie legte die Hände an seine Wangen. „Es tut mir leid, dass ich mich aufgeregt habe.“

Er zog sie an sich heran und legte seine Lippen sanft auf ihre. Nach dem zärtlichen Kuss schaute er sie lange an. „Manchmal rege ich mich auch über mich selbst auf, aber ich bin trotzdem immer noch derselbe.“

„Ich liebe dich, so wie du bist. Fahr weg und nimm dir Zeit für dich und für Gott. Und finde Frieden.“

Er legte die Arme um sie, und sie fühlte, wie er zitterte. Was auch immer in seinem Inneren wütete, er fühlte sich deshalb furchtbar elend. Sie betete im Stillen für ihn.

„Wann fährst du?“

„Wahrscheinlich am Samstag. Ephraim hat für die restliche Woche viel Arbeit eingeplant, und ich kann noch nicht weg. Ich fände es schön, wenn du und ich am Freitagabend miteinander ausgehen, und am nächsten Morgen fahre ich dann. Ich sage Ephraim, dass ich mir nächste Woche ein paar Tage freinehme."

Kapitel 15

Die Dunkelheit legte sich über das Land, als Ephraim mit einem satten und schlafenden Welpen in der Hand den Stall verließ. Es war der Hund, von dem Simeon ihm erzählt hatte, dass Lori ihn wollte. Er hatte vor über einer Stunde saubere Wäsche von der Wäscheleine zu Cara und Lori ins Haus gebracht und danach seinen *Daed* besucht.

Cara hatte nichts gesagt, als er die Sachen auf den Tisch legte. Er hatte mehr Holz in den Ofen gelegt für den Fall, dass sie Rühreier oder einen Käsetoast machen wollte. Da sie keine Erfahrung im Umgang mit einem Holzofen hatte, könnte sie nicht viel kochen. Doch er versicherte ihr, dass sie alles nehmen könne, was sie im Haus fand, um sich und Lori etwas zu essen zu machen. Er hatte keine Ahnung warum, aber als er das gesagt hatte, hatte sie ihn mit einem anklagenden Blick bedacht.

Als er Caras abwehrendes Verhalten sah, vermisste er Anna Mary. Ihre freundliche, verständnisvolle Art war viel angenehmer als dieses Chaos ... obwohl er natürlich nicht sicher war, wie gut Anna Mary die Nachricht aufnehmen würde, dass Cara in seinem Haus wohnte.

Er trat auf seine Veranda und hatte die feste Absicht zu klopfen, bevor er eintrat, aber Lori saß auf einem Stuhl in der Küche und sah durch die offene Tür und das Mückengitter hinaus. In diesem kurzen Moment sah er ein sehr besorgtes, kleines Mädchen. Sie glaubte anscheinend, wenn er sein Wort nicht hielte und nicht hierbliebe, käme die Polizei zurück. Ihre nassen Haare hingen über ihre Schultern, und ihr glänzendes, sauberes Gesicht verzog sich zu einem leichten Lächeln, als sie ihn erblickte.

Ephraim trat ein und hielt ihr den Welpen hin.

„Mama, schau!“ Sie sprang von ihrem Stuhl und nahm ihm den Hund ab.

Cara kam, sich die Haare frottierend, aus dem Badezimmer. Über ihrer Jeans trug sie ein Hemd von ihm. Ihre Augen sahen ihn fragend an.

Ephraim nahm den Hut ab und hängte ihn an den Haken. „Der Hund ist jetzt satt, aber morgen früh bringe ich ihn zu seiner Mutter zurück."

Lori drückte das Tier an sich. „Welchen Namen willst du ihm denn geben?"

„Ich soll ihm einen Namen geben?" Er hatte nicht die Absicht, den Hund zu behalten.

„Mama hat gesagt, dass wir nicht genug zu essen für uns beide haben und deshalb nicht auch noch einen Hund versorgen können. Aber wenn du ihn willst ..."

Ephraim schmunzelte. „Na ja, ich habe mir überlegt, dass ich vielleicht einen Hund brauchen könnte." Er bemerkte viele Mückenstiche auf Loris Armen und Beinen. Er ging zum Küchenschrank, in dem er rezeptfreie Medikamente aufbewahrte, nahm eine Tube mit Salbe, die den Juckreiz linderte, und reichte sie Cara.

„Danke." Cara las die Anweisungen auf der Packung und öffnete den Schraubverschluss.

„Kein Problem." Er streichelte dem Hund den Kopf. „Wie wäre es mit ‚Better Days' – ‚Bessere Zeiten'?"

Ein Anflug von Zynismus zog über Caras Gesicht, aber sie schwieg.

Lori stellte den Hund auf den Boden und ging auf die andere Seite der Küche. „Hierher, Bessere Zeiten!" Der Hund lief zu ihr. „Schau, er mag den Namen."

Ephraim schloss die Haustür. „Er mag dich, und er wäre gekommen, egal, wie du ihn nennst. Aber er wird sich an den Namen gewöhnen."

„Kann er bei mir im Bett schlafen?"

„Heute Nacht bestimmt. Wenn deine Mutter nichts dagegen hat."

Lori sah erwartungsvoll ihre Mutter an, die schweigend nickte. Loris Anspannung verschwand endgültig und sie lächelte begeistert.

Cara setzte sich neben Lori auf den Boden und tupfte Salbe auf die Mückenstiche. Ephraim nahm die gestrige Zeitung von der Arbeitsplatte, setzte sich an den Küchentisch und schlug sie auf. Während er halb Zeitung las und halb zuhörte, was Mutter und Tochter zueinander sagten, merkte er, wie nahe sich die beiden standen.

Er war neunzehn gewesen, als seine Mutter starb. Erst als sie tot war, hatte er begriffen, wie sehr er sie geliebt hatte. Der Schmerz über ihren Verlust war Tag und Nacht sein ständiger Begleiter, auch wenn er mit der Zeit ein wenig nachließ. Noch jetzt gab es Nächte, in denen er von ihr träumte und im Schlaf ihre Stimme hörte.

In der Küche wurde es still, als Cara und Lori ins Schlafzimmer gingen. Caras leise Stimme drang durch die Tür, als sie Lori aus einem der Kinderbücher vorlas. Sie klang überhaupt nicht nach der Frau, die ihm gestern Abend eine blutige Lippe verpasst hatte.

In der Hoffnung, dass sie in die Küche zurückkäme, wenn Lori schlief, schob er noch ein Holzscheit in den Ofen und stellte einen Topf Kaffee zum Kochen auf. Nachdem er sich wieder an den Küchentisch gesetzt hatte, las er eine andere Zeitung durch. Sie trat aus dem Schlafzimmer und schloss die Tür hinter sich, blieb aber im Türrahmen stehen.

Ihre Augen waren auf den Tisch geheftet. Harte Linien waren an die Stelle der Zärtlichkeit getreten, die er in ihrem Gesicht gesehen hatte, als sie mit Lori zusammen gewesen war. „Ich bin Ihnen dankbar, dass Sie zu meiner Tochter so nett sind." Sie hob den Blick und sah ihn direkt an. „Ich nehme an, Sie werden mir jetzt sagen, was mich das alles kostet."

Ephraim trat an den Ofen und schenkte ihr eine Tasse Kaffee ein. Er stellte sie auf den Tisch. „Vorsicht, der Kaffee ist sehr heiß." Er stellte ihr Sahne und Zucker hin, schenkte sich dann selbst eine Tasse Kaffee ein und setzte sich. Er deutete zu einem Stuhl. „Nehmen Sie doch bitte Platz." Sie trat langsam vor und setzte sich nun ebenfalls.

Ohne ihre Tasse anzurühren, starrte sie die schwarze Flüssigkeit vor sich an.

Er gab etwas Sahne und Zucker in seine Tasse. Die Wanduhr tickte vor sich hin. „Ist es schon zu spät für eine Tasse Kaffee?"

Sie schüttelte den Kopf.

„Trinken Sie Ihren Kaffee schwarz?"

„Ich merke mir genau, was ich verbrauche, solange wir hier sind. Sie bekommen zurück, was ich Ihnen schulde. Ich bezahle Ihnen auch Ihre Freundlichkeit gegenüber Lori. Aber ich werde nichts nehmen, was ich nicht unbedingt brauche, wie Kaffee oder Sahne oder Zucker."

Ephraim gefiel ihr Tonfall nicht, und er fragte sich, ob sie nur miteinander klarkämen, solange Lori dabei war. „Sie haben also vor, mir alles zu zahlen?"

„Wollen Sie mir unterstellen, dass ich das nicht tun würde?"

Ephraim versuchte, seine wachsende Frustration zu beherrschen. „Ich will damit sagen, dass Sie die Probleme, die Ihre Anwesenheit verursachen wird, unmöglich bezahlen können. Ich brauche Ihr Geld sowieso nicht. Aber wenn Sie Ihre Einstellung ändern könnten, würde diese Situation um einiges erträglicher werden."

Sie fuhr mit den Händen über die Tischkante, und er bemerkte, dass ihre Finger leicht zitterten. Plötzlich dämmerte ihm, was sie dachte, was er vielleicht von ihr wollen könnte.

Sein Ärger verflog. In ihr steckte eine stählerne Entschlossenheit. Es würde ihn nicht überraschen, wenn sie heute Abend ihrer Tochter etwas zu essen gegeben hätte und selbst nichts gegessen hatte.

Er griff in seine Tasche und berührte das Spielzeugpferd, das er im Lagerraum wiederentdeckt hatte. Als Kind war ihr dieses Pferd sehr kostbar gewesen, und dann hatte sie es ihm geschenkt.

Sie atmete zitternd ein. „Hat der Polizist gesagt, was das Jugendamt mit mir vorhat?"

„Jemand vom Jugendamt könnte unangemeldet hier auftauchen, aber er vermutet, dass sie erst anrufen werden, weil die Fahrt nach Dry Lake zu weit ist, um dann festzustellen, dass niemand zu Hause ist."

„Sie bewegen sich mit Pferd und Einspänner fort, aber Sie haben ein Telefon?" Sie schaute sich auf der Suche nach einem Telefon um.

„Nicht im Haus. Die wenigen Amisch der Alten Ordnung, die ein Telefon besitzen, haben es nie in ihrem Haus. Die Kirchenältesten haben mir wegen meines Geschäftes erlaubt, eines zu besitzen. Es befindet sich in der Schreinerei. Es hat einen Lautsprecher, der in diese Richtung zeigt. Ich kann es also normalerweise trotz der Entfernung hören – außer im Winter, wenn meine Fenster zu sind."

Er ging zum Kühlschrank und holte einen Kokosnusskuchen heraus, den seine Schwester ihm gebacken hatte. Er schob ihn auf den Tisch und nahm zwei Teller aus dem Schrank. „Das ist der beste Kuchen, den Sie je gegessen haben. Und es sind absolut keine Bedingungen daran geknüpft."

Sie schaute den Kuchen an, als er ein Stück abschnitt und es auf einen Teller legte. „Ich bin Ihnen für alles, was Sie für uns getan haben, wirklich dankbar. Aber leider weiß ich, wie solche Situationen enden … auch wenn Sie das vielleicht nicht wissen."

Er hielt ihr den Teller hin. Als sie ihn nicht nahm, stellte er ihn auf den Tisch. Er gab etwas Sahne und Zucker in ihren Kaffee und schob ihn ihr zu. „Entspannen Sie sich, Cara."

Sie schaute ihn mit diesen bronzefarbenen Augen an, an die er sich so gut erinnerte. Nur dass damals Hoffnung und nicht Zynismus daraus gesprochen hatten. Die einzige Herausforderung, die als Kind aus ihren Augen gesprochen hatte, war Schabernack und Furchtlosigkeit gewesen. Damals hatte sie ihm vertraut, als er gesagt hatte, ihr würde nichts passieren, wenn sie vom Heuboden sprang oder sich von einem Seil in den Bach fallen ließ. Er deutete zu dem Kuchenstück. „Es ist kostenlos. Versprochen."

Sie sah nicht aus, als würde sie ihm glauben, aber sie widersprach ihm nicht. „Ich bin schon auf der Suche nach einer Wohnung. Ich will spätestens in ein paar Tagen fort sein."

„Je früher, umso besser ist es auch für mich."

Sie beobachtete ihn ohne die geringste Spur von Vertrauen.

„Ich will nichts von Ihnen außer ein wenig Respekt. Ich bin sicher, dass es viele Männer gibt, die mehr von Ihnen wollen würden. Aber ich bin keiner von ihnen. Es ärgert mich, dass Sie mir das nicht glauben wollen." Er nahm einen Schluck von seinem Kaffee. „Aber ich kann das verstehen."

„Es ärgert Sie?" Sie blinzelte mehrere Male. „Aber Sie sehen nicht verärgert aus und Sie klingen auch nicht so."

Plötzlich erinnerte er sich, warum ihre Mutter zurückgekommen war. Sie hatte einen Ort gesucht, an dem sie vor ihrem gewalttätigen Mann in Sicherheit wäre. Sie hatte mit Levina abgesprochen, dass sie Cara bei sich aufnehmen würde. Sie hatte sogar vom Bischof die Erlaubnis bekommen, Cara hierzulassen und sie von Levina aufziehen zu lassen.

Damals hatte er Cara wirklich gemocht. Nicht als Mädchen oder so etwas, sondern als Spielkameradin, die keine Angst davor hatte, Dinge auszuprobieren, die sie noch nie gemacht hatte. Er war froh gewesen, dass die Kirchenältesten ihr erlaubten, bei Levina zu wohnen.

Aber ihre Mutter hatte sie nie zu Levina gebracht, obwohl es so abgesprochen gewesen war. Wie hatte sich das auf Caras Leben ausgewirkt?

„Etwas direkt zu sagen sollte genügen, um einen Standpunkt klarzustellen. Finden Sie nicht?"

Sie zuckte leicht mit den Achseln. „Reden ist meistens Zeitverschwendung. Das, was man tut, sagt viel mehr."

Er schob ihr die Kaffeetasse und den Kuchenteller näher hin. „Dann will ich Ihnen durch das, was ich tue, sagen, dass ich auf Ihrer Seite stehe."

Nach einigen Sekunden zog ein leichtes Lächeln über ihr Gesicht und brachte ein schwaches, aber bekanntes Grübchen auf ihrer Wange zum Vorschein. Sie nahm langsam die Tasse in die Hand. Sie atmete den Duft ein und hob sie an ihre Lippen. Sie schloss die Augen und trank einen Schluck. „Oh, Mann. Wenn ich jetzt noch eine Zigarette hätte, könnte ich glauben, ich wäre im Himmel." Sie aß den Kuchen ganz langsam, als genieße sie jeden Krümel.

Er hatte zig Fragen an sie und hundert Dinge, die er ihr sagen wollte, aber er bezweifelte, dass das weise wäre. Sie brauchte Zeit, um den Schock zu verarbeiten, aus einem baufälligen Stall vertrieben worden zu sein, fast ihre Tochter verloren zu haben und auf fremde Hilfe angewiesen zu sein. „Sie gehen also jeden Tag zu Fuß zu den Howards zur Arbeit?"

„Ich habe dem Chauffeur gekündigt. Er ist immer so unpünktlich."

Er schmunzelte. Wenigstens hatte sie ihren Sinn für Humor nicht verloren, auch wenn er ziemlich bitter geworden war. „Cara, niemand darf sehen, wie ihr dieses Haus verlasst. Mein Vater ist krank. Er ist erst heute aus dem Krankenhaus heimgekommen. Ich brauche etwas Zeit, bevor ich ihm erzählen kann, dass ihr in meinem Haus wohnt."

„Ich nehme Lori mit, und wir gehen hinten herum über die Wiesen. Wir verschwinden vor Tagesanbruch und kommen erst zurück, wenn es dunkel ist. Ich brauche das Geld, wenn ich in ein paar Tagen von hier weggehen will, und ich kann Mr Howard nicht hängen lassen. Wenn er noch mehr Arbeitstage fehlt, verliert er seine Stelle."

Ihre Persönlichkeit war eine sonderbare Mischung aus Sarkasmus, Humor, Ehrlichkeit und Mut. In mancherlei Hinsicht hatte sie viel Ähnlichkeit mit dem Mädchen, das er vor zwanzig Jahren gekannt hatte. Wenn es nicht so gefährlich für ihn wäre, würde er sie gern neu kennenlernen.

„Gut. Benutzt denselben Weg, auf dem ich euch hierhergebracht habe, und versucht, euch nicht blicken zu lassen."

Sie neigte den Kopf zur Seite und schaute ihn fragend an.

„Ihr seid keine Gefangenen. Wir sitzen im selben Boot."

Er zog das Spielzeugpferd aus der Tasche und legte es auf den Tisch.

Ihr Blick sah für einen Moment so aus, als würde sie sich daran erinnern, aber dann starrte sie nur stumm auf den Boden ihrer leeren Tasse. Entweder erkannte sie das Pferd nicht, oder sie vertraute ihm nicht genug, um mit ihm über ihre Vergangenheit zu sprechen.

Er ließ das Spielzeug auf dem Tisch liegen und stand auf. „Gute Nacht, Cara."

Kapitel 16

Langsam erwachte Cara aus einem angenehmen Schlaf. Sie kuschelte sich in das weiche Kissen und genoss diesen Luxus. Anders als an den Tagen, in denen sie im Stall geschlafen hatte, wünschte sie nicht, der Tag würde schneller anbrechen. Das angenehme Gefühl, eine Matratze unter sich und eine Decke über sich zu haben, sorgte dafür, dass ein gewisses Gefühl von Würde zurückkehrte, das sie und Lori oft vermissten.

Sie streckte die Hand über das Bett, bis sie den warmen Rücken ihrer Tochter fühlte. Ihre Augen wurden feucht. Das Aufwachen an diesem Morgen hätte für sie beide ganz anders verlaufen können, wenn Ephraim ihnen nicht zu Hilfe gekommen wäre.

Loris Atem war langsam und gleichmäßig und gab Cara die Kraft, den vor ihr liegenden Tag in Angriff zu nehmen. Bei der ganzen Panik und Beschämung gestern hatte sie kaum einen Gedanken auf das verwendet, was Ephraim getan hatte. Sie war nur auf ihr Unbehagen, dass er versteckte Motive haben könnte, fixiert gewesen.

Sie stellte die Füße auf den sauberen Holzboden und war dankbar, dass sie nicht mehr in diesem kalten, stinkenden Stall sein musste. Sie schlüpfte in ihre Jeans. Das Spielzeugpferd, das Ephraim aus seiner Tasche gezogen und auf dem Küchentisch stehen gelassen hatte, stand jetzt auf dem Nachttisch. Sie hatte es mitgenommen, als sie gestern Abend schlafen gegangen war. Er hatte sich benommen, als sollte ihr das Pferd etwas bedeuten, aber sie war zu misstrauisch ihm gegenüber gewesen, um ihn zu fragen, und zu müde, um klar denken zu können.

Sie wollte gegenüber Ephraim nicht so abweisend sein. Aber sie wollte sich kein zweites Mal selbst aufgeben. Ihre Selbstachtung war damals einen schmerzhaften Tod gestorben. Sie war in dem Jahr begraben worden, in dem sie neunzehn geworden war. Von allem, was sie in ihrem Leben bedauerte, war das Schlimmste für sie, dass sie sich im Tausch gegen Essen, ein Dach über dem Kopf und Schutz vor Mike selbst aufgegeben hatte.

Ihre Farbe der Trauer war damals nicht schwarz, sondern weiß gewesen. Weiße Spitzen. Tüll. Chiffon. Seide. Aber obwohl sie Johnny geheiratet hatte, ohne ihn zu lieben, hatten sie sich später ein schönes gemeinsames Leben aufgebaut.

Sie nahm das Spielzeugpferd in die Hand und betrachtete es. Ephraim war nicht Johnny, und er half ihr nicht, damit sie ein Leben lang in seiner Schuld stünde. Er wollte genauso sehr wie sie, dass sie schnell wieder aus seinem Leben verschwinden würde. Und er verdiente es, mit Respekt und nicht mit bissiger Bitterkeit behandelt zu werden. Während sie das Pferd in der Hand hielt, regte sich eine vage Erinnerung in ihr.

Sie stand barfüßig an einem Bachufer und beobachtete einen Jungen, der das Pferd in ihrer Hand anschaute. Worte kamen aus ihrem Mund, aber sie konnte sich nicht erinnern welche. Sie schloss die Augen und versuchte, sich zu konzentrieren. *„Du kannst es behalten"*, hörte sie sich sagen. Eine Gänsehaut zog über ihren ganzen Körper. *„Behalte es, bis ich zurückkomme."*

Caras Herz raste als Antwort auf diese plötzlichen Erinnerungsfetzen. Sie wollte sich an mehr erinnern, aber die Szene brach hier ab. „Bis ich zurückkomme", flüsterte sie.

Vom Fußende des Bettes reagierte der Welpe auf Caras Bewegungen und tapste zu ihr. Er leckte ihre Hände ab, während sie versuchte, ihn ruhig zu halten. Da sie vermutete, dass er pinkeln würde, wenn sie ihn nicht schnell hinausbrächte, hob sie ihn hoch. Sie schlich auf Zehenspitzen durch das dunkle Schlafzimmer und stolperte über einen Bücherstapel. Die Bücher fielen um wie Dominosteine. Mit ihrer freien Hand räumte sie die Bücher wieder zurück. Sie fragte sich, ob Ephraim die Bücher nur sammelte, oder ob er sie tatsächlich las, und ging durch die dunkle Küche zur Haustür.

Etwas bewegte sich vor ihr. Sie blieb erschrocken und mit pochendem Herzen stehen.

„Cara?" Ephraim klang erschrocken.

„Ja. Habe ich Sie geweckt?"

Er atmete verschlafen ein. „Nein. Ich wollte mir nur einen Schluck Wasser holen."

„Ich glaube, der Hund muss schnell hinaus."

„Ach. Bei besseren Zeiten geht es doch eigentlich darum, dass sie kommen und bleiben sollen", murmelte er und versuchte, ihr den Welpen abzunehmen.

„Was?" Sie ließ den Hund nicht los.

„Das war ein Witz. Wir haben den Hund doch ‚Bessere Zeiten' genannt."

Sie reichte ihm den Hund. „Ich fürchte, ich verstehe das um diese Uhrzeit noch nicht. Aber Sie sollten den Hund lieber hinausbringen, bevor es zu spät ist."

Er schmunzelte. „Wenn Bessere Zeiten uns anpinkelt, bevor der Tag überhaupt beginnt, was erwartet uns dann wohl für den Rest des Tages?"

Anscheinend war er ein Morgenmensch. „Wollen Sie darauf wirklich eine Antwort?"

Er ging zur Küchentür hinaus. Sein Lachen ließ sie nicht los, und etwas an seinen Bewegungen weckte eine weitere Erinnerung in ihr. Ein kühler Wind bewegte das hohe Gras, während Wasser über ihre nackten Füße plätscherte. Ein Junge nahm ein Seil und schwang sich lachend über den tieferen Teil des Baches.

War Ephraim der Junge in ihren Erinnerungen?

Die Mückengittertür fiel klatschend zu, als er wieder hereinkam. Sie fuhr zusammen und wich einige Schritte zurück. Als würde er sie nicht sehen, ging er in die Küche, stellte den Hund auf den Boden, zündete eine Öllampe an und holte Milch aus dem Kühlschrank. Er riss kleine Stücke eines selbst gebackenen Brotes ab, warf sie in eine Schüssel und goss Milch darüber.

Dann stellte er die Schüssel auf den Boden. „Noch ungefähr eine Woche, dann können die Welpen entwöhnt werden. Wahrscheinlich sollte ich anfangen, ihnen hin und wieder etwas Weiches zu fressen zu geben." Er zerknüllte ein paar Zeitungsseiten und steckte sie in den Holzofen. Er legte kleine Holzstücke darauf, zündete ein langes Streichholz an und hielt es in den Ofen. „Falls heute jemand vom Jugendamt hier auftaucht und mit Ihnen reden will, sage ich denen, wo Sie arbeiten." Er ließ das Streichholz in den Ofen fallen und schob die feste Metalltür wieder zu.

Sie beobachtete ihn aus dem Schatten. „Ephraim?"

Er gab Kaffeebohnen in eine Handmühle. „Ja?"

Es gab so vieles, was sie wissen wollte, aber wenn sie Fragen stellte, löste sie vielleicht Dinge aus, die sie dann nicht mehr unter Kontrolle hatte. Andererseits würde sie vielleicht nie irgendetwas über ihre Vergangenheit in Erfahrung bringen, wenn sie weiter schwieg. Wenn sie etwas über die Menschen erfuhr, die ihre Mutter gekannt hatten, konnten sie und Lori vielleicht Kontakt zu Verwandten oder Freunden aufbauen. Aber würden solche Kontakte Lori mehr nutzen oder mehr Schaden zufügen? Sie wünschte sich, das Richtige zu tun.

Er gab Wasser und Kaffee in den Kaffeetopf und stellte ihn auf den Ofen. „In Ihrem Kopf geht sehr viel vor, nicht wahr?"

Sie schluckte. Warum benahm er sich so locker? „Kennen ... kennen Sie mich?"

„Ja, wir kennen uns." Er sagte es ruhig und selbstverständlich. „Wir haben uns kennengelernt, als wir Kinder waren. Du warst acht. Ich war zwölf. Erinnerst du dich daran?"

Tränen brannten in ihren Augen. „Vor ungefähr einer Woche kamen einige Erinnerungsfetzen zurück. Das, woran ich mich erinnere, deckt aber höchstens fünf Minuten ab."

„Hat Malinda dir letzte Woche gesagt, wie du hierherkommst?"

„Du kanntest meine Mutter?"

Ephraim hielt abrupt in seinen Bewegungen inne und starrte sie an. „Kanntest?" Einige Momente später stellte er zwei Tassen auf den Tisch. „Nur ein wenig. Das, was ich gehört habe. Ein paar kurze Gespräche, die ich damals, als ihr zu Besuch hier wart, mit ihr geführt habe." Der Welpe aß seine Schüssel leer und begann zu winseln. Ephraim brachte den Hund zu Cara. „Wann ist sie ... gestorben?"

Cara zog den Hund an sich heran und wünschte, Ephraim hätte das nicht gefragt. Es gab vieles, worüber sie nicht gern sprach, aber am allerwenigsten über den Verlust ihrer Mutter. „Du musst das nicht so vorsichtig sagen. Es ist nicht wichtig, wann sie gestorben ist, nicht wahr?"

„Ich war neunzehn, als meine Mutter starb. Und für mich war es wichtig."

Sie schnaubte. „Da draußen ist eine ganze Welt mit Menschen, die leiden, die verhungern, die an furchtbaren Krankheiten sterben, die in Unfällen oder durch Kriege oder durch brutale Menschen verstümmelt werden."

Ephraim streichelte dem Hund über den Kopf. „Dieses Denken kann vielleicht helfen, nicht in Selbstmitleid zu versinken. Aber die Not der anderen ändert nichts an meinem Schmerz oder an deinem. Eine Mutter zu verlieren ist schwerer, als es klingt."

Sein Verständnis und Einfühlungsvermögen machten es ihr schwer, zu antworten. „Man kann sich vollkommen verlieren, wenn man zulässt, dass das alles wichtig ist."

„Das stimmt. Aber man kann sich genauso leicht verlieren, wenn man nicht zulässt, dass es wichtig ist."

„Na toll! Egal, was wir tun, wir verlieren immer."

Er ging zum Küchentisch. „Zum Teil ist es wirklich so. Also, wenn Malinda dir nicht gesagt hat, wie du hierherkommst, dann muss es dir dein Dad erzählt haben."

„Das kannst du so was von vergessen!"

Ephraim schaute sie an, als hätte sie gerade geflucht.

Sie verdrehte die Augen und schnaubte. „Er ist vor langer Zeit verschwunden."

Er runzelte verwirrt die Stirn.

„Verschwunden", wiederholte sie. „Er hat mich einfach sitzen lassen."

„Das verstehe ich nicht ..." Er schüttelte den Kopf. „Das tut mir leid."

„Es ist egal. Ich wäre wahrscheinlich noch schlimmer dran, wenn er bei mir geblieben wäre."

„Aber wie bist du dann hierhergekommen?"

Ihr Herz schlug, als hämmerte der Trommler einer Rockband darauf herum. Wenn Ephraim wüsste, dass sie vor einem Stalker floh, würde er sie aus seinem Haus werfen. Auf der Stelle.

Lori kam aus dem Schlafzimmer, und Caras Nerven beruhigten sich. Ephraim hatte schon unter Beweis gestellt, dass er vor ihrer Tochter keine unangenehmen Fragen stellte.

Lori rieb sich die Augen. „Guten Morgen, Fram."

„Es heißt E-phra-im, Schatz." Cara stellte den Hund auf den Boden. Seine kleinen Beinchen konnten ihn nicht schnell genug zu Lori bringen, als er schlitternd und rutschend über den glatten Boden lief.

„Fram ist okay." Er stellte die Milch auf den Tisch. „Ich will dich und deine Mama in der Nähe der Howards absetzen. Wir müssen also bald aufbrechen. Mag jemand von euch Eier?"

Lori hob den Hund hoch und kicherte, als er sie ableckte. „Bessere Zeiten und ich lieben Rühreier."

Kapitel 17

Als Ephraim nach der Arbeit aus Robbies Lieferwagen stieg, roch er sofort, dass jemand Essen kochte. Er steuerte schnell auf sein Haus zu und hoffte, Deborah kochte ihm nicht heute etwas in seiner Küche. Er hatte früher Feierabend gemacht, weil er einen Plan hatte, der ihm keine Ruhe ließ, seit ihm diese Idee gekommen war. Es gab einige Fragen, die er Cara nur ungern stellte, aber er brauchte Antworten.

Als er sich der Haustür näherte, hörte er Frauenstimmen. Er schaute durch ein Fenster und entdeckte Anna Mary und Deborah in seiner Küche. Da Cara und Lori erst zurückkommen konnten, wenn es dunkel war, hatte er ihnen etwas zu essen bringen wollen. Er hatte vorgehabt, sie in der Nähe der Howards abzuholen und einen geeigneten Platz zu suchen, wo sie bis zur Dunkelheit bleiben konnten. Aber jetzt konnte er sich nicht schnell etwas zu essen holen, denn seine Schwester und Anna Mary würden ihm Fragen stellen, die er nicht beantworten wollte. Cara hatte alles, was sie und Lori besaßen, am Morgen in ihren Rucksack gestopft. Er hatte das ein wenig übertrieben gefunden, aber jetzt war er froh, dass sie keine Spur hinterlassen hatten, aus der man schließen könnte, dass sie die letzte Nacht hier verbracht hatten. Er musste es allen sagen, aber sie sollten es jetzt noch nicht herausfinden, und ganz bestimmt nicht auf diese Weise.

Er änderte die Richtung und ging zum Tor in seinem Stall, das auf die Koppel hinausführte. Während er versuchte, sein Pferd auf der Koppel zu finden, fragte er sich wieder, wie Anna Mary die Nachricht mit Cara wohl aufnehmen würde. Er hatte gestern an nichts anderes gedacht als an seine Sorgen um die Gesundheit seines Vaters und die Notwendigkeit, für Cara schnell eine Wohnung zu finden. Er hatte heute in der Zeitung gesucht und unter mehreren Telefonnummern angerufen, doch ohne Erfolg.

Als er sein Pferd nicht sah, pfiff er. Unter ein paar Bäumen hob die Stute den Kopf und legte ihn schief, als überlege sie, ob sie ihn wirklich gehört hatte. Er pfiff noch einmal, und sie wieherte, bevor sie anfing zu galoppieren.

Seit er Cara und Lori am Morgen in der Nähe der Howards abgesetzt hatte, fühlte er ihre Gegenwart. Die ersten Strahlen der Morgensonne tasteten gerade wie Finger über das Land, als er den Einspänner zum Stehen brachte. Cara hatte sich bei ihm mit kaum hörbarer Stimme bedankt. Ihre Stimmung hatte er nicht deuten können. Sie hatte Lori aus seinem Wagen geholfen und nicht einmal aufgeschaut, als Lori ihm eine Kusshand zugeworfen hatte. Als er ihnen nachsah, wie sie die Straße hinabgingen, hatte er gewusst, dass er sie nicht nach einem langen Arbeitstag zu Fuß zu seinem Haus zurücklaufen lassen wollte. Aber sie müssten bis zum Einbruch der Nacht irgendwo bleiben, wo sie niemand sah. Deshalb hatte er sich einen Plan überlegt. Einen vernünftigen Plan. Aber in ihm regte sich ein Gefühl, das er nicht wollte.

Sein Pferd trabte zu ihm, und er öffnete das Tor und führte die Stute in den Stall. Er zäumte sie auf.

„Ephraim." Anna Marys Stimme ließ ihn innehalten.

Er zog das Kummet über den Hals des Tieres. „Ja?"

„Deborah hat mir geholfen, dir auf deinem furchtbaren Holzofen etwas zu kochen."

Ein Grund, warum er keinen Gasherd besaß, war, dass er Frauen aus seiner Küche fernhalten wollte. Das wusste Anna Mary. Wenn er es je mit einer Frau ernst meinen würde, würde er sich einen Gasherd kaufen. Der Holzofen war seine Abwehrmaßnahme gegen aufdringliche Frauen, die ihm zeigen wollten, was für großartige Ehefrauen sie sein könnten. Aber er hatte Anna Mary nie für aufdringlich gehalten, und er hatte sich tatsächlich überlegt, einen Gasherd zu kaufen.

Er zog die Geschirrstränge durch das Ortscheit. „Tut mir leid, aber ich habe heute Abend etwas vor. Ich fahre los, sobald ich den Wagen angespannt habe."

„Willst du nicht vorher ins Haus kommen und etwas essen? Ich habe fast den ganzen Nachmittag gekocht."

Er schüttelte den Kopf und befestigte die Stränge.

Sie trat vor und streichelte das Pferd. „Ich nehme an, ich kann nicht mitkommen."

„Dieses Mal nicht."

„Ich habe Brathähnchen gemacht. Kann ich dir wenigstens etwas einpacken und mitgeben?“

„Nein, danke.“

Sie berührte seine Hand. „Fährst du weg, weil ich es gewagt habe, eine deiner Grenzen zu übertreten?“

„Nein, aber ich frage mich, warum du so etwas tust, wenn du gedacht hast, dass es mich stören könnte.“

Als sie nichts sagte, sah er von seiner Arbeit auf. Sie waren seit ungefähr einem Jahr befreundet und kannten sich ziemlich gut. Sie stritten nur selten, aber er benahm sich im Moment dickköpfig, und er rechnete fast damit, dass sie ihn scharf anfahren und dann stehen lassen würde. Obwohl er keine Ahnung hatte, wie es ihm ginge, falls das passieren sollte, war er nicht der Typ, der andere mit Glacéhandschuhen anfasste.

Sie zuckte die Achseln. „Ich denke, der Umstand, dass du mir nicht verboten hast, in deine Küche zu gehen, ist ein ziemlich guter Hinweis darauf, was du für mich empfindest.“

Sein Blut begann zu kochen. Sie hatte sich mit ihrer älteren Schwester unterhalten. Er war vor mehreren Jahren mit Susanna befreundet gewesen und hatte genau aus diesem Grund mit ihr Schluss gemacht. Ein Jahr später hatte sie einen anderen Mann geheiratet und inzwischen hatte sie drei Kinder.

Ephraim hatte es nie bereut, dass er Susanna nicht zurückgehalten hatte. Oder die anderen Mädchen, mit denen er befreundet gewesen war. Aber Anna Mary war anders.

„Ich wollte nur etwas Nettes für dich tun.“

„Das war nicht alles, was du wolltest. Du willst herausfinden, wo du stehst. Ob ich mich dir gegenüber genauso verhalte wie gegenüber Susanna. Oder irgendeiner anderen Frau. Du hast einmal zu mir gesagt, dass du nicht mit anderen verglichen werden willst, und trotzdem stellst du mich auf die Probe, um zu sehen, ob ich auf dich genauso reagiere.“

Sie seufzte. „Wahrscheinlich hast du recht. Aber das war mir bis jetzt nicht bewusst.“ Sie legte die Hand um die Schnalle, die er gerade am Pferd anzog, und schaute ihm in die Augen. „Ich hatte mir fest vorgenommen, dass ich dir nicht zu nahe treten und dich in die Enge treiben wollte. Aber ich würde trotzdem allmählich gern wissen, ob ich irgendwann nur eines der Mädchen sein werde, mit denen du einmal befreundet warst.“

Ephraim wurde bewusst, dass er im Laufe der Jahre etwas unsensibel geworden war. Sonst hätte er bemerkt, wie sie sich fühlen musste. Er legte die Hand auf ihre und ihm wurde erneut bewusst, dass sie sehr feinfühlig sein konnte und bereit war, sich ihm zu öffnen.

Er nahm ihre Hände in seine und wählte seine Worte mit Bedacht. „Du bedeutest mir mehr. Aber nur die Zeit wird zeigen, was wir beide wissen wollen."

Sie schloss die Augen und sah gleichzeitig enttäuscht und erleichtert aus. Er legte die Hand auf ihre Schulter, und sie legte die Arme um ihn. Wenn sie sich wirklich gut verstanden wie in diesem Moment, hoffte er, er würde nie wieder einer anderen den Hof machen müssen. Er sehnte sich danach, eine eigene Familie zu haben. Die Wärme einer Frau in seinem Bett zu spüren. Den Kreis des Lebens zu schließen und Ehemann und Vater zu werden. Aber ...

Anna Mary trat zurück. „Gebratenes Hähnchen lässt sich wunderbar mitnehmen."

Ephraim konnte sich ein Lächeln nicht verkneifen. „Es riecht köstlich. Wie viel Fleisch hast du verbrannt, bis du herausgefunden hast, wie man die Hitze reguliert?"

„Nur ein paar Stücke."

Er lachte. „Du machst Witze, oder?"

„Ja, aber wenn Deborah nicht bei mir gewesen wäre, wäre ich jetzt in Tränen aufgelöst, und in deinem Gefrierschrank gäbe es kein Hähnchenfleisch mehr."

„Ich denke, wir können schnell ein paar Bissen miteinander essen, bevor ich aufbreche. Wenn es nicht nach verbranntem Fett schmeckt", zog er sie auf, „kann ich auch ein paar Stücke mitnehmen."

„Weißt du, Ephraim, ich schätze Ehrlichkeit sehr, aber in manchen Momenten wäre ein bisschen weniger Ehrlichkeit angebracht."

„Ich verstehe, was du meinst." Ephraim legte eine Hand auf ihre Schulter, während sie über den Hof gingen. „Ich nehme gern ein paar Stücke Fleisch mit, auch wenn sie nach verbranntem Fett schmecken."

Sie lachte und stieß ihm mit dem Ellenbogen in die Rippen. „Du bist schrecklich."

„Ich weiß. Ich sorge nur dafür, dass du das auch weißt."

Kapitel 18

Mit dem Rucksack auf dem Rücken und Lori, die in ihren Armen schlief, begab sich Cara auf den Rückweg zu Ephraims Haus. Kaum hatte sie einen Hügel erklommen, sah sie schon den nächsten vor sich liegen. Ihr Ziel war es, ein wenig näher zu Ephraims Haus zu kommen und dann einen Platz zu finden, an dem man sie nicht sah und wo sie sich ausruhen konnten, bis seine Familie im Bett lag. Da Lori schon vor Tagesanbruch aufgestanden war und Cara heute geholfen hatte, Kleiderschränke auszuwischen, brauchte sie dieses Nickerchen. Leider war es für Cara ziemlich schmerzhaft, dass sie ausgerechnet jetzt schlief. Aber so wie sie ihre Tochter kannte, war sie in zwanzig oder dreißig Minuten wieder fit und voller Tatendrang.

Ein Pferd und ein Wagen tauchten am Horizont auf, und ihre Gedanken wanderten automatisch zu Ephraim. Sie hatte sich den ganzen Tag immer wieder gefragt, ob sich jemand vom Jugendamt bei ihm gemeldet hatte. Dieser Gedanke beunruhigte sie und machte sie nervös und verwundbar.

Sie marschierte weiter, während der Pferdewagen mit gleichbleibender Geschwindigkeit auf sie zukam. Sie hätte nie erwartet, dass der Mann, den sie als herzlos bezeichnet hatte, so freundlich und ... angenehm sein könnte. Er wirkte nicht gefühllos oder hinterhältig, aber sie war immer noch nicht ganz überzeugt, dass er keine Hintergedanken hatte. Sie hatte vor langer Zeit gelernt, Mauern um sich herum aufzubauen. Man konnte niemandem trauen. Viele wollten zwar bestimmt vertrauenswürdig sein, aber die menschlichen Schwächen behielten immer wieder die Oberhand.

Der Wagen kam näher.

Könnte das Ephraim sein?

Ihr Herz schlug schneller. War er zufällig in dieser Gegend, oder war er gekommen, um sie abzuholen?

„Brr.“ Ephraim brachte das Pferd zum Stehen und bedachte Cara mit einem ernsten oder vielleicht auch vorsichtigen Blick, der aber trotzdem von einem herzlichen Lächeln begleitet war. „Hallo." Er sah sie an, und für einen kurzen Moment dachte sie tatsächlich, dass sie sich an diese graublauen Augen erinnerte.

Er zog die Bremse an und stieg aus. Bessere Zeiten steckte den Kopf unter dem Sitz hervor und wedelte so eifrig mit dem Schwanz, dass sich sein ganzer Körper mitbewegte. Ephraim legte die Hand auf Loris Rücken. „Steigt in den Wagen, ihr beide."

Lori hob im Halbschlaf den Kopf und ließ sich widerstandslos von Caras Armen in Ephraims Arme legen. Ohne das Gewicht des Kindes ließen die Schmerzen in Caras Körper sofort nach.

Ephraim nahm sie am Ellenbogen und half ihr auf den Holzsitz. Ein Taschenbuch mit dem Titel *Die ganze Wahrheit* lag neben ihr auf dem Sitz. Ein Lesezeichen ragte ungefähr in der Mitte des Buches zwischen den Seiten heraus. Sie hatte früher gern gelesen, bevor sie jede Minute damit beschäftigt gewesen war, ums nackte Überleben zu kämpfen. Ephraim las anscheinend auch gern.

Er stieg mit Lori auf den Armen problemlos ein und legte sie dann in Caras Arme.

„Danke." Das Wort klang heiser.

„Gern geschehen."

Aus Gründen, die überhaupt keinen Sinn ergaben, standen ihr Tränen in den Augen. In dem Versuch, ihre Gefühle unter Kontrolle zu bringen, rieb Cara sich das Kreuz. „Ich wusste nicht, dass du kommst."

„Ich auch nicht. Wenigstens heute Morgen noch nicht, als ich euch abgesetzt habe. Ich wollte eigentlich schon früher hier sein. Da wir nicht zu mir nach Hause können, solange es hell ist, dachte ich, dass wir zu einer abgelegenen Stelle am Bach fahren könnten. Ich habe Essen und Decken mitgebracht."

„Und ein Buch." Sie hielt es hoch.

„Ja."

Der Hund stupste sie mit der Schnauze an.

„Und Bessere Zeiten."

„Ich dachte, es ist an der Zeit, dass dir jemand bessere Zeiten bringt." Er schmunzelte über sein Wortspiel und ließ die Zügel schnalzen.

Cara streichelte Loris Kopf und stellte fest, dass sie wieder eingeschlafen war. „Hat sich jemand vom Jugendamt gemeldet?"

„Noch nicht."

„Was ist, wenn dein Vater sie sieht? Oder wenn jemand anders sie sieht und es ihm sagt?"

„Keine Ahnung. Ich habe, genauso wie du, im Moment viele Fragen und nur wenige Antworten."

„Kein Wunder, dass du den Hund mit dir herumschleppst. Du willst auch bessere Zeiten."

Seine Mundwinkel zogen sich erheitert nach oben, aber der Anflug seines Lächelns wich schnell wieder einer ernsten Miene. „Wir müssen über ein paar Dinge sprechen. Darf ich dir ein paar Fragen stellen?"

Eine Erinnerung tauchte vor Caras geistigem Auge auf. Vor ungefähr zwei Jahrzehnten hatte sie vor einem Jungen gestanden, der ihr genau dieselbe Frage gestellt hatte. „Der Stall, in dem Lori und ich uns versteckt haben, und das Haus, das früher auf diesem Fundament, das jetzt leer ist, stand ... sie gehörten einer alten Frau, nicht wahr?"

Er nickte. „Levina."

„Levina war die Frau, bei der Mama und ich wohnten?"

„Ja, das ist richtig."

„Und du hast mich gefragt, ob ich ein Junge oder ein Mädchen bin."

Trotz seiner gebräunten Haut lief sein Gesicht rot an. „Du warst ein dürres, achtjähriges Kind in einer Jeans, und deine Haare waren kürzer geschnitten als die Haare eines Neugeborenen."

Sie fuhr sich mit den Fingern durch die Haare und zupfte an ihrem Kurzhaarschnitt. Ihr gefielen ihre Haare so gut, egal, was er davon hielt.

„Jetzt würde dich natürlich niemand mehr für einen Jungen halten."

„Nein, nur für eine Diebin, eine Betrunkene und eine Unruhestifterin."

Er verzog schmerzhaft das Gesicht. „Das tut mir leid."

Sie musste leicht lachen und war davon selbst überrascht. „Jetzt fühle ich mich schon viel besser."

„Dann habe ich ja mein Ziel erreicht, denn ich bin gekommen, um dafür zu sorgen, dass du dich besser fühlst."

„Gib aber deinen anderen Job nicht auf."

Er lachte, und sie begriff, warum sie sich auch nach so vielen Jahren noch an sein Lachen erinnerte. Aber warum hatte sie sich an Levinas

Namen erinnert, aber nicht an Ephraims? Er war ihr nicht einmal bekannt vorgekommen, als sie in seinem Haus gestanden und er ihn ihr genannt hatte.

„Erinnerst du dich daran, als du den Bach zum ersten Mal gesehen hast?“

„Nein. Aber ich erinnere mich an kaltes Wasser, das über meine Füße plätscherte. Und an jemanden ...“

„Wenn in deinen Erinnerungen ein Junge auftaucht, dann bin das höchstwahrscheinlich ich. Ich glaube, du hast in dieser Woche sonst niemanden gesehen. Außer Levina und den Bischof.“

„Was ist ein Bischof?“

„Der Kirchenleiter über mehrere Kirchenbezirke. Er hilft uns, in unserem Glauben stark zu bleiben, und erinnert uns daran, was der Eid, den wir abgelegt haben, bedeutet.“

„Wie ein Zunftmeister in ‚World of Warcraft‘.“

Er runzelte die Stirn. „Wie was?“

„Das ist ein Internetspiel. Ich habe es nie gespielt, aber ich habe mit Leuten zusammengearbeitet, die es spielen.“

Er schmunzelte. „Der Bischof hätte etwas dagegen, dass jemand das Internet benutzt oder irgendein Kriegsspiel spielt.“

Seine Belustigung steckte sie an. „Ich erinnere mich an dein Lachen. Das war eine der ersten Erinnerungen, die mir letzte Woche kamen. Wie du gelacht hast, wenn du in den Bach oder in einen Heuhaufen gesprungen bist.“

„Erinnerst du dich daran, dass wir stundenlang auf den Bäumen gespielt haben?“

„Nicht wirklich. Obwohl es irgendwo in meinem Unterbewusstsein da sein muss, denn ich wusste von den Ketten auf dem Baum, bevor ich sie sah.“

„Das war dein Lieblingsbaum. Wir haben diese Ketten selbst da aufgehängt und sie mehrmals um den Ast gewickelt, damit du sie als Zügel nehmen konntest. Ich würde sagen, das haben wir gut gemacht, denn sie sind immer noch da.“

„Wahrscheinlich. Ich würde nur erwarten, dass ich mich an deinen Namen erinnere, wenn wir so viel Zeit miteinander verbracht haben.“

„Du hast mich nie Ephraim genannt. Du sagtest immer ‚Junge‘ zu mir und erzähltest irgendwas von einem Tarzanfilm.“

Sie schmunzelte. „Ah, darauf kam ich wahrscheinlich, weil wir so viel auf Bäume kletterten und uns an Seilen schwangen."

„Klingt logisch." Er brachte den Wagen zum Stehen, stieg aus, öffnete ein Viehgatter zur Weide und führte das Pferd hinein. Nachdem er das Gatter geschlossen hatte, stieg er wieder in den Wagen. „Ich stelle den Wagen bei den Bäumen am Bachufer ab. Dort können wir essen und uns ausruhen, bis es dunkel ist. Es ... es tut mir leid, dass wir uns verstecken müssen."

Sie schnaubte. „Ich verstecke mich, solange ich zurückdenken kann."

Der Wagen knarrte, als sie über den unebenen Boden fuhren. „Ich erinnere mich, dass Malinda mit Levina darüber sprach, dass sie dich vor deinem Dad verstecken wollte." Er fuhr ans andere Ende des Wäldchens. „Sie bemühte sich, dich irgendwo unterzubringen, wo du in Sicherheit wärst. Ich weiß nicht, was sie daran gehindert hat, aber ich weiß, dass sie wollte, dass du ein gutes Leben hast."

Cara war verlegen, weil er so viel über sie wusste, und flüsterte: „Dieser Wunsch ging nicht in Erfüllung."

Ephraim atmete lange und langsam ein. „Cara, ich kann es mir nicht leisten, überrumpelt zu werden. Ich muss es wissen. Kann es sein, dass Loris Vater hier auftaucht und sie sucht?"

Jetzt wusste sie, warum er sich die Mühe gemacht hatte, sie abzuholen. Und warum er so freundlich war. Er wollte Antworten auf persönliche Fragen.

„Was du wirklich wissen willst, ist, ob ich irgendwo einen unangenehmen Freund oder Ehemann habe, nicht wahr?", fauchte sie ihn an, und es interessierte sie nicht, wie wütend sie klang. Ihr wurde ganz heiß vor Zorn über seine Beleidigung.

Ohne etwas darauf zu sagen, stieg er aus, holte eine Decke aus dem Wagen und breitete sie auf einer Lichtung vor dem Pferd aus, bevor er zu ihr zurückkam. Als er Lori aus ihren Armen nahm, begegneten sich ihre Blicke. „Ich wollte dich nicht beleidigen."

Sie schluckte eine sarkastische Bemerkung hinunter und rief sich in Erinnerung, dass es keine Rolle spielte, was er von ihr dachte. Ihr Fehler war es gewesen, wegen des angenehmen Umgangs mit ihm zu glauben, er hätte irgendeine Ahnung, wer sie sein könnte. Aber er hatte schnell sein wahres Gesicht gezeigt.

Er trug Lori zur Decke auf dem Boden und legte sie vorsichtig nieder. Sie rührte sich nicht. Er kehrte zum Wagen zurück, holte einen Korb und hielt ihr die Hand hin, um ihr beim Aussteigen zu helfen, aber sie drehte sich um und stieg auf der anderen Seite aus.

Als sie auf die andere Wagenseite schaute, sah sie, dass er sie beobachtete, und sie konnte nicht länger für sich behalten, was sie dachte. „Ich war mit Loris Vater verheiratet. Er war ein anständiger Mann, egal, was Leute wie du denken. Wenn er noch am Leben wäre, hätte ich diese stinkende Gegend nie betreten."

„Leute wie ich?"

„Ja, Leute, die von Geburt an alles haben. Ihr wagt es, uns andere nach Maßstäben zu beurteilen, die angeblich von Gott kommen. Und nur um zu beweisen, wie großartig ihr seid, erfindet ihr einen Gott, der euch uns anderen vorzieht."

Er schaute sie an, als versuchte er, sie einzuschätzen. Sie wollte ihn anschreien, bis ihm seine eingebildeten, arroganten Augen aufgingen. Alle Menschen waren gleich. Einige hatten dank ihrer Eltern einen besseren Start, aber das war nicht ihr eigener Verdienst und hatte nichts damit zu tun, dass sie etwa mehr wert wären. Sie hatte mit fast gar nichts angefangen und im Laufe ihres Lebens immer mehr verloren. Er hatte immer alles gehabt. Und trotzdem hielt er sich für etwas Besseres als sie?

„Mama?", rief Lori, die gerade wach wurde.

Cara eilte zu ihr. „Ich bin da, Lori-Schatz."

Sie rieb sich die Augen und schaute sich fragend um. „Wo sind wir?"

„Bei einem Picknick." Ephraim setzte den Hund neben sie auf die Decke.

„Bessere Zeiten!" Jede Spur von Angst verschwand aus ihrem Gesicht, als sie das Hündchen in die Arme nahm. „Danke, Fram." Sie grinste. „Bessere Zeiten und ich haben Hunger. Gibt es was zu essen?"

Ephraim klopfte auf den Korb. „Gebratenes Hähnchen, Kartoffelchips, Limonade und Kuchen."

„Deine Picknicks sind viel besser als Mamas." Der Hund leckte ihr Gesicht ab. Sie kicherte und sprang auf die Beine. „Können wir zum Bach gehen? Das würde Bessere Zeiten viel Spaß machen."

„Ich dachte, du hast Hunger", entgegnete Ephraim.

„Zuerst will ich sehen, ob er das Wasser mag."

Cara deutete zu einem sandigen Bereich, der zu einer seichten Stelle im Bach führte. „Geh nicht tiefer als bis zu den Knöcheln, und bleib da, wo ich dich sehen kann."

„Komm, Bessere Zeiten." Lori lief los, und der Hund tanzte um ihre Füße und stolperte fast über seine eigenen Beine.

Cara setzte sich auf die Decke. „*Deine Picknicks sind viel besser als meine.*" Sie schaute in den Korb. „Sie wird sich leider später vor allem daran erinnern, dass ich ihr in ihrer Kindheit nicht viel bieten konnte."

Ephraim setzte sich neben sie. „Du bist eine gute Mutter, Cara. Sie wird sich immer daran erinnern, wie sehr du sie liebst."

Die Sanftheit in seiner Stimme weckte ihre Schuldgefühle. Er hatte von ihr nur ein paar vernünftige Antworten gewollt, und sie war abweisend und grob gewesen. Neue Tränen wollten sich Bahn brechen und erinnerten sie daran, wie müde sie war. „Manchmal kann ich mich an meine Mutter kaum erinnern. Andere Male sind die Erinnerungen so stark, dass ich mich nicht von ihnen befreien kann. Sie muss kurz nachdem wir hier waren, gestorben sein. Ab dem Tag wurde mein Leben zu einem einzigen Überlebenskampf."

„Kurz nachdem ..." Der Schmerz in seinen Augen überraschte sie.

Er brach mitten im Satz ab und ließ seinen Blick über die Wiesen schweifen. Während sie auf der Decke saßen und nebeneinander auf den Einbruch der Nacht warteten, regte sich der ungewohnte Wunsch, offen mit jemandem zu sprechen, in ihr. Ihre Wut über ihn war immer noch nicht erloschen, aber sie hatte endlich jemanden getroffen, der ihre Mutter gekannt hatte, jemanden, der so viel Ehrgefühl besaß, ihr zu helfen, damit sie und Lori nicht auseinandergerissen wurden.

Ein Blatt trieb bachabwärts und wurde von der Strömung mitgerissen. So fühlte sie sich: von einem Wunsch erfüllt, der so normal und natürlich war wie fließendes Wasser und ein schwimmendes Blatt. Statt ihn so zu behandeln, wie sie alle anderen behandelte, beschloss sie, ihre Abwehrhaltung aufzugeben und ihrem Wunsch, ihm etwas von sich zu erzählen, nachzugeben. „Ich ... ich lernte Johnny kennen, als ich siebzehn war. Er war ein großer, kräftiger Mann, und er wurde mein Beschützer. Natürlich kostete dieser Schutz seinen Preis, und ein Jahr später heirateten wir. Er glaubte auch an deinen Gott. Er sagte, er hätte ihn im Gefängnis kennengelernt." Sie zuckte die Achseln. „Irgendwann in den ersten Jahren unserer Ehe verliebte ich mich in ihn."

Ephraim holte einen Steinkrug aus dem Korb. „Ich habe noch nie gehört, dass sich jemand nach der Hochzeit verliebt hat. Obwohl ich einige kenne, bei denen nach der Hochzeit die Liebe abstarb."

„Wir heirateten auf dem Standesamt und fuhren dann in die Flitterwochen in die Catskill Mountains. Am ersten Tag wanderten wir und fuhren Kanu und machten ein Picknick. Es war der herrlichste Tag, den ich je erlebt hatte ... beziehungsweise an den ich mich erinnern konnte. Am Abend sagte er, er habe Bauchschmerzen, und schlief auf dem Sofa. Ich war darüber sehr erleichtert."

„Er wusste, wie du dich fühltest, nicht wahr?" Ephraim öffnete den Deckel auf dem Steinkrug.

„Ja, das wusste er. Es interessierte ihn nicht, wie lang es dauern würde, bis sich meine Gefühle für ihn ändern würden. In der fünften Nacht unserer Flitterwochen wartete er immer noch mit Ausreden auf und schlief auf dem Sofa, aber ich forderte ihn auf, bei mir zu schlafen." Vor ihrem geistigen Auge konnte sie ihn deutlich sehen, wie er sich neben sie ins Bett gelegt hatte. Seit er gestorben war, hatte sie sich oft gewünscht, er würde wieder zu ihr ins Bett kommen oder er wäre zum Essen da oder er könnte Lori aufwachsen sehen.

Ephraim hielt ihr den Limonadenkrug hin. „Das klingt, als hättest du einen wirklich guten Mann gefunden."

Sie trank einen Schluck Limonade und gab ihm den Krug zurück. „Ja, das stimmt. Als ich ein paar Jahre später schwanger wurde, dachte ich, er würde wütend werden, wenn ich es ihm sage ..."

Die Erinnerungen quälten sie, und ihr Bedauern zerriss sie fast. „Ich habe die Sorgen in seinem Gesicht gesehen und begriff, dass er mich wirklich liebte. Ich meine, er hat schon vor unserer Hochzeit gesagt, dass er mich lieben würde. Aber ich habe es nicht wirklich geglaubt." Sie seufzte. „Wir dachten, wir könnten unserem Kind mehr schenken, als wir beide in unserer Kindheit gehabt hatten. Aber noch vor ihrem zweiten Geburtstag ... starb er." Sie rieb sich die Stirn. „Ich habe nie eine Zigarette, wenn ich eine brauche."

Ephraim lehnte sich zurück und stützte sich mit dem Ellbogen auf der Decke ab. „Das tut mir so leid. Ich ... ich musste nur wissen, ob ich damit rechnen muss, dass jemand auftaucht, der dich und Lori sucht."

Sie verkniff es sich, „Wer's glaubt!" zu sagen. Auch wenn seine Worte sie verletzt hatten, war ihre Wut nicht ganz gerechtfertigt gewesen. Als ihre Bitterkeit allmählich verflog, begriff sie, was er gemeint hatte. Er hatte wissen wollen, ob sie jemanden hatte, der sie suchte.

„Fram, schau", rief Lori. „Was ist das für ein Fisch?"

Er stand von der Decke auf und ging zum Bachufer.

Cara entspannte sich ein wenig, als er weg war, und atmete langsam aus. Sie kramte das Spielzeugpferd aus ihrem Rucksack und versuchte, sich daran zu erinnern, dass dieses Pferd früher einmal ihr gehört hatte. Aber egal, ob sie sich je daran erinnerte oder nicht, war die Vergangenheit nicht ihr Ziel. Sie hatte nur die Gegenwart und die Gelegenheit, die sie ihr bot, Lori ein besseres Leben zu ermöglichen, als sie und Johnny es gehabt hatten.

Sie hatte Ephraim nichts von Mike erzählt. Aber hatte er nicht ein Recht, den Grund zu erfahren, warum sie aus New York geflohen war?

Kapitel 19

Der Himmel färbte sich am Horizont purpurrot und kündigte an, dass es bald Nacht werden würde. Ephraim und Lori saßen auf einem umgestürzten Baumstamm, der von einer Seite des Baches zur anderen reichte. Ihre Füße baumelten ein Stück über der Wasseroberfläche, während Ephraim Lori die letzten Brotstücke gab, die sie ins Wasser werfen durfte. Welse tummelten sich unter ihnen und schnappten sich das Brot, sobald es die Oberfläche berührte. Bessere Zeiten saß am Bachufer und verfolgte jede ihrer Bewegungen.

Obwohl er sich vorgenommen hatte, das nicht zu tun, kehrte sein Blick immer wieder zu Cara zurück. Sie saß auf der Decke und hatte die Beine angezogen, während das Kleid seiner Schwester sich wie ein großes Tuch um sie herum ausbreitete. Sie beobachtete den Horizont, während das Tageslicht immer schwächer wurde. Sie sah aus wie etwas aus einem Film oder einem fernen Traum – eine sonderbare Mischung aus zarter Sanftheit und unnachgiebiger Härte.

Er hätte warten sollen, bis sie sich ausgeruht und gegessen hatte, bevor er sie mit seinen Fragen bombardierte. Zu wenig Essen und zu wenig Schlaf, dazu der Schock von gestern und der anstrengende Arbeitstag heute bedeuteten sehr viel Stress für sie. Er hätte so klug sein und ihre Ehre nicht beleidigen sollen. Sie hatte ihm etwas aus ihrem Leben erzählt. Anscheinend hatte er das wenige Vertrauen, das er sich bei ihr verdient hatte, doch nicht gleich wieder zerstört. Aber es quälte ihn sehr, dass sie recht hatte.

Leute wie er.

Ihre Bemerkung, mit der sie voll ins Schwarze getroffen hatte, war keine neue Offenbarung für ihn gewesen. Obwohl er eine Zeit lang unter den Englischen gelebt hatte, neigte er manchmal dazu, Menschen unfair zu verurteilen. Das passierte ihm viel zu oft. Nachdem er in einer sehr konservativen Gruppe aufgewachsen war, hatte er keine Ahnung, wie er lernen sollte, keinen strengen Maßstab an andere anzulegen.

Aber wenn er nicht aufpasste, würde er ihren Unglauben an Gott nur verstärken.

„Fram, schau", flüsterte Lori. Sie deutete zu einer Stelle mit hohem Gras. Ein Schwarm Glühwürmchen tanzte über dem Gras und bot ein wunderbares Bild.

Ephraim stellte sich auf den Baumstamm und hielt ihr die Hand hin. „Hast du schon einmal ein Glühwürmchen gefangen?"

Sie ergriff seine Hand und stand wackelig auf. „Ganz bestimmt nicht."

Er schmunzelte. „Deine Mama war die beste Glühwürmchenfängerin, die ich je gesehen habe." Sie balancierten über den Baumstamm, und er half ihr, bis sie wieder festen Boden unter den Füßen hatte.

„Beißen sie?"

„Glühwürmchen? Nein. Aber wenn sie gebissen hätten, hätte deine Mama zurückgebissen."

„Igitt."

Cara räusperte sich. Er blickte auf und sah, dass sie von der Decke aufgestanden und zum Bachufer gekommen war. „Willst du damit sagen, dass ich Würmer esse?"

Er verkniff sich ein breites Grinsen und hoffte, ein wenig Spaß würde die Anspannung zwischen ihnen vertreiben. „Vielleicht."

Der letzte Rest Wut wich aus ihrem Gesicht, und an ihre Stelle trat Sanftheit.

Er schaute sie an und hatte tausend Fragen. Er wünschte sich, er könnte in ihr Herz hineinsehen und sie *wirklich* kennenlernen, mehr von ihr erfahren als nur die paar Sätze, die sie ihm über ihre Vergangenheit erzählt hatte. Ephraim legte die Hände auf Loris Schultern und drehte sie zur Wiese herum. „Wenn du dich beeilst, kommst du vor Bessere Zeiten bei den Glühwürmchen an, und dann kannst du sie in alle Himmelsrichtungen verstreuen."

Sie lief los, und der Hund lief eilig hinter ihr her.

Ephraim drehte sich zu Cara herum, aber er hatte keine Ahnung, was er sagen sollte. Er würde nie wirklich verstehen, wie es sein musste, so wie sie aufzuwachsen. Aus den falschen Gründen zu heiraten und dann doch eine glückliche Ehe zu führen. Und dann den Mann, den sie liebte, zu beerdigen und ein Kind allein aufzuziehen.

Sie hielt ihm das Spielzeugpferd in ihrer offenen Hand hin, als symbolisiere es eine Art Waffenstillstand. „Ich bin jetzt Cara Moore, und nicht mehr Atwater."

Er legte seine Hand darüber, sodass das Pferd zwischen ihren beiden Händen lag. „Ich war jahrelang sicher, dass du zurückkommen und das Pferd holen würdest. Irgendwann gab ich es schließlich auf. Aber ich konnte mich nicht überwinden, es wegzuwerfen."

Er zog seine Hand zurück und sie starrte das Pferd an. „Ephraim, ich ... ich werde von einem Mann verfolgt ... seit Jahren. Er ist der Grund, warum ich Johnny brauchte, und er ist auch der Grund, warum ich hierhergekommen bin. Hier wird er mich nicht finden. Das weiß ich mit Sicherheit. Er wartete vor meiner Wohnung auf mich, deshalb nahm ich das wenige Bargeld, das ich bei mir hatte, und Lori und stieg in einen Bus. Als ich zum Busbahnhof kam, hatte ich keine Ahnung, wohin ich fahren sollte. Er hat also keine Möglichkeit herauszufinden, wo ich bin. Und keine Chance, mich aufzuspüren. Dieses Mal nicht."

Sie wird von einem Stalker belästigt?

Er konnte immer noch die abweisende Bitterkeit in ihr sehen, aber jetzt staunte er, dass sie trotzdem so viel Hoffnung und Vertrauen hatte.

Sie ging zur Decke zurück. „Ich habe nur einen Wunsch, Ephraim." Tränen standen in ihren Augen, und sie räusperte sich. „Lori zu beschützen. Sie ist völlig unschuldig in dieser ganzen Sache, die lange, bevor sie geboren wurde, begann. Du hast mich heute Morgen gefragt, wann meine Mutter starb. Ich war damals acht. Und mein Vater verschwand wenige Wochen später."

„Cara." Ephraim wollte laut *Nein* schreien. „Du bist in Pflegefamilien aufgewachsen?"

„Ja, und in einer dieser Familien war Mike, der kranke Teenager, der sich zu einem Stalker entwickelte."

Der Wunsch, sie zu verstehen, war stärker als seine Vernunft, die ihm riet, vorsichtig vorzugehen. „Warum bist du nicht zur Polizei gegangen, als er anfing, dich zu bedrohen?"

Sie setzte sich wieder auf die Decke. „Viele Jahre, viele Gründe. Als ich im Haus seiner Eltern als Pflegekind wohnte, ging ich zur Polizei. Es ist eine lange Geschichte. Jedenfalls hielten sie ihn für unschuldig, und ich lief davon. Als er später auftauchte, konnte ich nicht zur Polizei gehen, weil ich dann selbst Probleme bekommen hätte. Ich war eine fünfzehnjährige Ausreißerin, die in einer Bar Getränke servierte und in knappen Kleidchen tanzte. Ich musste unterhalb des Radars bleiben."

Er setzte sich neben sie. „Und danach?"

„Als ich volljährig war, hatte ich Johnny, der sich um mich kümmerte. Er leitete ein Lokal, und ich arbeitete als Kellnerin für ihn. Er hat mir nie erzählt, was zwischen ihm und Mike vorgefallen war, aber die anderen Kellnerinnen erzählten mir, dass er Mike eines Tages erwischte, wie er herumlungerte, ihm eine Waffe in den Bauch drückte und ihm riet, sich nie wieder in meiner Nähe blicken zu lassen. Mike verschwand. Ich sah ihn erst wieder, nachdem Johnny bereits ein Jahr tot war."

„Woran starb Johnny?"

„Hirntumor. Ein hoch aggressives Gliom. Vom Tag seiner Diagnose bis zu dem Tag, an dem ich an seinem Grab stand, vergingen gerade einmal vier Monate. Als Mike hörte, dass Johnny tot war, stellte er mir wieder nach, und alles begann von Neuem: Ich wechselte ständig den Arbeitsplatz und die Wohnung. Ich konnte ihn eine Weile von mir abschütteln, aber nie länger als ein Jahr."

„Warum bist du dann nicht zur Polizei gegangen?"

„Ich hatte Angst um Lori. Ich kannte viele Mädchen mit brutalen Freunden oder gewalttätigen Ehemännern, und sie wurden manchmal sehr schlimm zugerichtet, besonders wenn sie zur Polizei gegangen waren. Ich konnte es mir nicht leisten, einen verrückten, gewalttätigen Mann zu provozieren, und Mike ist sowohl verrückt als auch gewalttätig. Wenn ich Mike töten würde und dafür ins Gefängnis käme, oder wenn ich ihn so wütend machen würde, dass er mich tötete, wäre immer Lori die Leidtragende."

Als Ephraim begriff, was sie da sagte, fiel es ihm schwer, ruhig zu klingen. „Sie käme zu Pflegeeltern."

„Ist das Leben nicht wunderbar?"

Ephraim spürte die tiefe Traurigkeit in ihr, auch wenn ihr Gesicht kaum eine Gefühlsregung verriet. „Als Mike mich das letzte Mal aufgespürt hat, hat er zu viel herausgefunden: Loris Namen, ihre Schule, was sie mag und was sie nicht mag. Er hat meine Mitbewohnerin bedroht. Sie sagte, er habe die ganze Wohnung zerlegt. Er will mich, und anscheinend hat er endlich begriffen, dass er mich nie haben kann – es sei denn, er hat Lori. Ich hatte wirklich Glück, dass er sie nicht aus der Schule entführt hat, während ich an der Arbeit war."

Tausend Gedanken gingen ihm durch den Kopf. Während er nach den richtigen Worten suchte, bemerkte er eine Bewegung in der Nähe des Zauns. Da es immer dunkler wurde, konnte er nicht erkennen, was es war. Vielleicht trotteten die Kühe seines Vaters zum Stall zurück.

Er konzentrierte seine Aufmerksamkeit wieder auf Cara. „Ich bin froh, dass du hierher zurückgefunden hast."

Cara atmete tief ein. „Sobald das Jugendamt mich in Ruhe lässt, verschwinde ich. Dieser Ort ist nichts für mich. Ich dachte, ich würde vielleicht auf wundersame Weise etwas finden, was uns irgendwie weiterhelfen würde. Ich hätte es besser wissen müssen. Levina muss schon achtzig gewesen sein, als ich ein Kind war. Und wenn Emma Riehl, wer immer sie auch ist, sich so wenig aus mir gemacht hat, dass sie nie kam, um mich abzuholen – wie konnte ich dann nur glauben, sie würde mir oder Lori jetzt helfen? Das war dumm von mir."

Emma Riehl? Ephraims Magen zog sich zusammen. Emma war Caras Tante. Sie war mit Malindas ältestem Bruder, Levi, verheiratet. Warum dachte Cara, Emma hätte kommen und sie abholen sollen?

„Was hat Emma Riehl mit der Sache zu tun, Cara?"

Sie verdrehte die Augen und sah völlig ausgelaugt aus. „Ein paar Wochen, nachdem meine Mutter starb, brachte mein Dad mich zu einem Busbahnhof. Er versprach, dass Emma Riehl kommen und mich abholen würde. Dann verschwand er. Sie tauchte nie auf. Das Nächste, woran ich mich erinnere, ist, dass jemand vom Jugendamt kam und mich in das Land der Einsamen verfrachtete."

Warum hatte ihr Vater sie mutterseelenallein an einem Busbahnhof sitzen gelassen, wenn er nicht geglaubt hatte, dass Emma sie holen würde? Solange Cara in seinem Haus wohnte, konnte er Emma das nicht fragen. Und er konnte es Cara auch nicht erzählen. Noch nicht. Wenn sie falsch reagierte, würde die Gemeinde ihn dafür verantwortlich machen. Ihr war noch nicht in den Sinn gekommen, dass er Emma wahrscheinlich kannte. Oder vielleicht war ihr der Gedanke gekommen, aber es war ihr nach dem Vorfall mit der Polizei einfach egal.

Ephraim legte vorsichtig seine Hand auf ihre Hand. „Du bist erschöpft. Du brauchst ein paar Tage mit regelmäßigen Mahlzeiten, Ruhe und etwas Frieden. Vielleicht kann ich eine meiner Schwestern überreden, ein paar Tage zu den Howards zu gehen."

Sie zog ihre Hand zurück und fuhr sich mit den Fingern durch ihre kurzen, blonden Haare. „Danke für das Angebot, aber ich brauche die Arbeit, um dem Jugendamt zu beweisen, dass ich für Lori und mich sorgen kann. Ich will fort. Fort aus deinem Haus, fort aus Dry Lake. Wenn du mich nicht bei der Polizei angezeigt hast, dann hat das jemand anders getan. Das heißt, dass die Leute hier schon jetzt schlecht von mir und Lori denken. Ich will mein neues Leben nicht mit einem Kampf beginnen, den ich von Anfang an verloren habe."

Auch wenn er es selbst nicht verstand, wollte er nicht, dass sie aus Dry Lake wegging. Sie hatte hier eine Familie und Wurzeln. Es war nicht der richtige Zeitpunkt, ihr das jetzt zu erzählen, aber wenn sie ihre eigene Wohnung hätte, würde er es ihr sagen. Dann würden die Leute sie in einem anderen Licht sehen. Im Moment sähen sie sie wahrscheinlich nur als betrunkene Diebin. „Willst du denn nicht wissen, warum deine Mutter hierherkam? Oder was Emma Riehl damit zu tun hat? Oder warum dein Vater dachte, sie würde kommen und dich abholen? Oder warum sie nicht kam?"

„Als ich hierherkam, dachte ich, dass ich das alles wissen wollte, aber jetzt weiß ich, dass es unwichtig ist. Ich muss für Lori ein gutes Leben aufbauen. Ihre Kindheit ist wichtig. Nicht meine."

Hinter der harten Schale war Cara immer noch das kleine Mädchen, das in Bächen geschwommen und vom Heuboden gesprungen war und hoffnungsvoll ins Leben geschaut hatte. Er hatte Jahre darauf gewartet, dass sie zurückkäme, und sich danach gesehnt, sie wiederzusehen. In diese Augen zu schauen und die freundschaftlichen Gefühle wiederaufleben zu lassen, die sie miteinander verbunden hatten. Cara stützte sich auf ihren anderen Arm und warf dabei einen Blick hinter sich. „Hey." Sie tippte an seine Schulter und deutete mit dem Kopf nach hinten.

Als er sich umdrehte, sah er Simeon und Becca, die auf ihn zukamen. Ein Grauen ergriff sein Herz und ließ es nicht mehr los. Diese Stelle war aufgrund der hügeligen Landschaft nicht zu sehen. Deshalb hatte Ephraim gedacht, hier wären sie sicher. Er kam oft hierher, und noch nie war jemand aufgetaucht.

Er drehte sich zu Cara herum. „Bleib einfach ruhig sitzen, ja?" Dann stand er auf.

„Hallo, Lori!" Simeon deutete mit der Hand. „Schau, *Mamm,* da ist der Hund, den wir gesucht haben!" Er lief zu der Stelle, an der Lori und Bessere Zeiten Glühwürmchen jagten.

Becca trat auf Ephraim zu. Ihre Besorgnis war ihr deutlich ins Gesicht geschrieben. Ihre Hände wanderten zu ihrer üppigen Taille. „Was ist hier los?"

Er hatte gegen viele geschriebene und ungeschriebene Regeln seiner Gemeinschaft verstoßen, indem er mit einer englischen Frau allein war. Er konnte dafür keine Entschuldigung und keine Gründe angeben, die Becca oder irgendjemand anders akzeptieren würde. „Ich weiß, was ich tue. Ich brauche keine Ermahnung von dir."

Der Schock wich aus ihrem Gesicht, und an seine Stelle trat ein anklagender Blick. „Wenn das deinem Vater zu Ohren kommt, könnte es ihn umbringen."

Ihre Worte legten sich wie ein Schraubstock um sein Herz. Er wusste seit gestern, dass das wahr war, aber als er die Angst sah, die aus ihren Augen sprach, begriff er, dass er sich entscheiden musste, ob er das tun wollte, was für seinen *Daed* gut war, oder das, was für Cara gut war. Egal, was er tat, einer von beiden würde darunter leiden.

„Hier geht es nicht um ihn. Und die Sache geht auch dich nichts an."

Ihr Blick wanderte von Cara zu Ephraim. Der Schmerz in ihrem Gesicht war auch in der Dunkelheit nicht zu übersehen. Er atmete langsam aus.

„Das ist falsch." Sie sprach leise, als wollte sie verhindern, dass Cara sie hören konnte. „Allein, im Dunkeln, auf einer Decke mit einer Englischen. Du verletzt alles, was uns wichtig ist. Du hast geschworen, dass du dich an unsere Regeln hältst, und jetzt tust du so etwas."

„Diese Frau braucht in den nächsten Tagen ein wenig Hilfe."

„Ist ... ist das die Frau, von der dein *Daed* mir erzählt hat, die Frau, von der Simeon erzählt hat, dass sie sich im Stall versteckt hat, und derentwegen dein *Daed* die Polizei gerufen hat?"

„Das hätte er nicht tun sollen. Sie ist nicht so, wie er denkt."

Becca massierte sich die Schläfen. „Ich will deinem Urteilsvermögen trauen, Ephraim. Wenn du denkst, dass du ihr helfen musst, dann gib ihr Geld und schick sie weiter. Dann sage ich niemandem, was ich hier gesehen habe."

„Sie braucht mehr als Geld. Sie braucht ... einen Freund."

„Ephraim, bitte, beende das noch heute Abend, bevor es zu spät ist."

Ephraim staunte über ihre liebevolle Drohung und sah, dass sie sich um sein Wohl genauso große Sorgen machte wie eine Mutter. Er wusste, dass sie sein Pflichtgefühl gegenüber der Familie schätzte, aber ihm war nicht bewusst gewesen, dass sie mütterliche Gefühle für ihn hegte. „Sie bleibt. Wenigstens eine Weile. Es tut mir leid."

Becca kniff die Augen zusammen und betrachtete Cara. „Weiß Anna Mary von ihr?"

„Noch nicht."

„Wo wohnt sie?"

„Ich versuche, ihr zu helfen, eine Wohnung zu finden. Bis sie etwas gefunden hat, schlafe ich in der Werkstatt."

Becca fuhr sich mit der Hand an den Hals und taumelte, als würde sie gleich in Ohnmacht fallen. „Sie wohnt in deinem Haus?" Sie atmete mehrmals ein. „Ich gebe dir bis Samstag Zeit, sie aus deinem Haus zu bringen. Dann musst du zu den Kirchenältesten gehen und mit ihnen klären, was hier vor sich geht. Danach ..." Sie wandte sich zum Bach. „Simeon", rief sie. „*Kumm.*" Ohne auf eine Antwort zu warten, stapfte sie in Richtung des Gatters davon.

Ephraim ging die paar Schritte zu Cara zurück, die von der Decke zu ihm aufschaute. „Dadurch ändert sich für dich überhaupt nichts."

„Das tut mir wirklich leid. Ich hatte keine Ahnung, dass die Amisch in Bezug auf solche Dinge strenge Regeln haben."

„Hier bei dir zu sein verstößt gegen das, was ich geschworen habe, als ich in die amische Kirche eintrat. Und das aus gutem Grund. Aber im Moment bleibt uns keine andere Wahl." Er setzte sich neben sie und schaute zu, wie Simeon zum Gatter lief und Lori zum Abschied zuwinkte.

„Ist Anna Mary deine Freundin?"

„Ja. Sie hat das Hähnchen gebraten und den Kuchen gebacken, den wir gegessen haben."

„Dann solltest du ihr lieber erzählen, was los ist."

Was konnte er Anna Mary sagen? Dass er einer fremden Frau erlaubte, in seinem Haus zu wohnen und in seinem Bett zu schlafen, wenn er gleichzeitig nicht begeistert davon war, dass Anna Mary ihm in seiner Küche etwas kochte?

Kapitel 20

Trotz des Lärms der hydraulischen Säge in Ephraims Hand hörte er das laute Klingeln des Bürotelefons. Er hielt das Holz vor dem Sägeblatt fest und blickte auf. Sein Geselle ging zum Büro in der Ecke, um den Anruf entgegenzunehmen. Greys kräftige Schritte verrieten nichts von den Problemen, die ihn quälten. Obwohl sie sich schon lange kannten, sprachen sie nie über Persönliches.

Morgen war Samstag – Beccas Frist würde morgen ablaufen – und Ephraim hatte nicht mehr Antworten als vorgestern, als sie ihm das Ultimatum gestellt hatte. Während er sich bemühte, sich auf das Holz zu konzentrieren, wanderten Ephraims Gedanken immer wieder zu Cara. Sie brauchte Hilfe, und er wollte ihr gern helfen, aber hatte Becca recht? Ging er in dieser Angelegenheit falsch vor? Er hatte einen Eid abgelegt, nach der amischen Ordnung zu leben. Eine junge englische Frau in seinem Haus zu haben, war ein grober Verstoß gegen die Alte Ordnung. So etwas würde nach keinen christlichen Maßstäben als weise betrachtet werden.

Wie konnte es richtig sein, ihr zu helfen, wenn darin das Potenzial steckte, eine Kluft zwischen ihm und allem, woran er glaubte, zu öffnen? Wenn es ihn von seiner Familie und seiner Gemeinde trennte? Die Amisch halfen Menschen, die nicht amisch waren. Aber nie auf diese Weise.

Die Gemeinde hätte Probleme damit, dass sie in seinem Haus wohnte, aber die eigentlichen Probleme entstünden erst dann, wenn sie erfuhren, wer sie war: die Tochter von Malinda Riehl Atwater. Er wollte Cara nicht erzählen, dass ihre Mutter bei Menschen, die sie liebten, eine Spur der Verwüstung hinterlassen hatte. Zweimal.

Als er zwölf gewesen war, hatte er die Erwachsenen sagen hören, dass Malinda ihren Eid gegenüber der Kirche gebrochen hatte. Sie hatte Dry Lake und ihren Verlobten nur wenige Wochen vor ihrer Hochzeit verlassen. Und das alles wegen eines Außenstehenden. Wegen eines

Herumtreibers, der hier durchgezogen war und ihr den gesunden Menschenverstand geraubt hatte. Machte ihre Tochter gerade das Gleiche mit ihm? Kam sie als Herumtreiberin nach Dry Lake und würde sie sein Leben ruinieren? Das stimmte zwar nicht, aber würden die Leute auch glauben, dass sie sich in dieser Hinsicht nichts hatte zuschulden kommen lassen?

Die Sonnenstrahlen fielen auf den Betonboden und blendeten ihn. Er blickte auf und sah Grey vor sich stehen. Ephraim stellte die Säge ab.

„Telefon für dich. Jemand vom Jugendamt", sagte Grey leise.

„Danke." Er ging zum Büro und schloss die Tür hinter sich. Die Frau am Telefon stellte ihm ein paar Fragen, bevor sie ihm mitteilte, dass sie am Nachmittag in sein Haus kommen wolle. Er bedankte sich bei ihr und legte auf. Sein Herz raste. Die Zeit für Geheimnisse war vorbei. Sobald die Sozialarbeiterin in seine Auffahrt fuhr und sein Haus betrat, würde sich das im Nu in der Gemeinde herumsprechen.

Er nahm die Zeitung, die auf seinem Schreibtisch lag. Ein Dutzend große, rote Kreuze füllten die kleinen Kästchen neben den Mietanzeigen. Er hatte zwei Tage lang telefoniert und eine Wohnung für Cara und Lori gesucht. Er hatte nichts gefunden. Sein *Daed* würde die Nachricht viel besser aufnehmen, wenn Ephraim sagen könnte, dass sie in zwei Tagen wegginge.

Er betrachtete jedes Kästchen, in das er ein rotes Kreuz gemalt hatte, und fragte sich, ob er irgendeine Chance hatte, vor Sonntag etwas für sie zu finden. Der Gottesdienst sollte diese Woche bei ihm stattfinden. Wenn Cara bis dahin fort wäre, fiele die Strafe, die ihn von den Kirchenältesten erwartete, nicht so streng aus.

Morgen um diese Zeit wusste wahrscheinlich jeder im ganzen Kirchenbezirk, dass er eine Frau in seinem Haus wohnen ließ. Er wusste, dass Becca nichts verraten hatte. Noch nicht. Sie wollte Ephraim Zeit geben, die Situation zu bereinigen. Aber er musste es seinem Vater sagen, bevor jemand anders ihm etwas erzählte. Anna Mary musste es auch wissen. Aber als er heute zu ihr gefahren war, hatte ihre Mutter ihm gesagt, dass sie sich gestern Abend von einem Fahrer zu ihrer Schwester hatte bringen lassen.

Er warf die Zeitung in den Abfalleimer. Seine Unruhe wuchs, als würde sich ein Feuersturm geradewegs auf sein Haus zubewegen.

ᨀ

Während Cara die sauberen Teller nach dem Mittagessen in den Küchenschrank räumte, klingelte es an der Tür.

„Machen Sie bitte auf", rief Mrs Howard von ihrem Bett aus.

Cara warf einen Blick durch das Fenster in den Garten hinter dem Haus, um nach Lori zu schauen.

Nach drei Nächten in einem Haus statt in einem Stall machten sich die positiven Auswirkungen von regelmäßigen Mahlzeiten und einem guten Schlaf in der Nacht bemerkbar. Es war mitten am Nachmittag und sie hatte immer noch ein wenig Energie und ihre Hände waren ruhig.

Als sie die Haustür öffnete, stand ein Mann mittleren Alters mit roten Haaren und Sommersprossen vor ihr. „Cara?"

Ein Schauer lief über ihren Rücken. „Kenne ich Sie?"

Er schüttelte den Kopf. „Ich bin Robbie. Ich arbeite für Ephraim." Er deutete zum Vordersitz seines Autos, wo eine junge Frau saß. „Das ist Annie, Ephraims vierzehnjährige Stiefschwester. Sie soll Sie hier vertreten, und Sie sollen zu seinem Haus kommen. Eine Mrs Forrester hat angerufen und gesagt, dass sie in ungefähr einer Stunde dort sein wird."

Obwohl Cara das Gefühl hatte, jemand drücke ihr die Luft ab, nickte sie. „Okay, geben Sie mir bitte eine Minute."

„Ich warte im Auto."

Unzusammenhängende Gedanken schossen ihr durch den Kopf, während sie durch den Flur in Mrs Howards Schlafzimmer ging. Ephraims Bereitschaft, ihr zu helfen, war unglaublich. Cara hatte das Gefühl, dass er sich nicht im Geringsten zu ihr hingezogen fühlte, aber trotzdem wirkte er heute genauso ehrlich und direkt wie vor zwanzig Jahren, als er sie gefragt hatte, ob sie ein Mädchen oder ein Junge sei.

Ein Bild von ihm kam ihr in den Sinn, gefolgt von einem Gedanken, bei dem sie schmunzeln musste. Hollywood wäre von ihm begeistert. Sie wusste nicht, ob er ein guter Schauspieler wäre, aber mit seinen blonden Haaren und seinen graublauen Augen war er eindeutig ein gut aussehender Mann. Ein Meter achtzig reine Anziehungskraft, wie Kendal sagen würde.

Als Cara ins Schlafzimmer trat, schaute Mrs Howard von ihrem Buch auf.

„Erinnern Sie sich, dass ich Ihnen gesagt habe, ich müsste vielleicht irgendwann diese Woche schon früher gehen?“ Cara wartete, bis sie nickte. „Jetzt ist es so weit. Ich muss weg. Draußen wartet ein Fahrer auf mich. Er hat Annie mitgebracht, eine junge amische Frau, die bei Ihnen bleibt, bis Ihr Mann nach Hause kommt.“

„Das ist kein Problem, meine Liebe. Kann sie im Garten Unkraut jäten?“

„Als vierzehnjähriges, amisches Mädchen kann sie das bestimmt besser als ich.“

Kapitel 21

Da ihm nur noch eine Stunde blieb, bis die Frau vom Jugendamt kam, wählte Ephraim die Nummer der Arztpraxis seines Vaters. Endlich hatte er die Arzthelferin am Telefon. Aufgrund der Schweigepflicht konnte sie ihm nichts Konkretes über den Gesundheitszustand seines Vaters verraten. Als Ephraim sich jedoch nach allgemeinen Informationen über Herzmuskelerkrankungen erkundigte, gab sie ihm bereitwillig Auskunft.

Ephraim hörte ihr aufmerksam zu und versuchte, genau hinzuhören, um auch das zu hören, was sie nicht sagte. „Glauben Sie, sein Herz kann den Stress aushalten, den eine unangenehme Nachricht auslöst?"

„Stress ist Teil des Lebens. Patienten mit Kardiomyopathie können nicht ihr Leben von jedem Stress befreien. Und schlechte Nachrichten kann man jemandem normalerweise auf eine Art nahebringen, die ihn nicht übermäßig aufrüttelt oder schockiert."

„Sein Gesundheitszustand scheint mit jedem Jahr labiler zu werden. Ich will nichts tun oder sagen, was einen Herzinfarkt auslösen könnte, aber seine Symptome schwächen ihn immer mehr."

„Wir schlagen Patienten mit Kardiomyopathie und ähnlichen Symptomen, wie Ihr Vater sie hat, oft einen Herzschrittmacher vor. Bei einer Operation wird ein Herzschrittmacher in den Brustkorb implantiert, der dafür sorgt, dass das Herz in der richtigen Frequenz schlägt."

„Wurde er über diese Möglichkeit informiert?"

„Es tut mir leid. Ich kann Ihnen etwas über Krankheiten sagen, aber diese Frage fällt unter die Schweigepflicht des Arztes."

Ephraim bedankte sich und legte auf. Er musste seinem *Daed* so von Cara erzählen, dass er sich nicht aufregen würde.

Er verließ das Büro und betrat die Werkstatt. „Ich mache für heute Schluss."

Mahlon legte sein Werkzeug aus der Hand. „Hast du für nächste Woche eingetragen, dass ich ein paar Tage freihabe?"

„Können wir später darüber sprechen? Ich muss mich im Moment um ein paar andere Sachen kümmern."

„Ja. Vergiss nicht, dass Deb wollte, dass du und Anna Mary heute Abend mit uns ausgeht."

„Das vergesse ich nicht. Achtest du darauf, dass du und Grey die Mitte des Raumes frei räumt und die Farben nach oben stellt? Der Leiterwagen kommt später." Der Gottesdienst fand nur einmal im Jahr bei ihm statt, genauso wie bei jedem anderen in der Gemeinde, aber es war ungünstig, dass das gerade an diesem Sonntag sein musste. Da sein Haus klein war, mussten er und seine Familie die Sitzbänke in der Werkstatt aufstellen.

Da er ein paar Minuten zum Nachdenken brauchte, ging er auf die Wiese hinaus. Das saftige Gras wiegte sich im Wind und in der Ferne glitzerte der Weiher. Ein leichter Lufthauch kühlte sein Gesicht. Er schloss die Augen.

Ein sonderbares Gefühl regte sich in ihm, als hätte er bei der Planung der nächsten Stunden einen Schritt ausgelassen. Was löste eine solche Unruhe in ihm aus? *Habe ich etwas verpasst, was ich tun sollte?*

Er war ein wenig unsicher, ob das ein Gebet war oder ein Selbstgespräch, und war überrascht, als ihn mit einem Mal ein tiefer Friede erfüllte. Er atmete tief ein. Vielleicht würde dieser Nachmittag doch nicht so schlimm verlaufen. Er genoss diesen stillen Moment und wollte mehr von Gott erleben. Plötzlich hatte er das Gefühl, wie er es in diesen seltenen, besonderen Momenten erlebte, wenn Gottes Geist ihn von allen Seiten umgab.

Sei so zu ihr, dass sie mich an deinem Handeln erkennt.

Bei diesem Gedanken begann sein Herz zu rasen, und er trat taumelnd einen Schritt zurück. Er konnte für Cara nichts anderes sein als ein Freund. Und das auch nur für sehr kurze Zeit. Sie war faszinierend, und unter anderen Umständen könnten sie es genießen, Freunde zu sein. Aber sie kam aus einer anderen Welt, sie war eine Außenstehende ... und sie war die Tochter von Malinda Riehl.

„Ephraim?"

Er drehte sich um und sah seinen *Daed* vor sich stehen. „Schön, dich auf den Beinen zu sehen."

Er stellte den Fuß auf die untere Sprosse des Bretterzauns. „Ich habe dich gesucht. Du bist in letzter Zeit nicht oft da. Hast du so viel Arbeit?"

„Nur das Übliche. Wie fühlst du dich?"

„Ganz gut. Ich achte darauf, dass ich nur mäßig Salz zu mir nehme, und hoffe, dass sich nicht wieder zu viel Wasser in meinem Körper einlagert."

„*Daed*, ich muss mit dir über ein paar Dinge sprechen, die zurzeit los sind. Glaubst du, dass dein Herz das verkraftet?"

Der Mund seines Vaters verzog sich zu einem Lächeln. „Natürlich."

„Vielleicht sollten wir lieber ins Haus gehen und uns hinsetzen."

„Du fängst jetzt nicht auch noch wie Becca an, mich zu bemuttern, oder?" Er lachte. „Ich glaube, das könnte ich nicht aushalten. Ich weiß, dass diese Frau nicht noch einen zweiten Mann verlieren will, aber wenn sie nicht aufhört, spiele ich bald nicht mehr mit. Sie hat jede Tochter im Haus schon verrückt gemacht. Fang du jetzt nicht auch noch damit an."

„Dann setzen wir uns wenigstens in den Garten."

Sie schlenderten über die Wiese und setzten sich in zwei Gartenstühle. Der Wind trug den Duft von Beccas Abendessen zu ihnen herüber.

Ohne seinem Vater zu sagen, wer Cara war, begann er, ihm von der Frau zu erzählen, die er im Stall gefunden hatte. „*Daed*, Becca sagte, dass du die Polizei gerufen hast."

„Ja, ich habe die Polizei geholt."

Ephraim bemühte sich, mit ruhiger Stimme weiterzusprechen, aber am liebsten hätte er seinen Vater ärgerlich angefahren. „Du hättest vorher mit mir sprechen sollen."

„Du hattest einen Brief geschrieben, in dem stand, dass sie verschwinden soll."

„Das ist mein Stall und mein Grundstück, und ich hatte die Sache im Griff. Die Polizei kam und wollte ihr ihre Tochter wegnehmen. Deshalb habe ich gesagt, dass sie bei mir wohnen kann. Sie wohnt seit drei Tagen in meinem Haus."

„Eine englische Frau mit Kind und ohne Ehemann?" Er sah mehr besorgt als wütend aus. „Ich kann nicht glauben, dass du das getan hast. Wenn sie mittellos ist, hättest du sie doch zu uns bringen können."

„Das konnte ich aus mehreren Gründen nicht tun." Zum einen wollte niemand sie haben, und zum anderen brauchten Cara und Lori einen ruhigen Platz, um das Schlimme, was sie durchgemacht hatten, zu verarbeiten, und nicht die unangenehme Situation, in einem Haus voll Menschen ein ungebetener Gast zu sein. „Du warst gerade erst aus dem Krankenhaus gekommen. Und dein Haus platzt vor Kindern fast aus den Nähten."

Die enttäuschte Miene seines Vaters wurde steinhart. „Lieber wohnt sie in einem Zimmer mit meinen Kindern, als dass sie deine Seele in Gefahr bringt." Er schaute Ephraim an, als könne er ihn nicht mehr verstehen. „Aber als ich dich vor Jahren brauchte, bist du nach Hause gekommen, und du bist für diese Familie und für mich mehr, als ich je von dir hätte verlangen dürfen. Ich werde dafür sorgen, dass der Bischof das nicht vergisst, wenn er sich mit uns Predigern berät, nachdem du bei ihm warst."

„Daed." Ephraim schaute ihn ernst an. „Ich werde nicht zum Bischof gehen. Ich erzähle dir nur, was los ist, damit du dich darauf einstellen kannst, dass noch mehr kommen wird."

„Sie ist noch nicht weg?"

„Nein."

Daed schaute ihn durchdringend an und wies ihn mit seinem strafenden Blick wortlos zurecht, bevor er sagte: „Du bittest nicht um Vergebung und willst nicht die Züchtigung der Kirche akzeptieren und diese Sache hinter dich bringen?"

„Nein."

„Nein?" Seine Stimme hallte über das Feld. „Du musst dieser Sache ein Ende setzen. Du musst Buße tun. Vor den Kirchenältesten, dieser Gemeinde und vor Gott, vor dem du niedergekniet bist und geschworen hast, die Ordnung zu halten und nach den amischen Regeln zu leben."

Ja, das hatte Ephraim geschworen. Und seit er vor neun Jahren nach Dry Lake zurückgekommen war, war er immer bestrebt gewesen, der jüngeren Generation ein gutes Vorbild zu sein und ihnen zu helfen, die Alte Ordnung zu achten.

Sei so zu ihr, dass sie mich an deinem Handeln erkennt.

Dieser Gedanke schien vom Wind herangetragen zu werden und zog von außen in seine Seele hinein. „Es verstößt nicht gegen unsere Regeln, jemandem zu helfen."

„Es verstößt auch nicht gegen unsere Regeln, mit einer Frau zusammen zu sein, aber dadurch ist es trotzdem nicht richtig. Mit einer Ausnahme natürlich."

„*Daed*, ich bitte dich, mir zu vertrauen. Bitte."

Sein Vater beugte sich vor. „Ich vertraue Gott und der Alten Ordnung und der Autorität der Kirche. Das Wort Gottes sagt, dass die Menschen meinen, ihr Weg wäre richtig. Wir haben die Ordnung, weil der Mensch sich nicht von seinen Gefühlen und schnellen Entscheidungen lenken lassen darf."

Ephraim wusste, dass die Worte seines Vaters wahr waren, aber bedeutete das automatisch, dass Ephraim im Unrecht war? „Wir werden auch aufgefordert, Gutes zu tun, wenn es in unserer Macht steht."

„Du glaubst wirklich, dass du hier irgendetwas Gutes tust? Du musst deinen Eid halten." *Daed* rieb sich die Brust. „Selbst wenn ich Prediger bin, kann ich wahrscheinlich den Bann, der dich erwartet, nicht verhindern."

Ephraim nickte. In der Nacht, in der er um Loris willen in seinem Haus geblieben war, statt in der Werkstatt zu schlafen, hatte er gewusst, dass er dafür mit dem Bann belegt werden würde.

Daed atmete lange und müde ein. „Wer ist diese Frau?"

Ephraim schüttelte den Kopf und wünschte, sein Vater hätte diese Frage nicht gestellt.

Ein wissender Blick trat in die Augen seines Vaters. „Du hast sie schon gekannt, bevor sie in deinem Stall auftauchte. Du kennst sie aus deiner Zeit bei den Englischen, nicht wahr?" Er schlug mit den Fäusten auf die Armlehnen seines Stuhls und sein Gesicht lief knallrot an. „Du kannst das auf keinen Fall länger fortsetzen."

Ephraim hatte keine Wahl. Es war besser, ihm die Wahrheit zu sagen, als ihn im Glauben zu lassen, eine Englische würde irgendeine frühere Beziehung mit ihm wieder aufleben lassen wollen. „Sie ist Malinda Riehls Tochter."

Alle Farbe wich aus dem Gesicht seines Vaters. „Cara?"

Ephraim nickte.

In die Augen seines Vaters traten Tränen. „Ich dachte, ich hätte Malinda letzten Freitag mit Cara auf der Straße gesehen. Ich dachte, ich würde mir das alles nur einbilden. Aber ich kam nicht auf die Idee, dass es Cara gewesen sein könnte. Ich sage dir, was ich gesehen habe: eine betrunkene Diebin, vielleicht sogar etwas Schlimmeres."

„Nein, *Daed*. Du hast eine junge Frau gesehen, die Hilfe brauchte. Sie ist keine Trinkerin. Das weiß ich genau."

Sein Vater schaute zum Himmel hinauf. „Oh, guter Vater." Dann richtete er seinen Blick auf seinen Sohn. „Hör zu! Malinda Riehl wuchs als eine von uns auf, sie lernte die gleichen Dinge wie du. Aber als sie weglief, ließ sie Verrat und Zerstörung hinter sich zurück. Du glaubst, ihre Tochter wäre besser? Ich sage dir, sie wird schlimmer sein. Der Bann ist noch das Harmloseste, was dich erwartet."

Ephraim schloss die Augen und suchte nach Frieden, während er zuhörte, wie die Vögel sangen und wie der Wind in den Blättern raschelte. „Ich weiß nicht, was passierte, als Malinda das erste Mal wegging, aber beim zweiten Mal lag die Entscheidung nicht in ihrer Hand. Ich verstehe, dass sie viele negative Gefühle weckte, als sie versuchte, für Cara einen sicheren Platz zu finden, aber ..."

„Erzähl *mir* nicht, was passiert ist", fiel sein *Daed* ihm ins Wort. „Du warst damals noch ein Kind. Ich erinnere mich sehr gut an die Probleme, die sie heraufbeschwor. Ich war damals erst ein halbes Jahr Prediger. Ihre Anwesenheit riss eine Kluft zwischen deine Mutter und mich, aber die Kirchenältesten waren sich einig, dass Cara hierherkommen und hier leben könnte. Levina, Malindas Großmutter, war bereit, Cara aufzuziehen. Aber wir konnten Malinda nicht erlauben, auch hierzubleiben. Aus vielen Gründen, über die wir drei Kirchenältesten heftig diskutierten, konnten wir nichts tun, was es Malinda leicht machen würde, von ihrem Mann wegzulaufen, wie sie vorher aus der Gemeinde weggelaufen war. Malinda sagte nicht viel, als wir ihr unsere Entscheidung mitteilten, nur dass sie ein wenig Zeit mit Cara brauche, um sie darauf vorzubereiten. Sie gingen nach New York zurück, und sie kam nie wieder. Sie hat nicht einmal angerufen. Kein einziges Mal."

„*Daed* ... sie starb. Sie hatte, kurz nachdem sie mit Cara von hier wegging, einen Unfall und war auf der Stelle tot."

Sein Vater wurde still. „Wenn deine Mutter noch leben würde und das wüsste ..." Er schloss die Augen. „Das tut mir leid. Das tut mir ehrlich sehr leid." Er holte zitternd Luft. „Du kannst dir nicht vorstellen, wie sehr ich das hasse. Aber dieses Chaos ist nicht unsere Schuld, auch wenn ich die Polizei gerufen habe. Du kannst deine Erlösung nicht aufs Spiel setzen, nur weil Malinda sich für die Welt entschieden hat. Sag mir bitte, dass ihre Tochter nicht auch von der Welt ist."

Das konnte Ephraim nicht. „Ich weiß, dass du das nicht verstehen kannst. Ich bin nicht einmal sicher, ob ich es verstehe. Aber mein Entschluss steht fest. Ich werde tun, was in meiner Macht steht, um ihr zu helfen."

Sein Vater starrte ihn an. „Sie hat dich schon so weit gebracht, dass du dich von Gott und von deiner Familie abwendest. Lass diese Frau nicht länger bei dir wohnen. Wenn du das tust, wird sie dein Leben zerstören und du wirst es für immer bereuen."

„Meine Entscheidung treffe ich nicht aus Rebellion. Es ist richtig, so zu handeln, und ich bin die richtige Person dafür."

Daed legte Ephraim die Hand auf die Schulter und drückte sie leicht. „Du irrst dich. Aber anscheinend kann ich dich davon nicht überzeugen." Er stand auf und ging schweren Schrittes in sein Haus.

Ephraim schloss die Augen. „Sei so zu ihr, dass sie mich an deinem Handeln erkennt." Er flüsterte diese Worte und fragte sich, was sie wirklich bedeuteten.

Kapitel 22

Während sie in Robbies Wagen zu Ephraims Haus fuhren, kam sich Cara wieder wie ein unmündiges Kind vor. Die Worte, die sie brauchte, purzelten in ihrem Kopf durcheinander, bis sie keinen Sinn mehr ergaben. Sie hatte jahrelang immer wieder mit Leuten vom Jugendamt zu tun gehabt und vor diesen Gesprächen hatte ihr immer gegraut. Diese Leute waren für Dinge, die auf der Hand lagen, blind gewesen, hatten dafür aber alles Mögliche gesehen, das nicht existierte.

„Sie kennen Ephraim schon lange?", fragte Robbie.

Cara verschränkte die Arme vor sich und überlegte, ob sie es Ephraim schuldig war, diesem Mann eine höfliche Antwort zu geben. „Lang genug."

Er runzelte die Stirn und zuckte die Achseln. „Woher haben Sie dieses Kleid?"

„Wie bitte?" Cara bemühte sich, ihre Stimme zu beherrschen.

„Das ist ein amisches Kleid, aber Sie sind nicht amisch."

„Die Howards bestanden auf eine anständige Kleidung. Deshalb trage ich dieses Kleid, wenn es nötig ist. Können wir bitte einfach fahren, ohne zu reden?"

„Meinetwegen." Er rückte seine Baseballkappe zurecht. „Ich wollte nur freundlich sein."

Sollte das ein Witz sein? Er versuchte, seine Neugier zu stillen, und hoffte, ihr ein paar Informationen entlocken zu können. Aber das würde sie ihm nicht ins Gesicht sagen, da sie Ephraim gegenüber nicht respektlos sein wollte.

Ihr Verstand hüpfte von einem Gedanken zum nächsten wie Feuerflammen im Wind. Was wäre, wenn die Frau vom Jugendamt ihre Wohnverhältnisse nicht als stabil genug einstufte? Was wäre, wenn sie ihr Lori wegnahmen, weil Cara gezwungen gewesen war zu stehlen, damit ihre Tochter etwas zu essen bekäme? Sie verdiente jetzt genug Geld, um sie ernähren zu können. Aber Mrs Howards Gips würde in spätestens zwei Wochen abgenommen werden. Was würde sie dann tun? Wenn Ephraim ihr nicht weiterhalf, wäre sie wieder obdachlos. Wie sollte sie dem Jugendamt beweisen, dass sie fähig war, für Lori zu sorgen, wenn alles von der Großzügigkeit eines einzigen Mannes abhing? Plötzlich hatte sie das Gefühl, vom Regen in die Traufe geraten zu sein. Wäre Mike nicht begeistert, wenn er wüsste, wie elend es ihr seinetwegen ging?

Sie trommelte mit den Fingerspitzen auf ihre Oberschenkel und wünschte, sie könnte sich entspannen. „Sie haben nicht zufällig eine Zigarette, oder?"

„Leider nicht. Ich habe vor Jahren das Rauchen aufgegeben."

Sie zwang sich, still zusitzen, und versuchte, sich auf etwas anderes zu konzentrieren als auf Mrs Forrester. Ephraim hatte vorgehabt, heute Morgen Anna Mary zu besuchen und ihr zu erklären, was vor sich ging. Er hatte nicht im Mindesten nervös gewirkt. Anscheinend hatten sie eine sehr gute Beziehung.

Robbie trat leicht auf die Bremse und bog in die Einfahrt zur Werkstatt.

„Hat Ephraim Ihnen gesagt, dass Sie diesen Weg nehmen sollen?"

Er zuckte die Achseln. „Er hat gar nichts gesagt."

„Dann fahren Sie bitte zu der Straße, die zu Ephraims Auffahrt führt, und nehmen nicht den Weg über die Werkstatt. Bitte."

„Das hätten Sie früher sagen müssen. Jetzt ist es zu spät." Er fuhr am Haupthaus vorbei und blieb vor der Werkstatt stehen.

Sie fragte sich, ob der Mann absichtlich diesen Weg gefahren war, und bedankte sich mit einem sarkastischen Murmeln. Sie hoffte, Ephraims Familie hatte sie nicht vorbeifahren sehen, aber sie konnte das Geschehene jetzt nicht mehr rückgängig machen.

Sie wandte sich an ihre Tochter. Quälende Bilder, in denen das Jugendamt ihr Lori wegnahm, jagten ihr ein nervöses Schaudern über den Rücken. Niemand würde ihr ihre Tochter wegnehmen. Ihr gesunder Menschenverstand sagte ihr, dass das Jugendamt nicht auf der Suche nach einem Vorwand war, Kinder von ihren Müttern zu trennen. Trotzdem hätte sie vor Nervosität die Wände hochgehen können. Wenn sie nichts zu befürchten hatte, warum waren ihre Gefühle dann so überdreht?

Als der Motor stillstand, fand sie ihre Sprache wieder. „Lori, wir gehen über die Wiese direkt zu Ephraims Haus. Wenn du ihn in der Werkstatt siehst, dann ruf bitte nicht und tu auch sonst nichts, was die Aufmerksamkeit der Leute auf uns ziehen könnte."

Robbie runzelte die Stirn. „Ich hätte euch anscheinend doch lieber auf dem anderen Weg zu seinem Haus bringen sollen."

„Ja, das wäre wahrscheinlich besser gewesen." Sie stiegen aus dem Auto, und Cara nahm Lori an der Hand. Ohne ein Wort zu sagen, überquerten sie den Parkplatz und eilten über die Wiese zu Ephraims Grundstück.

Sie gingen ins Haus. Die stille Schönheit seines Hauses flüsterte Cara neue Hoffnung zu. Ein Blick in dieses Haus würde der Frau vom Jugendamt doch sicher zeigen, dass Lori gut untergebracht war. Sonnenlicht schien auf die faszinierenden Hartholzböden, und zum ersten Mal fragte sie sich, ob Ephraim die Böden selbst verlegt hatte. Die beigefarbenen Arbeitsplatten waren makellos, und alles außer ihrem Frühstücksgeschirr war ordentlich und sauber.

Ein leichter Wind bewegte die warme Luft, als Cara den Rucksack auf einen Stuhl legte. „Erinnerst du dich daran, als die Polizei uns erlaubte, bei Ephraim zu wohnen?"

Lori nickte.

„Weil wir im Stall geschlafen haben, musste die Polizei unsere Namen jemandem melden, der sich um kleine Kinder kümmert. Sie wollen sich nur vergewissern, dass ich gut auf dich aufpasse. Eine Frau, die Mrs Forrester heißt, wird uns heute besuchen kommen. Sie wird uns Fragen stellen, und wir werden sehr höflich sein und ihr antworten."

„Mir hat es im Stall bei den Hunden besser gefallen als in New York. Kann ich ihr das sagen?"

Cara wusste nicht, was sie Lori antworten sollte, und trat an die Küchenspüle.

„Darf ich ihr von Bessere Zeiten erzählen?"

Cara benetzte ihre Lippen und versuchte, ihre Nerven zu beruhigen. „Klar, aber er ist nicht dein Hund. Das weißt du, ja?"

„Solange du uns nicht zwingst, von hier wegzugehen, ist er mein Hund."

Cara drehte das heiße Wasser auf und versuchte, nicht auf die Anschuldigung in Loris Tonfall zu reagieren. Für Lori war jeder Umzug die freie Entscheidung ihrer Mutter gewesen. Cara ließ Lori lieber in diesem Glauben, als ihr zu sagen, dass ein böser Mann hinter ihnen her war. Es war wichtig, dass sie sich sicher fühlte – auch wenn sie ihrer Mutter Vorwürfe machte. Bei dieser Entscheidung war es genauso wie bei allen anderen Entscheidungen in ihrem Leben: Sie musste das geringere Übel wählen.

Eine Sehnsucht ergriff Cara. Diese Sehnsucht war so tief, dass sie fast meinte, sie hätte die Macht, sie in eine andere Welt zu ziehen. Sie sehnte sich danach, sich an ein höheres Wesen zu wenden ... eine unsichtbare Lebensform zu bitten, ihr Leben in Ordnung zu bringen, nicht nur in Bezug auf das Jugendamt, sondern auch in Bezug auf Ephraims Familie.

Als ihr bewusst wurde, dass sie immer noch das amische Kleid anhatte, trocknete sie sich die Hände ab und ging ins Schlafzimmer, um sich umzuziehen. Es wäre nicht gut, wenn die Frau ihr Fragen zu dem Kleid stellen würde, etwa, woher sie es hatte.

Lori folgte ihr. „Kann ich nach draußen gehen?"

„Heute nicht." Cara schlüpfte in ihre Jeans und ihren Pullover. Irgendwie musste sie dafür sorgen, dass Lori im Haus blieb, bis Ephraims Familie schlafen ging. „Du kannst ein Buch lesen oder malen oder mit den Sachen spielen, die Ephraim dir gebracht hat."

„Müssen wir uns wieder verstecken?"

Cara sank aufs Bett. „Lori, du musst heute im Haus bleiben und wirklich, wirklich brav sein. Kannst du das für Mama machen?"

Ihre Tochter schaute sie forschend an. „Wie kommt es, dass ich Schmetterlinge im Bauch habe?"

Cara legte Lori die Hand auf den Kopf und lächelte. „Weil ich welche im Bauch habe und du das fühlen kannst. Aber es wird alles gut werden. Ephraim wird nicht zulassen, dass uns etwas Schlimmes passiert."

Sie hoffte, dass dies stimmte, aber sie hasste es, auf seine Hilfe angewiesen zu sein. Und sie hasste Mike, weil er sie in diese Situation gebracht hatte. Sie verabscheute es, auf Almosen angewiesen zu sein. Aber sie sah keine andere Möglichkeit. Wenigstens im Moment nicht.

Jemand klopfte, und Cara fuhr vom Bett hoch. Sie bedeutete Lori, auch aufzustehen, und strich das Bett glatt.

„Hallo?", rief eine Frauenstimme. „Ephraim?"

Cara eilte aus der Schlafzimmertür und sah eine hübsche amische Frau mit pechschwarzen Haaren und blauen Augen an der Tür stehen.

Die Augen der Frau wanderten von Caras Kopf zu ihren Füßen hinab und dann wieder nach oben. „Was machen Sie hier?"

Eine zweite Frau trat ein. Es war die junge Frau, die Cara und Lori bei der Auktion etwas zu essen geschenkt hatte. „Wo ist Ephraim?"

Da sie nicht sicher war, was sie sagen sollte und was sie lieber nicht sagen sollte, blieb Cara stumm.

Die Frau mit den blauen Augen zuckte die Achseln. „Anscheinend ist er nicht hier."

Lori drückte sich eng an ihre Mutter. „Ich habe ihn in der Werkstatt gesehen, als wir nach Hause kamen."

„Nach Hause?", wiederholte die Blauäugige mit schockierter Miene.

Die Tür ging schwungvoll auf, und Ephraim trat ein. Nach einem schnellen Blick durch den Raum konzentrierte er seine Aufmerksamkeit auf die Blauäugige.

Sie bedachte ihn mit einem süßen Lächeln und suchte in seinem Gesicht nach einer Bestätigung, bevor sie den Blick senkte. Dieses Mädchen war verliebt. Sie musste Anna Mary sein.

„*Mamm* hat gesagt, dass du mich heute Morgen besuchen wolltest."

„Ja, ich wollte mit dir sprechen." Er warf einen Blick auf Cara und Lori.

Die Blauäugige wandte den Blick nicht von Ephraim ab. „Ich habe bei meiner Schwester übernachtet."

Er schaute Cara an. „Ist alles in Ordnung?"

Sie zwang sich zu einem Nicken.

Er bedachte sie mit einem leichten Lächeln, aber aus seinen Augen sprach eine starke Anspannung. „Deborah, Anna Mary, das sind Cara Moore und ihre Tochter, Lori. Sie wohnen eine Weile hier."

Deborah starrte Ephraim verblüfft und sprachlos an.

Anna Marys Augen wurden groß. Sie deutete mit beiden Zeigefingern auf den Fußboden. „Hier?"

Ephraims Gesicht wurde steinern. „Ja."

„Sie kann *hier* nicht wohnen."

Lori versteckte sich hinter ihre Mutter, da die Anspannung im Raum fast zum Greifen war. Ein Klopfen an der Tür ließ Cara zusammenfahren. Ephraim schaute sie an und sie verständigten sich ohne Worte. Die Frau vom Jugendamt war da und hatte Anna Marys letzten Satz gehört.

Ohne irgendeine Nervosität zu zeigen, wandte er sich an die Sozialarbeiterin. „Mrs Forrester?“

„Elaine Forrester, ja.“

„Kommen Sie doch bitte herein.“

Er ließ die Frau, die Cara auf Mitte dreißig schätzte, herein. Sie sah ganz anders aus als die Leute vom Jugendamt, die Cara in Erinnerung hatte. Keine komisch aussehende Brille oder wilde, graue Haare, die halb nach oben gesteckt waren und halb nach unten hingen, und sie musterte sie auch nicht von oben herab. Sie hatte eine blaue Leinentasche in der Hand und schaute Ephraim direkt an. „Sie müssen Ephraim Mast sein.“ Er nickte und reichte ihr die Hand.

„Mit Ihnen möchte ich auch sprechen, aber in erster Linie bin ich hier, um mit Cara und Lori Moore zu sprechen.“

Caras Haut fühlte sich wie ein Nadelkissen an, als sie vortrat. „Ich bin Cara, und das ist meine Tochter, Lori.“

„Es freut mich, Sie kennenzulernen. Sie wohnen jetzt hier. Ist das richtig?“

„Ja“, antwortete Ephraim an ihrer Stelle. „So lange wie nötig.“

Seine kühne Erklärung schockierte Cara. Anna Mary biss die Zähne zusammen und sagte nichts.

„Mrs Forrester, das ist meine Schwester Deborah und eine Freundin, Anna Mary.“

„Sehr erfreut.“ Sie ging zum Küchentisch und stellte ihre Tasche darauf ab. Sie zog ein Lederklemmbrett aus ihrer Tasche. „Ich schaue mich nur ein wenig hier im Haus um.“ Sie sah Cara an. „Danach unterhalten wir uns.“

Cara fühlte sich fast genauso verwundbar, wie wenn Mike sie bedrohen würde, und konnte nur nicken.

Ephraim schaute Deborah und Anna Mary an und deutete zur Hintertür. Sie verließen schweigend das Haus. Er wandte sich an Cara. „Du schaffst das. Ich bin im Versteck. Das ist der Garten innerhalb der Hecke. Wenn sie mit mir reden will, brauchst du nur zu rufen.“

„Danke.“

Ephraim folgte Deborah und Anna Mary in sein Versteck. Er war kaum durch die schmale Öffnung in der Hecke getreten, als die Frauen beide stehen blieben und sich zu ihm umdrehten. Offenbar hatten *Daed* und Becca seiner Schwester nichts von Cara erzählt. Deborahs Augen flehten ihn um eine Erklärung an und sahen so besorgt aus, wie er sie seit dem Tod ihrer Mutter nicht mehr gesehen hatte. Das hatte er nicht erwartet. Vielleicht hatte er sich aber auch nur nicht die Zeit genommen, wirklich darüber nachzudenken.

Statt eifersüchtig zu sein, wirkte Anna Mary eher verwirrt. „Was ist hier los?"

Ihm war bewusst, dass er ihnen in den nächsten paar Minuten die Wahrheit sagen musste, die ganze Wahrheit, aber er hielt es für weise, so vorsichtig wie möglich vorzugehen. Er stand kurz davor, mit dem Bann belegt zu werden, und Anna Mary sollte die Wahrheit von ihm erfahren. „Cara braucht Hilfe, und ich helfe ihr."

„Ephraim, woher kommt sie? Wer ist sie?", wollte Deborah wissen. „Woher kennst du sie?"

„Sie ist aus New York. Sie kam vor ungefähr einer Woche hierher. Sie hat in Levinas Stall geschlafen, und ich habe ihr angeboten, bei mir zu wohnen."

„Im Stall?" Anna Mary erschauderte. „Und wo wohnst du jetzt?"

„Das ist kompliziert. Ihre Tochter, Lori, hatte Angst, dass die Polizei wiederkommen und sie holen würde, deshalb habe ich die erste Nacht im Lagerraum geschlafen. Die nächsten zwei Nächte verbrachte ich in der Werkstatt."

„Die Polizei? Wird diese Frau gesucht?"

„Nein. Es war ein Missverständnis, aber die Polizei ist eben gekommen."

Seine Schwester schaute ihn an. „Warum machst du das?"

„Manchmal muss man das Richtige tun, auch wenn es überhaupt nicht so aussieht, als wäre es das Richtige."

Deborah legte den Kopf zur Seite und sah besorgt aus. „Wenn das der Bischof erfährt, wirst du exkommuniziert. Ich will gar nicht daran denken, was das bei *Daed* anrichtet."

„*Daed* weiß Bescheid. Ich habe mit ihm schon gesprochen. Was seine Gesundheit angeht, hat er es gut aufgenommen. Meine Entscheidung steht fest."

Anna Mary setzte sich auf die Holzschaukel. „Du hast diese Entscheidung getroffen, ohne mit mir zu reden?“

Er unterdrückte den Drang, ihr zu sagen, dass er nicht ihre Erlaubnis brauche, um jemandem zu helfen. Außerdem war keine Zeit gewesen und er hatte sie zu Hause nicht angetroffen, als er es ihr sagen wollte.

„Du tust das, obwohl du weißt, dass du dafür mit dem Bann belegt wirst?“ Deborah wischte sich eine Träne von der Wange. „Diese Cara muss mehr für dich sein als eine Fremde, die sich in deinem Stall versteckt hat. Wer *ist* sie? Und wer ist diese Elaine Forrester?“

Ephraim setzte sich neben Anna Mary. Er war nicht bereit, ihnen von Caras Verbindungen zu ihrer Amischgemeinde zu erzählen, solange er nicht vorher Cara erklärt hatte, dass ihre Mutter amisch aufgewachsen war. „Elaine Forrester kommt vom Jugendamt. Cara ist eine frühere Freundin, und sie braucht Hilfe, um ihre Tochter behalten zu können.“

„Hast du ihretwegen deinen gesunden Menschenverstand ausgeschaltet?“, fragte Deborah leise.

Anna Mary seufzte schwer. „Rede nicht so, als hätte er Interesse an ihr. Glaubst du wirklich, er würde einer Frau so uneingeschränkten Zugang zu seinem Haus gewähren, wenn er sich zu ihr hingezogen fühlte?“

Ephraim war dankbar, dass Anna Mary die Sache so vernünftig sah, und legte seine Hand über ihre. „Ich habe in den Zeitungsanzeigen gesucht und auch schon viel telefoniert, um eine Wohnung für sie zu finden. Es gibt hier in der Gegend einfach nichts.“

„In Shippensburg müsste sie doch eine Arbeit und eine Wohnung finden“, schlug Anna Mary vor.

Ihre Bemerkung löste bei ihm die gleiche Wirkung aus, als würde jemand mit einem Stock in ein Wespennest schlagen. Gefühle und Gedanken schwirrten durch seinen Kopf, die wehtaten. Er wollte nicht, dass Cara in Shippensburg wohnte.

Er war erstaunt über die Gefühle, die sich in ihm regten, wandte sich von Anna Marys forschenden Augen ab und schaute auf die Wiese hinaus. Die Antworten auf Caras Vergangenheit waren in der Amischgemeinde von Dry Lake zu finden. Und egal ob es den anderen gefiel oder nicht, Cara verdiente es, wie ein Schatz behandelt zu werden. Ein Schatz, der ihnen gestohlen worden war und der jetzt von einer Macht zurückgebracht wurde, die größer war als sie.

Kapitel 23

Cara hatte zig Fragen beantwortet, unter anderem einige sehr persönliche über ihre Beziehung zu Ephraim. Jetzt wartete sie im Wohnzimmer, während Mrs Forrester und Lori durch das Haus schlenderten und miteinander plauderten. Sie hörte, wie Lori der Frau von ihrem Leben in New York erzählte, dass sie ein paar Tage Hunger gehabt hatte, als sie von dort weggegangen waren, und dass sie mit Ephraim ein Picknick gemacht hatten.

„Lori“, sagte die Frau. „Was macht deine Mama, wenn sie wirklich böse wird?“

Lori antwortete, ohne zu zögern: „Dann kniet sie sich vor mich hin und deutet mit dem Finger hierher.“ Cara konnte nichts sehen, aber sie war sicher, dass Lori auf ihre Nase zeigte. „Dann sagt sie ganz streng: ‚Lori Moore‘. Und dann: ‚Hör sofort auf.‘“ Lori ahmte die Stimme ihrer Mutter nach. „Manchmal sagt sie auch: ‚Hör bitte auf zu diskutieren, Kind. Wenn du erwachsen bist, machen wir es so, wie du willst.“

„Schlägt sie dich manchmal?“

„Nein, nie. Aber einmal hat sie einen Mann an einer Bushaltestelle geschlagen. Sie wollte mir aber nicht verraten warum, und ich habe nicht weiter gefragt.“

„Hat sie dich schon einmal bei jemandem gelassen, der dich geschlagen hat?“

Sie gingen in den Lagerraum, und Cara konnte nicht alles verstehen, was sie sprachen. Es klang, als würde Mrs Forrester jetzt persönlichere Fragen stellen. Ein paar Minuten später kamen sie ins Wohnzimmer zurück. Die Frau legte das Lederklemmbrett neben sich und suchte etwas in ihrer Aktentasche. Cara versuchte, einen Blick auf ihre Notizen zu erhaschen.

Mrs Forrester tippte auf den Notizblock, in dem Caras voller Name und ihre Sozialversicherungsnummer standen. „Wenn ich Ihre Daten in die New Yorker Datenbank eingebe, finde ich dann etwas?“

Cara schluckte und war nicht sicher, ob sie das vor Lori sagen sollte. „Ich war von meinem achten bis zu meinem fünfzehnten Lebensjahr in Pflegefamilien untergebracht."

„Weil?"

„Meine Mutter gestorben war und mein Vater ... wegging."

„Aber Sie waren nur in Pflegefamilien, bis sie fünfzehn waren? Warum?"

„Ich lief weg."

Die Frau zog mehrere Broschüren heraus und legte sie auf den Wohnzimmertisch. „Warum haben Sie New York verlassen?"

„Spielt das eine Rolle?"

„Das weiß ich erst, wenn Sie es mir sagen."

Cara wollte vor Lori keine Antwort auf diese Frage geben. „Dafür gibt es Gründe. Gute Gründe."

Die Frau beugte sich vor. „Ich bin nicht aufgrund eines anonymen Hinweises hier. Dieser Besuch wurde nötig, weil die Polizei einen Bericht an uns weitergab. Dazu kommt, dass Sie Lori Anfang Mai aus der Schule genommen haben. In New York endet das Schuljahr erst Mitte Juni, und hier dauert es auch noch eine Woche. Technisch gesehen, schwänzt sie unentschuldigt die Schule, und Sie sind daran schuld." Sie tippte auf die Broschüren. „Mein Gefühl sagt mir, dass etwas vorliegt, was nichts mit Ihren Fähigkeiten als Mutter zu tun hat. Obwohl mir die Art, wie Sie Ihre Entscheidungen treffen, fragwürdig erscheint."

Na toll! Noch mehr weise Einsichten von jemandem, der keine Ahnung hatte. Diese Frau würde vielleicht zwei Wochen überleben, wenn jemand wie Mike ihr nachstellen würde. Vielleicht nicht einmal so lang.

Mrs Forrester zuckte die Achseln. „Ich bin nur hier, um Ihnen zu helfen, aber ich will Antworten auf alle Fragen."

Cara wollte ihre Art von Hilfe nicht, aber sie stand auf. „Komm mit, Lori. Du kannst zu Ephraim hinausgehen."

Lori nahm ihre Hand und ging schweigend mit, bis sie draußen waren. „Legt sie dir jetzt Handschellen an und nimmt dich mit?"

„Nein."

„Bist du sicher?"

„Ja." Cara war in Bezug auf vieles nicht sicher, aber diese Frage bereitete ihr keine Sorgen. Sie schlenderten zu der zwei Meter hohen Hecke und fanden den schmalen Eingang. Sie sah Ephraim mit Anna Mary auf der Schaukel sitzen. Sie gaben ein faszinierendes Paar ab. „Kann sie ein paar Minuten hierbleiben?“

„Ja.“

Lori klammerte sich fester an ihre Hand. „Ich will bei dir bleiben.“

Ephraim stand auf. „Was hältst du davon, wenn wir zum Stall gehen und nach Bessere Zeiten schauen?“

Lori schüttelte den Kopf.

„Wir holen den Hund hierher.“ Ephraim hielt ihr die Hand hin, aber Lori ergriff sie nicht.

Cara zog ihre Hand aus Loris Hand. „Ich bin hier, wenn du zurückkommst. Versprochen.“

„Nein.“ Lori klammerte sich an das Bein ihrer Mutter.

Cara löste Loris Hände von sich und kniete vor ihr nieder. „Komm schon, Schatz. Ich gehe nirgendwohin. Kannst du mir das nicht glauben?“

Lori schlang die Arme um den Hals ihrer Mutter. „Ich will immer brav sein. Aber lass mich nicht allein.“

„Du würdest mich auch dann nicht loswerden, wenn du nicht brav wärst. Vergiss das nicht.“ Cara drückte sie fest an sich und stand dann auf. „Ich bin da, wenn du zurückkommst.“

Lori wischte sich die Tränen aus dem Gesicht und nahm Ephraims Hand.

Er trat näher an Cara heran. „Wie läuft es da drinnen?“

„Gut, denke ich, abgesehen davon, dass sie gleich Fragen zu meinem Leben stellen wird, auf die ich keine Antworten weiß.“

Ephraim lachte leise, aber es klang gezwungen, und sie fragte sich, ob er sich wirklich etwas aus ihr machte. Sie wusste, dass er Ehrgefühl hatte, sonst würde er das alles nicht auf sich nehmen, um ihr zu helfen. Aber das war etwas anderes. Ehrgefühl brachte Menschen dazu, bestimmte Dinge zu tun, damit sie sich selbst in die Augen schauen konnten. Aber das hieß noch nicht, dass er sich etwas aus ihr und Lori machte.

Als sie wieder ins Haus trat, saß Mrs Forrester auf dem Sofa und wartete auf sie. Cara ging zum Schaukelstuhl und setzte sich. Sie war bereit, die schweren Fragen, die jetzt kommen würden, zu beantworten.

„Cara, aus welchem Grund haben Sie New York verlassen?“

Obwohl sie diese Frau am liebsten gesteinigt hätte, beschrieb Cara die Jahre, in denen Mike ihr nachgestellt hatte. Die Frau machte sich Notizen.

Mrs Forrester tippte mit dem Stift auf den Notizblock. „Eigentlich sollte man meinen, dass er es vor Jahren aufgegeben hat, Ihnen nachzustellen. Als Sie in der Pflegefamilie waren und es der Polizei meldeten, hat jemand die Sache vermasselt, Cara. Ich könnte Nachforschungen anstellen, aber Sie müssen das der Polizei melden."

„Nein."

„Vielleicht macht er das auch mit anderen Frauen."

Sie fluchte. „Das ist nicht mein Problem. Als ich vor Jahren versuchte, ihn anzuzeigen, hat mir niemand geglaubt. Das Einzige, was für mich zählt, ist, am Leben zu bleiben, damit ich Lori beschützen kann."

„Okay, okay." Sie nahm die Broschüren vom Tisch. „Es gibt Programme, die Hilfe anbieten. Lori ist zu alt für das Mütter-und-Kinder-Ernährungsprogramm, aber es gibt andere Möglichkeiten, Zuschüsse für eine Wohnung und Lebensmittel zu bekommen."

Cara unterbrach sie: „Ich verstehe nicht, worauf Sie hinauswollen. Muss ich Angst haben, dass ich Lori nicht behalten darf?"

„Wussten Sie, dass Ihre Tochter Kendal mit Drogen gesehen hat?"

Cara schluckte. „Ja ... das hat mir Lori erzählt. Kendal und ich hatten deshalb einen großen Streit. Es kam nicht wieder vor."

„Keine Freunde zu haben kann besser sein, als die falschen zu haben."

„Ach ja? Wie würden Sie sich wohl fühlen, wenn irgendein Irrer alle Menschen aus Ihrem Leben verjagt?"

Die Frau seufzte. „Cara, Sie fangen jetzt ein neues Leben an, und ich sehe keinen Grund, warum ich Ihnen Ihre Tochter wegnehmen sollte."

Neue Hoffnung erfüllte plötzlich den Raum. Vor Angst, dass sie sich in Luft auflösen und wieder verschwinden würde, wagte Cara nicht, sich zu rühren.

Die Frau stand auf. „Ich werde noch ein- oder zweimal nach Ihnen sehen. Sie müssen Lori vor dem nächsten Schuljahr an der Schule anmelden."

„Ist ... ist das alles?"

„Wir sind für heute fertig."

Caras Herz tanzte in ihrer Brust einen verrückten, aufgeregten Rhythmus, den sie noch nie zuvor gekannt hatte.

„Ich habe in meinen Jahren beim Jugendamt viel gesehen und gehört, und alles in allem betrachtet sind Sie mit einer schweren Situation ziemlich gut umgegangen." Sie reichte Cara die Broschüren und erklärte ihr, wie sie staatliche Hilfe beantragen könnte.

„Ich will keine staatliche Hilfe. Ich will einfach in Ruhe gelassen werden."

„Das müssen Sie entscheiden. Aber wenn Sie Ihre Meinung ändern, dann lassen Sie es mich wissen."

Als sie aus dem Haus traten, kam Ephraim auf sie zu. Cara schaute ihm in die Augen und fragte sich, ob er wusste, was er für sie getan hatte.

Mrs Forrester wandte sich an sie. „Danke, Cara. Ich würde gern ein paar Minuten allein mit Mr Mast sprechen."

Deborah und Anna Mary verabschiedeten sich von Ephraim und gingen. Cara nahm Lori mit ins Haus und hoffte, Ephraim würde so bald wie möglich kommen und ihr sagen, wie es gelaufen war.

„Wie war ich, Mama?"

Cara kniete vor Lori nieder. „Du warst so, wie du bist." Sie benetzte sich die Lippen und hatte Mühe, ihre Tränen zurückzuhalten. „Und das war einfach perfekt."

„Kommt die Polizei wieder?"

Sie zupfte am Kleid ihrer Tochter. Nachdem sie eine Woche lang tagaus tagein das gleiche Kleid getragen hatte, sah es ziemlich mitgenommen aus. Es wäre ein langer Weg, bis sie ganz frei wären, aber endlich konnten sie neu anfangen. „Nein."

„Wir müssen uns nicht mehr verstecken?"

Cara schluckte schwer und hatte immer mehr Mühe, ihre Tränen zurückzuhalten. „Nein, Liebes, das müssen wir nicht."

Sie legte die Arme um Lori. Das Gefühl, ihre Tochter in den Armen zu halten, tat ihr unglaublich gut.

Sie hörte Schritte auf der Veranda und blickte auf. Es war ihr egal, ob Ephraim ihre Tränen sah.

„Mrs Forrester ist fort." Er öffnete die Mückengittertür und trat ein. „Sie mag dich. Sie sagte, sie wünschte, alle Mütter wären so fest entschlossen, sich um ihre Kinder zu kümmern wie du."

Cara lachte. „Wen interessiert es schon, ob sie mich mag oder nicht?"

Sein Lächeln tat ihr gut, und sie stand auf. „Dich interessiert es. Glaub mir."

Der Hund jaulte, und Ephraim ließ ihn ins Haus. Die Last von vielen Jahren fiel von Cara ab, und ihr wurde plötzlich ganz leicht ums Herz. Plötzlich hatte sie den Wunsch, durchs Zimmer zu tanzen.

Ephraim lehnte sich an die Arbeitsplatte. „Ich finde, wir haben Grund zu feiern."

Lori lief in die Mitte der Küche, Bessere Zeiten folgte ihr dicht auf den Fersen. „Komm, wir tanzen! Eins, zwei, drei!" Sie klatschte bei jeder Zahl in die Hände.

Cara lachte und lief zu ihr. Bessere Zeiten rannte bellend um die beiden herum. Cara und Lori summten „My Girl" und klatschten und tanzten, wie sie das oft taten, wenn sie eine gute Nachricht bekamen, selbst wenn diese noch so winzig war. Sie hoben die Arme und drehten sich im Kreis. Das kostete sie nichts und machte Lori jedes Mal glücklich. Wie lang war es her, seit sie das letzte Mal getanzt und gelacht hatten? Sie drehten sich minutenlang im Kreis, lachten und machten mit ihrem Körper wilde Bewegungen.

Als der Tanz zu Ende war, klatschten sie sich Beifall. Aber plötzlich sprang Lori hinter sie, und Cara blickte auf. Zwei schwarz gekleidete Männer standen neben Ephraim. Wann waren sie in die Küche gekommen? Lori drückte sich an Caras Bein und hielt sich an ihr fest.

Einer der Männer rieb sich die Brust. *„In dei Heemet?"* Der Mann wirkte aufgebracht, und seine Stimme zitterte.

Der ältere Mann riss den Blick von Cara los. „Ephraim", flüsterte er kopfschüttelnd. *„Kumm raus. Loss uns schwetze."*

Ephraim nickte, und die zwei Männer verließen das Haus.

Ephraim ging zu Lori. „Das hier ist euer Zuhause, bis wir etwas Besseres für euch gefunden haben, wo ihr Strom habt und du ein eigenes Zimmer bekommst. Niemand wird daran etwas ändern." Er legte ihr die Hand auf den Kopf. „Vertraust du mir?"

Lori lockerte ihren festen Griff um Caras Bein, und ihr Körper entspannte sich, als sie nickte.

Die Freude, die vor ein paar Minuten in Cara aufgekeimt war, war verflogen. „Ist alles in Ordnung?"

„Ja. Aber ich muss gehen. Ich schlafe heute Nacht in der Werkstatt. Ich habe keine Zeit, ein Feuer im Ofen zu machen. Schaffst du das selbst?"

„Klar. Bekommst du jetzt Schwierigkeiten?"

„Von dem, auf den es ankommt, bekomme ich keine Schwierigkeiten."

„Was?"

„Für dich ist es wichtig, was die Polizei und Mrs Forrester sagen. Jeder von uns hat jemanden, mit dem er keine Schwierigkeiten haben will."

Sie lachte. „Vielleicht solltest du sie besonders schön ausführen."

Für einen Moment zog ein verwirrter Blick über sein Gesicht. „Ach, du denkst, ich spräche von ..." Er schmunzelte und tippte an seinen Hut. „Gute Nacht, die Damen."

Kapitel 24

Deborah kämpfte immer noch mit den Tränen, als sie in ein sauberes Kleid für den Abend schlüpfte. Sie und Mahlon hatten sich verabredet, aber sie war nicht in der Stimmung, auszugehen. Ein Teil von ihr wollte sich im Bett verkriechen und sich die Decke über den Kopf ziehen. Aber sie hoffte, Mahlon würde seine Meinung ändern und morgen nicht wegfahren, und sie würde die Gelegenheit, mit Ephraim zusammen zu sein, nicht verpassen. Wenn sie Zeit hatte, mit ihm zu sprechen, würde sie vielleicht verstehen, warum er etwas so Unüberlegtes tat.

Als sie Männerstimmen im Garten hörte, trat sie ans Fenster. Der Bischof und ihr *Daed* standen im Garten und sprachen mit Ephraim. Sie zog das Fenster ganz hoch, um sie besser verstehen zu können.

„Ich verstehe, was für einen Eindruck ihr haben müsst", erklärte Ephraim, „aber ich habe nichts Falsches gemacht. Ich bitte nur um etwas Zeit, um ihr zu helfen, wieder auf die Beine zu kommen."

„Sie ist schlimmer als ihre Mutter", schimpfte *Daed*. „Malinda hätte sich nie so gekleidet oder uns bestohlen oder ihr Kind durch die Gegend geschleppt, ohne ein Zuhause zu haben. Wenn du keine Trennung zwischen dir und ihr vollziehst, vollziehst du eine Trennung zwischen dir und Gott."

„So ist es aber nicht. Sie hat sich dieses Leben nicht selbst ausgesucht. Es wurde ihr aufgezwungen. Ich will ihr helfen, einen neuen Weg einzuschlagen. Und sie übt keinen schlechten Einfluss aus." Deborah hörte den Zorn in der Stimme ihres Bruders, als er sich verteidigte. Sie konnte sich nicht vorstellen, dass er sich von einer Frau verführen ließe, aber sie hätte auch nie geglaubt, dass er eine englische Frau in seinem Haus wohnen lassen würde.

„Wir haben sie doch gerade in deinem Haus tanzen gesehen! In dieser engen Kleidung, die viel zu viel Haut und sogar ihren Bauch zeigt." Die Stimme des Bischofs blieb ruhig, als er versuchte, Ephraim zur Vernunft zu bringen.

„Sie sieht manches anders als wir. Für euch ist ihre Lebensweise sündig. Für sie ist das normal."

„Es spielt keine Rolle, was sie für normal hält. Sorge dafür, dass sie aus deinem Leben und aus dieser Gemeinde verschwindet", erwiderte *Daed*.

Deborah fragte sich, warum sie die Frau loshaben wollten. Sie begriff, dass es richtig war, sie aus dem Haus ihres Bruders zu bringen, auch wenn er in der Werkstatt schlief. Aber warum wollten sie, dass sie aus Dry Lake verschwand?

„Das kann ich nicht."

Deborahs Magen zog sich zusammen.

„Bitte tu das nicht", riet ihm der Bischof. „Wenn du dich weigerst, dich unterzuordnen, bleibt uns keine andere Wahl, als sehr streng mit dir zu verfahren, bis du bereit bist, dich wieder weise zu verhalten. Ein Bann ist immer schmerzhaft, aber willst du mich zwingen, noch strengere Grenzen zu ziehen als bei einem normalen Bann?"

Jemand klopfte an Deborahs Tür. *„Kumm."*

Anna Mary hielt Deborahs schwarze Schürze hoch. „Frisch gebügelt für einen schönen Abend."

„Denki."

Der Bischof stand neben Ephraim und redete so leise mit ihm, dass sie ihn nicht mehr verstehen konnte.

„Was ist da draußen?" Anna Mary trat zum Fenster.

Deborah fühlte sich wie ein Kleid, das durch die Wringmaschine gezogen wurde. Warum war Ephraim nur so starrsinnig?

Anna Marys Gesicht wurde kreidebleich. „Der Bischof weiß Bescheid?"

Deborah legte ihre Schürze um. Sie konnte nichts sagen, was die Sache besser machen würde. Der angerichtete Schaden war nicht mehr rückgängig zu machen.

Anna Mary wandte sich langsam vom Fenster ab und setzte sich aufs Bett. „Mach dir nicht so viele Sorgen um Ephraim. Er wollte dieser Frau helfen, aber ich glaube, er will mich auch einfach auf die Probe stellen."

Deborah steckte die Schürze an ihrer Taille mit Nadeln fest. „Wie meinst du das?"

„Er ist schon so lange ledig, und es gab immer wieder lange Zeiten, in denen er keine Freundin hatte. Mit mir ist er schon länger zusammen als mit irgendeiner anderen vorher. Wir sind uns wirklich nahegekommen. Ich kann seine Stimme in mir hören, selbst wenn er in einer anderen Stadt arbeitet." Sie zog ein Kissen auf ihren Schoß. „Und jetzt tut er das? Du kannst mir nicht einreden, dass das nicht seltsam wäre."

Deborah dachte über die Schlussfolgerungen ihrer Freundin nach, während sie ihre Kapp aufsetzte. „Wirst du auf ihn warten, falls er mit dem Bann belegt wird?"

„Natürlich. Wir dürfen ihn besuchen und wir können ihm etwas zu essen bringen. Zum Singen zu gehen oder Ausflüge zu machen wird verboten sein, aber wir finden schon eine Möglichkeit."

Deborah setzte sich neben ihre Freundin. „Ich habe gehört, was der Bischof gesagt hat. Ich glaube nicht, dass ihm die üblichen Einschränkungen auferlegt werden."

„Warum?"

„Weil Ephraim sich weigert, Cara aus seinem Haus zu schicken und den Kontakt zu ihr abzubrechen. Er beabsichtigt, so zu handeln, wie er es für richtig hält."

Anna Marys Augen verrieten, dass sie das verletzte. „Für mich gibt es keinen anderen. Aber das Warten wird nicht das Schwerste sein. Es wird Jahre dauern, den Schaden, den er seinem Ruf damit zufügt, zu beheben."

Deborah nahm glatte Nadeln vom Nachttisch und steckte sie durch die Kapp und ihre Haare. „Ich werde ganz krank, wenn ich nur daran denke."

„Cara ist nur ein Niemand, der Unruhe stiftet ... ein ... ein Vagabund." Anna Mary warf das Kissen aufs Bett. „Er hatte Mitleid mit ihr und wollte ihr helfen. Die Vorstellung, dass die Leute etwas anderes denken könnten, macht mich richtig wütend."

Deborah war von der harten Kritik ihrer Freundin an Cara überrascht und trat ans Fenster. Der Garten war jetzt leer, das Gespräch war zu Ende. Ephraim und Mahlon waren wahrscheinlich in der Küche und warteten auf sie. „Exkommuniziert." Sie hasste dieses Wort. „Ephraim macht so etwas. Und Mahlon fährt einfach weg, weil ihm der Sinn danach steht. Warum sind Männer bloß manchmal nur so stur?"

Anna Mary öffnete die Tür. „Ich habe keine Ahnung. Und sie behaupten, Frauen wären schwer zu verstehen." Sie zuckte die Achseln. „Vielleicht ist der Bischof doch nicht so streng zu ihm."

„Vielleicht." Aber das glaubte Deborah nicht, nachdem sie gehört hatte, was der Bischof zu Ephraim gesagt hatte.

Auf dem Weg ins Wohnzimmer, um Mahlon und Ephraim zu suchen, bemerkte sie eine Bewegung im Schlafzimmer ihrer Eltern. „Ich komme gleich nach."

Sie ging zur Tür. Ihr *Daed* saß auf der Bettkante, hatte die Ellbogen auf die Knie gestützt und den Kopf in die Hände gelegt.

Becca stand bei ihm, mit dem Rücken zur Tür. „Ihm wird nicht erlaubt, in der Werkstatt zu arbeiten? So weit ging bis jetzt noch kein Bann. Kann das Geschäft ohne Ephraim überhaupt überleben?"

„Daran kann ich im Moment noch nicht denken."

„Diese Werkstatt ernährt unsere Kinder."

Deborah klopfte an die Tür. *„Daed?"*

„Deborah." Er stand auf und wischte sich über die Augen. „Du siehst hübsch aus, wie eine junge Frau, die mit ihrem Freund ausgehen will."

Sie nickte. „Geht es dir gut?"

„Ja. Ich bin nur ein bisschen durcheinander. Das ist alles."

„Dein Bruder ..." Becca brach in Tränen aus. „Wir haben so viele Kinder, die versorgt werden müssen, und der Älteste, der seit so vielen Jahren ein Mann des Glaubens ist, gerät jetzt ins Wanken?"

„Er wankt nicht." Deborah schluckte ihre Tränen hinunter. „Das tut er nicht. Er hat gegen die Ordnung verstoßen, aber er wird die Strafe akzeptieren und die nötigen Schritte gehen, um wieder ein uneingeschränktes Mitglied der amischen Kirche zu werden. Das weiß ich ganz genau."

Ihr *Daed* streichelte mit der Hand über ihre Wange. „Natürlich wird er das tun. Jetzt sag mir, warum du zu mir gekommen bist?"

„Ich war auf der Suche nach Ephraim und Mahlon."

„Sie sind in die Werkstatt gegangen. Dein Bruder muss Mahlon bis morgen viel beibringen."

Sie konnte nicht glauben, dass es so schnell ging und ihr Bruder schon morgen mit dem Bann belegt wurde. „Morgen?"

Daed nickte. „Der Bann wird morgen im Gottesdienst verhängt."

Ihr Herz schlug wild in ihrer Brust. „Warum so früh?"

„Die Situation mit Cara ist schlimmer, als Ephraim gesagt hat."

Der Schmerz, der sich jetzt in ihrer Brust breitmachte, war ihr bekannt, als würde sie wieder ein Familienmitglied verlieren. „Oh, *Daed*!"

„Es wird alles wieder gut, Deborah. Das ist nur ein kleiner Sturm. Wir werden ihn überstehen."

Aber sie wusste, dass er das selbst nicht glaubte. Das sah sie in seinen Augen und das hörte sie in seiner Stimme. „Ich bin heute Abend mit Ephraim, Mahlon und Anna Mary zusammen. Ich spreche mit ihm. Okay, *Daed*?"

Er lächelte sie mit feuchten Augen an. „Natürlich. Tu, was du kannst." Er rieb sich die Brust. „Ich ... ich glaube, ich lege mich jetzt ein wenig hin."

Deborah half ihm, sich hinzulegen, und küsste ihn auf die Wange. „Bitte nimm dir das nicht zu sehr zu Herzen. Er tut das, weil er ein guter Mensch ist, und nicht, weil er sündigen will."

Ihr *Daed* tätschelte ihre Hand. „Ich hoffe, du hast recht."

Sie verließ das Schlafzimmer und war fest entschlossen, ihren Bruder wieder zur Vernunft zu bringen.

Ephraim stand an seinem Schreibtisch und versuchte, Mahlon Dinge über das Geschäft zu erklären, die ihm völlig unbekannt waren: Buchhaltung und die Bestellung von Werkzeug und Holz und anderen Materialien. Vor ihnen war ein bunt angestrichener Kalender aufgeschlagen, in dem tägliche und auch langfristige Ziele aufgeführt waren. Alles hatte mit der geschäftlichen Seite der Möbelschreinerei und dem Kundenservice zu tun.

Mahlon schob die Hände in seine Hosentaschen. „Ich dachte, deine Wurzeln und deine Achtung vor der Alten Ordnung reichen so tief, dass du so etwas nie tun würdest."

Ephraim warf seinen Stift auf den Tisch. „Hörst du überhaupt zu, was ich dir erkläre?"

„Ich kann mir das bis morgen unmöglich alles merken. Du bist der Chef. Grey ist der Geselle. Ich baue nur Schränke und tue, was man mir sagt."

Als die Realität des bevorstehenden Banns ihm immer deutlicher bewusst wurde, fragte sich Ephraim unweigerlich, wie seine Familie und das Geschäft ohne ihn zurechtkommen sollten. Er trat an einen Aktenschrank und suchte Unterlagen, die Grey und Mahlon in seiner Abwesenheit vielleicht helfen würden. Er hatte erwartet, exkommuniziert zu werden, aber er hätte nie mit dieser Strenge gerechnet, die der Bischof ihm gerade auferlegt hatte.

Ein Bann wurde nur sehr selten verhängt. Wenn der Bischof diese Maßnahme jedoch als nötig erachtete, waren damit normalerweise einige schmerzliche Einschränkungen verbunden. Die Leute konnten nichts aus seiner Hand annehmen, aber sie konnten ihm etwas geben und wurden aufgefordert, das zu tun, um ihm zu zeigen, dass sie ihn liebten. Ihm war nicht erlaubt, bei den Mahlzeiten mit den anderen an einem Tisch zu sitzen. Aber er kannte seine Familie; sie würden einfach beschließen, nicht an einem Tisch zu essen. Stattdessen würden sie beim Essen im Wohnzimmer oder draußen in den Gartenstühlen sitzen, und Ephraim könnte sich dazugesellen. Wegen des Banns wären die Gespräche anfangs unsicher und vorsichtig, aber er und seine Familie und Freunde würden auch das bewältigen. Innerhalb eines normalen Banns wäre es ihm erlaubt, seiner Arbeit nachzugehen, auch wenn er keinem Amisch etwas geben durfte und nicht mit anderen zusammen einen Schrank tragen durfte.

Normalerweise war das Schlimmste bei einem Bann die Beschämung und der Umstand, dass die mit dem Bann belegte Person nicht zu den Mahlzeiten nach dem Gottesdienst bleiben konnte und keine Gemeinschaftsveranstaltungen wie das Singen der jungen Leute besuchen durfte.

Aber so strenge Bannbestimmungen?

Sei so zu ihr, dass sie mich an deinem Handeln erkennt. Dieser Satz riss ihn aus seinen Gedanken, die nur um ihn selbst kreisten.

Mit mehreren Aktenordnern in den Händen kehrte er zu Mahlon zurück. „Für *Daeds* Haushalt und die Werkstatt müssen Rechnungen bezahlt werden.“ Er legte die Ordner auf den Tisch. „Grey wird deine Hilfe brauchen. Du musst dich anstrengen. Du hast gesagt, dass du nächste Woche bleiben und nicht wegfahren wirst. Aber bleibst du so lang, bis ich nicht mehr unter dem Bann stehe?“

„Warum lässt du das alles wegen einer Außenstehenden zu? Ich könnte es verstehen, wenn dein eigenes Herz dich treiben würde, die Ordnung zu verlassen, aber irgendeine Fremde, die auf der Durchreise ist?“

Ephraim entging nicht, dass Mahlon seine Frage nicht beantwortet hatte. „Sie kam hierher und brauchte Hilfe. Ich konnte ja schlecht sagen: ‚Könntest du bitte nächstes Jahr wiederkommen, wenn es meinem *Daed* besser geht und Mahlon wieder einen klaren Kopf hat?'"

„Wenn ich wieder einen klaren Kopf habe?", knurrte Mahlon. Er beugte sich vor. „Wer ist sie?"

„Eine Frau, die den Preis für die Entscheidungen ihrer Eltern zahlt. Genau das, wovor die Kirchenältesten uns früher immer gewarnt haben."

„Sie hat amische Wurzeln?"

Ephraim nickte. „Aber sie weiß es nicht. Sie denkt, ihre Mutter hätte nur amische Freunde gehabt."

„Wenn ihr Leben ein Beispiel dafür ist, was passiert, wenn Verwandte in der Vergangenheit die Kirche verlassen haben, werde ich nie weggehen."

„Man sollte doch hoffen, dass du an der Alten Ordnung festhältst, weil du daran glaubst."

„Du bist nicht in der Position, mir Vorhaltungen zu machen."

Ephraim wechselte das Thema. „Ich störe Grey zu Hause nur ungern, aber ich denke, wir sollten heute Abend bei ihm vorbeifahren und ihn auf das vorbereiten, was nächste Woche los sein wird. Das könnte helfen, dass der Montag reibungsloser verläuft. Wenn du etwas nicht weißt, dann frag Grey. Aber du wirst nicht nur deine Arbeit erledigen, sondern noch ein ganzes Stück mehr leisten müssen."

Die Werkstatttür ging auf, und Deborah und Anna Mary kamen herein.

Anna Marys Augen musterten Ephraim besorgt. „Ist es wahr? Es beginnt schon morgen?"

Er ging zu ihr und nahm sie in die Arme. Sie hatte ziemlich gut darauf reagiert, dass Cara in seinem Haus wohnte. Aber die Nachricht, dass er schon morgen mit dem Bann belegt würde, war anscheinend zu viel für sie. Das tat ihm leid, aber er musste sie warnen, dass die Bannbestimmungen sehr streng waren und am Sonntag begannen, und dass sie ihn kaum anschauen durfte, bis der Bann wieder aufgehoben war.

Mahlon ging zu Deborah und flüsterte etwas, und sie nickte. So vieles lag in den nächsten Wochen oder Monaten in Mahlons Händen. Ephraim hoffte, er wäre der Verantwortung gewachsen.

Kapitel 25

Das Prasseln der Regentropfen auf das Blechdach vermischte sich mit Ephraims Traum und weckte ihn. Der Betonboden unter seinem provisorischen Bett und die Schmerzen in seinem Körper machten ihm klar, dass er zu alt war, um auf dem Fußboden zu schlafen. Der Traum, in dem Gott Cara durch dicke Wolken und einen starken Wind gerufen hatte, verblasste. Wie oft hatte er in der Nacht geträumt, dass Gott sie rief? Und wie oft hatte sie ihn angespuckt und war weggegangen?

Er seufzte. Bis jetzt glaubte Cara nicht einmal an Gott, sie würde ihn also auch nicht anspucken. Vielleicht war es nur ein Traum und hatte mehr mit seinen eigenen Ängsten zu tun als mit einer verschwommenen Vorahnung.

Er setzte sich auf und wartete, bis er ganz wach war. Nach dem heutigen Tag hätte er keine Arbeit und keine Gemeinschaft mehr mit seinen Freunden und seiner Familie. Er vermisste sein gewohntes Leben jetzt schon. Die Leitung der Schreinerei, Baseball- und Volleyballspiele, Gottesdienste, gemeinsame Mahlzeiten, Singen, Familie – das alles war ein Teil dessen, wer er war.

Beim Gottesdienst würden die Prediger sein Handeln als Verstoß gegen die Weisheit der Bibel darstellen. Der Bischof würde seine Entscheidung erklären und dann den Bann verkünden, und Ephraims Leben würde schlagartig sehr still werden.

Eine Tasse Kaffee und eine Dusche würden ihm jetzt richtig guttun. Er ging in das kleine Badezimmer in seinem Büro und wusch sich im Waschbecken. Er wollte nicht das Risiko eingehen, Cara heute Morgen zu sehen. Er wollte nicht, dass sie ahnte, was hier los war. Sie hatte schon genug eigene Sorgen, ohne dass sie noch seinetwegen Schuldgefühle bekommen musste.

Sie verdiente es zu wissen, wer sie war und dass sie hier in Dry Lake Verwandte hatte. Und er hatte die Absicht, ihr das zu sagen, wenn der richtige Zeitpunkt gekommen war. Doch vorher müsste er die Gemeindemitglieder ihr gegenüber offener und mitfühlender werden. Er war überzeugt, dass sie das mit der Zeit auch sein würden. Aber im Moment mussten sie erst die Nachricht verarbeiten, dass die betrunkene Diebin, vor der Ephraims Vater sie gewarnt hatte, eine Nacht mit Ephraim unter einem Dach verbracht hatte. Sie gingen wahrscheinlich davon aus, dass sie in allem die Tochter ihrer Mutter war, und würden sie loswerden wollen. Ephraim hatte versucht, sowohl seinem *Daed* als auch dem Bischof Caras gute Seiten zu schildern. Er hatte ihnen erklärt, warum sie aus seiner Sicht eine zweite Chance verdiente, aber sie hatten das Gefühl, sie könnten seinem Urteil nicht mehr trauen. Ein paar glaubten ihm – Deborah, Mahlon, Anna Mary und ein paar Freunde – aber sonst niemand. Noch nicht. Aber das würde sich ändern. Sie waren gute Leute. Der Bann wurde nur aus Liebe und mit dem Wunsch, Ephraim wieder auf den richtigen Weg zurückzubringen, verhängt. Aber sie ließen sich bei ihrer Entscheidung von ihrer Angst leiten. Als Malinda Dry Lake das erste Mal verlassen hatte, war er noch ein Kleinkind gewesen, hatte seine Informationen darüber also nur vom Hörensagen. Aber das, was er gehört hatte, war schlimm genug.

Am meisten beängstigte ihn bei der ganzen Sache, dass er nicht wollte, dass Cara wegging, selbst wenn sie die Mittel dazu hätte. Sie strahlte etwas Besonderes aus, sie war gleichzeitig stark und faszinierend, aber auch verwundbar und emotional distanziert. So etwas hatte er noch nie bei einem Menschen erlebt. Kein Wunder, dass Gott sie rief. Auch er wollte aus dem Leben eines so besonderen Menschen nicht ausgeschlossen werden.

Da Ephraim dem Bischof keinen festen Termin geben wollte, an dem Cara aus seinem Haus verschwand, weigerte sich der Bischof, ein Datum für das Ende des Banns festzulegen. Heute begann also eine Reise ins Ungewisse ohne festgelegtes Ende. Er konnte trotzdem zum Gottesdienst kommen, und das würde er auch tun.

Er atmete langsam ein und versuchte, die schwere Last seiner Situation von sich abzuschütteln.

Nachdem er sich rasiert und im Waschbecken gewaschen hatte, zog er seine Sonntagskleidung an und ging in die Werkstatt hinaus. Alle holzverarbeitenden Geräte waren an die Seiten geschoben worden, und für den Gottesdienst waren Bänke aufgereiht – die Männerseite rechts und die Frauenseite links – sodass sie sich anschauten, während der Platz für die Prediger sich in der Mitte befand. In einer Stunde träfen die ersten Leute ein. Obwohl der Bischof heute eigentlich in einem anderen Gottesdienst sein sollte, käme er hierher, um Ephraim mit dem Bann zu belegen.

Ihm graute vor den Stunden, die vor ihm lagen, und er fühlte sich so allein und war so nervös wie nie zuvor. Er setzte sich auf eine Bank. „Gott?" Er flüsterte das Wort und wünschte, er wüsste, worum er Gott bitten sollte. Auch wenn er Dry Lake für eine Weile verlassen hatte, bevor er offiziell in die amische Kirche eingetreten war, hatte er nie jemanden verletzt – nicht so wie jetzt. Er war damals knapp zwanzig gewesen und noch kein Kirchenmitglied, als er nach New York ging. Jetzt war er ein erwachsener Mann, und er hatte sich vor langer Zeit entschieden, in die Kirche einzutreten. Wie hatte er dann in diese verzwickte Situation geraten können?

Ein verlockender Kaffeegeruch stieg ihm in die Nase. Er blickte auf.

Sein Vater setzte sich neben ihn auf die Bank und hielt ihm einen Becher Kaffee hin. „Hast du wieder hier geschlafen?"

Ephraim nahm die Tasse. „Ja."

„Was machst du nur, mein Junge?"

Er nippte an dem Kaffee und genoss, dass sein Vater genau wusste, wie viel Zucker und Sahne er in seinem Kaffee mochte. „Das weiß ich nicht, *Daed*. Das Richtige, hoffe ich."

Niemand wollte, dass er mit dem Bann belegt würde, weder der Bischof noch die Prediger noch seine Freunde oder seine Familie. Aber wenn es keine Züchtigung gäbe und wenn sie einander nicht ermahnten, die Ordnung einzuhalten, hätte ihr Glaube sich schon vor langer Zeit aufgelöst.

Da Ephraim sich weigerte, die Zurechtweisung zu befolgen, wie der Bischof es bezeichnete, wäre ihm nicht erlaubt, zu arbeiten oder Besuch in seinem Haus zu empfangen. Außerdem durfte niemand mit ihm sprechen, solange der Bischof die Regeln für seine Züchtigung nicht änderte.

Obwohl er sich gegenüber der Ordnung immer verpflichtet gefühlt hatte, verstieß er jetzt gegen sie. Aber wenn das nötig war, um Cara und Lori wenigstens ein schwaches Bild von Gottes Liebe zu zeigen, dann war er dazu bereit.

„Du hast gesagt, dass Cara die Dinge nicht so sieht wie wir. Aber glaubt sie wenigstens an Gott?“

Ephraim schüttelte den Kopf.

„Das, was sie glaubt, kann die Macht haben, dich von dem ewigen Gott wegzuziehen.“

Ephraim starrte in die karamellfarbene Flüssigkeit in seiner Tasse und wünschte, er fände die richtigen Worte. Selbst wenn er sich mehrere Tage Zeit nähme, um seinem *Daed* alles zu erklären, würde er ihn nicht verstehen. Er würde seinen Sohn nur mit Bibelstellen ermahnen und sich aufregen, weil Ephraim anderer Meinung war als er. In Gottes Wort stand viel geschrieben, was beide Seiten stützte: Man sollte sich von den Menschen, die in der Welt und von der Welt waren, absondern, aber man sollte ihnen auch die gute Nachricht bringen. Darüber zu streiten würde kein Problem lösen und die Kluft zwischen ihnen nur vergrößern.

Ephraim legte die Hände um die Tasse. „Warum ist Caras Mutter weggegangen?“

„Malinda war mit einem aus unserer Gemeinde verlobt. Er war nach Ohio gegangen, um im Sommer für seinen Onkel zu arbeiten. Malindas Vater beschäftigte jeden Sommer Englische als Erntehelfer. In jenem Sommer verliebte sie sich in einen von ihnen. Ihr amischer Verlobter hatte keine Ahnung, dass sie sich in einen anderen verliebt hatte. Ein paar Wochen vor der Hochzeit lief sie mit dem Englischen davon. Malindas Verlobter sagte, sie habe von dem Englischen ein Kind erwartet und keine andere Wahl gehabt. Deine Mutter hat das nie geglaubt. Ich nahm an, dass es so gewesen sein musste, weil sie erst viele Jahre später zurückkam, und auch nur, weil sie befürchtete, Cara vor ihrem betrunkenen Ehemann nicht mehr beschützen zu können.“

Sie saßen schweigend nebeneinander und schauten dem Regen zu. Als das Klappern von Pferdehufen und das Quietschen von Wagenrädern und der Klang gedämpfter Stimmen in die Werkstatt drang, wusste Ephraim, dass die Zeit, in der er mit seinem *Daed* sprechen durfte, dem Ende zuging. „Ich weiß nicht, was alles mit Malinda passiert ist, aber Cara wuchs bei Pflegefamilien auf, und ihr Leben war ein einziger Albtraum. Ich habe das Gefühl, dass Gott sie ruft. Vielleicht irre ich mich, aber ich glaube, er fordert mich auf, ihr zu zeigen, wer er ist. Mehr will ich nicht.“

Sein Vater sah ihm in die Augen. „Ich glaube, das meiste von dem, was du sagst, ist die Wahrheit."

„Das meiste?"

Sein Vater zog eine Braue in die Höhe. „Das ist *alles*, was du willst?"

Da er seinem *Daed* nicht länger in die Augen schauen konnte, wandte sich Ephraim ab und blickte durch die offenen Doppeltüren hinaus.

„Ich habe gesehen, wie du sie anschaust, mein Sohn. Sie reizt dich auf eine Weise, der du nicht gewachsen bist. Und sie wird dich so kaputt machen, dass dich niemand heilen kann." Seine Stimme zitterte.

Anna Mary trat in die Werkstatt. Sie sah blass aus. Die Haut um ihre Augen war geschwollen, als hätte sie stundenlang geweint.

Daed schüttelte den Kopf. „Nicht einmal sie wird das reparieren können, was Cara dir antut."

Ephraim erschauderte. Machte er sich selbst etwas vor, wenn er glaubte, Gott wolle das von ihm? Ließ er sich von seinen eigenen verborgenen Motiven lenken?

Da er unsicher war, ob er zu Anna Mary gehen sollte oder nicht, blieb er auf seinem Platz sitzen. Sie setzte sich auf die Frauenseite. Eine Familie nach der anderen traf ein und setzte sich stumm entsprechend ihrem Geschlecht und Alter auf die Bänke. Bis zum Sonnenuntergang gestern Abend hatte sich die Nachricht, was heute passieren würde, in der ganzen Gemeinde herumgesprochen.

Der Gottesdienst begann wie jeder andere. Bald waren die Lieder vorbei und der erste Prediger stand auf, um seine Predigt zu halten. Ephraims Vater predigte als Nächster. Der Geruch von Essen wehte durch die Luft, und er wusste, dass Cara ein Feuer angemacht hatte und etwas kochte. Anna Marys Blick wanderte zu ihm. Sie wusste es auch. Trotz ihrer schwierigen Situation bedachte sie ihn mit einem verständnisvollen Lächeln. Er konnte nur hoffen, dass sie bis zum Ende dieser schweren Zeit so verständnisvoll blieb.

Da die Bänke der Frauen so standen, dass sie die Männer anschauten, trafen sich sein und Anna Marys Blick immer wieder. Die drei Prediger, einschließlich sein Vater, sprachen nacheinander, jeder ungefähr eine Stunde lang. Kinder gingen zur Toilette und kamen zurück. Mütter, die ihre Babys stillen mussten, gingen in einen großen Lagerraum im hinteren Teil der Werkstatt, in dem Stühle standen, und kamen später mit schlafenden Babys zurück.

Schließlich trat der Bischof vor die Gemeinde und sprach in Pennsylvania Dutch davon, dass die Amisch es sich nicht leisten konnten, dass die Kinder derer, die die Kirche verlassen hatten, zurückkamen und die getauften Mitglieder verführten.

Er hielt eine altdeutsche Bibel hoch. „Die Schrift sagt, dass ein Mann keine Frau berühren soll und schon dem Anschein allen Übels wehren soll. Wie kann da ein Mann im selben Haus – in einem Haus, das nur ein Schlafzimmer hat – mit einer Frau übernachten, selbst wenn es nur für eine Nacht ist, und meinen, das wäre im Einklang mit der Ordnung? Wo das Herz ist, dahin wird auch das Fleisch folgen."

Er legte die Bibel weg. „Ephraim sagt uns, dass sein Herz nicht bei dieser Frau ist, und dass sein Fleisch nichts anderem als Gott folgen wird. Aber ich denke, er macht sich selbst etwas vor. Ich glaube nicht, dass er die Sünde der Unzucht begangen hat. Noch nicht. Aber können wir trotzdem eine solche Rebellion erlauben? Wenn keine Grenzen gezogen werden, und wenn die Leute, die sich der Kirche untergeordnet haben, sich nicht an diese Grenzen halten, sind wir nicht besser als die Welt. Uns bleibt keine andere Wahl, als unseren Bruder in Liebe und in Hoffnung zu züchtigen." Er schaute Ephraim zum ersten Mal an. „In der großen Hoffnung, dass er sich bald entscheidet, nicht mehr seine eigenen Wege zu gehen, sondern den Weg seines Volkes zu gehen. Den Weg der Ordnung."

„Bessere Zeiten, komm zurück", drang Loris Stimme durch die offene Tür und hallte in dem Blechgebäude wider. Der Bischof sprach weiter, als hätte er sie nicht gehört, aber alle schauten nach draußen.

„Bessere Zeiten!"

Der Hund lief in die Werkstatt und Lori folgte ihm.

„Lori Moore." Cara kam in ihrer Jeans und in ihrem knappen Pullover, der ein paar Zentimeter ihres Bauches zeigte, um die Ecke. Sie blieb abrupt stehen, und ihr Gesicht verriet ihr Entsetzen. „Lori", flüsterte sie und bedeutete ihrer Tochter, wieder hinauszukommen.

Aller Augen wanderten zu Cara. Die Verwandten, die sie in Dry Lake hatte, die Leute, die wussten oder bald wissen würden, wer sie war, würden nicht so schnell vergessen, wie schockierend und anstößig diese Kleidung aussah. Besonders auf amischem Gelände während eines Gottesdienstes.

Lori deutete auf Ephraim. Cara schüttelte den Kopf, aber das kleine

Mädchen marschierte geradewegs auf ihn zu und setzte sich neben ihn. „Mama hat mir gesagt, dass ich deinen Garten nicht verlassen darf. Sie wird sehr böse mit mir sein. Kann ich hierbleiben?", flüsterte sie und schaute dabei zu ihrer Mutter hinüber.

Sie hatte deutliche Ähnlichkeiten mit Cara. Sie war klug. Willensstark. Trotzig. Und geradezu beunruhigend gerissen.

Cara schaute ihn einen Moment an, und er nickte. Lori glaubte anscheinend, dass sie gewonnen habe, aber der Blick in Caras Augen verriet, dass ihre Tochter große Probleme bekommen würde. Am wenigsten störend war es im Moment, wenn Lori hierbliebe. Außerdem konnte es doch nicht falsch sein, wenn ein vaterloses Kind bei einem Mann sitzen und den Trost seiner Nähe fühlen wollte, so wie es ihm als Kind bei seinem *Daed* ergangen war.

Es war nur gut, dass das, was der Bischof zum Bann zu sagen hatte, alles in Althochdeutsch oder Pennsylvania Dutch gesprochen wurde. Lori würde kein Wort verstehen.

Cara verschwand, und Lori krabbelte auf seinen Schoß. Ihre kühle Haut erinnerte ihn daran, dass sie keinen Pullover für das frische Frühlingswetter hatte – nur ein Kapuzensweatshirt in einer Erwachsenengröße, das sie über den Boden schleifte. Die Feuchtigkeit des Regens von heute Morgen steckte noch in ihrer Kleidung, und er wickelte die Seiten seiner schwarzen Jacke um sie. Kurze Zeit später hörte ihr Zittern auf.

Als der Bischof vortrat, um seine Zusammenfassung von Ephraims Fehltritten zu verkünden, saß Lori entspannt und friedlich in seinen Armen und der Hund vor seinen Füßen. Dieses Bild gefiel keinem im Raum. Aber während der Bischof der Gemeinde alles erklärte, empfand Ephraim Loris Nähe als sehr tröstlich. Die Menschen in seinem Bezirk müssten ihm den Rücken zukehren, aber er würde Cara und Lori nicht den Rücken zukehren.

Der Bischof bat Ephraim, aufzustehen. Er verlagerte Lori auf seinen linken Arm und stand auf. Sie schaute sich mit großen Augen um, zappelte aber nicht, um nach unten gelassen zu werden. Wenn sie noch nie zuvor in einem Gottesdienst gewesen war, würde sie sich vielleicht nicht so viel bei dem, was sich hier abspielte, denken.

Der Bischof deutete auf ihn, und die Gemeinde schaute ihn von ihren Sitzplätzen aus an. Jeder mit Traurigkeit und Verwirrung in den Augen.

„Bis auf Weiteres werdet ihr nicht mit ihm sprechen und keine Geschäfte mit ihm tätigen. Ich will euch aber ermutigen, ihm Briefe zu schreiben, in denen ihr Ephraim daran erinnert, wer er für euch ist und welche Berufung Gott über seinem Leben ausgesprochen hat. Sagt ihm, wie sehr ihr ihn vermisst, und gebt Gottes Weisheit an ihn weiter. Aber es wird keine Besuche geben, solange er die Frau nicht aus seinem Haus entfernt. Hat jeder verstanden, was hier geschieht, und bezeugt es?"

„Ja."

Das Echo ihrer Antwort hallte in seinen Ohren wider. Er warf einen Blick auf seinen Vater, der Tränen in den Augen hatte. Der gequälte Blick in Anna Marys Gesicht beunruhigte ihn, und er hoffte, sie hätte die Kraft, die Gerüchte zu ertragen, die nach diesem Tag sicher die Runde machen würden.

„Als Akt des Gehorsams, dass wir ihn vielleicht dazu bringen können, sich den Lehren unserer Väter zu beugen, begeben wir uns mit großer Trauer auf diesen Weg und werden täglich für ihn beten."

Ephraim blieb stehen, während der Bischof betete. Als er „Amen" gesagt hatte, schmerzte es Ephraim sehr, zu sehen, wie die Menschen, die er liebte, stumm aus dem Raum gingen. Anna Mary weinte leise. Sie rührte sich erst vom Fleck, als ihre Mutter ihr die Hände auf die Schultern legte und sie aus dem Gebäude führte.

Lori sah den Leuten nach, wie sie schweigend hinausgingen. „Was machen sie jetzt?"

„Der Gottesdienst ist vorbei", flüsterte Ephraim.

Als der Raum leer war, setzte er sich. Lori lehnte sich an seine Brust zurück und stellte ihm keine Fragen.

Es war vorbei.

Und doch war es erst der Anfang.

Sein Kopf pochte schlimmer als sein Herz, aber er beherrschte sich, so gut er konnte, bevor er mit ihr zu seinem Haus aufbrach.

Als er eintrat, hörte er Cara im Lagerraum. „Lori Moore, bist du das?"

Die Augen des kleinen Mädchens wurden vor Sorge ganz groß.

Cara kam durch die Tür und drohte ihrer Tochter mit dem Finger. „Was habe ich dir gesagt ..."

Ephraim hob die Hand. Er hatte genug Auseinandersetzungen für einen Tag gehabt. Mehr konnte er heute nicht ertragen. „Bitte nicht. Nicht jetzt."

Caras Blick wanderte von ihrer Tochter zu ihm. Ihr war anzusehen, dass sie sich auch mit ihm anlegen würde. „Alles in Ordnung?"

„Ja." Er stellte Lori auf den Boden. „Und du gehorchst deiner Mutter, wenn sie dir etwas sagt."

Er sagte das ruhig, aber Lori traten Tränen in die Augen. Er war noch nie emotional so ausgelaugt gewesen. Er fragte sich, wie Cara das so viele Jahre ausgehalten hatte. Sie schlitterte von einem Verlust zum nächsten – sie kämpfte ständig ums Überleben und erlebte, dass Leute ihr den Rücken zukehrten, oder noch Schlimmeres. Und doch tat sie, was getan werden musste, ohne aufzugeben.

Der Hund jaulte und wollte auch ins Haus.

Ein verständnisvolles, schwaches Lächeln umspielte Caras Lippen. „Ich glaube, du als Hausherr solltest die Tür öffnen und Bessere Zeiten hereinlassen."

Sie konnte nicht wissen, was zwischen ihm und seinen Leuten vorgefallen war, aber sie hatte gemerkt, dass er angespannt wirkte. Er atmete tief ein. Wenn sie es überlebt hatte, immer wieder alles zu verlieren, konnte er es doch sicher auch aushalten, eine Weile mit dem Bann belegt zu sein, ohne es laut vor sich her zu posaunen.

Er ließ den Hund in die Küche. Dann trat er in den Türrahmen zum Lagerraum. Sie hatte den ganzen Raum sauber gemacht und geordnet. „Erstaunlich."

„Ja, so bin ich einfach", spottete sie, dann deutete sie zu den Reihen mit Schachteln, die an einer Wand standen. „Diese Schachteln musst du irgendwann einmal durchsehen, denn für mich sieht das meiste darin nach Müll aus. Den Rest habe ich sortiert und jede Schachtel beschriftet."

Er schaute eine der möglichen Müllkisten durch. Alte Schuhe, verrostete Lampen und kaputte Sachen. „Hey, das hier ist bestimmt kein Müll."

Sie zuckte die Achseln. „Du melkst immer noch Kühe?"

Er lachte, und zum ersten Mal seit Tagen löste sich seine Anspannung. „Das ist kein Gerät, um frische Milch aufzubewahren, auch wenn es vielleicht so aussieht." Er hob einen silbernen Zylinder hoch. „Das ist eine Eismaschine mit einer Handkurbel."

„Ja? Wann hast du sie das letzte Mal benutzt?“

„Oh nein. Wir räumen diesen Raum nicht nach den Vorstellungen einer Frau auf. Das sind meine Sachen, und sie bleiben da, wenn ich es will.“

„Allmählich begreife ich, warum du noch nicht verheiratet bist. Frauen mögen diesen ‚Du kannst ja gehen, wenn es dir nicht passt‘-Ansatz nicht, weißt du?“ Sie schob eine geschlossene Schachtel ins Regal. „Gibt es wirklich Leute, die Eis selbst machen? Oder ist das etwas, was du in der Fernsehwerbung gesehen und bestellt hast, und es funktioniert gar nicht?“

„Eismaschinen funktionieren. Und wie kommst du auf die Idee, dass ein amischer Mann sich etwas aus der Fernsehwerbung kauft?“

Sie zuckte die Achseln. „Keine Ahnung. Gibt es Fernsehgeräte, die mit Gas, Feuer oder Öl betrieben werden?“

Er schaute sie belustigt an. „Ich besorge die richtigen Zutaten, und dann machen wir uns Eis. Du wirst schon sehen.“

„Eis aus einer Maschine mit einer Handkurbel, von einem Mann, dessen Vorstellung von einem Küchenherd ein Feuer in einem Loch ist? Solange ich es mir nur anschauen und nicht essen muss, kannst du das gern machen.“ Ihre goldbraunen Augen schauten ihn belustigt an und forderten ihn auf, den Tag zu genießen und zu vergessen, was ihn belastete.

Er sehnte sich danach, die verborgenen Winkel ihres Herzens zu entdecken und diese Entdeckungen in seinem eigenen Herzen zu verankern. Gefühle regten sich in ihm und lösten Wünsche aus, die er nicht haben sollte. Er hoffte, seine Motivation, ihr zu helfen, war so rein, wie er gedacht hatte. Wenigstens war es am Anfang so gewesen. Und es war nötig, dass sein Wunsch, ihr zu helfen, auf christlicher Nächstenliebe beruhte, und auf nichts anderem. Sonst würden sich die Befürchtungen der anderen bewahrheiten.

Und er wäre ein großer Narr.

Kapitel 26

Cara schob den größten Teil ihres Frühstücks in eine Schüssel und stellte sie zur Seite. Sie wollte das Essen der Mutterhündin bringen. Lori lag bäuchlings auf dem Wohnzimmerboden und las und spielte mit Bessere Zeiten.

Ephraim war nicht zu sehen. Er kam jeden Morgen rechtzeitig, um sie zur Arbeit zu fahren, tauchte jeden Abend bei den Howards auf, um sie wieder abzuholen, und ließ sich in der restlichen Zeit nicht blicken. Seit jenem schicksalhaften Gottesdienst waren vier Tage vergangen, und außer einem späten Abendessen mit Lori gestern hatte er ihnen bei keiner Mahlzeit Gesellschaft geleistet.

Er hatte ein schönes Haus und reichlich zu essen, aber trotz seiner freundlichen Worte wusste sie, dass sie hier nicht länger willkommen waren. Seit sie am Sonntag unabsichtlich den Gottesdienst gestört hatte, hatte sie das Gefühl, dass er sich zurückzog.

Wenn Ephraim sie zur Arbeit fuhr oder am Abend wieder abholte, begegneten sie immer wieder anderen Leuten in ihren Einspännern, und diese Leute sahen Cara. Aber die freundlichste Geste, die sie oder Ephraim bekamen, war ein Kopfnicken. So, wie der Geruch des alten Stalles an ihren Kleidern gehaftet hatte, begleitete sie nun die Ablehnung dieser Leute durch den Tag.

Aber wenn die anderen Amisch sie nicht mochten, konnte sie das leicht ignorieren. Doch die Meinung seiner Familie und seiner Freunde blieb offensichtlich auch auf Ephraim nicht ohne Wirkung. Seine und Caras Freundschaft neigte sich eindeutig dem Ende entgegen. Sie wünschte, sie könnte eine eigene Wohnung für sich finden, bevor er anfing, sie zu verabscheuen.

Das Wissen, dass sie gute Freunde sein könnten, wenn sie sich unter anderen Umständen kennengelernt hätten, machte sie traurig. Freundschaften waren wie Nahrung – jede hatte ihren eigenen Geschmack, ihre eigene Beschaffenheit und ihre eigenen Zutaten. Sie und Kendal waren wie ein billiges Dessert gewesen, das man nicht zu oft essen sollte und das bestenfalls mittelmäßig war.

Aber Ephraims Freundschaft war für sie genauso kostbar gewesen wie Essen für einen Verhungernden.

Nachdem sie den Küchentisch abgewischt und sich die Hände abgetrocknet hatte, ging sie ins Schlafzimmer. Sie schlüpfte aus ihrer Jeans und ihrem Pullover und zog das blaugrüne Kleid an, obwohl sie dieses Kleid mit jedem Tag, an dem sie es tragen musste, mehr hasste. Sie steckte ihre schmutzige Kleidung in den Rucksack, um sie heute bei den Howards zu waschen. Da sie die Kleider, in denen sie New York verlassen hatten, jeden Tag anziehen mussten, nutzten sie sich schnell ab, doch die Jeans wurde dadurch nur bequemer. An diesem Wochenende wollte sie jedoch in die Stadt gehen und Lori ein paar Sachen zum Anziehen kaufen.

Ephraim klopfte, und Bessere Zeiten fing sofort an zu kläffen. „Sind die Damen fertig?"

Cara warf sich den Rucksack über die Schulter und eilte aus dem Schlafzimmer. „Ja." Sie nahm die Schüssel mit dem Essen. „Können wir kurz beim Stall anhalten?"

Ephraims Blick wanderte von der Schüssel in ihren Händen zu ihrem Gesicht.

Cara bedeutete Lori, zum Einspänner hinauszugehen. Ephraim schaute sie durchdringend an, als sie vor ihm aus dem Haus ging. „Was ist?"

„Hast du überhaupt etwas gegessen, oder gibst du alles dem Hund?" Er hob Bessere Zeiten hoch und schloss die Tür.

„Ich habe genug gegessen."

Sie stiegen in den Einspänner, und er und Lori unterhielten sich über das Buch, das sie las. Als er das Pferd neben dem Stall zum Stehen brachte, wandte er sich an Cara. „Ich werde den Hund in Zukunft füttern. Wenn du etwas kochst, dann isst du es auch."

Zornig riss sie den Rucksack von ihrem Rücken, holte Geld heraus und warf es ihm auf den Schoß. „Hier. Genügt das?" Ohne ihn eines weiteren Blickes zu würdigen, stieg sie aus und ging in den Stall. Die Hündin wedelte mit dem Schwanz. Cara ging in die Hocke und rief sie zu sich, während sie die Folie von der Schüssel nahm: „Ich habe dir Rühreier mitgebracht."

Als der Hund fertig gegessen hatte, ging die Stalltür quietschend auf.

Ephraim stand über ihr. „Ich will dein Geld nicht. Ich will, dass du etwas isst."

Sie stand auf und begriff, wie klein sie mit ihren ein Meter sechzig neben ihm war. „Leidest du unter Kontrollzwang, oder was?"

„Ich mache mir Sorgen." Er ergriff ihre Hand und legte seinen Daumen und Zeigefinger um ihr Handgelenk. „Du hast abgenommen."

Sie riss ihre Hand von ihm los. „Du hast keine Ahnung, wie viel ich vorher gewogen habe."

„Wie hat dir deine Jeans gepasst, als du aus New York weggingst?"

„Was?"

„Aufgrund der Mode der Englischen würde ich sagen, dass sie hauteng war. Jetzt ist sie fast eine Nummer zu groß. Iss mehr, Cara. Okay? Ich gebe dem dummen Hund etwas zu fressen."

Sie fragte sich, ob die Worte, die er sagte, und die Worte, die sie hörte, dieselben Worte waren, und nickte. Als sie ihn das erste Mal gesehen hatte, hatte er arrogant und dominant gewirkt. Oder war es ihr vielleicht einfach nur so vorgekommen?

„Die Hündin ist nicht dumm." Cara klang wie ein trotziges Kind und bedauerte sofort, dass sie nicht den Mund gehalten hatte.

„Meinetwegen." Er verdrehte die Augen. „Ich gebe dem hochintelligenten Hund etwas zu fressen."

„Ich bin nicht völlig unfähig, weißt du. Ich kann mich um Lori und mich selbst kümmern und trotzdem hin und wieder einem Hund etwas zu fressen geben. Auch wenn es vielleicht nicht so aussieht."

„Mama, Hilfe!", durchschnitt Loris Schrei die Luft, und sie rasten beide los.

Ephraims Pferd, das vor den Wagen gespannt war, trabte auf die Straße und verfolgte einen anderen Einspänner. Lori saß auf dem Fahrersitz und schaute mit angsterfüllten Augen zu ihnen nach hinten. Die zwei Leute in dem ersten Wagen drehten sich um. Ihr Einspänner verlangsamte sein Tempo, wodurch Ephraims Pferd ebenfalls langsamer wurde.

Lori versuchte, auf die Seite des Einspänners zu rutschen.

„Nein. Bleib sitzen, wo du bist", rief ihr Ephraim zu, während er hinter dem Wagen herlief. Cara versuchte, mit ihm Schritt zu halten, fiel aber mit jeder Sekunde weiter zurück.

„Lori, nimm die Zügel und zieh sie an“, wies Ephraim das Mädchen an, während er selbst noch schneller lief. Cara konnte nicht sehen, ob ihre Tochter seine Anweisungen befolgte. Der Einspänner vor Ephraims Wagen wurde noch langsamer, und Ephraims Pferd passte sich wieder seinem Tempo an.

Ephraim überholte seinen Einspänner. Er beugte sich im Laufen über den Hals des Pferdes und ergriff die Zügel. Wenige Sekunden später hatte er das Pferd zum Stehen gebracht.

Die Leute im anderen Einspänner fuhren noch langsamer und blieben fast stehen, während sie die Situation hinter sich einen Moment beobachteten. Als Ephraim nickte, nickten sie ebenfalls und fuhren dann weiter. Cara lief, so schnell sie konnte. Als sie beim Wagen ankam, sah sie, dass Lori weinte und Ephraim beruhigend auf sie einredete. Sie kletterte in den Wagen und zog ihre Tochter auf ihren Schoß. „Warum macht das Pferd so etwas?“

Immer noch keuchend setzte sich Ephraim in den Wagen. „Das war Mahlons Wagen. Nur zum Spaß haben wir meinem Pferd beigebracht, ihm zu folgen. Anscheinend habe ich vorhin die Bremse nicht eingelegt.“

„Warum ist dein Freund nicht stehen geblieben?“

„Er verlangsamte seinen Wagen so, dass mein Pferd nicht von hinten in seinen Einspänner rannte.“

„Wirklich?“ Sie deutete zu dem Einspänner, der davonfuhr. „Und dann haben er und deine Schwester uns kaum angeschaut, sondern sind gleich weitergefahren.“

„Vergiss es, Cara.“

Sie war frustriert, hatte aber keine Lust zu streiten und schwieg deshalb den Rest des Weges. Als sie vor dem Haus der Howards aus dem Wagen stieg, bedankte sie sich murmelnd bei Ephraim. Er nickte und fuhr davon.

Etwas Sonderbares passierte zwischen ihr und Ephraim, aber sie hatte keine Ahnung, was.

Die Stunden vergingen schnell, während sie kochte und putzte und Wäsche wusch, aber sie hatte immer noch keine Antworten auf ihre Fragen, als ihr Arbeitstag dem Ende entgegenging.

„Cara“, sagte Mr Howard, als er nach Hause kam. „Ich muss mit Ihnen sprechen.“ Er zog seine Brieftasche aus seiner Jackentasche. Sie betrachtete jeden Geldschein, den er ihr in die Hand drückte. „Sie waren wirklich großartig. Ich wünschte, wir hätten Sie schon gehabt, bevor ich in den ersten Wochen von Ginnys Verletzung meinen ganzen Urlaub nehmen musste. Sie sind früher gekommen und länger geblieben, als ich gewagt hätte, von Ihnen zu verlangen. Aber beim letzten Arzttermin haben wir erfahren, dass der Knochen schneller geheilt ist als erwartet. Ich habe gerade mit der Arztpraxis telefoniert. Schon morgen kann der Gips abgenommen werden. Wir würden Sie gern weiter beschäftigen, aber unsere Haushaltskasse ist leer. So leid es mir tut, aber wir müssen ab morgen allein klarkommen."

Die Enttäuschung schmerzte Cara jedes Mal wieder. „Sie kennen nicht zufällig jemanden, der Hilfe braucht? Mit ein wenig Einarbeitungszeit kann ich fast jede Arbeit erledigen."

„Nein, nicht dass ich wüsste." Er steckte seine Brieftasche wieder ein.

„Okay."

Lori war im Garten neben dem Haus und spielte unter einem Baum mit Puppen. Als Cara hinausging, um sie zu holen, damit sie sich von Mrs Howard verabschieden konnten, bemerkte sie etwas, was ihr in dieser Woche schon zweimal aufgefallen war: Ein Pferd und ein Wagen standen ein Stück entfernt am Straßenrand und ein Mann mittleren Alters, den sie schon bei Ephraim gesehen hatte, saß darin. Er saß auf der offenen Ladeklappe des Wagens und verkaufte anscheinend irgendein Gemüse. Wahrscheinlich Spargel und Rhabarber, so wie der, der im Moment im Garten der Howards reif war. Aber diese Straße war eine sonderbare Stelle für einen Verkaufsstand. Hier fuhren nur sehr wenige Autos vorbei. Und der Mann in dem Wagen schien mehr daran interessiert zu sein, sie zu beobachten, wenn sie im Garten arbeitete oder Wäsche auf die Leine hängte, als seine Sachen zu verkaufen.

Sie hatte eigentlich Ephraim nach ihm fragen wollen, aber er schien nicht in der Stimmung zu sein, irgendwelche Fragen über die Leute in seiner Gemeinde zu beantworten. Sie beschloss, dass es an der Zeit war, den Mann direkt anzusprechen, und marschierte auf ihn zu. Als er sie erblickte, sprang er von der Ladeklappe, schob die Kisten nach hinten auf die Ladefläche und eilte zum Fahrersitz. Er ließ die Zügel schnalzen und fuhr davon.

Machte er gerade Feierabend oder wollte er nicht mit ihr sprechen?

Sie und Lori gingen ins Haus und verabschiedeten sich von Mr und

Mrs Howard. Die Howards entschuldigten sich noch einmal, dass sie sie so plötzlich entlassen mussten, und Cara sah, dass ihnen diese Entscheidung nicht leichtfiel. Sie beruhigte sie und zeigte Verständnis, dann packte sie ihre und Loris saubere Wäsche ein und verließ mit ihr das Haus. Während sie auf dem gepflasterten Weg vom Haus zur Straße ging, fragte sich Cara, ob Ephraim sie nach ihrer Auseinandersetzung heute Morgen trotzdem abholen würde.

„Warten Sie", rief Mr Howard.

Cara blieb stehen. „Ja?"

„Meine Frau hat mich gerade an etwas erinnert. Meine Schwester wohnt nicht weit von hier. Sie hat vor mehreren Monaten Farbe gekauft. Sie fing an, ein Zimmer zu streichen, hat es aber nie fertiggestellt, geschweige denn den Rest des Hauses gestrichen. Ich weiß nicht, wie gut Ihre Fertigkeiten als Malerin sind, aber ich könnte ein gutes Wort für Sie einlegen."

„Danke."

Er deutete zur Straße. „Ungefähr drei Kilometer in dieser Richtung. Nummer 2201. Ein zweistöckiges Steinhaus, schwarze Fensterläden mit hellgelber Bordüre."

„Glauben Sie, es stört Ihre Schwester, wenn ich jetzt gleich hingehe?"

Er schüttelte schmunzelnd den Kopf. „Tun Sie das, Cara. Um diese Tageszeit müsste sie zu Hause sein. Ich gehe hinein und rufe sie gleich an."

Lori zupfte an Caras Hand, und sie gingen wieder weiter. In der Ferne tauchten auf der Kuppe ein Pferd und ein Einspänner auf.

Ephraim.

Ihr Herz schlug ein wenig kräftiger. So jemanden wie ihn hatte sie noch nie kennengelernt. Obwohl sie nicht ganz problemlos miteinander auskamen und er an Dinge glaubte, die es nicht gab, gefiel ihr seine Art: entschlossen, ehrlich und großzügig. Dieser Mann hatte viele gute Eigenschaften. Und er war sehr attraktiv. Wenn er nicht amisch wäre, wäre sie womöglich sogar versucht, sich in ihn zu verlieben. Und das hieß bei ihr sehr viel.

„Schau, Mama. Fram kommt."

„Ja, ich habe ihn schon vor ein paar Minuten auf der Kuppe gesehen."

„Glaubst du, er bringt Bessere Zeiten mit?"

„Er hat ihn jeden Tag mitgebracht."
„Morgen ist Samstag. Vielleicht macht er uns ein Eis."
„Morgen ist Freitag, Schatz."
Lori fluchte.
„Lori Moore, hüte deine Zunge."
„Du fluchst auch."
„Ja, aber ... Wenn du erwachsen bist, können wir wieder darüber reden. Bis dahin sprichst du wie ein braves Mädchen. Verstanden?"
Sie zuckte die Achseln. „Warum?"
„Keine Ahnung, Kind. Aber so ist es nun einmal."
„Fram flucht nicht."
„Gut. Dann nimm ihn dir als Vorbild."
Ephraim blieb neben ihnen stehen. Ein leichtes Lächeln lag auf seinem Gesicht. Das war eine Seltenheit, seit sie den Gottesdienst am Sonntag gestört hatte.
„Hallo, die Damen."
Lori stellte den Fuß auf das Trittbrett und schwang sich hinauf. „Hallo, Fram."
Ephraim schaute an Lori vorbei und betrachtete Cara mit nachdenklicher Miene.
Sie lächelte. „Hi."
„Hallo."
Bessere Zeiten hüpfte auf dem Sitz herum und führte einen Begrüßungstanz auf.
„Mama hat gesagt, dass ich mir dich als Vorbild nehmen soll."
Ephraim rieb sich das Kinn. „Du sollst anfangen, dich zu rasieren? Ich kann dir mein Rasiermesser leihen."
Lori rutschte näher zu ihm. „Sie hat gesagt, dass ich so reden soll wie du."
Cara setzte sich. „Lori, Mund zu."
Ephraim sagte etwas auf Pennsylvania Dutch. Die Aufrichtigkeit in seiner Stimme und in seinem Gesicht verstärkte ihre Verwirrung noch mehr. Ärgerte er sich etwa doch nicht, weil sie plötzlich in seinem Leben aufgetaucht war?
Seine Worte klangen wie etwas, was er in dieser Woche schon einmal gesagt hatte. Er lächelte Lori leicht an. „Meinte sie, du sollst den Mund halten?"

„Nein", gluckste Lori. „Sie meinte, dass ich nicht fluchen soll."

Ephraim legte den Kopf zur Seite und sah Cara an. „Wir würden deine Mutter aber nie auffordern, auch darauf zu achten, was sie sagt, oder?"

Cara schnaubte. „Haltet den Mund. Alle beide."

„Sei nett, Mama."

Ephraim lachte und ließ die Zügel schnalzen.

„Ich achte meistens darauf, was ich sage."

„Hältst du es eine Woche aus, ohne zu fluchen?", fragte Ephraim.

Cara hob das Kinn. „Halt den Mund, Fram. Sonst bin ich versucht, mehr zu sagen als nur ein paar harmlose Schimpfwörter."

Er schmunzelte.

Sie zog das Geld aus der Tasche, die sie an das Kleid genäht hatte. „Heute war mein letzter Arbeitstag bei den Howards."

„Wusstest du das vorher schon?"

„Nein. Mrs Howard wird der Gips schneller abgenommen, als sie erwartet hatten. Trotzdem hatte ich gedacht, dass sie mich noch weiter beschäftigen würden, bis sie eine oder zwei Wochen Krankengymnastik gehabt hat und wieder besser allein zurechtkommt. Anscheinend können sie es sich finanziell nicht länger leisten, mich zu behalten."

Er verlangsamte den Einspänner, um zu seinem Haus abzubiegen.

„Ich habe einen Tipp bekommen, dass ich vielleicht ein paar Kilometer von hier eine andere Arbeit bekommen könnte. Würde es dir etwas ausmachen, mich dorthin zu fahren?"

„Was für eine Arbeit ist das?"

„Malerarbeit."

„Hast du schon einmal Wände gestrichen?"

„Nein. Aber bis vor ein paar Tagen hatte ich auch noch nie auf einem Holzofen gekocht, und du hast dich nicht über das Essen beschwert, das ich gestern Abend gekocht habe."

Er schaute Lori an und rieb sich den Bauch.

Er war gestern Abend spät ins Haus gekommen, um sein Teleskop zu holen. So hatte er es die ganze Woche gehandhabt. Wenn es völlig dunkel war, huschte er ins Haus und holte sein Teleskop aus dem Lagerraum, wünschte ihnen eine gute Nacht und verschwand wieder. Aber gestern Abend hatte Lori ihn überredet, mit ihr noch ein zweites Abendessen zu essen.

„Als deine Mama ungefähr so alt war wie du“, sagte er und hielt die Zügel locker in der Hand, „habe ich sie gefragt, ob sie schon einmal Mais gepflückt hat, und sie hat gesagt: ‚Nein, aber ich kann es lernen.‘ Und dann hat sie mir geholfen, Mais zu pflücken.“

Cara war verwirrt, dass er plötzlich in Erinnerungen schwelgte, und starrte ihn an. Vielleicht sollte sie sich entspannen und seine gute Laune genießen, aber sie konnte das Gefühl nicht von sich abschütteln, dass etwas nicht stimmte. „Warum bist du plötzlich so nett?“

Er seufzte. „Ich kann machen, was ich will, du hast immer etwas auszusetzen. Wenn ich mir Sorgen mache und das sage, sagst du, ich würde dich herumkommandieren. Wenn ich zu viel gebe, muss ich Hintergedanken haben. Wenn ich zu wenig gebe, bin ich gemein und kann deine Situation nicht verstehen.“

Seine Worte taten weh, aber sie wusste, dass er recht hatte. „Ich möchte mal sehen, was *du* von Bienen hältst, wenn du jeden Tag gestochen wirst.“

„Ich bin keine Biene.“

Trotz ihrer Schuldgefühle wusste sie, dass er sie nie verstehen würde. Das Leben hatte sie gelehrt, alles, was andere taten, mit Argwohn zu betrachten. Und dass ein Bienenschwarm jederzeit angreifen und stechen konnte.

Kapitel 27

In seinem Versteck schaute Ephraim durch die Teleskoplinse, konnte aber nichts anderes sehen als seine eigenen Gedanken. Er beobachtete den Nachthimmel, seit er zwölf war, und vor über einem Jahrzehnt hatte er schließlich angefangen, die Sterne durch ein Teleskop zu betrachten.

Jetzt verblassten die Weite des Nachthimmels und der Glanz der Sterne und Planeten neben Caras Gesicht. Ihre goldbraunen Augen und weichen Gesichtszüge ließen ihn genauso wenig los wie sein Lieblingsbild am herbstlichen Nachthimmel, der Erntemond. Zur richtigen Zeit im September ließ das sanfte orange Leuchten des Herbstmondes die hellen Hügel und dunkleren Ebenen der Mondoberfläche hervortreten und machte sie für das bloße Auge leicht erkennbar. Diese Schönheit faszinierte ihn. Sie war so erstaunlich, dass er den Blick nicht davon abwenden konnte, und es schien, als bräuchte er nur die Hand auszustrecken und könnte sie berühren. Aber so nahe ein Herbstmond scheinbar auch war, er war trotzdem rund vierhunderttausend Kilometer weit entfernt.

Ganz ähnlich wie Cara.

Das Ehepaar, zu dem sie gefahren war, um ihnen ihre Hilfe anzubieten – die Garretts, wie er auf dem Briefkasten gelesen hatte – hatten sie aus dem Haus begleitet und sich von ihr verabschiedet. Dabei hatte er gehört, was sie zu Cara gesagt hatten: Wenn sie jemanden finden könnte, der ihr helfen würde, die Möbel wegzurücken, und bis zum nächsten Wochenende mit dem Streichen fertig wäre, würden sie Cara anstellen.

Sie hatte das Angebot weder abgelehnt noch angenommen. Er hatte erwartet, dass sie ihn während ihrer langen Heimfahrt um Hilfe bitten würde, aber das hatte sie nicht getan. Er weigerte sich, sich freiwillig anzubieten. Um Hilfe zu bitten gehörte zu den ältesten biblischen Grundsätzen und zeigte anderen Menschen, dass man ihnen mit Respekt begegnete.

Ephraim versuchte, sich auf den Himmel zu konzentrieren, und stellte das Teleskop richtig ein. Er hörte und fühlte nichts, aber er wusste die Antwort. *Sei so zu ihr, dass sie mich an deinem Handeln erkennt.*

Wenn Gott Menschen liebte, rechnete er nicht nach, was ihn das kosten würde. Für ihn zählte nur, was es für die Menschen, denen er half, bedeutete. Das Leben seines Sohnes war dafür der beste Beweis. Aber Ephraim war nicht Gott. Und Cara irritierte ihn genauso sehr, wie sie ihn faszinierte.

Der Satz, den er letzte Woche auf Pennsylvania Dutch zu ihr gesagt hatte, ging ihm wieder durch den Kopf. *Die Sache, as uns zammebinne, duhne sich nie net losmache, awwer die Sache as uns ausenannermache schtehne immer fescht.* Er hatte nicht beabsichtigt, es laut zu sagen, und er konnte ihr nie verraten, was er damit meinte. Aber eines Abends hatte er neben dem Einspänner gestanden, als sie ausgestiegen war. Sie war leicht gestolpert, und er hatte sie festgehalten. Als sie so nahe neben ihm stand, hatte er die Wahrheit gesagt, und die Spannung zwischen ihnen hatte ein wenig nachgelassen.

Es war nicht so, dass er in sie verliebt wäre. Ganz bestimmt nicht. Er war allein an Anna Mary interessiert. Sie war aus dem gleichen Holz geschnitzt wie er. Cara hingegen ...

Ein entsetzter Schrei kam aus dem Haus. Er raste über den Hof. Als er ins Haus trat, hörte er Cara kreischen: „Nein, Ephraim!“ Die Angst in ihrer Stimme wirbelte seine Gefühle durcheinander wie Sand, der von einem Windsturm ergriffen wird.

Als er durch die Küche eilte, bewegte sich ein Schatten durch das Zimmer. Cara stieß mit ihm zusammen und prallte wie ein Gummiball von seiner Brust ab. Sie taumelte nach hinten.

Ephraim ergriff sie an den Armen, damit sie nicht hinfiel. „Was ist los?“

Ihre angestrengte Atmung wurde nicht langsamer, als sie vorsichtig mit ihren Händen sein Gesicht betastete, als wäre er vielleicht nur ein Geist.

„Es ist okay, Cara. Du bist jetzt wach.“

Sie wich zurück. Der Anblick von Caras schmaler, zerbrechlicher Gestalt in seinem viel zu großen Hemd brannte sich in seinem Gedächtnis ein. Sie sank auf einen Küchenstuhl. Seine Bibel lag aufgeschlagen auf dem Tisch. Hatte sie darin gelesen?

Sie hielt immer noch beide Hände vor dem Mund, und im silbernen Mondlicht glitzerte eine einsame Träne auf ihrer Wange. Dann ließ sie die Arme sinken. „Was machst du hier?“

„Ich habe die Sterne beobachtet und dich schreien gehört.“

Sie warf einen Blick auf die Uhr, verlor aber kein Wort darüber, dass es zwei Uhr nachts war.

Cara atmete zitternd ein. Gegen besseres Wissen setzte er sich ihr gegenüber an den Tisch. Das Mondlicht beschien ihre Gestalt. Die Seiten der Bibel raschelten, als ein leichter Wind durch die Küche wehte. Laubfrösche und Grillen sangen ihre Sommermelodie. Cara wischte sich die Träne von der Wange und legte die Arme um sich.

Ephraim wartete, bis sie etwas sagte. Aber schon nach wenigen Augenblicken verschwand ihre verwundbare Seite, und sie hatte sich wieder unter Kontrolle. Die Frau vor ihm warf die Schultern zurück und war wieder genauso unnachgiebig wie an dem Tag, an dem er sie das erste Mal gesehen hatte.

Sei so zu ihr, dass sie mich an deinem Handeln erkennt.

Wie sollte er das anstellen? Sie vertraute ihm nicht, aber er wollte ihr Vertrauen wenigstens insoweit, dass sie ihm glauben würde, dass er sie nicht in noch mehr Schwierigkeiten bringen wollte. Er neigte den Kopf und versuchte, Augenkontakt zu ihr herzustellen.

Sie stieß die Bibel zur Seite, schob den Stuhl zurück und stand auf. „Gute Nacht.“

„Warte.“

Er versuchte, etwas zu finden, worüber sie mit ihm sprechen würde, und entschied sich für ihre Jobsituation. „Was haben die Garretts gesagt?“

„Nicht viel.“

Er fragte sich, ob sie nur dann um Hilfe bat, wenn man ihr drohte, ihr ihre Tochter wegzunehmen, und unterdrückte ein Seufzen. „Nimmst du den Job an?“

„Ich könnte damit wirklich viel Geld verdienen. So viel, dass ich von hier fortgehen könnte.“

War sein Haus so schlecht? Er bedeutete ihr, sich wieder zu setzen, aber sie blieb stehen. Er ging zum Küchenschrank. „Warum zögerst du dann noch?“ Er holte sich ein Glas aus dem Schrank.

„Ich muss erst noch ein paar Dinge klären.“

„Um Himmels willen, Cara. Wenn du Hilfe brauchst, dann sag es doch einfach."

Sie starrte ihn an. „Du hast gehört, was sie wollen?"

Er ließ Wasser aus dem Wasserhahn und stellte das Glas neben sie auf den Tisch. „Ja."

„Du hast eine Arbeit, die dich von morgens bis abends beschäftigt. Es kostet dich schon viel Zeit, uns hin und her zu fahren. Wie könnte ich dich da um noch etwas bitten?"

„Du könntest mich bitten, dir zu helfen, jemanden zu finden." Sein kurz angebundener Tonfall schien sie nicht aus der Ruhe zu bringen.

Sie trank einen Schluck und lehnte sich an die Arbeitsplatte. Sie sah weder wütend noch gestresst aus. In diesem Moment würde er ihr sein Haus geben, wenn sie sich öffnen und ihm helfen würde, sie zu verstehen. Sie wollte dieses Geld verdienen. Das wusste er. Dieses Geld würde für sie und Lori einen wichtigen Schritt in die Unabhängigkeit bedeuten. Warum hatte sie immer noch Angst vor ihm?

Ihr Verhalten frustrierte ihn und er konnte nicht länger den Mund halten. „Gut. Ich helfe dir. Danke, dass du mich gefragt hast."

„Du?"

„Dein Vertrauen in meine Fähigkeiten ehrt mich."

„Aber du hast schon eine Arbeit."

„Ehrlich gesagt, habe ich eine Weile frei."

„Frei?" Sie runzelte unsicher die Stirn. „Und du bist bereit, ein Haus zu streichen, während du im Urlaub bist?" Die Verwirrung in ihrem Gesicht verblasste. „Oh."

„Was heißt hier *oh*?"

„Wenn du mir beim Streichen hilfst, kann ich früher hier ausziehen. Das ist natürlich ein Grund, im Urlaub zu arbeiten." Sie war mit ihrer Schlussfolgerung zufrieden, und er wollte sie nicht eines Besseren belehren.

„Ich mache dir folgenden Vorschlag: Ich arbeite eine Woche lang für dich und befolge deine Anweisungen. Aber dafür musst du mir eine einzige Frage beantworten."

„Das kommt auf die Frage an."

„Worte wie *eigensinnig* und *starrköpfig* sind viel zu schwach, um dich zu beschreiben."

Sie lachte leise. „Hey, die eigenen Überzeugungen kann man nicht nach Belieben ein- und ausschalten. Wenn man eigensinnig sein muss, um zu überleben, geht einem das in Fleisch und Blut über. Und dann ist man Sklave dieses Verhaltens."

Er fragte sich, ob sie eine Ahnung hatte, wie ähnlich das, was sie gerade sagte, dem war, was in der Bibel beschrieben wurde. „Du hast mich im Schlaf angeschrien. Was habe ich dir in deinem Traum getan?"

Ihre Finger bewegten sich über ihre Lippen, über ihre Wange und dann wieder zurück.

„Ich will es nur wissen, damit ich dir helfen kann."

Sie öffnete dreimal den Mund, bevor sie mit heiserer Stimme sagte: „Mir waren die Augen verbunden, und du hast mich irgendwohin geführt. Als wir ankamen, hast du mich aufgefordert, die Augenbinde abzunehmen, weil du etwas Besonderes für mich hattest." Sie stellte das Glas auf den Tisch. „Ach, das ist alles Quatsch. Ich gehe ins Bett."

Er zuckte die Achseln. „Wie du willst. Geh ins Bett." So starrköpfig wie eine Frau, noch dazu ein Fliegengewicht, konnte er allemal sein.

Sie seufzte. „Da war ein Heißluftballon mit einem Korb. Du hast mich überredet, in den Korb zu steigen. Der Ballon stieg hoch und immer höher. Alles sah von dort oben faszinierend aus, und ich fühlte mich frei. Doch dann sah ich, dass unten am Korb ein Seil befestigt war. Das Ende des Seils baumelte in einem schwarzen Loch, das immer größer wurde. Mit jedem Zentimeter, den das Loch wuchs, wackelte der Korb mehr und das Seil begann, den Korb wie ein Knäuel Wolle aufzuwickeln. Ich schrie nach dir, dass du mir helfen solltest." Sie seufzte. „Der Boden des Korbes fiel plötzlich heraus, und ich wachte auf, bevor ich auf der Erde aufschlug."

Ephraims Herz raste.

„Bist du jetzt glücklich?"

Er schüttelte den Kopf. „Ich werde dich nie irgendwohin führen, wo du die Last der Welt abwerfen kannst, nur um dann tatenlos zuzuschauen, wie du abstürzt."

„Es war nur ein dummer Traum."

„Oder es ist deine größte Angst, die sich im Schlaf äußert. Angst, einem Mann zu vertrauen, Angst, dass niemand dir helfen kann, wenn Schwierigkeiten kommen."

Sie hob das Glas, trank einen Schluck und stellte es wieder ab. Dann verlagerte sie ihr Gewicht auf das andere Bein, gab ihm aber keine

Antwort. Sie deutete auf die Bibel. „Da drin stehen einige wirklich seltsame Sachen."

Seine Mutter hatte ihm eine englische Bibel gekauft, als er ein Teenager gewesen war. Eine deutsche Bibel zu lesen war ihm schwergefallen, und sie hatte es ihm leichter machen wollen, Gottes Wort zu studieren, falls er je daran Interesse zeigen würde. Damals hatte er das Geschenk nicht besonders geschätzt, aber inzwischen bedeutete es ihm sehr viel.

„Ja, das stimmt."

„Du findest das auch?"

„Klar. Das findet jeder. Einige Teile davon sind mehrere tausend Jahre alt. Wenn du und ich uns schon manchmal schwertun, uns wegen *unserer* kulturellen Unterschiede zu verstehen, dann stell dir einmal vor, wir wären nicht aus derselben Generation und aus demselben Land, oder wir würden nicht dieselbe Sprache sprechen."

„Glaubst du ehrlich, dass es einen Gott gibt?"

„Ja. Und ich glaube, dass er seinen Sohn gesandt hat und dass er seinen Geist geschickt hat, der uns helfen soll, den richtigen Weg zu finden."

„Meine Mutter glaubte an Gott. Johnny hat auch an ihn geglaubt. Auf seine Weise."

„Auf seine Weise?"

Sie zuckte die Achseln. „Das Lokal, das er leitete, war sieben Tage in der Woche geöffnet. Er hatte also keine Möglichkeit, zur Kirche zu gehen. Ich habe ihn nie in einer Bibel lesen gesehen, aber manchmal sah ich ihn beten. Er betete nicht nur beim Essen. Er ging hin und her und sprach laut mit Gott. Seine Gebete drehten sich oft um mich und Lori." Sie trat zu der Bibel und strich mit den Fingern über die Seite. „Ich kann verstehen, warum Menschen an etwas glauben wollen, was größer ist als sie selbst."

Obwohl Ephraim gern ausführlicher mit ihr über dieses Thema gesprochen hätte, beschloss er, jetzt lieber nichts als am Ende noch was Falsches zu sagen. Cara wusste es nicht, aber Gott sprach deutlich zu ihr.

Sie klappte die Bibel zu und schob sie weg. „Wenn du noch eine oder zwei Wochen für mich da sein könntest, wäre das alles, was ich brauche." Sie fuhr sich mit den Fingerspitzen über die Lippen. „Kannst du das?"

Es war, als hätte sie ausgerechnet, wie viel innere Kraft er noch hatte, ihr zu helfen, und sie kam zu dem Ergebnis, dass seine Kraft noch für eine oder höchstens zwei Wochen reichte. „Ja. Das verspreche ich dir.“

Sie nickte, aber er sah ihr an, dass sie ihm nicht glaubte.

Kapitel 28

Ephraim fuhr mit dem Farbroller an den Schlafzimmerwänden der Garretts nach oben und nach unten und hörte Cara und Lori im Zimmer nebenan zu.

Cara hatte angefangen, sich ein wenig zu öffnen, und es sogar gewagt, ein paar Fragen über seinen Glauben zu stellen. Er hatte schon mehrere Male angesetzt, ihr von ihren amischen Wurzeln zu berichten, aber er hatte den Eindruck, dass ewige Wahrheiten wichtiger waren als ihre Verwandtschaftsbeziehungen. Besonders da die Informationen über ihre Mutter ihr sicher Schmerzen bereiten und keine Antworten bringen würden. Sie dachte, ihre Mutter wäre in Dry Lake gewesen, um Freunde zu besuchen. Und dass die *Freundin* ihrer Familie sie aus irgendeinem Grund nicht vom Busbahnhof abgeholt hatte. Ihm graute davor, wie verraten sie sich fühlen würde, wenn sie die Wahrheit erfuhr und begriff, dass er die ganze Zeit über schon alles gewusst hatte. Aber wenn er es ihr zu früh erzählte, würde er ihr so vieles rauben. Besonders, wenn sie so reagierte, wie er vermutete, und einfach weglief. Aber das Geheimnis für sich zu behalten war so schwer, dass er sich manchmal fühlte, als würden ihn Mühlsteine zu Boden drücken.

Er tauchte den Roller vorsichtig in den großen Farbeimer und brachte die Farbe dann an der Wand an. Er hatte keine Zweifel, dass die Nachricht, wer sie war, sich bis zu den Riehls herumgesprochen hatte. Sie wussten, dass sie bei Ephraim wohnte, aber niemand von ihnen war gekommen, um mit ihr zu sprechen.

Der Gedanke, dass Cara das herausfinden würde, tat ihm weh, und er sehnte sich danach, sie davor zu schützen. Aber wenn sie lang genug hierbliebe, würde die Gemeinde sich hoffentlich irgendwann entscheiden, richtig zu handeln, und aufhören, so zu tun, als wäre Cara Luft. Sie waren dazu erzogen worden, die Welt und ihre Verführungen auszusperren, aber manchmal sperrten sie in ihrem Bemühen, die Gottlosigkeit auszuschließen, viel zu viel aus. Es würde eine Weile dauern, bis sie sich mit dem Gedanken anfreundeten, dass Malindas Tochter zurückgekommen war. Erschwert wurde das Ganze dadurch, dass sie in einer nicht akzeptablen Kleidung und mit kurzen Haaren gesehen worden war, dass sie in einem Stall gewohnt und in seinem Haus getanzt hatte.

Aber wenn sie ihr eine Chance gäben, würden sie eine bemerkenswerte Frau entdecken können.

Caras sanfte Stimme, als sie über etwas kicherte, machte ihn hellhörig. Sie hatten fünf Tage zwölf bis vierzehn Stunden am Tag gearbeitet, und er wollte mehr. Mehr mit ihr lachen, mehr mit ihr im Schatten unter dem Baum picknicken, mehr mit ihr bis Mitternacht arbeiten und sich am Morgen bei einer ersten Tasse Kaffee mit ihr unterhalten.

Mit dem Farbroller in der Hand ging er durch den Gang. Die Garretts hatten der Empfehlung der Howards, dass Cara eine fleißige und vertrauenswürdige Frau sei, bedenkenlos geglaubt. Bevor sie in den Urlaub gefahren waren, hatten sie ihr einen Hausschlüssel und die Erlaubnis gegeben, ihre Sachen aus den Schränken zu räumen, damit sie sie streichen konnte. Er blieb vor dem Wohnzimmer stehen. Cara stemmte die Hände in ihre Hüften. Der neue Arbeitsoverall, den sie sich letzten Samstag in der Stadt gekauft und zigmal in seiner für sie ungewohnten Wringwaschmaschine gewaschen hatte, war jetzt voll Farbflecken. Sie stolzierte mit großen Schritten durchs Zimmer.

„Gehen“, sagte Lori.

„Das hast du schon gesagt. Komm schon, Kind, wo bleibt deine Fantasie?“ Sie bewegte langsam ihre Hüften. „Gib mir ein Synonym, einen Begriff für das, was ich hier tue.“

„Stolpern.“

„Stolpern?“, lachte Cara. „Erinnerst du dich an die Wörter, die wir gestern Abend in dem Buch gelesen haben? Wie wäre es mit Stolzieren oder Gleiten?“

Ephraim räusperte sich. „Oder Schlurfen wie eine alte Frau?“

Sie fuhr herum und sah ihn überrascht an. Dann drohte sie ihm mit dem Malerpinsel. „Ist das Schlafzimmer fertig?“

„Nein, Madam.“

„Dann schlage ich vor, dass du ganz schnell wieder ins Schlafzimmer schlurfst, bevor ich hinüberstolziere und dir einen Schlag über deinen neugierigen Kopf gebe.“

Er blieb unbeeindruckt stehen. „Ich glaube, Chef zu sein ist dir in deinen stolpernden Kopf gestiegen."

Lori kicherte. „Sie will, dass ich *Synonyme* lerne."

„Oh, das ist gut. Jeder muss vor gefährlichen Symptomen gewarnt werden."

„Fram", schimpfte Cara und drohte ihm wieder mit dem Farbpinsel. „Synonyme, nicht Symptome."

„Wo hast du etwas über Synonyme gelernt?"

„In der neunten Klasse im Grammatikunterricht. Aber offensichtlich war es nicht dein Lieblingsfach. Ein Synonym ist eine andere Formulierung für etwas, ein gleichbedeutender Begriff wie zum Beispiel: ‚Ich gebe den Ton an' für ‚ich bin stärker als du.'"

„Wie ich schon sagte: Das Boss-Spielen ist dir in den Kopf gestiegen."

Cara zog die Brauen in die Höhe. „Geh wieder an die Arbeit."

Er schüttelte den Kopf. „Es ist Freitagnachmittag. Wir haben genug geschafft. Wir werden morgen fertig und haben alles an seinen Platz zurückgeräumt, bevor die Garretts nach Hause kommen."

„Ich weiß nicht so recht."

Er hatte die letzten Nächte in seinem Haus geschlafen, und sie war hier bei den Garretts geblieben, hatte ein wenig geschlafen und war immer früh aufgestanden, um das nächste Zimmer zum Streichen vorzubereiten. Sie hatte Schränke ausgeräumt, alles abgeklebt und mit einem kleinen Pinsel die Deckenkanten, Bodenkanten und Ecken gestrichen. Wenn er gekommen war, war das Zimmer so weit vorbereitet gewesen, dass sie mit dem Farbroller hatten arbeiten können. „Du bist die ganze Woche hiergeblieben. Heute Nacht musst du mitkommen. In meinem Haus kannst du wenigstens schlafen. Und ich mache wieder Eis."

Lori begann, durch das Zimmer zu tanzen. „Ja! Ja! Ja!"

„Natürlich nur, wenn du deine Mutter überreden kannst, für heute Feierabend zu machen."

„Du benutzt die Liebe meiner Tochter zu Eis, um mich zu manipulieren." Cara hielt ihm den Pinsel wie ein Schwert unter das Kinn. „Du greifst zu unfairen Mitteln."

„Ja, und ich gewinne."

Sie lachte. „Also gut. Wir müssen aber vorher die Pinsel und Roller auswaschen. Dann können wir gehen."

„Nein. Wir stecken sie in einen Wassereimer und nehmen sie mit. Ich wasche sie später aus."

Sie runzelte die Stirn, verließ das Zimmer und murmelte dabei etwas vor sich hin. Nachdem er eine ganze Woche mit ihr verbracht hatte, wusste er, dass bei ihr Scherzen und Schimpfen nahtlos ineinander übergingen. Er fand das amüsant. Er hatte in dieser Woche einige kurze Blicke darauf erhaschen können, was für eine Frau sie war, wenn das Leben ihr ein wenig Sicherheit und Würde bot. Jetzt verstand er, warum er darauf gewartet hatte, dass sie nach Dry Lake zurückkäme. Warum er in der Hoffnung, sie zu sehen, nach New York gefahren war. Eine Freundschaft wie mit ihr hatte er noch mit keinem anderen Menschen erlebt. Er konnte es nicht richtig beschreiben, aber es war, als könnte sie auf wundersame Weise die Hornhaut von seinem Herz entfernen und ihm helfen, das Leben auf neue, erfrischende Weise zu sehen.

Lori zupfte an seiner Hose. „Fram?"

Er raufte ihr die Haare. „Ruft das Eis schon nach dir?"

Sie nickte. „Und auch nach Bessere Zeiten."

„Dann solltest du ihn am besten aus dem Garten holen und in den Wagen bringen."

Er ging ins Schlafzimmer und legte den Farbroller auf das Abstreifgitter neben dem Eimer. Er hatte nie daran gedacht, dass es auch für eine Frau wichtig sein könne, Geld zu verdienen, damit sie dasselbe Gefühl von Unabhängigkeit erleben konnte, wie er es durch die Arbeit in der Schreinerei bekam. In diesem Punkt war er ein Narr gewesen, und er fragte sich, in welchen anderen Punkten er sich in seinem Leben sonst noch geirrt hatte.

Er hörte Cara in der Küche werkeln und ging zu ihr.

Sie blickte auf und rieb sich das Kreuz. „Ist es okay, wenn es heute Abend nur Käsetoast gibt?"

Er nickte und wünschte, er hätte einen besseren Herd. Abgesehen vom Frühstück konnte er auf dem Ofen auch nicht viele Mahlzeiten zubereiten. Aber er erfüllte seinen Zweck, und Ephraim hatte andere Gründe, warum er ihn in der Küche stehen hatte. Darauf zu kochen war ihm nie wichtig gewesen. Bevor er mit dem Bann belegt wurde, hatte er meistens bei seinem *Daed* zu Mittag und Abend gegessen, und den Rest hatte ihm Deborah gekocht.

Für seinen *Daed* war es wichtig, dass er, sooft er konnte, mit ihm am Tisch saß. Das gab ihnen Gelegenheit, über das Geschäft zu sprechen, und nahm *Daed* die Schuldgefühle, weil er so sehr auf Ephraims Hilfe angewiesen war. Beim Gedanken an seinen *Daed*, seine Familie und das Geschäft fragte er sich, wie es ihnen ging. Er vermisste es, mit seiner Familie am Essenstisch zu sitzen, aber das hatte kein so tiefes Loch in ihm hinterlassen, wie er erwartet hatte.

Cara schnippte mit den Fingern und schaute ihn mit einem schiefen Grinsen an. „Muss ich die Wassereimer mit den Pinseln und Rollern allein zum Wagen hinaustragen?"

„Entschuldige."

Es dauerte nicht lange, bis er die letzten Sachen in den Wagen geladen hatte. Cara sperrte die Haustür zu und legte ihren Rucksack auf den Boden des Einspänners. Sie streckte den Rücken, der ihr unübersehbar wehtat.

„Ephraim, wer ist das?" Sie deutete mit dem Kopf zu einem Einspänner, der vor ihnen am Straßenrand stand.

Er schaute hinüber und entdeckte Ruben Lantz. „Anna Marys *Daed*."

„Oh. Das erklärt wahrscheinlich, warum er mich beobachtet."

„Du glaubst, er beobachtet dich?"

„Das glaube ich nicht, das weiß ich."

„Vielleicht beobachtet er nicht dich, sondern mich. Vielleicht traut er mir nicht." Leider konnte Ephraim ihm im Moment daraus keinen Vorwurf machen. Er hätte selbst nie gedacht, dass er sich mit einer Frau, die er erst seit zwei Wochen kannte, so gut verstehen könne. Trotzdem war er nicht in sie verliebt. Cara war ein Kumpel, und das Wort Freundschaft hatte für ihn in letzter Zeit eine neue Bedeutung angenommen.

Ephraim hoffte, Ruben würde weiterfahren, bevor sie bei ihm ankamen, aber er rührte sich nicht vom Fleck.

„Willst du nicht anhalten und mit ihm sprechen?", fragte Cara.

„Nein."

„Wenigstens winken?" Sie schaute ihn an, als warte sie auf eine Erklärung.

„Er hat nicht in unsere Richtung geschaut."

Es war wirklich ein wenig sonderbar, dass Ruben sie nicht angeschaut oder gegrüßt hatte, aber irgendwie konnte Ephraim Ruben keinen Vorwurf daraus machen, dass er auf ihn wütend war.

Er war froh, dass Cara nicht weiter auf das Thema einging. Kurze Zeit später bogen sie in seine Auffahrt.

Er ließ das Pferd langsamer gehen und lenkte es in den Stall. „Ich kam die ganze Woche erst nach Hause, wenn es schon dunkel war."

Sie rieb den Daumen und Zeigefinger aneinander und tat, als würde sie Geldscheine zählen.

„Sklaventreiber."

„Reicher Junge."

Sie schob sich den Riemen des Rucksacks über den Arm und kletterte aus dem Wagen. Er spannte das Pferd aus und brachte es auf die Koppel. Bessere Zeiten lief hinter dem Pferd her, und Lori rannte ihnen nach.

Cara sah über das Gatter und die Wiese hinweg. „Schau dir nur diesen Weiher an."

Er hatte den Weiher schon tausendmal gesehen, aber heute erinnerten ihn die goldbraunen Farben der untergehenden Sonne, die sich im Teich spiegelte, an den Herbstmond. „Willst du einen Spaziergang dorthin machen?"

„Ja, gern."

Während sie über das Gras schlenderten, schien Cara ihre Umgebung in sich aufzusaugen. Sie betrachtete die Bäume und Wildblumen, während sie dem Weiher immer näher kamen.

„Fram, schau." Lori kam mit einem Stock in der Hand angelaufen. „Pass auf." Sie warf den Stock, und Bessere Zeiten rannte ihm nach. Der Welpe schaute den Stock fragend an und lief dann zu Lori zurück.

„Hierher, Junge", pfiff Ephraim. Der kleine Hund ignorierte ihn, aber die Hündin kam von irgendwoher angelaufen. Lori kicherte und nahm einen anderen Stock. Während Cara ihren Blick über das Wasser schweifen ließ, warf Lori den Stock, und die alte Hündin apportierte ihn jedes Mal.

Cara legte die Arme um sich. „Es ist herrlich."

„Ein Nachthimmel ist noch besser."

Sie trat ans Ufer des Teiches, und er hätte gern gewusst, was sie dachte. Oder fühlte.

Die Blätter in den Bäumen, die das Ufer säumten, bewegten sich flüsternd im Wind. Mehrere Wildenten landeten vor Cara auf dem Wasser und erzeugten kleine Wellen.

Lori lief zu ihrer Mutter, konnte aber nicht rechtzeitig stehen bleiben und prallte gegen sie. Durch den Zusammenprall fiel Lori ans Ufer zurück, aber Cara landete beinahe im Weiher. Während sie darum kämpfte, das Gleichgewicht nicht zu verlieren, raste die Hündin von hinten gegen ihre Beine, und Caras Knie gaben nach. Sie fiel kopfüber in das seichte Wasser.

Ephraim lief hinein, packte sie am Arm und half ihr auf die Beine. Von ihren Armen und Oberkörper triefte der Schlamm. Ihre weißen Schuhe waren unter der weichen, klebrigen Masse vergraben.

„Alles okay? Die Hündin ..."

Sie schleuderte den Schlamm von ihren Händen. „Ich weiß, was passiert ist."

„Komm, ich helfe dir aus dem Wasser." Er hielt sie am Arm fest und ging einen Schritt auf das trockene Ufer zu.

Cara versuchte, sich zu bewegen, aber sie steckte mit einem Fuß fest. Sie zerrte an ihrem Bein und kam unvermittelt mit ihrem Fuß frei, während der Schuh im Morast stecken blieb. Sie stieß gegen Ephraim, und beide begannen zu taumeln. Als er ihren anderen Arm ergreifen wollte, um sie auf den Beinen zu halten, sprang die Hündin ihn an und warf sie beide ins Wasser.

Er rappelte sich auf und merkte, wie der schleimige Matsch von seinen Kleidern aufgesaugt wurde. Er bemühte sich um einen besseren Stand, nahm Cara dann am Arm und versuchte, ihr zu helfen. Als sie an seiner Hand zog, um hochzukommen, rutschte er aus und zog sie wieder mit ins Wasser.

Cara setzte sich im seichten Wasser auf und schaute ihn an, als hätte er das alles geplant. „Wir schaffen das, oder?"

Er lachte. „Bis jetzt haben wir es noch nicht geschafft. Aber ich würde sagen, wir sollten nicht aufgeben." Er stand auf und wollte ihre Hand nehmen.

Sie hielt beide Hände wie ein Stoppschild in die Luft. „Oh nein. Vergiss es. Du hast mir schon genug geholfen. Danke."

Jeder Moment, den er mit ihr verbrachte, weckte in ihm den Wunsch nach mehr. Plötzlich begriff er, dass sie sich in weit gefährlicheren Gewässern befanden als bloß in einem schlammigen Weiher.

Sie zog sich auf die Beine und wühlte im Schlamm, bis sie ihren Schuh fand. Als sie ihn ans Ufer warf, fiel sie fast wieder um.

Mit den Händen und Füßen im seichten Wasser bewegte sie sich halb krabbelnd, halb gehend ans Ufer und setzte sich ins Gras. „Ich rieche nach Fisch und Schlamm. Igitt." Sie blickte auf und sah Tränen in Loris Augen. „Wenn du jetzt weinst, Kind, muss ich Fram wieder ins Wasser stoßen."

„Was habe ich denn getan?" Ephraim stapfte mit zwei großen Schritten aus dem Wasser und ließ sich neben ihr aufs Gras fallen. „Werfen wir lieber die Hündin ins Wasser. Sie ist an allem schuld."

Die Anspannung wich aus Loris Gesicht. „Du bist nicht böse, Mama?"

„Doch, doch, ich bin böse."

Lori lachte. „Im Ernst?"

„Ich bin außerdem nass und voll Schlamm." Sie stand auf. „Ein einziges Badezimmer für zwei Erwachsene, die beide dringend eine Dusche brauchen. Wie soll das jetzt ..."

Sie sprach ihren Satz nicht zu Ende, und Ephraim drehte sich um, um den Grund dafür zu sehen. Auf der Kuppe über ihnen standen Mahlon, Deborah und Anna Mary. Sie starrten sie an. Seine Schwester sah aus, als würde für sie überhaupt keinen Sinn ergeben, was sie sah. Sie wandte sich ab. Mahlon winkte Ephraim und folgte ihr. Ephraim wusste, was passiert war. Sie hatten den Lärm gehört und waren gekommen, um zu sehen, ob jemand Hilfe brauchte. Aber jetzt mussten sie gehen, ohne mit ihm zu sprechen. Anna Mary jedoch rührte sich nicht vom Fleck.

„Sonderbar", murmelte Cara. „Was soll das?"

Er zuckte die Achseln und sah, wie Anna Mary auf ihn zukam. Wollte sie die Bannbestimmungen missachten und mit ihm sprechen?

Cara stand auf und wollte ihr entgegengehen. „Anna Mary, hi."

Anna Mary antwortete ihr nicht. Sie sah nur Ephraim an. „Das ist falsch, Ephraim. Versuchst du, sie im Glauben zu lassen, du könntest tatsächlich an einer wie ihr interessiert sein?"

„An einer wie mir?" Caras Stimme klang gefährlich.

Anna Mary schaute Cara an. „Dir gebe ich keine Schuld. Er sollte seinen Verstand einschalten und denken. Aber Männer denken nicht."

„An einer wie mir?", wiederholte Cara.

Caras beißender Ton überraschte ihn nicht. Aber er verstand nicht, warum Anna Mary überhaupt nicht eifersüchtig klang. Seit sie miteinander befreundet waren, war sie immer wieder wegen anderer Mädchen eifersüchtig gewesen, mit denen er vor zig Jahren gesprochen hatte oder die er irgendwann vom Singen nach Hause begleitet hatte. Keine von ihnen hatte ihm irgendetwas bedeutet. Keine Einzige. Aber seine Gefühle für Cara wuchsen schneller, als er sich logisch erklären konnte.

„Während er dir *hilft,* kann seine Schreinerei die Termine nicht einhalten."

„Das genügt, Anna Mary." Aber es war schon zu spät. Er sah in Caras Augen, dass sie mehr verstanden hatte, als ihm lieb war.

Anna Mary knirschte mit den Zähnen. „Dann müssen wir uns unter vier Augen unterhalten." Cara schnappte den Rucksack, der auf dem Boden lag, und hielt Lori die Hand hin. Als sie außer Hörweite war, drehte sich Anna Mary wieder zu Ephraim um. „Der Bischof hat mir erlaubt, hier zu sein."

Ephraims Herz schlug schneller. „Was ist los?"

„Die Schreinerei liegt schon mit den Aufträgen zurück, obwohl du erst seit einer Woche fort bist. Grey und Mahlon haben versucht, alles zu schaffen, aber dein *Daed* musste mitarbeiten. Das war zu anstrengend für ihn. Seine Herzrhythmusstörungen wurden schlimmer, und jetzt ist er im Krankenhaus."

Es kam ihm vor, als wäre die letzte Woche eine flüchtige Affäre gewesen und jetzt kehrte die Realität mit voller Wucht zurück. „Ich will zu ihm."

„Der Bischof hat gesagt, dass er in Bezug auf deinen *Daed* den Bann lockert."

„Gut. Ich will mit seinem Kardiologen sprechen."

„Becca versucht auch, mit dem Arzt zu sprechen. Sie hat gesagt, dass er angeblich morgen Vormittag Visite im Krankenhaus macht."

Ephraim war hin und her gerissen. Cara konnte die Malerarbeiten allein nicht zu Ende bringen, bevor die Garretts nach Hause kamen. Aber er durfte sich nicht länger ablenken lassen. Als er das letzte Mal mit der Arzthelferin seines Vaters gesprochen hatte, hatte sie angedeutet, dass es eine Möglichkeit gäbe, seine Herzbeschwerden zu lindern. Er musste sich darum kümmern, bevor das Herz seines Vaters ganz versagte.

Während er versuchte, zehn Dinge gleichzeitig zu planen, fühlte er sich, als wäre er in dem alten, dunklen Silo gefangen, in dem sich Cara einmal versteckt hatte. „Du musst ein paar Dinge für mich tun: Erstens, bitte Mahlon und Grey, Cara morgen zu helfen. Sie muss die Malerarbeiten in einem Haus zu Ende bringen. Wenn einer von ihnen an meiner Stelle mitkommt, fahre ich ins Krankenhaus."

„Das machen sie bestimmt. Das weißt du. Aber ich muss dir noch mehr sagen."

Er war nicht sicher, ob er noch mehr verkraften würde.

„Mein *Daed*, der Bischof und ein paar Gemeindemitglieder haben eine Wohnung für Cara gefunden. In Carlisle."

„Dein *Daed* hat damit zu tun?"

„Er regt sich mehr darüber auf, dass diese Frau hier ist, als ich."

Da sich seine Gedanken Tag und Nacht um Cara drehten, konnte Ephraim Ruben nicht verübeln, dass er sich Sorgen machte. Die Gefühle, die sich in ihm regten, beunruhigten ihn manchmal selbst. Vielleicht sollte er die Weisheit der Männer in der Gemeinde über seine eigene Meinung stellen.

„Wenn sie dreißig Kilometer entfernt wohnt, wird die Forderung des Bischofs, dass sie aus deinem Haus auszieht, erfüllt, aber es ist dennoch nicht so weit weg, dass du dich nicht nach ihrem Ergehen erkundigen könntest. *Daed* und einige andere haben Geld zusammengelegt, um für drei Monate die Miete und die Kaution zu zahlen. Der Bischof hat außerdem eine Liste mit möglichen Arbeitsstellen, die von der Wohnung aus zu Fuß zu erreichen sind."

Das Pflichtgefühl gegenüber seiner Familie und Gemeinde und der Wunsch, bei Cara zu sein, stritten in seinem Herzen miteinander.

„Lass sie gehen, Ephraim. Hör auf, ihre Lösung für alles sein zu wollen, und tu, was für deine Familie das Beste ist. Für die Schreinerei und die Gemeinde. Für uns."

Er wusste, dass sie recht hatte. Da sein *Daed* krank war und die Werkstatt Probleme hatte, blieb ihm keine andere Wahl. Außerdem war es sein Ziel gewesen, für Cara eine Wohnung zu finden und dafür zu sorgen, dass sie und Lori zusammenbleiben konnten. Und die Gemeinde dazu zu bringen, Cara richtig zu behandeln. Wenn der Bischof, Ruben Lantz und einige andere sich so eingesetzt hatten, um eine Wohnung für sie zu finden, mussten sie bereit sein, Cara trotz der Gerüchte, die über sie und ihre Mutter kursierten, zu akzeptieren. Wenigstens bis zu einem gewissen Grad.

Ephraim zwang sich zu einer Antwort. „Ja. Das ist wahrscheinlich richtig."

Caras Freundschaft schien zu verblassen wie ein Traum, den man nach dem Aufwachen nicht festhalten konnte und der nur eine tiefe Sehnsucht zurückließ.

Kapitel 29

„Wie konnte er das tun?“ Deborah hatte Mühe, ihre Tränen zurückzuhalten. „Es sieht aus, als genieße er den Bann. Hast du gesehen, wie er gelacht und herumgealbert hat?“ Sie blieb an der Wäscheleine stehen und riss ein Handtuch von den Klammern.

Mahlon schob seine Hand in ihre. „Es war eine lustige Situation. Das war alles. Sie sind beide ins Wasser gefallen.“

„Was hatte er mit ihr überhaupt am Weiher zu suchen? Mit ihr einen Spaziergang zu machen ist etwas ganz anderes, als ihr ein Dach über dem Kopf zu geben.“ Deborah faltete das Handtuch zur Hälfte und warf es dann in den Korb. „Was wäre, wenn *Daed* das gesehen hätte? Ist Ephraim klar, was das bei ihm anrichten könnte?“

Mahlon hob den Wäschekorb hoch und hielt ihn für sie. „Dein *Daed* war nicht da. Mach dir also keine unnötigen Sorgen.“

Sie nahm ein Kleid von der Leine und faltete es halbherzig, bevor sie es ebenfalls in den Korb warf. „*Ich* wollte diejenige sein, die mit ihm sprechen darf.“

„Ich weiß. Aber der Bischof hat recht. Wenn Ephraim in die Gemeinschaft zurückgezogen werden soll, dann schafft das am ehesten Anna Mary. Wenn eine verliebte Frau einen Mann nicht dazu bringen kann, zu sehen und zu hören, was er sehen und hören muss, schafft es niemand.“

„*Mamm* wäre zu ihm durchgedrungen. Wenn sie noch da wäre, hätte er so etwas nie gemacht.“

„Das kannst du nicht wissen. Komm schon, Deb. Ephraim verdient ein wenig Freiraum. Er tut das, was er für richtig hält. Glaubst du wirklich, dass das so falsch ist?“

Ohne ihm eine Antwort zu geben, zog Deborah noch mehr Wäsche von der Leine und wischte sich die Tränen ab. Die letzte Woche war einfach nur schrecklich gewesen. Und das Wissen, dass Mahlon allein wegfahren wollte, verstärkte den Schmerz, der sie niederdrückte, noch mehr.

Als sie Anna Mary auf sich zukommen sah, hörte Deborah auf, sich mit der Wäsche abzulenken. „Wie lief es?"

Sie zuckte nervös die Achseln. „Ich war gegenüber Ephraim noch nie so kühn. Aber ich habe ihm gesagt, was er tun muss, und er hat eingewilligt."

„Er macht es?"

Anna Mary nickte.

„War Cara auch einverstanden?"

„Ich habe in ihrem Beisein nicht viel gesagt." Anna Mary verschränkte die Arme vor sich. „Aber ich habe Ephraim klargemacht, dass es nicht richtig ist, so freundlich mit ihr umzugehen. Sie bekommt sonst einen falschen Eindruck und meint womöglich noch, er hätte Gefühle für sie."

Deborah seufzte. „Ich hoffe nur, *Daed* erfährt nicht, dass Ephraim sich nicht so von ihr fernhält, wie er das sollte."

Ephraim klopfte an seine eigene Haustür und wartete ein paar Sekunden, bevor er eintrat. Wie sollte er Cara erklären, dass seine Familie und sein Geschäft sein Leben diktierten? Dass es schon seit Jahren so war.

Sie stand, immer noch in ihrer nassen, schlammverschmierten Kleidung, neben der Küchenspüle. Von ihrem Gesicht und ihren Armen tropfte sauberes Wasser und sie nahm sich ein Handtuch. Der Rucksack stand in einem der zwei Spülbecken. Sie drehte sich zu ihm um. „Du hast mich angelogen."

„Ich habe dich nicht angelogen."

Sie fuhr mit dem Handtuch über ihr Gesicht und ihre bloßen Arme, ohne den Blick von ihm abzuwenden. „Meinetwegen. Lüg mich ruhig weiter an."

Er hatte keine Ahnung, was er sagen sollte, und wusste gleichzeitig, dass er ihr so vieles sagen musste.

„Ich glaube dir nicht." Sie schleuderte das Handtuch ins Spülbecken.

„Hör mir bitte zu. Es ist kompliziert, aber ich will es dir erklären."

„Du hast es über eine Woche mit mir ausgehalten. Das ist mehr, als ich erwarten durfte. Und ich bin dir dafür wirklich sehr dankbar."

Ihr ruhiger, sachlicher Tonfall passte nicht zu der tiefen Enttäuschung, die aus ihren Augen sprach. Die Mauern zwischen ihnen waren wie bei einem missglückten Zaubertrick plötzlich wieder da.

„Du musst morgen in deiner Schreinerei arbeiten. Ich mache die Arbeit bei den Garretts allein fertig und bringe dir deinen Teil des Geldes, sobald sie mich bezahlen. Dann werden Lori und ich von hier verschwinden."

„Du hast Wind davon bekommen, dass etwas nicht stimmt, und läufst einfach weg? Das war's?"

„Ich kleide mich vielleicht nicht anständig genug und ich trage meine Haare anders und ich weiß nichts aus dieser Bibel, die du jeden Abend liest, aber ich spiele nicht mit Menschen."

„Ich habe nicht mit dir gespielt." Er ging auf sie zu. Bei jedem Schritt quietschten der Schlamm und das Wasser in seinen Schuhen und Socken. „Ich habe dir ein paar Dinge verschwiegen, aber nicht, weil ich dich austricksen oder täuschen wollte. Ich habe versucht, dich zu beschützen, bis der richtige Zeitpunkt gekommen ist, es dir zu sagen."

„Was für Dinge?"

„Was hältst du davon, wenn du dir erst eine Dusche gönnst und wir reden darüber, wenn wir gegessen haben?"

Sie schüttelte den Kopf. „Es spielt sowieso keine Rolle. Ich werde dir kein Wort, das du jetzt noch sagst, glauben."

Er hatte ihr Gottes Liebe zeigen wollen und es anscheinend völlig falsch angepackt, aber er musste versuchen, es ihr begreiflich zu machen. „Aus zig Gründen, die du mir nicht glauben wirst, habe ich versucht, das Richtige zu tun. Es geht dabei um mehr Menschen als nur um dich, Cara. Menschen, die mir wichtig sind."

Sie verzog das Gesicht. „Wovon redest du da?"

Er zog einen Stuhl für sie heraus. „Ich denke, du solltest dich setzen."

„Nein." Sie schaute ihm in die Augen und sah wieder so trotzig aus wie an dem Tag, an dem er sie im Stall gefunden hatte. „Ich habe zu tun." Sie ging ins Badezimmer, schloss die Tür und drehte die Dusche auf.

Er fragte sich, ob Gott sich manchmal auch so fühlte. Gott gab vieles auf, obwohl er es nicht musste. Er liebte die Menschen so sehr, dass es wehtat, und beim ersten Anzeichen, dass etwas angeblich nicht stimmte, vertraute sein Volk ihm nicht mehr und versuchte nicht einmal mehr, ihm zuzuhören. Aber während ihm dieser Gedanke kam, wusste er, dass es nicht darum ging, wer Gott für sie war, sondern wer sie für ihn war. Er fragte sich, ob Beziehungen zu Gott immer so anfingen, und betete für sie.

Die Schlafzimmertür quietschte und Lori stand im Türrahmen. „Können Bessere Zeiten und ich jetzt herauskommen?"

„Klar. Hast du Hunger?"

Lori trat an einen Stuhl, und ihre braunen Augen betrachteten ihn besorgt. „Mama ist sauer, was?"

„Ein wenig."

„Heißt das, dass wir weggehen müssen?"

Er hoffte es nicht. Er wollte ihr das gern versprechen, aber er hatte keine Kontrolle über Cara. Sie konnte jeden Augenblick ihre Sachen packen und aus seinem Haus marschieren. Vielleicht hätte er schon früher mit Cara reden sollen, während sie in dieser Woche gestrichen und Lori friedlich auf dem Sofa geschlafen hatte. Aber es war leichter gewesen, die hässliche Wahrheit zu verdrängen und Cara die Fortschritte genießen zu lassen, die sie machte. Jetzt musste er mit ihr sprechen, ohne dass Lori in der Nähe war. „Ich habe eine Idee. Möchtest du meine Schwester kennenlernen?"

„Du hast eine Schwester?"

Er lachte. „Ich habe sogar mehrere Schwestern, aber die Schwester, zu der ich dich mitnehmen möchte, heißt Deborah."

„Kann Bessere Zeiten auch mitkommen?"

„Ja. *Kumm.*"

Sie gingen über die Wiese und den Parkplatz vor der Werkstatt zum Haus seines *Daed*. Deborah stand im Hof und sprach mit Mahlon und Anna Mary. Keiner von ihnen bemerkte ihn.

„Geh zu der jungen Frau in dem blauen Kleid und sag ihr, dass du ihr deinen Hund zeigen und eine Weile bei ihr bleiben willst."

„Ich soll bei ihr bleiben?"

Ephraim kniete vor ihr nieder. „Nur eine Weile. Ich will mit deiner Mama reden, okay?"

„Ihr habt doch die ganze Woche geredet."

„Ich weiß, aber das ist etwas anderes. Wenn du jetzt bei meiner Schwester bleibst, mache ich nachher Eis, egal, wie spät es dann ist."

Sie betrachtete ihn und wirkte unsicher. „Mama wird es nicht gefallen, dass ich ohne sie hierbleibe."

Er hatte eher das Gefühl, dass es Lori nicht gefiel. „Sie wird nichts dagegen haben. Dafür sorge ich schon."

Lori umarmte ihn. Obwohl er so viele jüngere Schwestern hatte, überraschte Ephraim die Zärtlichkeit, die er für dieses kleine Mädchen empfand. Er legte die Hand auf ihren Rücken und hoffte, er könnte in ihrem Leben einiges zum Guten wenden. Aber das lag nicht allein bei ihm. Caras Wille und ihre Entscheidung konnten alles andere zunichtemachen.

Lori ging auf die Gruppe zu und der schlammverschmierte Hund lief neben ihr her. Alle drei betrachteten Lori, während sie etwas sagte. Seine Schwester ging sofort liebevoll auf das Kind ein. Deborah beugte sich nach unten und streichelte den Hund trotz seines nassen Fells. Während sie auf dem Boden kniete und mit Lori plauderte, bemerkte sie Ephraim und sah ihm in die Augen. Ihr herzliches Lächeln versicherte ihm ihre Loyalität, bevor sie den Blick senkte.

Anna Mary bedachte ihn mit einem kalten Blick, als wollte sie ihn ermahnen, sich an die Abmachung zu halten. Er drehte sich zu seinem Haus um, beschloss dann aber, sich vorher zu waschen und etwas Sauberes anzuziehen. Da er nachts in der Werkstatt schlief, hatte er frische Kleidung dort. Und die Arbeiter hatten heute schon Feierabend gemacht.

Nachdem er sich schnell sauber gemacht hatte, eilte er zu seinem Haus zurück. Cara sollte nicht denken, Lori hätte sich aus dem Haus geschlichen und das Grundstück verlassen, während sie unter der Dusche stand. Als er das Haus betrat, kam sie gerade barfüßig und in Deborahs Kleid aus dem Badezimmer und trocknete sich mit dem Handtuch die Haare. Egal ob in einem schlammverschmierten Arbeitsoverall, in einer Jeans mit Farbflecken oder in einem amischen Kleid, ihre Schönheit war nicht zu übersehen. Ihre Haare waren genauso kurz wie seine und widersprachen dem, was in der amischen Kirche über die Haartracht von Frauen gelehrt wurde. Aber er mochte es.

Sie sah ihn kaum an und ging in Richtung Schlafzimmer. „Wo ist Lori?"

„Bei meiner Schwester."

„Du hattest kein Recht ..."

Er hob die Hand und fiel ihr ins Wort. „Ich muss dir einiges sagen. Glaub mir, du willst nicht, dass sie das alles hört."

Sie trat an die Spüle, in der der nasse, schmutzige Rucksack lag. „Ich habe dir doch gesagt: Spar dir die Mühe." Sie öffnete den Rucksack und zog den Inhalt heraus. Die nasse Kleidung warf sie ins Spülbecken, aber als sie ein dickes Lederbuch herauszog, wurden ihre Bewegungen langsam und liebevoll. Sie schlug die Seiten auf und untersuchte, welchen Schaden das Wasser angerichtet hatte.

„Nachdem du und deine Mutter weggegangen wart, bin ich jeden Tag auf unseren Baum geklettert und habe darauf gewartet, dass du zurückkommst."

Sie warf das Buch auf den Tisch, als wäre es unwichtig, aber er hatte bereits gesehen, dass es ihr sehr wichtig war. „Worauf willst du hinaus?"

„Du solltest eigentlich wiederkommen. Malinda hatte vor, dich von Levina aufziehen zu lassen. Deshalb war sie in jener Woche hier. Um die Erlaubnis dafür zu bekommen."

Die harten Linien in Caras Gesicht verschwanden und sie zeigte überhaupt keine Gefühlsregung mehr. „Sie hätte mich nie weggeschickt!"

„Das wollte sie auch nicht. Ich habe eines Abends sehr spät ein paar Arbeiten für Levina erledigt und habe deine Mutter durch das offene Fenster gehört. Sie schluchzte, als würde ihr das Herz brechen. Der Plan war, dass sie mit dir wieder nach Hause fahren und dich auf das vorbereiten wollte, was unvermeidlich war."

„Das ist lächerlich." Cara schnappte sich das Buch. „Ich habe genug gehört."

Er stand auf und versperrte ihr den Weg. „Cara, hör mir zu. Die Kirchenältesten haben damals entschieden, dass deine Mutter nicht hierbleiben kann. Sie war in die amische Kirche eingetreten, war dann aber mit einem Mann von hier weggegangen, der nicht amisch war. Als sie mit dir zurückkam, war sie mit diesem Mann verheiratet. Sie konnten sie nicht unterstützen, ihren Mann zu verlassen. Aber sie waren bereit, dich aufzunehmen, weil du noch ein Kind warst, und weil deine Mutter bereit war, dich aufzugeben."

„Meine Mutter hätte mich nicht irgendeiner Freundin gegeben und mich von ihr aufziehen lassen. Sie versteckte mich manchmal vor meinem Vater, aber ..."

„Levina und Emma Riehl waren keine Freundinnen. Sie waren Verwandte. Riehl war der Mädchenname deiner Mutter. Und Levina war deine Urgroßmutter."

Cara erstarrte und schien keine Luft zu bekommen.

Er berührte sie am Arm, und sie zuckte zusammen.

„Die alte Frau?"

„Sie war die Großmutter deiner Mutter. Sie starb vor mehreren Jahren."

„Aber ... Ich ... ich habe Verwandte hier?"

Er nickte.

„Warum hast du mir das nicht gesagt?"

„Die negativen Gefühle, die deine Mutter hier in Dry Lake auslöste, sind bei vielen immer noch da."

„Das heißt, dass sie zwar wissen, wer ich bin, aber nichts mit mir zu tun haben wollen?" Tiefer Schmerz und völliger Unglaube sprachen aus ihren Augen.

„Anfangs wusste keiner, dass du hier warst. Als sie erfuhren, dass eine Frau in meinem Haus wohnt, wussten die meisten nicht, wer du bist. Jetzt brauchen sie einfach noch etwas Zeit, um das zu verarbeiten."

„Verarbeiten?" Sie versuchte, ihren tiefen Schmerz vor ihm zu verbergen. „Sie brauchen Zeit? Nachdem sie *mich* an einem Busbahnhof haben sitzen lassen?"

„Ich weiß nicht, warum das passiert ist. Vielleicht dachte dein Vater einfach, Emma würde kommen."

Sie verdrehte die Augen und schaute ihn angewidert an. „Na klar! Es muss natürlich seine Schuld gewesen sein. Das sehen wir ja daran, wie begeistert mich diese Leute jetzt hier begrüßen." Sie schaute ihn an. „Warum sind sie so? Du weißt etwas, was du mir nicht sagst."

„Sie haben einiges über dich gehört. Gerüchte."

„Würdest du mich bitte aufklären?"

„Sie glauben, du wärst eine Diebin und eine Trinkerin. Ich habe nie ein Wort gesagt, dass du etwas von mir genommen hast, aber ..."

Ihre braunen Augen sahen ihn durchdringend an, und er konnte fast sehen, wie die Puzzleteile sich in ihrem Kopf zusammensetzten. „Der Mann, der mich aus diesem Haus kommen sah, muss diese Gerüchte in Gang gesetzt haben." Sie knallte die Handflächen auf die Arbeitsplatte. „Ich habe nur etwas genommen, weil ich es dringend für Lori brauchte. Und ich war nicht betrunken. Ich war erschöpft und müde, aber ..."

„Ich weiß, Cara. Und die anderen werden es mit der Zeit auch begreifen."

„Sie glauben also, ich wäre schlimmer als mein Vater, der das Leben eines amischen Mädchens ruiniert hat?"

Er nickte.

Sie ging an ihm vorbei, trat aus dem Haus und ließ die Mückengittertür hinter sich zuknallen.

Er folgte ihr und war überrascht, dass sie nicht zum Haus seines Vaters ging, um Lori zu holen. Stattdessen ging sie in die andere Richtung auf das Maisfeld zu.

„Cara, warte."

Sie drehte sich zu ihm um. „Ich habe dir so manches aus meinem Leben anvertraut, und du wusstest die ganze Zeit über viel mehr als ich selbst. Geh weg, Ephraim. Geh zu deiner engen und strengen Gemeinschaft zurück und lass mich in Ruhe."

Er folgte ihr trotzdem. Sie blieb erst stehen, als sie auf dem leeren Fundament von Levinas Haus stand.

Er trat neben sie. „Es tut mir leid. Wenn ich das hätte verhindern können, hätte ich es getan."

In ihren Augen glänzten Tränen. „Diese ganzen Jahre, in denen ich niemanden hatte, waren leichter als das jetzt."

„Ich weiß, dass es schwer zu verstehen ist, aber Regeln, Einschränkungen und Verbote sind nötig, um so zu leben wie wir. Unsere Grenzen ändern sich nicht, nur weil jemand mehr Freiheit möchte. Man erklärt sich entweder bereit, nach den amischen Regeln zu leben, und tritt in die Kirche ein, oder man geht weg. Deine Mutter war in die Kirche eingetreten und ist dann weggegangen. Sie kam erst zurück, als sie versuchte, dich zu beschützen."

„Es spielte also überhaupt keine Rolle, was ich getan habe. Sie hätten mich wegen der Dinge, die meine Mutter getan hat, trotzdem nicht gewollt."

„Nicht unbedingt. Die Unruhe, die deine Mutter ausgelöst hat, ist nur ein Grund für ihre abwehrende Haltung. Die Halbwahrheiten, die über dich kursieren, haben auch viel Schaden angerichtet. Du strahlst das Leben der englischen Welt aus, und das macht dich verdächtig. Wir haben miteinander im selben Haus übernachtet. Als die Kirchenältesten kamen, hast du mit Lori getanzt. Trotzdem werden die Leute umdenken, wenn du ihnen ein wenig Zeit lässt. Ihre Einstellung dir gegenüber ändert sich schon langsam."

„Wie kommst du darauf?"

„Der Bischof hat eine Wohnung für dich gefunden. Sie ist nicht weit von Dry Lake entfernt. Und die Miete ist schon für drei Monate bezahlt."

„Sie bezahlen mich dafür, dass ich weggehe?"

So hatte er es bis jetzt nicht gesehen. „Cara, so meinen sie das bestimmt nicht."

„Ist deine Freundin deshalb gekommen? Um dir zu sagen, dass die Gemeinde einen Plan hat, wie sie mich aus Dry Lake fortbringen wollen?"

„Nein, eigentlich kam sie, um mir zu sagen, dass mein *Daed* im Krankenhaus ist und dass ich ihn besuchen muss."

„Was? Das tut mir leid. Ich hole sofort Lori und wir schlafen heute Nacht bei den Garretts."

„Nein, das wollte ich damit nicht sagen. Sein Zustand ist stabil. Es ist also kein Notfall."

„Warum haben sie dir das nicht früher gesagt?"

Er rieb sich den Nacken und stellte fest, dass er gerade in das nächste Fettnäpfchen getreten war. „Das war meine Entscheidung, Cara."

„Wovon redest du da?"

„Ich stehe unter dem Bann."

„Könntest du bitte so sprechen, dass ich dich verstehe?"

„Ich wurde mit dem Bann belegt. Jeder muss mir aus dem Weg gehen. Ich darf mit keinem Amisch sprechen oder arbeiten. Nicht einmal mit meiner Familie."

„Urlaub, ja?", murmelte sie, während sie ans andere Ende des Fundaments schritt. Einige Momente später richtete sie sich kaum merklich auf. „Kann ich irgendetwas tun, um dir zu helfen, das alles wieder in Ordnung zu bringen? Oder genügt es, wenn ich einfach verschwinde?"

„Ich will nicht, dass du gehst. Und schon gar nicht so."

„Ja, und ich wollte nicht bei Pflegefamilien aufwachsen. Aber das Leben fragt nicht immer danach, was wir wollen, Fram."

Dass sie seinen Spitznamen benutzte, verriet ihm, dass ihr Ärger verflogen war. An seine Stelle war Resignation getreten. Sie war bereit, ihre Schulden zu bezahlen und zu verschwinden.

Er trat an den Rand des Fundaments und setzte sich. „Ich fuhr ungefähr ein Jahr nach dem Tod meiner Mutter nach New York. Ich wollte dich suchen. Ich hatte tatsächlich gedacht, ich hätte eine Chance, dich zu finden."

Sie setzte sich neben ihn. „Es tut mir leid, dass ich dich einen Lügner genannt habe. Du bist sehr nett zu mir."

„Ich bin froh, dass wir uns kennengelernt haben. Ich werde das Leben nie wieder so sehen wie früher, bevor ich es mit deinen Augen sah. Aber ich bin nun einmal amisch, und meine Familie braucht mich. Besonders bei dem kritischen Gesundheitszustand meines Vaters. Ich bin für den Lebensunterhalt der Familie verantwortlich."

„Und dein Gott würde es nicht anders wollen, nicht wahr?"

Sein Herz fühlte sich an, als würde es gleich auf dem Boden zerschellen. *„Die Sache, as uns zammebinne, duhne sich nie net losmache, awwer die Sache as uns ausenannermache schtehne immer fescht."*

„Das kann ich nur unterstreichen!" Ein leichtes Lächeln umspielte ihre Lippen, wie er es schon mehrmals in dieser Woche bei ihr gesehen hatte. „Wirst du mir je verraten, was das heißt?"

Er sah ihr in die Augen und wünschte sich, er hätte mehr Zeit. „Die Dinge, die uns verbinden, werden uns nie loslassen, aber die Dinge, die uns trennen, stehen unverrückbar fest."

Sie legte ihre Hand auf seine. Das erfüllte ihn mit Wärme und Einsamkeit zugleich. „Und das, was uns nicht trennt, erlaubt uns, Freunde zu sein ... wenigstens im Moment."

Er hielt ihre Hand fest. „Wir schaffen es. Nimm dir Zeit, um Lori an die neue Wohnung zu gewöhnen und dir eine Arbeit zu suchen."

Caras Blick wanderte zum Horizont, und sie sah trotz des Sturms, der in ihr tobte, friedlich aus. Er drängte sie nicht zu einer Antwort. Für heute hatten sie genug geklärt. Sie warteten, während das Tageslicht in die Dunkelheit überging und die ersten Sterne am Himmel erschienen.

Kapitel 30

Bevor sie aufstand, zog Cara Loris warmen Körper im Bett näher an sich heran und küsste sie auf den Hinterkopf.

Sie schlüpfte in ihre Jeans und ließ Ephraims Hemd an. Es tat weh zu wissen, dass sie Verwandte in Dry Lake hatte, die nicht mit ihr sprechen wollten. Aber sie schätzte sehr, wie viel Ephraim auf sich genommen hatte, um ihre Situation zu verbessern. Loris Leben war besser geworden und würde besser bleiben, weil er ihnen so uneigennützig geholfen hatte. Das allein sollte genügen, um den tiefen Schmerz in ihrer Brust zu lindern.

Sie schlich auf Zehenspitzen aus dem Schlafzimmer, als der Tag anbrach. Ihr kam die Idee, Emma Riehl zu besuchen. Wenn sie verstünde, warum ihr Vater sie am Busbahnhof sitzen gelassen hatte und Emma nicht gekommen war, könnte Cara die Sache vielleicht auf sich beruhen lassen.

Der Ofen begrüßte sie mit seiner Wärme. Eine Espressokanne war bereits mit Kaffeepulver und Wasser gefüllt und wartete darauf, auf den Ofen gestellt zu werden. Ephraim musste irgendwann leise ins Haus gekommen sein, das Feuer angemacht und den Kaffee für sie vorbereitet haben. Ohne seine Gemeinde, die sein Leben diktierte, war Ephraim ein faszinierender Mann. Er besaß großen Anstand.

Und noch viel mehr.

Er hatte ein Stück ihres Herzens erobert. Sie war nicht sicher, wie das passiert war. Vielleicht weil er ein wirklich netter Mann war oder weil sie sich ihm verbunden fühlte, da er ihre Mutter gekannt hatte. Was auch der Grund war, ihr Herz hatte wirklich ein schlechtes Urteilsvermögen und ein absolut schlechtes Timing. Aber er besaß nur ein kleines Stück ihres Herzens. Ihr Leben würde weitergehen und sie würde es sich zurückholen.

So leise wie möglich stellte sie den Kaffeekocher auf den Ofen. Sie hatte schon viel schlimmere Schläge in ihrem Leben einstecken müssen, als zu erfahren, dass ihre Verwandten nichts mit ihr zu tun haben wollten: Sie hatte ihre Mutter verloren, sie war bei Pflegefamilien aufgewachsen, sie hatte sich mit einem Stalker herumgeschlagen und sie hatte einen Mann geheiratet, den sie nicht liebte. Dieser neuerliche Schlag brachte sie ein wenig ins Straucheln, aber nicht lange. Sie würde neu anfangen und etwas finden, was sie wirklich gut beherrschte. Vielleicht sollte sie ein eigenes Malergeschäft eröffnen.

Die Bibel lag aufgeschlagen auf dem Tisch. Die zwei Männer, die ihr bisher am nächsten gestanden waren, hatten einen tiefen Glauben, der in diesem Buch begründet war. Ein neuer Hoffnungsfunke, dass sie auch auf diesen Seiten Kraft finden könnte, zog sie zu dem Buch hin.

Sie setzte sich und schlug es auf. Die Worte waren im schwachen Licht der Morgendämmerung kaum zu erkennen. Sie zündete die Öllampe an und blätterte darin. Hier und da hielt sie inne, wenn ihr ein Satz ins Auge stach. Die schöne Prosa und die Bildersprache waren faszinierend, auch wenn man nicht daran glaubte. Während sie das dünne, zarte Papier umblätterte, erinnerte sie sich, dass ihre Mutter dieses Buch geliebt hatte. Sie hatte Bibelverse in Caras Tagebuch geschrieben, und dazu Gedanken der Liebe und kurze Weisheiten von Mutter zu Kind.

Tochter. Das Wort war ihr aufgefallen, aber sie hatte schon weitergeblättert. Sie blätterte zurück und begann, jede Seite zu überfliegen.

Tochter. Das Wort sprang ihr ins Auge. Sie legte den Finger darunter und bewegte ihn ein paar Wörter zurück.

„Ich werde euer Vater sein, und ihr werdet meine Söhne und meine Töchter sein."

Die Sehnsucht, eine geliebte Tochter zu sein, war so stark, dass sie kaum atmen konnte.

Wenn das nur wahr wäre!

Ephraim saß auf der breiten Schaukel in seinem Versteck. Die Sorge um den Gesundheitszustand seines Vaters ließ ihm keine Ruhe, aber sie konnte trotzdem nicht verhindern, dass seine Gedanken um Cara kreisten.

Die Sonne tauchte am Horizont auf und breitete immer mehr Tageslicht über das Land aus. Auf den grünen Wiesen funkelte der Tau.

Pferde und Kühe grasten an den Hängen. Der Frühnebel stieg vom Tal und vom Dach der Werkstatt auf. Alles, was er sah, war verheißungsvoll – das Beste, was diese Erde zu bieten hatte. Glück. Friedliches Leben. Freiheit.

Aber er fühlte nichts anderes als Leere und Pflichtgefühl.

Er hatte gestern Nacht kaum geschlafen. Er sehnte sich schmerzhaft nach Dingen, von denen er vor Cara gar nicht gewusst hatte, dass es sie überhaupt gab. Sie weckte die schlafenden Teile seiner Seele, genauso wie sie es als Kind getan hatte. Bevor er sie kennengelernt hatte, war das Leben oberflächlich und nur befriedigend gewesen, weil er nicht gewusst hatte, dass es noch etwas anderes gab.

Aber jetzt wusste er es. Ein Teil von ihm wünschte, er wüsste es nicht. Der andere Teil sehnte sich nach Antworten.

War er dabei, sich in sie zu verlieben? Das spielte keine Rolle. Es durfte keine Rolle spielen. Er versuchte, an etwas anderes zu denken.

Im Haus war es still und er fragte sich, ob Cara und Lori noch schliefen. Nachdem Cara ihre Tochter von seiner Schwester abgeholt hatte, hatte er wie versprochen Eis gemacht. Dann war er in die Werkstatt gegangen. Cara hatte wahrscheinlich auch nicht viel geschlafen. Oder vielleicht doch. Sie war Unruhe und Trauer bestimmt mehr gewohnt als er. War sie seinetwegen traurig? Oder wühlte ihre Freundschaft nur ihn so sehr auf?

Er wusste, dass sie an diesem Morgen zu den Garretts fahren musste, um ihre Malerarbeiten abzuschließen, aber er zögerte, sie aufzuwecken. Er ging zur Wäscheleine im Garten seines Vaters, wo er mit einem Tuch, das zwischen zwei Seilen aufgehängt war, eine Art Wanne gebildet hatte, in die er dann die frisch gewaschenen Pinsel und Farbroller gelegt hatte. Es musste schon fast Mitternacht gewesen sein, als ihm eingefallen war, dass er die triefenden Sachen noch sauber machen musste. Nun steckte er die Sachen in einen Eimer, den er zu diesem Zweck gereinigt hatte.

Die Tür am Haus seines Vaters öffnete sich, und er blickte auf.

Anna Mary kam heraus. Sie sah genauso müde aus, wie er sich fühlte. Da Becca bei *Daed* im Krankenhaus war, war Anna Mary anscheinend hiergeblieben, um Deborah bei den jüngeren Kindern zu helfen. Sie schritt, ohne zu zögern, auf ihn zu und ging offensichtlich davon aus, dass sie das besondere Privileg, das ihr der Bischof gewährt hatte, immer noch ausnutzen durfte.

Sie blieb vor ihm stehen. Ihre nackten Füße waren vom Tau ganz nass. „Mahlon und Grey haben beide angeboten, Cara heute zu helfen. Der Bischof hat es erlaubt, vorausgesetzt, einer der Ältesten kann jederzeit vorbeischauen und nach dem Rechten sehen. Ich habe ihm gesagt, dass das kein Problem ist. In ungefähr einer Stunde wird einer der beiden hier sein, um mit ihr zu den Garretts zu fahren."

„Was soll dieses ganze Theater? Meine Güte, Cara wird nicht versuchen, die beiden zu verführen!"

„Darum geht es nicht. Der Bischof ist unser Leiter, und wir ordnen uns seinem Wort unter. Hast du die amischen Regeln so schnell vergessen?"

Ephraim ärgerte sich über ihren Ton. So hätte sie vor dem Bann nie mit ihm gesprochen. Wortlos steckte er die letzten zwei Malerpinsel in den Eimer.

„Robbie kommt auch ungefähr in einer Stunde und fährt dich zum Krankenhaus. Ich möchte mitkommen."

„Ich bin sicher, dass Deborah hier deine Hilfe braucht. Außerdem will ich mit *Daed* allein sprechen."

Sie trat näher und legte die Hand auf seine Brust. „Hör zu, diese Situation ist für uns beide schwer, aber ich muss wissen, dass dir unsere Beziehung wichtig ist – dass du, wenn diese ganze Sache vorbei ist, bereit bist, dich genauso bedingungslos zu mir zu stellen, wie du dich jetzt zu dieser Frau und ihrem Kind stellst."

Wie ein warmer Frühlingsregen die Knospen aufgehen ließ, gingen ihm in diesem Moment die Augen auf, und er begriff endlich, was ihm sein Herz sagen wollte. Er nahm ihre Hand und entfernte sie von seiner Brust. „Es tut mir leid. Aber das kann ich nicht."

Er zweifelte, ob er das je gekonnt hätte, ohne Kompromisse einzugehen. Aber jetzt, da er wusste, was es bedeutete, wenn ihn jemand tief in seiner Seele anrührte, wenn ihn jemand allein durch seine Anwesenheit den Tag mit ganz anderen Augen sehen ließ, musste er Anna Mary gehen lassen.

„Was sagst du da?"

„Du kannst den Leuten sagen, dass du mit mir Schluss gemacht hast. Dass du genug von mir hast. Dass du dich meinetwegen schämst. Sie werden das gut nachvollziehen können. Wahrscheinlich werden sie sogar denken, dass du richtig gehandelt hast."

Ihr Gesicht wurde rot, und sie brach in Tränen aus. „Aber warum?"

„Du willst auf diese Frage nicht wirklich eine Antwort. Ehrlich gesagt, will ich auch keine."

Sie verzog irritiert das Gesicht. „Vielleicht bist du nur wegen des ganzen Stresses verwirrt und wütend, und lässt es nun an mir aus."

„Habe ich je etwas an dir ausgelassen?"

Sie wischte sich mit ihrer Schürze die Wangen ab. „Dann will ich eine Erklärung von dir."

Sie wusste es wirklich nicht? Er nahm seinen Hut ab und spielte ratlos damit. Dann begriff er es: Sie hatte von Cara eine so geringe Meinung, dass sie sich nicht vorstellen konnte, dass Ephraim Gefühle für sie haben könnte. „Ich bin nicht in dich verliebt."

„Aber ..."

„Es tut mir wirklich leid."

Sie hob wütend den Eimer vom Boden auf und schleuderte ihn über den Hof. „Das glaube ich einfach nicht! Du solltest mich anflehen, bei dir zu bleiben."

„Das stimmt wahrscheinlich. Aber ich flehe dich nicht an." Er hörte Lori plaudern und schaute in ihre Richtung. Auf der anderen Seite der Wiese stand Cara im Sonnenlicht und bot einen wunderschönen, verbotenen Anblick. Und er wollte mehr. Sie war nicht irgendeine Englische mit ihren kurzen Haaren, ihrer weltlichen Kleidung und ihrer toleranten Art. Sie zeigte nicht die geringste Spur, amisch zu werden. Und trotzdem sehnte er sich danach, mit ihr zusammen zu sein.

Anna Mary drückte seinen Arm. „Schau mich an."

Als er es tat, sah er, welchen Schmerz er ihr zugefügt hatte. Das hatte er nicht gewollt, aber er konnte es nicht ändern.

„Sie?" Sie klang ungläubig. „Sie hat dich verführt, nicht wahr?"

„Nein. Sie hat keine Ahnung, was ich fühle. Ich bin mir nicht einmal selbst sicher, was ich fühle. Vielleicht sterbe ich als alter, einsamer Junggeselle. Aber das ändert nichts zwischen dir und mir."

Sie ballte die Fäuste und stürmte über den Hof.

So groß seine Schuldgefühle gegenüber Anna Mary auch waren, war er gleichzeitig zutiefst erleichtert, dass nun alles geklärt war. Er wusste nicht, welche Entdeckungen in seinem Herzen auf ihn warteten, aber wenigstens würde er Anna Mary nicht mehr hintergehen.

Kapitel 31

Cara stand an der Arbeitsplatte in der Küche, als Joe Garrett einen Scheck ausstellte. Da seine Hand ihr die Sicht versperrte, konnte sie nicht sehen, welchen Betrag er einsetzte. Sie hörte Lori nebenan mit dem kleinen Mädchen der Garretts plaudern.

Mr Garrett hielt den Scheck in der Hand und sah sie an. „Sie haben großartige Arbeit geleistet. Kein Kratzer auf dem Fußboden oder an den Möbeln. Die Schränke sind nicht nur gestrichen, sondern auch ordentlich eingeräumt. Jedes Zimmer ist schön gemalert. Und nirgends sind Farbspritzer zu sehen. Das hätte ich nie erwartet. Das alles haben Sie in einer Woche geschafft? Sie müssen viele Überstunden gemacht haben."

„Es freut mich, dass Sie zufrieden sind."

Er reichte ihr den Scheck. „Ich denke, das sollte Ihnen zeigen, wie zufrieden und beeindruckt wir sind."

Sie warf einen Blick auf die Summe und ihr stockte der Atem. Fünfhundert Dollar mehr, als sie eigentlich vereinbart hatten. Sie hatte nur erreichen wollen, dass die Garretts ihr gern das vereinbarte Honorar zahlten.

Heather Garrett deutete an die Wände. „Es ist wunderschön. Einfach umwerfend." Sie nahm ihrem Mann das Scheckbuch aus der Hand. „Ich habe schon gejammert, dass ich ewig putzen und aufräumen muss."

Caras Herz überschlug sich fast. Sie hatte Geld für einen Neuanfang. Sie war so aufgeregt, dass sie tanzen wollte. Stattdessen faltete sie jedoch den Scheck zusammen und steckte ihn in die Tasche. „In der Garage ist eine Schachtel mit Sachen, die ich aussortiert habe, als ich die Schränke ausräumte."

„Ich schaue die Sachen in den nächsten Tagen durch."

Cara ging nach oben, um Mahlon und Grey zu helfen, fertig zu werden. Sie waren damit beschäftigt, die Möbel wieder an den richtigen

Platz zurückzuschieben. Obwohl sie eine Fremde und noch dazu eine Englische war, hatten die beiden heute alles getan, was sie ihnen aufgetragen hatte. Sie mochte ihre beiden spontanen Mitarbeiter, was sie ein wenig überraschte. Sie waren ganz anders, als sie erwartet hatte. Sie waren weder langweilig noch verurteilend noch schwierig.

Mit einem Scheck in der Tasche und dem Wissen, dass ihr Anteil am Honorar höher war als ein ganzes Monatsgehalt, keimte neue Hoffnung in ihr auf. „Ich bin euch wirklich sehr dankbar für alles, was ihr heute geleistet habt." Sie zog einen Streifen Abklebeband von der Fußleiste.

Grey bewegte die Schultern und versuchte, die Verspannungen aus seinem Nacken zu vertreiben. „Wir haben gern geholfen. Die Pinsel, Roller und Abdeckplanen sind alle sauber und im Wagen."

Cara warf das zusammengeknüllte Abklebeband in den Müll. „Wir müssen die restlichen Sachen aus dem Keller holen und dann noch einmal durch jedes Zimmer gehen und nachsehen, ob wir jeden Punkt auf der Liste erledigt haben. Dann können wir fahren."

Mahlon zog auf der anderen Seite des Raumes das Abklebeband ab. „Vielleicht könntest du Deborah beim Streichen helfen, wenn ich ein Haus für uns gefunden habe."

„Ich dachte, ich wäre tabu."

Grey sah aus, als fühle er sich nicht ganz wohl in seiner Haut, und stellte eine Lampe auf die Kommode. „Du hast ein paar große Fehler gemacht, wenn ich das so offen sagen darf. Das würden viele Englische doch wahrscheinlich auch so sehen, oder?"

Sie gab es nur ungern zu, aber er hatte recht.

„Bei den Amisch darf man bestimmte Grenzen einfach nicht überschreiten. Niemals. Aber wenn du aus Ephraims Haus ausziehst und dich als vertrauenswürdig erweist, werden die Leute ihre Meinung irgendwann ändern. Falls du das willst."

Sie zog das letzte Stück Klebeband ab und knüllte es zusammen. Da war es wieder: Sie musste aus Ephraims Haus ausziehen. „Mit Ausnahme von Ephraim ist es mir egal, was die Leute denken."

Grey stellte eine andere Lampe auf den Nachttisch und steckte sie ein. „Egal, ob er richtig oder falsch gehandelt hat, er hat vor der Kirche und der Gemeinde in Bezug auf dich Dinge verheimlicht. Er ist vor Jahren in die Kirche eingetreten, und es verstößt gegen unsere Regeln, sich auf eine Frau einzulassen, die nicht amisch ist. Dir wird in Bezug auf Ephraim also nie viel Spielraum erlaubt werden."

Sie war Grey für seine Ehrlichkeit dankbar. Seine Worte taten ihr zwar ein wenig weh, aber sein Tonfall und sein Gesichtsausdruck verrieten, dass er ihr helfen wollte, die Situation zu verstehen. Sie sehnte sich danach, ihren Verwandten wenigstens einmal in die Augen zu schauen, um zu wissen, wie sie waren. Dieser Wunsch wurde immer stärker, und der Gedanke, die Riehls aufzusuchen, ließ sie nicht mehr los.

Mahlon warf ein Stück Abklebeband in den Abfall. „Ephraim kann tun, was er will, wenn er bereit ist, sich von allen abzuwenden und für den Rest seines Lebens unter dem Bann zu stehen."

Was? Sie hatte das Gefühl, das Zimmer werde plötzlich immer kleiner, und lehnte sich an die Kommode. So war es mit ihrer Mutter gewesen, nicht wahr? Ihre Mutter hatte einen hohen Preis dafür bezahlt, aber auch Cara hatte darunter gelitten. Und jetzt bezahlte Lori auch einen Preis. „Die Freundschaft mit mir trennt ihn dauerhaft von seinen Leuten? Das will ich nicht." Sollte sie einfach weggehen und alles vergessen? „Gibt es denn nichts dazwischen?"

Grey schob die Vorhänge wieder auf die Stangen. „Vielleicht. Wenn du dich züchtig kleidest, deine Zunge zügelst, dich zurückhaltend benimmst und dadurch zeigst, dass du unsere Moralvorstellungen respektierst."

„Das ist aber eine große Herausforderung."

„Für uns auch." Er steckte die Gardinenstange wieder in die Halterung. „Aber Gott gibt uns Kraft. Und die Kirchenältesten gehen uns mit gutem Beispiel voran. Wir müssen vor ihnen Rechenschaft für unser Verhalten ablegen. Unsere Lebensweise geht nicht ohne Verletzungen und Missverständnisse ab. Aber wenn alles durchgestanden ist, lernen wir alle aus unseren Fehlern."

Sie konnte sich nicht vorstellen, wie schwer es sein musste, die Amisch-Gemeinschaft über mehrere Jahrhunderte zusammenzuhalten. Grey hatte durch seine Erklärung dazu beigetragen, den Schmerz zu lindern, den das Verhalten der Amisch bei ihr verursacht hatte. Aber wie Ephraim so richtig erkannt hatte: Die Dinge, die sie verbanden, würden sie nie loslassen, aber die Dinge, die sie trennten, standen unverrückbar fest. Plötzlich wollte sie um Ephraims willen aus seinem

Leben verschwinden, damit er anfangen konnte, den Schaden zu reparieren, den sie verursacht hatte. Und sie müsste so schnell wie möglich aus seinem Haus ausziehen.

Aber zuerst wollte sie Emma Riehl in die Augen schauen und sie fragen, was damals passiert war.

Ephraim saß am Krankenbett seines Vaters. Sein *Daed* hatte fast den ganzen Tag geschlafen. Sein Atem ging schnell und flach, seine Beine, Knöchel und Füße waren geschwollen, und seine Fingernägel waren bläulich gefärbt. Die Erkrankung seines Herzmuskels schritt in letzter Zeit anscheinend schnell voran, und obwohl in der Bibel stand, dass er Gott vertrauen sollte, machte sich Ephraim Sorgen.

Die Strahlen der Nachmittagssonne wurden von den Wänden des Krankenzimmers reflektiert. Ein Notfall hatte den Arzt am Morgen bei seiner Visite unterbrochen, und er war bis jetzt noch nicht wieder hier gewesen. Das war nicht weiter schlimm, denn als sein *Daed* wach gewesen war, hatte er klar gesagt, dass er nicht wollte, dass Ephraim mit dem Arzt sprach. Er sagte immer wieder, dass sein Sohn ihn nicht wie ein Kind behandeln sollte. Aber hinter seiner abwehrenden Haltung steckte noch mehr. Davon war Ephraim überzeugt. Da Becca endlich in die Cafeteria gegangen war, um etwas zu essen, hatte er nun die Möglichkeit, es herauszufinden.

„*Daed.*" Er berührte seinen Arm und weckte ihn. „Wir müssen miteinander reden." Er ließ ihm eine Minute Zeit, um ganz wach zu werden, bevor er ihm ein Glas mit Eiswürfeln reichte.

„Ich habe Durst, und sie geben mir nichts anderes als Eiswürfel? Das ist wirklich ein lausiges Hotel."

Ephraim hoffte, der Humor seines Vaters wäre ein gutes Zeichen.

„*Daed*, ich muss hier sein, wenn der Arzt kommt und mit dir spricht. Ich will hören, was er zu sagen hat."

„Darüber haben wir schon gesprochen. Mir geht es gut. Es gibt nichts, was du wissen müsstest."

„Dann soll der Arzt mir das erklären."

„Bist du hier, um mich zu besuchen oder um mich zu nerven?"

„Ich bin hier, weil ich wissen will, ob man gegen diese Beschwerden etwas unternehmen kann. Deinem Herz geht es immer schlechter, und du musst deshalb immer öfter ins Krankenhaus. Was verschweigst du mir? Ich finde, du bist mir die Wahrheit schuldig."

„Ich bin sie dir schuldig?" Sein Vater sah ihn finster an.

„Ja."

„Du bist mir etwas schuldig. Wie kannst du diese Frau in deinem Haus schlafen lassen? Damit stellst du mich vor der ganzen Welt bloß."

Die Unruhe, die ihn in letzter Zeit umtrieb, verdrängte den Frieden, den Ephraim im Laufe der Jahre unter den Amisch gefunden hatte. Wenn sein Vater eine Ahnung hätte, was in Ephraim vorging, würde sich sein Zustand wahrscheinlich so verschlechtern, dass er auf die Intensivstation verlegt werden müsste. „Es tut mir leid, dass ich dich mit dieser Situation belaste. Aber im Moment will ich über deine Gesundheit reden. Und über nichts anderes."

Sein Vater stellte das Glas auf den Tabletttisch. „Ich lasse mich nicht gern wie ein Kind behandeln."

„Ich auch nicht. Aber du behandelst mich wie eines. Sollten wir nicht beide den anderen mehr wie einen Geschäftspartner behandeln? Wir müssen nicht immer einer Meinung sein, aber wir können einander als Gleichberechtigte lieben und respektieren."

Sein Vater zupfte an dem Pflaster über der Infusionsnadel, die in seinen Arm führte. „Die Medikamente wirken nicht mehr so gut. Sie haben viele verschiedene Sachen ausprobiert, aber die Symptome werden nur immer schlimmer. Man kann nichts machen."

„Ich habe vor ein paar Wochen mit einer Arzthelferin gesprochen. Sie sagte, ein Herzschrittmacher könne vielleicht helfen."

Daeds Augen wurden feucht. „Das kommt nicht infrage. Dazu wäre eine Bluttransfusion nötig. Und ich weigere mich, mein Blut mit dem Blut eines Sünders zu vermischen. Lieber sterbe ich."

Ephraim war die Regeln und Einschränkungen und Familienverpflichtungen müde und konnte seine Frustration nicht länger zurückhalten. „Wir müssen alle medizinischen Möglichkeiten in Betracht ziehen."

„Du verlangst von mir, dass ich gegen meine Überzeugungen handle. Du hast so viele Jahre an meiner Seite gearbeitet und verstehst mich immer noch nicht? Wo bleibt der Respekt für alles, was ich für dich getan habe? Ich habe dieses Geschäft aufgebaut und es dir praktisch übergeben."

„Als du mich gebeten hast, wegen deiner Krankheit nach Hause zu kommen, bin ich gekommen und habe die Aufgabe übernommen, den Lebensunterhalt für die Familie zu verdienen. Komm mir jetzt nicht damit, dass du mir das Geschäft *übergeben* hättest. Ich arbeite doppelt so viel wie jeder andere, damit ich dir und deiner Familie über die Hälfte des Gewinns geben kann. Jetzt will ich mit dir über die medizinischen Möglichkeiten sprechen, und dann entscheiden wir gemeinsam."

„Ich lasse nicht zu, dass sie mich in einen künstlichen Schlaf versetzen und mir den Brustkorb aufschneiden. Diese Ärzte sind nicht Gott. Mein Leben liegt in seiner Hand."

Ephraim bemühte sich zähneknirschend, seine Antwort zu mäßigen. „Du erwartest aber nicht von Gott, dass er deine Familie ernährt. Diese Last liegt auf mir. Wenn es also Möglichkeiten gibt, die Symptome zu lindern, müssen wir darüber nachdenken. Lass doch nicht zu, dass deine Krankheit schlimmer wird, als sie sein müsste."

Sein Vater sah aus dem Fenster, und Ephraim beobachtete, wie der Sekundenzeiger auf der Uhr über seinem Bett zweimal seine Runde zog. „Du hattest *draus in da Welt* nichts zu suchen. Wenn Gott meine Krankheit benutzt hat, um dich nach Hause zu holen, ist mir das recht."

„Das ist nicht dein Ernst, oder?" Ephraim sprang auf, und ihm schossen ein Dutzend Argumente gegen diesen Unsinn durch den Kopf. „Dir ging es schlecht, und ich musste nach Hause kommen. Aber du kannst mich und mein Leben nicht als Geisel nehmen, wenn es andere Möglichkeiten gibt. Das lasse ich nicht zu. Damit ist jetzt Schluss."

„Was soll das heißen?"

Ephraim schaute aus dem Fenster und sah, wie sich vor ihm eine Welt ausbreitete, in die er nicht gehörte. „Ich habe dir mein Leben gegeben, *Daed*. Zu uneingeschränkt. Zu leicht. Ich weiß nicht genau warum. Ich liebe dich, und wahrscheinlich habe ich das, was du wolltest, mehr respektiert als das, was ich selbst wollte. Damals war es sinnvoll, das zu tun, weil du mich brauchtest. Aber du hast es zu weit getrieben. Und ich habe das zugelassen."

Sein Vater betrachtete ihn und schien angesichts der Wende, die das Gespräch genommen hatte, überrascht zu sein. „Du willst deine Freiheit, um dieser Frau nachzulaufen, nicht wahr?"

Ein strahlender Sonnenschein beleuchtete den Park vor dem Krankenhaus, aber Ephraims Gedanken und Gefühle erfüllten sein Inneres wie dichter Nebel. „Ich will, dass du aufhörst, mir mein Leben zu diktieren. Du triffst Entscheidungen, und ich muss den Preis dafür zahlen. Du hast dir eine Frau genommen, die über zehn Jahre jünger ist als du. Du hast dich entschieden, auch noch weiter mit ihr zu schlafen, als du bereits zu krank warst, um die Kinder zu ernähren, die du schon hattest. Sie hat zwei Kinder mit in die Ehe gebracht, und nachdem du krank wurdest, habt ihr noch drei bekommen. Ich hätte das schon längst begreifen müssen, aber findest du es nicht falsch, dass ich den Preis für deine Entscheidungen bezahlen soll?"

Die Muskeln im Hals seines Vaters zogen sich zusammen. Mehrere Minuten vergingen, und die Augen seines Vaters wurden feucht. „Willst du damit sagen, dass du unseren Glauben verlässt?"

„Nein. Ich will damit sagen, dass du, wenn es eine Möglichkeit gibt, wieder gesund zu werden, diese Möglichkeit ergreifen solltest."

„Wenn ich einer Operation zustimme, muss ich unterschreiben, dass ich, falls nötig, mit einer Bluttransfusion einverstanden wäre." Tränen traten in seine Augen. „Außerdem sehne ich mich so sehr danach, deine Mutter wiederzusehen."

Als er das Denken seines Vaters nach und nach verstand, sah Ephraim, dass ihn mehrere Gründe davon abhielten, sich die medizinischen Möglichkeiten zunutze zu machen. „*Daed*, *Mamm* zu verlieren war so furchtbar, dass wir alle es lange kaum ertragen konnten."

„Ich vermisse sie immer noch."

„Ich auch. Ich erinnere mich, wie Becca, nachdem du sie geheiratet hattest, in der Küche stand und Geschirr spülte. Weil sie die Haare genauso trug und genauso gekleidet war, sah sie *Mamm* sehr ähnlich. Sie kochte für uns gute Mahlzeiten, genauso wie *Mamm* es getan hatte. Sie packte meine Brotzeit ein, genauso wie *Mamm*. Sie setzte sich aufs Sofa und las den Kindern vor, küsste sie zärtlich und deckte sie liebevoll zu wie *Mamm*. Es gab nichts, was *Mamm* getan hatte, das Becca nicht auch konnte. Aber sie war nicht *Mamm*. Und in unseren Herzen wussten wir das."

„Becca würde das sicher verstehen. Sie litt auch unter dem Tod ihres Mannes."

„Ich weiß." Ephraim setzte sich neben seinen Vater und legte die

Hand auf seinen Arm. „Du füllst in unserer Familie einen Platz aus, den ich nicht ausfüllen kann. Wenn ich muss, kann ich die nötigen Entscheidungen treffen und das Geld verdienen, um die Rechnungen zu bezahlen. Aber wir alle wollen und brauchen dich. Du musst kämpfen. Wenn nicht für dich, dann für deine jüngsten Kinder, die sich später nicht einmal mehr an dich erinnern werden, wenn du jetzt aufgibst. Für Deborah, die dich mehr bewundert, als du ahnst. Und für mich. Ich bin es müde, zu versuchen, du zu sein, und wäre gern wieder einfach dein Sohn."

Jemand klopfte an die Tür und trat ein. „Wie fühlen Sie sich heute, Mr Mast?" Der Mann nickte Ephraim zu. „Ich bin Dr. Kent."

Ephraim stand auf und stellte sich vor. „Ich habe mich mit meinem Vater unterhalten, und möchte Sie bitten, uns beiden zu erklären, welche medizinischen Möglichkeiten es für ihn gibt."

Der Arzt schaute seinen *Daed* an. Als dieser nickte, setzte sich Dr. Kent. „Natürlich. Ich erkläre Ihnen kurz ein paar Hintergründe, und dann können wir über die Möglichkeiten sprechen. Vor Jahren wanderte ein Virus in den Herzmuskel Ihres Vaters und hat ihn beschädigt. Er nimmt schon lange Medikamente, und sie halfen auch eine Weile. Aber im letzten Jahr hat ihre Wirksamkeit nachgelassen, und er bekam immer mehr Probleme. Seine Schilddrüse wurde stark in Mitleidenschaft gezogen, was ihm viel Energie raubt. Eine salzarme Ernährung genügt nicht mehr. Seine Herzfrequenz lässt sich immer schwerer steuern, und auch die Flüssigkeitseinlagerungen in seinem Körper können wir nicht mehr eindämmen. Sein Zustand ist immerhin nicht so schlecht, dass eine Herztransplantation in Betracht gezogen werden müsste. Und ich hoffe auch nicht, dass es so weit kommt, denn die Warteliste ist so lange, dass die meisten Patienten nicht darauf warten können. Aber wir haben mit Herzschrittmachern gute Erfahrungen gemacht. Ein Schrittmacher kann seine Herzfrequenz, wenn nötig, reduzieren. Ich glaube, die Implantation wäre die beste Option für Ihren Vater, auch wenn das nicht ohne Risiko ist."

„Braucht er dazu eine Bluttransfusion?"

„Das ist sehr unwahrscheinlich. Aber ich operiere nicht, ohne dass eine Blutkonserve bereitsteht. Sein Blut gerinnt nicht gut, deshalb bin ich besonders vorsichtig." Sein Blick wanderte von *Daed* zu Ephraim und wieder zurück. „Ist das ein Problem?"

Ephraim nickte. „Das ist für meinen Vater ein sehr großes Hindernis."

„Warum?"

Ephraim wartete, dass sein Vater etwas sagen würde, aber er schwieg. „Er fühlt sich nicht wohl bei dem Gedanken, dass das Blut eines Fremden durch seinen Körper fließt."

„Mr Mast, ich hatte keine Ahnung, dass das ein Grund für Ihre ablehnende Haltung ist. Solange die Blutgruppe passt oder kompatibel ist, können Freunde oder Verwandte für Sie Blut spenden."

Sein Vater rührte sich einige Sekunden nicht. Dann schaute er Ephraim an. „Das wusste ich nicht."

Ephraim konnte es nicht fassen. Schon seit Jahren fühlte er sich ungerecht behandelt, und dieses Gefühl drohte sich in ihm dauerhaft als Ärger niederzulassen. Sein Vater hätte nicht so schnell etwas ablehnen sollen, was er nicht kannte, sondern sich lieber besser informieren sollen.

„Ephraim, meinst du, dass ich das tun soll?"

Ephraim konnte nicht sicher sein, dass es seinem Vater nach der Operation besser ging und dass er mögliche Komplikationen überhaupt überleben würde. „Ich übernehme nicht die Verantwortung, das für dich zu entscheiden."

Sein Vater schüttelte den Kopf. „Ich habe falsch an dir gehandelt. Ich kann erst anfangen, das wiedergutzumachen, wenn ich wieder mehr Kraft habe." Er schaute den Arzt an. „Ich mache es."

Kapitel 32

Cara stand an Ephraims Ofen und rührte den Rindfleischeintopf um, den sie bei den Garretts vorgekocht und mitgebracht hatte.

„Bist du dir sicher, dass du das willst?“ Aus Ephraims Augen sprach so viel Sorge, dass sie wegschauen musste.

„Ich muss wissen, warum mein Vater mir sagte, Emma würde mich abholen, und warum sie nie auftauchte.“

„Cara.“ Er flüsterte ihren Namen, aber sie weigerte sich, ihm ins Gesicht zu schauen. Er trat neben sie. „Wenn du anfängst, Fragen zu stellen, hörst du wahrscheinlich Sachen über deine Mutter, die du vielleicht gar nicht wissen willst.“

„Das ist mir auch klar.“ Sie fuchtelte mit dem Kochlöffel vor seiner Nase herum. „Vielleicht war sie kein guter Mensch, als sie hier wegging, aber sie war eine gute Mutter. Ich habe dafür genug Beweise in meinen Erinnerungen und in meinem Tagebuch. Sie hat viel über Gott und die Bibel ins Tagebuch geschrieben.“ Ihr Herz raste, als sie an die vielen Geheimnisse ihrer Mutter dachte, die sie wahrscheinlich nie hätte erfahren sollen.

Ephraim öffnete den Küchenschrank. „Ich hatte es bis jetzt ganz vergessen, aber ich erinnere mich, dass sie bei ihrem Besuch einmal mit mir sprach. Sie sagte etwas davon, dass wir Gott vertrauen müssen. Oh, und dass ich gut zu dir sein sollte, wenn du zurückkommst.“

Tränen brannten in Caras Augen. „Zu schade, dass dir das nicht eingefallen ist, bevor ich dir die Lippe blutig geschlagen habe.“

Ephraim holte drei Gläser aus dem Regal. „Ich fahre dich zu den Riehls, wenn du willst, und warte auf der Straße, bis du fertig bist.“

„Ich kann zu Fuß gehen, danke. Falls du es noch nicht weißt: Ich habe die Straßen von New York und einen Stalker allein überlebt. Ich bin nicht schwach, Ephraim.“

Er reichte ihr drei Schüsseln. „Dass du nicht schwach bist, sieht ein Blinder. Ich will einfach nicht allein hier warten und mir den Kopf zerbrechen, wie es gelaufen ist. Woher soll ich wissen, ob das Gespräch um sieben, um neun oder um zwölf Uhr zu Ende ist?"

Sie nahm eine Kelle aus der Schublade. Er wollte nicht, dass sie diese Situation allein durchstand und dann zu Fuß zurücklaufen musste. Er machte sich etwas aus ihr ... vielleicht sogar mehr als nur ein Freund. Sie erschauderte. Es stand viel zu vieles zwischen ihnen, als dass jemals mehr daraus werden könnte. Sie müssten sogar die Beziehung, die sie jetzt zueinander hatten, abbrechen. Oder sie wenigstens viel distanzierter gestalten.

Sie füllte eine Schüssel mit Eintopf. „Ich ziehe morgen aus."

„Was? Warum?"

„Ich habe Geld für einen Neuanfang. Und der Bann, der dich von deiner Familie, Gemeinde und deinen Freunden trennt, muss so schnell wie möglich aufgehoben werden."

„Darüber haben wir schon gesprochen."

„Es ist Zeit, Ephraim. Das wissen wir beide. Und ich werde nicht in diese Wohnung ziehen, die deine Leute für mich ausgesucht haben."

„Aber sie ist schon bezahlt."

„Ich lasse mich nicht dafür bezahlen, dass ich weggehe. Wenn du nicht wärst, würde ich ihnen das auch mit nicht unbedingt netten Worten ins Gesicht sagen."

„Wohin willst du gehen?"

„Herrje, du stellst viel zu viele Fragen."

„Was ist mit der Frau vom Jugendamt?"

„Wenn ich eine Wohnung habe, rufe ich sie an." Sie schluckte und versuchte, sich nicht anmerken zu lassen, wie verletzt sie war. „Wir haben unser Ziel erreicht. Ich habe jetzt Geld und kann auf eigenen Füßen stehen."

„Mit tausend Dollar kommt man nicht weit."

„Ich suche mir einen Job."

„Wie?"

Sie knallte die Schüssel auf den Tisch. „Was willst du von mir?"

„Dass du dir mehr Zeit lässt. Du hast gerade erst erfahren, dass du Verwandte hast, und du willst schon ausreißen. Ich will noch nicht, dass du gehst. Außerdem braucht Lori ..."

„Ephraim", flüsterte sie. „Die Dinge, die uns trennen, stehen unverrückbar fest."

Er biss die Zähne zusammen und starrte sie stumm an.

„Essen wir jetzt lieber. Dann kannst du mich zu Emma Riehl fahren."

Sie konnte keinen Bissen hinunterbringen, und sie hörte kein Wort von dem fröhlichen Gespräch zwischen Lori und Ephraim. Kurze Zeit später saßen sie alle drei in Ephraims Einspänner. Die Sonne ging hinter den Bergen unter, und die Dunkelheit zog über das Land. Das leuchtende Rot verblasste und verwandelte sich in ein dunkles Blau, und dann schien sogar die Luft schwarz zu werden.

Ephraim deutete mit dem Finger. „Da, links von dir."

Ein Lagerfeuer brannte im Garten neben dem Haus. Zwanzig bis dreißig Leute saßen in Gartenstühlen um das Feuer herum. Kinder spielten Fangen, und Jugendliche spielten Volleyball neben dem Stall.

„Es geht doch nichts über gute Freunde und Verwandte." Die Bitterkeit in ihrem Tonfall überraschte sie selbst, aber Ephraim verzog keine Miene.

„Die halbe Gemeinde ist da. Wir müssen das jetzt nicht machen."

„Doch, ich muss das jetzt machen."

Er zog an den Zügeln, um den Einspänner zum Stehen zu bringen. „Vielleicht solltest du zur Abwechslung einmal versuchen, eigensinnig zu sein, Cara."

„Sarkasmus passt nicht zu dir, Fram. Du solltest ihn lieber Fachleuten wie mir überlassen."

Noch bevor der Wagen richtig stand, verließ ein breitschultriger Mann mit Bart die Gruppe und kam auf sie zu. Sie konnte es in der Dunkelheit nicht genau erkennen, aber sie hatte den Eindruck, dass unter seinem Hutrand graue Haare hervorschauten.

„Das ist Levi Riehl. Emmas Mann und der älteste Bruder deiner Mutter. Es gefällt ihm wahrscheinlich nicht, dass ich hier bin."

„Gut, dann bin ich nicht die Einzige, die sich wünscht, du wärst zu Hause geblieben. Ich komme bald wieder." Sie stieg aus dem Einspänner und überlegte, ob sie lieber Deborahs Kleid hätte anziehen sollen. Aber sie hatte es für falsch gehalten, sich amisch zu kleiden. Sie wollte nicht so tun, als sei sie Teil von etwas, wozu sie nicht gehörte. Außerdem hasste sie das Kleid. Darin sah sie schwerfällig, alt und unmodern aus.

Der Mann schaute Ephraim an und winkte. Er wollte sich schon umdrehen und zum Haus zurückgehen, als sein Blick auf Cara fiel. Er blieb regungslos stehen. „Du bist Cara."

Sie nickte.

Er betrachtete ihr Gesicht. „Du siehst genauso aus wie deine *Mamm.*"

„Ich erinnere mich nicht genau daran, wie sie aussah. Aber ich erinnere mich an andere Dinge."

An ihre Hände, ihre Stimme ... ihre Liebe.

Er stand da, ohne etwas zu sagen, und sie glaubte, an diesem gezwungenen Gespräch ersticken zu müssen. „Wir hatten keine Ahnung, dass sie gestorben sein könnte. Erst zehn Jahre nach ihrem Tod vermuteten wir das. Es tut mir leid, dass du ohne sie aufwachsen musstest. Das muss sehr schwer für dich gewesen sein."

„Ihr wusstet das nicht?" Ihr Verstand versuchte, diese Information zu verarbeiten. „Emma ... sie ist deine Frau, nicht wahr?"

„Ja."

„Mein Dad sagte, sie würde kommen und mich holen."

Levi schaute zu Boden. „Wir hatten keine Ahnung, wo du warst." Er schüttelte den Kopf. „Wenn wir gewusst hätten, dass deine Mama gestorben war, und wo wir dich finden könnten, hätten wir dich geholt."

Das Kinderlachen im Garten umschwirrte sie wie ein Wirbelsturm. Sie hätte hier aufwachsen können? Seit jenem endlosen Tag im Busbahnhof vor so vielen Jahren war jeder Tag von Traurigkeit und Einsamkeit geprägt gewesen. Jetzt stürmten diese ganzen Jahre auf sie ein und drückten sie so nieder, dass sie weder Luft holen noch klar denken konnte.

Levi schaute hinter sich. „Ich muss zurück."

Ihre Beine zitterten, und in ihrem Kopf drehte sich alles.

„Levi?" Eine Frau löste sich aus der Gruppe um das Lagerfeuer und kam auf sie zu. Als ihr Blick auf Cara fiel, rang sie nach Luft. *„Ach, es iss waahr."*

Levi trat zu ihr und flüsterte ihr etwas ins Ohr.

„Genug." Die Frau riss sich von ihm los. Sie trat direkt vor Cara und berührte ihre Wange, als wolle sie sich vergewissern, dass sie es wirklich war. „Oh, liebes Kind." Sie brach in Tränen aus. „Gott vergebe mir."

„Du hast nichts Böses getan, Emma." Levi legte den Arm um seine Frau und stützte sie. *„Kumm."*

Emma schüttelte den Kopf und wischte sich die Tränen aus dem Gesicht. *„Nix meh. Schtobbe."*

Cara verstand nicht, was sie sagte, aber Emma schien auf eine Antwort von Levi zu warten. Nach einer Pause, die ewig zu dauern schien, nickte Levi. „Wir haben darüber gesprochen, dass wir dich besuchen wollten, aber es ist einfach so kompliziert, weil Ephraim mit dem Bann belegt wurde, weil ... weil du bei ihm wohnst." Er zuckte die Achseln. „Ich könnte dir ein Dutzend ehrlicher Gründe aufzählen, aber wenn ich hier vor dir stehe, werden sie alle bedeutungslos."

Emma trat näher. „Dein Vater rief vor ungefähr zwanzig Jahren in unserem Telefonhäuschen an. Seine Worte klangen, als wäre er betrunken. Er schimpfte darüber, dass Malinda wollte, dass du amisch aufwachsen solltest. Und er murmelte immer wieder, dass ich kommen und dich holen sollte. Ich versuchte, vernünftig mit ihm zu sprechen, und sagte ihm, dass er zu viel von uns verlange. Dass Levina dich aufziehen würde. Es war abgemacht gewesen, dass Malinda dich nach Dry Lake zurückbringen würde, und nicht, dass wir dich holen. Levina war zu alt und kannte sich nicht gut genug aus, um mit dem Bus zu fahren. Ich war mit Zwillingen schwanger und sollte eigentlich die ganze Zeit liegen. Levi arbeitete von morgens bis abends, damit wir über die Runden kamen. Und die Worte deines Vaters waren die eines ... eines ..."

„Eines Betrunkenen", beendete Cara ihren Satz.

„Er hat mit keinem Wort gesagt, dass Malinda gestorben war. Er sagte nur, dass er in ihrem persönlichen Telefonbuch unsere Nummer gefunden habe und dass wir kommen und dich holen sollten. Schließlich willigte ich ein und schrieb auf, wann du wo sein würdest. Als ich in den folgenden Tagen darüber nachdachte, kam ich zu dem Schluss, dass ich das Gespräch nicht ernst nehmen konnte. Er war betrunken gewesen, und ich ging davon aus, dass Malinda dich bringen würde, wenn sie wollte, dass du hier lebst."

„Du hast die Sache also einfach auf sich beruhen lassen?"

Ihre Tränen machten Emma das Sprechen schwer, und sie schaute Levi an.

Er rieb ihr über den Rücken. „Ein paar Tage später versuchten wir, ihn telefonisch zu erreichen, aber der Anschluss war abgeschaltet worden. Ich rief bei der Auskunft an und versuchte, eine andere Nummer von Trevor oder Malinda Atwater zu bekommen."

Emma holte mit Tränen in den Augen zitternd Luft. „Wir kamen zu dem Schluss, dass Malinda ihre Meinung geändert haben müsste und dich doch nicht aufgeben wollte, aber dass dein Vater dich loswerden wollte." Sie rieb die Hände aneinander und sah genauso nervös aus, wie Cara sich fühlte. „Wir wären nie auf die Idee gekommen, dass sie nicht mehr lebte. Ich wusste, dass sie dich nicht weggeben wollte."

„Wir hörten erst zehn Jahre später wieder von ihm, als er ein Paket hierherschickte, das an dich adressiert war", berichtete Levi. „Erst da kamen wir auf den Gedanken, dass Malinda vielleicht gestorben war und dass er dachte, du würdest hier wohnen."

„Aber ... Ephraim hatte keine Ahnung, dass meine Mutter tot ist."

„Wir erzählten das, was wir vermuteten, nur wenigen Leuten – eigentlich nur deinen Onkeln. Wir konnten nicht sicher sein, ob sie gestorben war, und ... und die Nachricht hätte in unserem Bezirk nur wieder Schuldgefühle und Konflikte heraufbeschworen."

Emma trat näher zu ihr. „Wenn wir auch nur einen Moment auf die Idee gekommen wären, dass Malinda nicht mehr leben würde, als dein Vater hier anrief ..."

Caras Knie gaben unter ihr nach, aber sie sank nicht zu Boden. Jemand hielt sie fest. Ephraim? Wann war er aus dem Wagen gestiegen? Bekäme er jetzt noch mehr Schwierigkeiten? Sie konnte keinen zusammenhängenden Gedanken fassen und nahm nur noch Bruchstücke wahr.

Kinder hielten an Holzstecken Marshmallows über das Feuer. Mütter verteilten Kräcker und Schokoriegel und ermahnten ihre Kinder, nicht zu nahe ans Feuer zu gehen.

Das Nächste, woran Cara sich erinnerte, war, dass sie im Einspänner saß. Die Wärme von Ephraims Hand war ihr einziger Bezug zur Realität. Das Klappern der Pferdehufe hallte durch die Nacht. Lori sprach mit ihr, aber sie konnte ihre Worte nicht verstehen.

Langsam bildeten sich einige klare Gedanken. „Mein Vater wartete nicht einmal so lange, bis er mich Emma übergeben hatte. Was für ein Mann tut so etwas?"

Ephraim sagte nichts.

„Warum hat meine Mutter so jemanden geheiratet?"

Ephraim bog in seine Auffahrt. Ein Einspänner stand in der Nähe, in dem ein Mann saß und sie anstarrte.

Sie erwartete, dass Ephraim das Pferd hinter das Haus bringen würde, aber er blieb sitzen und blickte den Mann an. Jetzt erkannte sie ihn.

Ruben Lantz, der sie seit über einer Woche beobachtete. Sie setzte sich auf. „Was ist? Haben Sie mir etwas zu sagen?"

Er antwortete nicht. Er schüttelte nicht einmal den Kopf.

Sie riss Ephraim die Zügel aus der Hand und schlug damit dem Pferd auf den Rücken. Es machte einen Satz nach vorne und kam gefährlich nahe an den Wagen des anderen Mannes heran. Beide Pferde wieherten und tänzelten nervös. Ephraim nahm ihr schnell die Zügel ab und lenkte das Pferd von dem anderen weg. Ruben fuhr davon, und Ephraim hielt das Pferd erst an, als sie im Stall waren.

Sie fühlte sich, als wäre eine ganze Pferdeherde über ihr Herz getrampelt. Sie stieg mühsam aus und ging zum Tor.

Ephraim half Lori auf den Boden.

„Ich will allein sein", knurrte sie ihn an.

„Noch nicht."

Sie trat näher zu ihm und flüsterte: „Bitte! Bring Lori ins Haus, bevor sie sieht, wie ihre Mutter vor ihren Augen den Verstand verliert."

Er nickte und brachte ihre Tochter ins Haus.

Die Umrisse der Hügellandschaft, die kräftigen Bäume und der silberne Glanz auf dem Weiher, die Geräusche der Nacht – das alles schien sie zu verspotten. Das alles hier wäre Teil ihrer Kindheitserinnerungen gewesen. Stattdessen war ihr Leben voll Asphalt und Beton gewesen, so unnachgiebig wie die Menschen, bei denen sie aufgewachsen war und an deren Namen sie sich nicht einmal mehr erinnerte. Außer an die Namen von Mike Snells Familie.

Der Schmerz, der sie überrollte, drohte sie um den Verstand zu bringen. Sie ging durch das Maisfeld und stand kurze Zeit später neben den Bäumen. Erinnerungen strömten auf sie ein. Sosehr sie es wollte, konnte sie sie nicht ausblenden. Wenn sie nur nie hierhergekommen wäre!

Ein Pferd und Einspänner blieben an der Straße stehen. „Hallo." Die herzliche, freundliche Stimme erinnerte sie an ihre Mutter. Tränen liefen ihr übers Gesicht. Die Frau lenkte den Wagen zwischen die Bäume. „Ich war bei den Riehls. Ich habe dich wegfahren sehen und gehofft, ich würde dich finden."

Cara wischte sich die Tränen ab. „Ich weiß nicht, was Sie mir sagen wollen, aber vergessen Sie es. Ich halte es nicht aus, noch mehr zu hören."

Die Frau stieg aus dem Einspänner. „Ich bin Ada. Ich bete schon dein ganzes Leben lang für dich, schon bevor du geboren wurdest."

„Da hat euer allmächtiger Gott wirklich ganze Arbeit geleistet!"

Sie legte die Hand unter Caras Kinn. „Du bist hierher zurückgekommen, obwohl das sehr unwahrscheinlich war. Du hast ein paar kräftige Befürworter in dieser Gemeinde. Ich würde sagen, Gott hat einiges geleistet. Aber er hatte auch mit einigen Hindernissen zu kämpfen, oder?"

Cara hätte am liebsten einige unfeine Worte über die „Befürworter" in der Gemeinde losgelassen. Und sie hätte sich am liebsten umgedreht und wäre weggegangen. Aber die Sanftheit in Adas Stimme und die Zärtlichkeit in ihrer Berührung hinderten sie daran. Sie fiel der Frau in die Arme und schluchzte.

Kapitel 33

Als Cara aufwachte, spürte sie einen rauen Stoff auf ihrer Haut, ein Laken war über sie gebreitet und ein hartes Kissen lag unter ihrem Kopf. Kaffeegeruch erfüllte die Luft, und sie erinnerte sich, dass sie gestern Abend mit Ada zu Ephraims Haus zurückgegangen war.

Die Sonnenstrahlen machten es ihr schwer, die Augen aufzuschlagen. Sie breitete die Finger auf dem Stoff aus, setzte sich auf und erkannte, dass sie auf Ephraims Sofa lag. Die Wärme im Raum verriet ihr, dass es schon mitten am Vormittag sein musste. Leise Stimmen drangen aus der Küche. Sie ging in diese Richtung.

Ada saß am Tisch, und Ephraim lehnte sich an die Arbeitsplatte neben der Spüle. Ein Päckchen in der Größe eines Schuhkartons, das in braunes Papier gewickelt und mit einem vergilbten Packband zugeklebt war, stand auf dem Küchentisch.

Er schaute aus dem Fenster. „Sie ist strikt dagegen, in die Wohnung zu ziehen, für die einige Männer schon die Miete bezahlt haben."

„Kannst du ihr das verdenken?"

„Nein, aber das wenige Geld, das sie hat, reicht nicht."

„Ich spreche mit ihr. Vielleicht ist sie bereit ..."

„Cara." Ephraim zog einen Stuhl für sie heraus.

Sie rieb sich die Schläfen und wünschte sich verzweifelt eine Schmerztablette. „Wo ist Lori?"

Er deutete zum Fenster. „Sie und Bessere Zeiten und ihre Puppen picknicken."

„Habe ich etwas verpasst? Ich dachte, du bist mit dem Bann belegt?"

„Das ist er auch", antwortete Ada. „Ich habe mit dem Bischof gesprochen und ihm gesagt, dass ich eine Gelegenheit brauche, um Ephraim zur Vernunft zu bringen." Sie lächelte. „Das war eine gute Ausrede. Außerdem wollte ich dich gestern Abend nicht allein lassen, und ich wollte auch nicht, dass Ephraim noch mehr Schwierigkeiten mit den Kirchenältesten bekommt, deshalb habe ich hier geschlafen."

Cara setzte sich. „Ich fühle mich furchtbar."
Ephraim stellte ihr eine Tasse Kaffee hin. „Das wird dir helfen."
„Hast du irgendwelche Schmerztabletten?"
Er holte eine Packung Ibuprofen aus dem Küchenschrank. „Cara, Ada will mit dir über etwas sprechen."
Sie schüttelte den Kopf. „Ich bleibe nicht in Dry Lake, egal, was sie sagt. Ich verschwinde heute. Ich will vorher aber noch duschen und meinen pochenden Kopf unter das Wasser halten. Wenn ich gewusst hätte, dass man durch Weinen solche Kopfschmerzen bekommt, hätte ich es nicht gemacht. Es hilft nichts. Alles ist genauso geblieben, nur dass ich jetzt dazu auch noch Kopfschmerzen habe."
Ada schob langsam das Päckchen zu Cara. „Levi und Emma haben das heute für dich gebracht."
Das Päckchen sah gut erhalten aus, aber das vergilbte Klebeband, mit dem es umwickelt war, ließ es ziemlich alt aussehen. Es stand kein Absender darauf, nur ein Name: Trevor Atwater. Ihr Vater. Sie hielt die Schachtel schief, damit sie den blassen Datumsstempel sehen konnte. Es war ein paar Tage vor ihrem Geburtstag vor zehn Jahren abgeschickt worden. Damals war sie achtzehn geworden.
Sie schob es von sich weg und stand auf. „Idiot. Er lässt mich an einem Busbahnhof sitzen und geht davon aus, dass ich zehn Jahre später hier lebe." Sie ging aus der Küche.
„Du hast eine Familie", rief Ephraim ihr nach.
Sie drehte sich zu ihm herum. „Ich hatte mein Leben lang eine Familie hier, verdammt noch mal! Als ich sie gebraucht hätte, hatte ich nichts davon. Und keiner von ihnen will mich jetzt hierhaben. Mach die Augen auf, Ephraim. Ich war ihnen so unwichtig, dass Emma Riehl nie irgendwo anrief, um sich nach mir zu erkundigen. Weder bei der Polizei noch beim Jugendamt noch in dem Laden, in dem meine Mutter arbeitete. Sie wollten nicht wissen, wo ich war und wie es mir ging. Und das, was ich über sie weiß, tut mir leid. Ich wäre besser nie hierhergekommen."
Cara stürmte ins Badezimmer und knallte die Tür zu. Sie drehte die Dusche auf. Trotz ihrer Erschöpfung liefen ihr Tränen übers Gesicht. Emma und Levi hatten sich weniger aus ihr gemacht, als Simeon sich aus diesen Welpen machte. Es war im Moment unmöglich für sie, das zu akzeptieren, aber der Schmerz würde irgendwann vergehen. Sie blieb unter der Dusche stehen, bis das Wasser kalt wurde. Sie trocknete

sich ab und schlüpfte in das einzige saubere Kleidungsstück, das sie hatte: Deborahs Kleid. Als sie herauskam, stand Ada am Ofen und lud Pfannkuchen auf einen Teller.

Dieser Anblick verstärkte ihren Schmerz noch mehr. Wenn ihr Vater Ada angerufen hätte statt Emma, wäre alles anders gekommen.

Cara trat an den Tisch.

„Ephraim und Lori machen einen Spaziergang am Bach. Lori sagte, sie wollen Bessere Zeiten beibringen, besser zu gehorchen als seine Mutter, und ihm klarmachen, dass man keine Leute ins Wasser wirft", schmunzelte Ada. Sie stellte den Teller mit den Pfannkuchen auf den Tisch und bot sie ihr an.

„Ich habe keinen Hunger. Trotzdem danke." Cara nahm das Päckchen, ging zum Abfalleimer in der Ecke und warf es hinein.

„Ich bin ein paar Jahre jünger, als deine Mutter es jetzt wäre. Wir arbeiteten einmal im Sommer zusammen auf dem Maisfeld."

Cara schaute sie fragend an.

„Wir haben die Rispen oben an der Maispflanze mit der Hand abgebrochen und auf den Boden gelegt. Das ist eine wirklich anstrengende Arbeit, aber sie wird gut bezahlt. Wir begannen vor Sonnenaufgang, machten nur eine kurze Mittagspause und arbeiteten bis abends. Mr Bierd behandelte seine Arbeiter anders als die meisten anderen Bauern. Er wies jedem Arbeiter nach seinem Alter und seiner Größe einen Abschnitt zu. Wenn man bis zum Ende der Woche seinen Abschnitt nicht fertig hatte, bekam man nur die Hälfte des Lohns und wurde nie wieder von ihm eingestellt. Ich war dringend auf das Geld angewiesen, aber jeden Tag fiel ich weiter zurück. Einen Tag vor dem Zahltag fiel deiner Mutter auf, dass ich zurücklag. Sie bat ein paar andere, zu bleiben und mir zu helfen, aber sie waren zu müde. Nur sie blieb bei mir und wir arbeiteten die Nacht durch fast bis zum Morgengrauen. So ein Mensch war deine Mutter, Cara. Ich könnte dir dafür noch viele Beispiele aufzählen." Ada ging zum Mülleimer und zog das Päckchen heraus. „Fürchte dich nicht, es anzuschauen."

Der Wunsch wegzulaufen war noch nie so stark gewesen wie in diesem Moment, aber Cara nahm ihr das Päckchen ab und zwang sich, es auszupacken. Oben lag ein Umschlag. Sie zog die Karte heraus. Mit einer schweren, kantigen Handschrift standen Glückwünsche zu ihrem achtzehnten Geburtstag darauf.

Meine schöne Tochter, du hättest es verdient, bei jemandem aufzuwachsen, der so wunderbar ist wie deine Mutter. Ich dachte, dich zu ihrem Bruder zu schicken, wäre das Beste für dich. Ich war kein guter Vater oder Ehemann oder überhaupt ein guter Mensch. Darunter hat jeder, den ich geliebt habe, gelitten. Ich bin jetzt dabei, die Alkoholsucht zu besiegen. Ich schäme mich, wenn ich auch nur daran denke, wie sehr deine Mutter versucht hat, mir zu helfen, von meiner Abhängigkeit frei zu werden.

Ich schicke dir ein paar Sachen, unter anderem ein Buch, das dir die Geschichte zwischen deiner Mutter und mir erklärt. Ich habe nichts beschönigt. Manchmal würdest du dir wahrscheinlich wünschen, es wäre schöner gewesen, mehr so, wie Eltern sein sollten. Aber wir waren am Anfang keine Eltern. Wir waren zwei unbesonnene Neunzehnjährige.

Wenn du mich sehen willst, ich wohne ab deinem Geburtstag für eine Woche im Rustic Inn an der West King Street in Shippensburg.

Alles Gute zum Geburtstag

Dad

Cara schaute die Schachtel durch und fand Fotos von ihr und ihrer Mutter in verschiedenen Stadien von Caras Kindheit. Bis sie acht Jahre alt war.

Dann war da noch eine Bibel, ihre Geburtsurkunde und die Heiratsurkunde ihrer Eltern. Ganz unten befand sich ein Stapel mit Briefen, auf die überall Caras Name geschrieben war. Sie legte sie neben sich auf den Tisch.

Das letzte Stück in der Schachtel war ein grünes Spiralbuch, auf dem außen die Worte „Caras Buch" geschrieben waren. In der rechten unteren Ecke stand der Name ihres Vaters.

Obwohl sie nicht sicher war, ob sie die *ungeschönte* Geschichte wissen wollte, legte sie das Buch auf den Tisch.

„Darf ich?" Ada deutete auf die Geburtsurkunde.

Cara zuckte die Achseln. „Klar."

Ada faltete das Blatt auseinander. „Das kann nicht sein." Sie deutete auf das Geburtsdatum.

„Warum nicht?"

Ada schüttelte den Kopf und faltete die Heiratsurkunde auseinander.

„Etwas stimmt nicht. Hier steht, dass deine Eltern schon fünfzehn Monate verheiratet waren, als du geboren wurdest."

„Ich verstehe nicht, wo das Problem liegt."

„Das bedeutet, dass sie nicht schwanger war, als sie von hier wegging. Oder falls doch, dann bist nicht du dieses Kind."

„Und? Sie war nicht schwanger, als sie meinen Vater heiratete. Wenn du gelesen hättest, was meine Mutter in mein Tagebuch geschrieben hat, dass man Gott ehren und sich immer bemühen soll, richtig zu handeln, würde dich das nicht überraschen."

„Deine Mutter war mit einem amischen Mann verlobt. Er hat uns gesagt, sie sei mit einem Englischen durchgebrannt, weil sie ein Kind von ihm erwartete."

„Bei dem Empfang, der mir hier bereitet wurde, habe ich mir so etwas Ähnliches schon gedacht. Sie müssen da etwas falsch verstanden haben ... oder Mama hat sich geändert, als sie von hier weggegangen war."

„Die Gerüchte stimmen jedenfalls nicht mit den Daten, die hier stehen, überein." Ada las das Geburts- und das Heiratsdatum noch einmal, als wollte sie sich absichern, dass sie sich nicht vertan hatte. „Sie ging so schnell weg. Soweit ich weiß, kam sie nicht zurück und schrieb auch nicht und rief auch nicht an. Erst ungefähr zehn Jahre später tauchte sie mit dir hier auf." Ada hielt nachdenklich die Papiere in der Hand.

„Vielleicht bin ich nicht das Kind, mit dem sie schwanger war, als sie von hier wegging."

Ada tippte auf das Buch. „Ich möchte wetten, dass die Antworten hier drinnen stehen."

Cara legte es auf die Seite. „Später."

Ada schob ihre Hand unter Caras Hand, sodass ihre Handflächen aufeinander lagen. „Weißt du, was ich glaube?"

Cara gab ihr keine Antwort.

„Ich glaube, du brauchst ein bisschen Zeit zum Nachdenken. Du willst aus Dry Lake weggehen. Ephraim findet, dass du bleiben solltest. Ich würde sagen, wir müssen eine Lösung finden." Sie rieb sich den Nacken. „Mein Sohn, Mahlon, soll für mich und für sich und seine Braut ein Haus finden. Aber er hat es noch nicht einmal richtig versucht. Ich glaube, ihm wäre es lieber, wenn ich nicht bei ihm wohne.

Statt ihn deshalb zu verprügeln, habe ich angefangen, mir selbst etwas zu suchen."

„Ich dachte, die Amisch glauben nicht an Gewalt."

„Oh, Liebes, niemand *glaubt* an Gewalt. Aber einige denken, der Zweck heilige die Mittel. Die Amisch sehen das anders. Ich habe nur einen Scherz gemacht. Auch Amisch können manchmal Scherze machen."

„Ich glaube, ich kenne die Amisch nicht wirklich, oder?"

„Nein, und sie kennen dich nicht." Sie legte Cara eine Hand auf den Rücken. „Vielleicht ändert sich das mit der Zeit. Ich habe morgen Nachmittag einen Termin, um mir ein Haus anzuschauen. Man hat mir gesagt, dass dort einiges repariert und viel gestrichen werden muss, aber das Haus hat mehrere Schlafzimmer, Badezimmer und eine riesige Küche. Die Immobilienmaklerin sagt, es sei etwas heruntergekommen, aber der Eigentümer wäre bereit, die geleistete Renovierungsarbeit mit der Miete zu verrechnen. Und an diesem Punkt kommst du ins Spiel. Mahlon hat gesagt, dass du dich ziemlich gut auf Malerarbeiten verstehst. Vielleicht kannst du dort bei mir wohnen und mit mir arbeiten."

„Ich ... ich ..." Cara suchte nach einer respektvollen Art, dieses Angebot abzulehnen, und spielte mit den Kanten der Briefe.

Ada sah sie an, als könne sie ihre Gedanken lesen. „Denk einfach darüber nach. Okay?"

„Du bist sehr großzügig. Aber würdest du nicht meinetwegen Schwierigkeiten bekommen? Ephraim wurde mit dem Bann belegt, weil er sich mit mir abgibt. Was würde passieren, wenn ich bei dir einziehe?"

Ada atmete tief ein. „Ich werde nicht lügen. Es könnte ein Problem werden, auch wenn ich kein unverheirateter amischer Mann bin. Du stehst im Ruf, weltlich zu sein, und der Bischof wird viele Vorbehalte haben. Aber das kann ich mit ihm klären, denke ich."

„Ich habe jetzt Geld. Und ich denke wirklich, dass ich weggehen sollte. Ich habe allen hier genug Schwierigkeiten bereitet."

Ada tippte wieder auf das Notizbuch. „Du solltest das hier lesen. Dein Vater hat sich die Zeit genommen, es zu schreiben, und es liegt seit zehn Jahren hier in Dry Lake. Ich würde sagen, es wartet nur darauf, dass du es liest." Sie stand auf. „Ich muss gehen, und du musst nachdenken." Sie ging zur Tür und blieb dann noch einmal stehen.

„Könnte ich vielleicht deine Geburtsurkunde und die Heiratsurkunde deiner Eltern mitnehmen?“

„Warum?“

„Ich habe da eine Idee.“ Ada wirkte unsicher und wollte anscheinend nicht mehr verraten.

Cara hielt ihr die Dokumente hin. „Natürlich. Warum nicht?“

Die Mückengittertür fiel zu, als Ada ging. Cara nahm das Spiralbuch in die Hand und starrte es an. Sie wollte es eigentlich nicht lesen. Wenigstens nicht in nächster Zeit. Der Wunsch, ihre Sachen zu packen und aus Dry Lake zu verschwinden, war so stark, dass sie dachte, sie müsse jeden Augenblick aufspringen und loslaufen.

Aber stärker als alle anderen Gefühle war der Wunsch, ihre Eltern zu sehen, und wenn auch nur durch die Augen eines Mannes, der zugab, dass er alkoholabhängig war. Zwischen Neugier und Abneigung hin und her gerissen, schlug sie das dünne Deckblatt auf.

Ich lernte deine Mutter kennen, als sie neunzehn war. Sie war die faszinierendste Frau, die ich je gesehen hatte, mit braunen Augen und blonden Haaren, die sie in der Mitte scheitelte und unter einer weißen Gebetshaube in einem Knoten auf ihrem Hinterkopf trug. Ich war nach ihren Maßstäben ein Englischer, und sie war in einen anderen Mann verliebt. Sie war loyaler und ehrlicher als irgendein anderer Mensch, den ich je kannte, aber sie war nicht perfekt. Keiner von uns war perfekt. Jemand brach ihr das Herz, und sie wollte einfach nur aus Dry Lake fort. Also brachte ich sie von dort weg. Sie bereute später diese Entscheidung, und ich verstand das, aber zu dem Zeitpunkt waren wir bereits verheiratet und keiner von uns konnte die Entscheidungen, die wir getroffen hatten, rückgängig machen. Ich hoffe – und manchmal wage ich es sogar, dafür zu beten –, dass für dich Dry Lake ein genauso wunderbarer Ort zum Aufwachsen geworden ist, wie sie ihn aus ihrer Kindheit in Erinnerung hatte.

Diese Worte setzten die Gefühle, die Cara ein Leben lang in der Tiefe ihres Herzens vergraben hatte, frei, und sie klappte das Buch zu. Als sie sich in ihren Teenagerjahren danach gesehnt hatte, etwas anderes als Kälte und Leere zu fühlen, hatte sie nicht an solche starken Gefühle gedacht, die einen fast niederdrückten. Sie war völlig verwirrt und fühlte sich hin und her gerissen und wusste nicht mehr, was sie glauben sollte. In dem verzweifelten Versuch zu fliehen, bevor sie unter diesen erdrückenden Gefühlen erstickte, ging sie ins Schlafzimmer und stopfte ihre und Loris Sachen in den Rucksack. Adas mütterliche Stimme ließ sie nicht los und weckte in einem winzigen Winkel ihres Herzens den Wunsch, sie könnte bleiben.

Als sie aus dem Haus trat, hörte sie Ephraim und Lori im Versteck miteinander plaudern. Sie schritt zum Eingang zwischen den Hecken. „Ich bin so weit." Er sah sie an und löste damit eine neue Flut verwirrender Gefühle aus. Er war ein guter Freund, obwohl er durch ihre Anwesenheit große Probleme bekommen hatte. „Fährst du mich, oder muss ich mir einen Fahrer mieten?"

Er stand langsam auf, und seine Enttäuschung über ihre Entscheidung war ihm ins Gesicht geschrieben. „Ich fahre dich."

„Wohin fahren wir, Mama?"

Während Ephraim zum Stall ging, setzte sich Cara auf die Schaukel und deutete auf den leeren Platz neben sich. Lori kuschelte sich an sie.

„Fahren wir wieder zu den Garretts?"

„Erzähl mir von eurem Spaziergang."

Lori schilderte ihr begeistert, was Ephraim Bessere Zeiten beigebracht hatte. „Fram und ich suchen nächste Woche für alle Hunde ein Zuhause."

„Lori, Schatz, es war herrlich, hier zu wohnen, aber Ephraim braucht sein Haus wieder für sich, und wir müssen uns eine eigene Wohnung suchen. Wir haben jetzt Geld und finden etwas Schönes, okay?"

Lori sprang auf die Beine und ballte die Fäuste. Schmerz und Ärger ergriffen ihren winzigen Körper. „Nein."

Mit dem Rucksack auf der Schulter hob Cara den steifen Körper ihrer Tochter hoch und schleppte sie aus dem durch die Hecke abgetrennten Bereich. Ephraim hielt den Wagen an. Lori machte den Rücken krumm und schrie so kräftig, dass Cara sie fast fallen gelassen hätte, als sie sie auf den Boden stellte.

„Steig in den Wagen, Lori."

Sie lief zu Ephraim und packte ihn an der Hand. „Nein!"

Cara weigerte sich, Ephraim in die Augen zu schauen. Seine Augen sagten das Gleiche wie Lori: dass Cara einen Fehler machte. „Sag jetzt nicht noch einmal nein."

„Ich gehe nicht mit! So! Und ich habe nicht *nein* gesagt."

Cara hatte vergessen, wie aufmüpfig ihre Tochter sein konnte. Lori klammerte sich noch fester an Ephraims Hand. „Ich habe Fram und einen Hund, und ich gehe nicht weg!"

„Eins ... zwei ..."

Lori begann, panisch zu schreien, und hatte Angst, ihre Mutter würde bis zehn zählen. Cara hatte keine Ahnung, was sie tun sollte, wenn sie tatsächlich bei zehn ankäme. Lori hatte immer spätestens bei vier gehorcht.

„Hör auf." Sie hielt eine Hand hoch und klammerte sich mit der anderen immer noch an Ephraim. „Es ist niemand hinter uns her, und ich gehe nicht weg."

Cara stockte vor Entsetzen der Atem. Ihre Tochter wusste, dass sie vor Mike davonliefen? Sie schaute Ephraim an und sank dann vor Lori auf die Knie. „Also gut. Ich höre." Sie schob ihrer Tochter die Haare hinter die Ohren. „Wer, glaubst du, ist hinter uns her, Lori-Schatz?"

„Die Polizei. Diese Frau, die hier war, Mrs Forrester, hat gesagt, dass sie nicht wieder kommen werden."

Caras Herz begann wieder zu schlagen. Lori wusste also doch nichts von dem Stalker.

Cara schaute Ephraim an und suchte nach Antworten, die er nicht hatte.

Er legte Lori die Hand auf den Kopf. „Geh mit Bessere Zeiten ins Haus und gib ihm eine Schüssel Wasser, ja? Ich muss mit deiner Mutter sprechen."

„Du solltest ihm lieber zuhören." Lori drohte ihrer Mutter mit dem Finger. „Oder ich rede nie wieder mit dir."

Die Tür fiel zu, und Ephraim half Cara auf die Beine. „Sie ist noch nicht so weit, dass sie weggehen kann."

„Sie wird schon klarkommen. Wir können nicht hierbleiben. Ich mache die Lage für dich nur noch schlimmer. Du kannst nicht einmal deine Familie oder Anna Mary sehen. Du solltest mich in diesen Einspänner schieben und Lori versprechen, dass das richtig ist. Dir glaubt sie alles."

„Ich werde sie nicht anlügen, nur damit du dich besser fühlst."

„Dann lüge sie um ihretwillen an!"

„Du kannst so dickköpfig sein!"

„Du bist auch nicht besser, wenn du darauf bestehst, dass ich hierbleibe, obwohl wir beide wissen, dass ich gehen sollte."

„Ich habe schon mit Maultieren gepflügt, die kooperativer waren als du."

Cara kochte vor Frustration und Schmerz und schaute Ephraim stumm an. Wenn er eine Ahnung hätte, wie verraten sie sich von ihren Verwandten fühlte, würde er ihr helfen, von hier wegzukommen, bevor sie sie beschimpfte und ihm dadurch noch mehr Probleme bereitete.

Bilder von Ephraim, wie er als Kind mit ihr auf den Baum geklettert war, gingen ihr durch den Kopf. „Ich kann die Gefühle, die in mir wüten, nicht aushalten. Es ist, als hätte jemand eine Schleuse geöffnet, und ich wäre am Boden gefangen und das ganze Wasser würde wie ein Wasserfall auf mich herabstürzen."

„Mir geht es genauso." Er nahm ihre Hand und legte sie auf seine Brust. „Es reicht, um einen Ochsen zu zerreißen, und ich will nicht, dass du es allein durchstehst."

In ihren Augen brannten neue Tränen, aber sie bemühte sich, sie zu unterdrücken. Sie zog ihre Hand zurück. „Was auch immer du von mir willst, ich kann es dir nicht geben."

„Wir sprechen hier nicht davon, was irgendjemand will. Du brauchst Hilfe, um wieder auf die Beine zu kommen. Emotional und finanziell. Ich gebe dir mein Wort, dass das alles ist, was ich will."

Cara schloss die Augen und lauschte den Frühlingsgeräuschen: dem Wind, den Vögeln, dem Muhen der Kühe in der Ferne. Sie wünschte, sie könnte beten, und atmete tief ein.

Ephraim legte ihr die Hand auf die Schulter. „Denk doch daran, was das für Lori bedeuten könnte."

Da sie seinen Argumenten nicht widersprechen konnte, nickte sie. „Okay. Eine Weile. Aber nicht hier in deinem Haus."

„Ada ist fest entschlossen, ein Haus zu mieten. Ihr gefällt die Idee, dass du bei ihr wohnen könntest, richtig gut."

„Ich helfe ihr, sich einzurichten und alle Zimmer zu streichen, die sie gestrichen haben will. Aber wenn das erledigt ist, ist es für mich an der Zeit, mir woanders etwas Neues zu suchen."

„In der Zwischenzeit gebe ich mein Bestes, um Lori zu helfen, das zu akzeptieren und sich daran zu gewöhnen." Seine Augen sagten, dass er das so meinte. „Ich bin sicher, dass sie nicht sauer auf dich sein wird, wenn wir es richtig anstellen."

Der Drang zu weinen verschwand, und sie konnte sich ein Lächeln nicht verkneifen. „Du benutzt Lori, um deinen Willen durchzusetzen? Du spielst mit unfairen Mitteln."

„Ja, und ich gewinne."

Aber Cara konnte das Lächeln nicht lange durchhalten. Sie würde es bestimmt bald bedauern, dass sie sich auf diesen Plan eingelassen hatte.

Kapitel 34

Ada öffnete den Ofen und holte einen Kuchen heraus. Einige quälende Fragen beschäftigten sie, aber sie hatte keine Antworten. Noch nicht.

Sie stellte den Kuchen auf eine Abkühlplatte und schaltete den Gasofen aus. Für heute war sie mit dem Backen fertig, und wie immer war jede freie Fläche auf ihrem Küchentisch, den Stühlen und den Arbeitsplatten mit Kuchen bedeckt. Der Kurier der Bäckerei würde bald kommen, aber Ada hatte noch zu viel zu erledigen, um warten zu können. Sie schrieb eine Nachricht und klebte sie an ihre Haustür, auf der sie die Frau aufforderte, ins Haus zu gehen. So hatten sie es im Laufe der Jahre schon ein paar Mal gehandhabt.

Da die Backaufträge für den Montag geschafft waren, schlüpfte sie in ein frisches Kleid, legte eine saubere Schürze um und ging zur Tür hinaus. Es war halb vier, bis sie ihr Pferd angespannt hatte und sich auf den Weg machte. Aber sie wollte keinen Fahrer mieten. Sie brauchte Zeit zum Nachdenken, und die gemütliche Geschwindigkeit und das rhythmische Klappern der Pferdehufe und des Einspänners halfen ihr meistens dabei.

Sie hatte Mahlon so lange über ihr Leben entscheiden lassen, dass ihr Wunsch, dem jetzt ein Ende zu setzen, sie stark beschäftigte. Wenn sie sich nur selbst verstehen könnte und begreifen würde, warum sie in der Vergangenheit viele Entscheidungen nicht anders getroffen hatte, könnte sie vielleicht auch ein paar Antworten in Bezug auf ihre Zukunft finden. Sie war fest entschlossen, Cara zu helfen. Wenn sie dazu beitragen wollte, Caras Schmerz zu lindern und ihr und Lori zu einer besseren Zukunft zu verhelfen, dann müsste sie bei den Kirchenältesten und Caras Onkeln anfangen. Deshalb war sie gestern, als sie von Cara weggefahren war, direkt zum Bischof gegangen. Sie hatte ihm erklärt, dass sie sich eine eigene Wohnung suchte und dass sie Cara bei sich einziehen lassen wollte. Er hatte ihr geduldig zugehört, aber dann hatte er gesagt, dass ihr Plan keine gute Idee sei. Das bedeutete: Nein.

Es wäre Ada unmöglich, Mitglied der amischen Kirche im Nachbarbezirk von Hope Crossing zu werden, wenn sie im Bezirk von Dry Lake Probleme mit den Kirchenältesten hätte. Deshalb war sie auf das Wohlwollen des Bischofs angewiesen. Nachdem sie fast eine Stunde mit ihm gesprochen und ihm erklärt hatte, dass die Reaktion der Leute auf Cara mehr auf Gerüchten als auf Fakten beruhte, hatte sie ihm Caras Dokumente gezeigt. Er hatte wenig gesagt, aber entschieden, heute Abend eine Versammlung des ganzen Bezirks einzuberufen. In vier Stunden würden sich alle auf dem Hof von Levi Riehl treffen.

Aber Cara war nur eines von mehreren Themen, die sie beschäftigten.

Ada zog leicht an den Zügeln und brachte den Wagen zum Stehen, während sie eine Weggabelung vor sich betrachtete. Links von ihr führte die Straße direkt aus Dry Lake hinaus. Aber wenn sie nach rechts abbog, könnte sie bei Israel Kauffman vorbeifahren, bevor sie nach Hope Crossing weiterfuhr.

Sie konnte nicht weiter so leben, wie Mahlon es von ihr wollte, aber wie wollte sie leben?

Die Immobilienmaklerin würde sich in anderthalb Stunden bei dem Haus mit ihr treffen. Und sie saß hier und war fast genauso verwirrt wie an dem Tag, an dem ihr Mann gestorben war. Israels Frau war an jenem Tag auch gestorben. Fühlte er sich jetzt auch manchmal noch so verloren wie damals?

Wahrscheinlich nicht. Er war von erwachsenen Kindern und sogar von ein paar Enkelkindern umgeben. Er fand in seiner Familie starke Unterstützung und konnte fast alle Tage lächeln. Seine mittlere Tochter, Lena, war seine größte Hilfe, nicht nur, weil sie so viel im Haushalt und Hof arbeitete und so gut zu ihren jüngeren Geschwistern war, sondern auch, weil sie immer Zufriedenheit und Fröhlichkeit ausstrahlte.

Lena und Deborah waren Cousinen, doch abgesehen von den amischen Traditionen waren sie sehr unterschiedlich aufgewachsen. Beiden jedoch bereitete es Freude, andere glücklich zu machen. Deborahs Sinn für Humor war eher zurückhaltend im Vergleich zu Lenas lautstarkem Humor, mit dem sie versuchte, die Leute zum Lachen zu bringen. Ada erinnerte sich an einen Abend in ihrem Haus, als Deborah, Mahlon und Lena Brettspiele gespielt hatten. Obwohl es völlig untypisch für Mahlons introvertierten Charakter war, hatte ihn Lena den ganzen Abend zum Lachen gebracht.

Die Sorge um Mahlon quälte sie. Er suchte immer noch nach ... etwas. Frieden? Stabilität? Etwas, was ihn daran hindern würde, sich wie ein Weizenfeld im Wind zu biegen. Was auch immer es sein mochte, Ada hatte ihre eigene Suche begonnen.

Sie hatte sich nie als starke Frau betrachtet, die wusste, was sie wollte, und dieses Ziel unbeirrt verfolgte. Sie hatte immer das gewollt, was ihr Mann gewollt hatte. Das war sogar so weit gegangen, dass sie sich in der Eisdiele in der Stadt dieselbe Eissorte ausgesucht hatte wie er. Nach seinem Tod hatte ihr Persönlichkeitstyp es Mahlon leicht gemacht, sie in die Richtung zu lenken, in der er sie haben wollte.

Was hatte sie zu einer Frau gemacht, die ihren eigenen Gedanken oder Wünschen oder Träumen nicht traute? Warum hatte sie so große Angst davor gehabt, etwas falsch zu machen, dass sie anderen erlaubt hatte, falsche Entscheidungen für sie zu treffen?

Sie wusste es nicht, aber jetzt hatte sie eine neue Chance, ihrem Herzen zu folgen, besonders in Bezug auf Cara. Es war an der Zeit, ihrem Instinkt zu vertrauen und auf ihr Herz zu hören.

Wenn sie in jedes amische Haus in Dry Lake ginge und die Leute nach ihrer Meinung fragte, was sie als Nächstes tun sollte, würden einige das eine meinen und andere etwas anderes.

Aber was meinte sie?

Sie war endlich bereit, ihren eigenen Wünschen zu vertrauen, und schnalzte entschlossen mit den Zügeln.

Es war Zeit, mit Israel zu sprechen. Er kannte sich mit Häusern aus und könnte ihr wahrscheinlich sagen, was sie bräuchte, um ihr Geschäft zu erweitern. Er verstand es, vernünftige Ratschläge zu geben, wenn er darum gebeten wurde, ohne andere beeinflussen zu wollen. So war Israel: Er nannte die Fakten und überließ es dem anderen, seine Entscheidung selbst zu treffen.

Als sie in seine Auffahrt bog, sah sie ihn und mehrere seiner Kinder auf der Veranda sitzen, wo sie sich an diesem warmen Montag gemütlich unterhielten. Sie wusste, dass es bei seiner Familie das Abendessen normalerweise früh gab und dass er danach wieder an seine Arbeit in der Werkstatt ging.

Er stand von seinem Stuhl auf und kam mit erfreuter Miene auf sie zu.

„Ada." Er nickte. „Das ist dein erster Besuch hier."

„Vielleicht wünschst du dir gleich, dass es auch mein letzter ist."

Er zog eine Braue in die Höhe und schaute sie belustigt an. „Das bezweifle ich. Was ist los?"

„Ich weiß, dass es furchtbar kühn von mir ist, einfach hierherzukommen, aber ich muss ein paar Dinge entscheiden, und ich brauche die Meinung eines Mannes ... nein, ich brauche *deine* Meinung."

„Natürlich. Ich dachte, du würdest vielleicht kommen, um sicherzustellen, dass ich von der Versammlung gehört habe. Willst du nicht mit hineinkommen?"

Sie schüttelte den Kopf. „Ich fahre nach Hope Crossing, um mir ein Haus anzuschauen. Und ich wollte dich fragen, ob du vielleicht mitkommen könntest."

„Du denkst daran, nach Hope Crossing zu ziehen? Das ist ziemlich weit weg."

„Ungefähr eine Stunde mit dem Einspänner."

„Du willst so weit wegziehen?"

„Ich will das tun, was ich schon vor zehn oder noch mehr Jahren hätte tun sollen. Ich will etwas finden, wo ich mein Backgeschäft ausbauen kann. Lieber fange ich mit dreiundvierzig damit an als überhaupt nicht."

Er lächelte und trat einen Schritt vom Einspänner weg. „Lena, ich fahre mit Ada. Ich bin in ungefähr drei Stunden zurück."

„Das Essen ist in zwanzig Minuten fertig." Lena stand auf. „Wollen Ada und du nicht vorher mit uns essen?"

Ada spielte nervös mit den Zügeln. „Die Immobilienmaklerin erwartet mich in ungefähr anderthalb Stunden bei dem Haus."

Er drehte sich wieder zu seiner Tochter um. „Wir müssen gleich aufbrechen, Lena."

„Soll ich euch wenigstens ein paar Brote zum Mitnehmen fertig machen?"

Er schaute zu Ada hinauf. „Hast du ein bisschen Hunger?"

Obwohl sie den ganzen Tag gebacken hatte, hatte sie fast nichts gegessen. Sie begann, ihre Entscheidungen selbst zu treffen, und fühlte sich schon ein wenig stärker. „Ja, ich glaube schon."

„Gut. Warte hier." Ada blieb im Einspänner sitzen, während Israel ins Haus ging. Nach ein paar Minuten kam er mit einem Korb in einer Hand und einem Werkzeugkasten in der anderen Hand zurück. Als er die Sachen in den Wagen stellte und einstieg, fiel ihr auf, dass er sich frisch angezogen hatte.

Obwohl sie versucht war, ihm die Zügel zu überlassen, hielt sie sie fest in der Hand. Sie musste ihren Einspänner selbst steuern, auch wenn sie Fehler machte und es vielleicht nicht ganz so gut konnte wie die Person neben ihr. Aber vielleicht konnte sie es auch besser. Als sie an alles dachte, was Cara geleistet hatte – sie hatte darum gekämpft, Lori nicht zu verlieren, ohne danach zu fragen, ob andere ein falsches Bild von ihr bekämen, und hatte sich dabei trotzdem ein weiches Herz bewahrt –, löste das in Adas Innerem etwas aus.

Israel legte seinen Arm auf die Rücklehne der Sitzbank. „Mahlon will also nach Hope Crossing ziehen?"

Ada schlug dem Pferd die Zügel auf den Rücken, um etwas Geschwindigkeit für den Anstieg, der vor ihnen lag, zu bekommen. „Ich habe ihn nicht gefragt. Ich mache das allein. Und obwohl ich nicht ganz sicher bin, was *das* überhaupt ist, will ich, dass Cara Moore, Malinda Riehls Tochter, mitmacht. Wenn ich einen festen Plan habe, werde ich noch einmal mit dem Bischof darüber sprechen. Ich hoffe, er erlaubt Cara, bei mir zu wohnen."

Während Israel einige Fragen zu Cara stellte und sie ihm antwortete, zog er ein paar belegte Brote aus seinem Korb und reichte ihr eines. Das Gespräch plätscherte gemütlich dahin, obwohl Israel ein wenig nervös wirkte. So hatte sie ihn noch nie erlebt. Vielleicht hätte sie ihm doch die Zügel überlassen sollen.

Als sie in Hope Crossing ankamen, las Israel ihr die Wegbeschreibung vor, bis sie vor einem Haus stehen blieben, das in einem traurigen Zustand war. Es stand auf einem Eckgrundstück, mit Straßen und Gehwegen auf zwei Seiten und einem Maisfeld auf einer anderen Seite. Sie konnte nicht sehen, was sich hinter dem Haus befand. Es war riesig. Zwei Stockwerke hoch, ungestrichene Schindeln mit schiefen Fensterläden und einer halb eingefallenen Säule, die eine Veranda abstützte.

„Du hast gesagt, dass dieses Mädchen streichen kann?"

Ada nickte und stieg mit ihm aus dem Wagen. Israel nahm seine Werkzeugkiste, und sie gingen zur vorderen Veranda. Ada brauchte nur einen Moment, um den versteckten Schlüssel zu finden, von dem die Maklerin ihr erzählt hatte. „Die Fenster und Türen wurden vor Kurzem neu eingebaut, meinst du nicht?"

Israel nickte. „Ja, so sieht es aus."

Als sie die Tür aufschob, sah sie überall Zeitungen und Kisten. Eine Leiter stand neben einer halb gestrichenen Wand. „Jemand hat angefangen, das Haus zu renovieren."

„Ja, Und er hat es schlimmer hinterlassen, als es vorher war, würde ich sagen."

Sie stiegen langsam die Holztreppe hinauf, über die in der Mitte ein alter Teppich lief. Oben am Treppenabsatz fanden sie vier Schlafzimmer und zwei Badezimmer vor – alle mit den grauenvollsten Tapeten, die sie je gesehen hatte.

Ada fuhr mit den Fingern über ein loses Stück der Wandverkleidung. „Schau, jemand hat versucht, die Tapete zu überstreichen."

„Das kann man ihm nicht verdenken."

Ada lachte. „Die Immobilienmaklerin hat gesagt, dass es schlimm aussieht, aber dass es so schlimm ist, hatte ich nicht erwartet."

Israel holte eine Taschenlampe und ein paar sonderbar aussehende Werkzeuge und betrat eines der Badezimmer. „Die Wanne ist voll Müll." Er drehte am Wasserhahn. „Und es gibt kein fließendes Wasser."

Nachdem er in jedem Badezimmer unter das Waschbecken geschaut hatte, nahm er seine Werkzeugkiste wieder und sie gingen nach unten. Als sie die Holzschwingtür zur Küche öffnete, lief Ada eine Gänsehaut über den Rücken. „Ich ... ich habe vor Jahren von dieser Küche geträumt." Sie schaute in die Spüle und sah, dass die Rohre fehlten.

„Bist du sicher, dass es kein Albtraum war?"

Ada öffnete eine Tür und fand dahinter eine riesige Speisekammer. „Die Speisekammer ist größer als meine ganze Küche."

„Ada." Er deutete zur Fensterscheibe in der Hintertür.

Sie ging zu ihm hinüber und schaute auf etwas hinaus, was wie eine Müllhalde aussah. „Der Stall am anderen Ende des Hofs und die Wiese dahinter gehören zum Haus."

„Ich möchte wetten, dass dieses Haus irgendwann einer amischen Familie gehört hat."

„Das hat die Immobilienmaklerin auch gesagt. Aber das ist lange her." Sie ging in die Mitte der Küche und wurde trotz des stark renovierungsbedürftigen Hauses von neuer Hoffnung erfüllt.

Israel öffnete die Hintertür. „Ich will mir das Haus von unten anschauen. Ich bin in ein paar Minuten wieder da."

Während sie durch das Haus schlenderte, wurde sie von aufgeregter Erwartung erfüllt, die jeder Logik trotzte. Israel kam wieder herein. „Das Mauerwerk ist gesund."

„Ich will das Haus."

„Es ist mit viel Arbeit verbunden. Als Erstes brauchst du einen Installateur. Ich habe einen englischen Nachbarn, der Installationsarbeiten erledigt."

„Die Immobilienmaklerin sagte, dass die Eigentümer die Installationsarbeiten zahlen. Und sie sagte, dass sie bereit sind, die Miete um die Materialkosten und die Kosten für die meiste Arbeit, die wir hier leisten, zu kürzen. Wir müssen nur die Rechnungen vorlegen und sie von Zeit zu Zeit kontrollieren lassen, dass die Arbeit tatsächlich gemacht wurde. Und wir haben die Möglichkeit, das Haus zu einem festen Preis zu kaufen, egal, wie viel wir vorher renovieren."

Israel stellte die Werkzeugkiste auf den stark abgenutzten Holzboden. „Auch wenn dir das vielleicht nicht bewusst ist, Ada Stoltzfus, aber ich habe erlebt, wie du schon schwierige Situationen erfolgreich gemeistert hast."

„Ich?" Sie schaute ihn an, um zu sehen, ob er nur einen Spaß machen wollte, aber er sah ernst aus. „Das findest du wirklich?"

„Ich weiß es. Du arbeitest in einer winzigen Küche mit einem kleinen Ofen und Spülbecken, und doch versorgst du diese Bäckerei in Shippensburg seit zehn Jahren mit deinen Kuchen. Stell dir nur einmal vor, was du mit einer so großen Küche und einem richtigen Ofen und einem doppelten Spülbecken machen kannst."

„Hallo? Mrs Stoltzfus, sind Sie da?", rief die Immobilienmaklerin.

„Ich bin in der Küche." Ada trat näher zu Israel. „Du kannst dir gar nicht vorstellen, wie sehr ich das sowohl für mich als auch für Cara machen möchte. Aber selbst wenn ich einen Vertrag unterschreibe, kann ich ihr nicht so helfen, wie ich das gern möchte, solange ihre Verwandten sie nicht mit anderen Augen sehen."

„Und da sie der Grund für Ephraims Bann ist, kann sie bestimmt nicht ohne Zustimmung des Bischofs bei dir einziehen. Wir sollten lieber bald nach Hause fahren, damit du nicht zu spät zur Versammlung heute Abend kommst."

„Ich möchte aber vorher eine Anzahlung auf die Miete leisten."

Er schaute sie bewundernd an und nickte. „Dann mach das."

Ada hatte schweißnasse Hände in Levi Riehls Haus, als sie den nächsten Klappstuhl aufstellte. Der Schweiß, der ihr über den Rücken lief, und ihr Herzklopfen hatten nichts mit der Juniwärme zu tun. Durch die offenen Fenster und Türen hörte sie Pferdewagen anrollen und Leute, die sich miteinander unterhielten.

Ein schneller Blick aus dem Fenster verriet ihr, dass die meisten ihre Pferde nicht von den Einspännern ausspannten. Das bedeutete, dass niemand damit rechnete, lange hier zu sein. Als sie angekommen war, hatte ihr Pferd genauso ausgelaugt gewirkt, wie sie sich gefühlt hatte. Deshalb hatte sie es auf die Koppel der Riehls gelassen.

Sie war auf dem Weg hierher zu Hause vorbeigefahren, da sie gedacht hatte, sie könnte Mahlon erwischen und ihm von ihren Plänen erzählen, aber er war nicht da gewesen. Obwohl sie aufgeregt und erschöpft war, betete sie die ganze Zeit. Sie hoffte, am Ende des heutigen Abends würden Caras Onkel – Levi, David und Leroy Riehl – die Situation so sehen wie sie. Levi schien sich nicht wohl in seiner Haut zu fühlen, als er zur anderen Seite des Raumes ging und den letzten Stuhl aufstellte. Er warf ihr mehrmals einen Blick zu, als wollte er sie etwas fragen, rückte aber nur stumm die Stuhlreihen gerade.

Der Bischof hatte die Absicht, heute Abend Gerüchte und Wahrheit voneinander zu trennen, und dann würde er eine Entscheidung treffen. Aber er hatte ihr gesagt, egal, wie seine Entscheidung ausfiele, das Thema müsste damit erledigt sein. Er wollte danach keine weiteren Appelle mehr hören. Und sie sollte danach nicht mehr versuchen, ihn umzustimmen. Ada hatte eingewilligt. Und jetzt war sie furchtbar nervös.

Levi kam zu ihr herüber und sah aus, als fühle er sich genauso unbehaglich wie gegenüber einer Fremden. „Wie geht es Cara?“

„Ich habe ihr das Päckchen gegeben, das Emma und du gebracht habt. Sie ist aufgewühlt, wütend und verletzt.“

Er nickte. „Emma ist auch ziemlich aufgewühlt. Cara gegenüberzustehen hat ihr fast das Herz gebrochen.“

„Ich denke ...“

„*Mamm*“, unterbrach Mahlon sie und eilte zu ihr. „Was machst du denn?“, flüsterte er.

„Wovon sprichst du?“

Er hielt den Mietvertrag hoch, den sie für das Haus in Hope Crossing unterschrieben hatte. „Das habe ich auf dem Küchentisch gefunden."

„Können wir später darüber reden?"

„Suchst du jetzt ein Haus für uns aus?" Sein Tonfall klang streng, aber seine Worte waren kaum zu hören.

„Nein, natürlich nicht. Du weißt, dass ich das nicht tun würde."

Sie sah in seinen Augen ein undefinierbares Gefühl, das ein wenig wie ... Hoffnung aussah.

„Was soll das denn dann bedeuten?"

„Du und Deborah solltet eure Pläne weiterverfolgen. Und ich muss das ebenfalls machen. Ich werde nach Hope Crossing ziehen, wo ich meine Backwaren an Restaurants vor Ort und vielleicht noch an eine oder zwei andere Bäckereien verkaufen kann."

Während Mahlon sie anstarrte, schlenderten David und Leroy, zwei Onkel von Cara, durch die Tür und unterhielten sich mit Ruben Lantz. Sie hatte gehofft, Ruben, Malindas früherer Verlobter, wäre heute nicht anwesend. Es wäre viel schwerer für sie, das zu sagen, was sie sagen musste, wenn er im Raum war. Sie wollte keine Konflikte heraufbeschwören, aber falls es doch dazu kommen sollte, betete sie um Mut.

„Warum machst du so etwas, ohne vorher mit mir zu sprechen?"

„Ich wollte es dir erzählen, aber es ging alles so schnell. Schau, das bedeutet doch nur, dass du und Deborah euer Leben planen könnt, ohne dass ich bei euch wohne. Hast du wirklich etwas dagegen einzuwenden?"

Mahlon schaute sie an. Er sah gleichzeitig unsicher, erfreut und entsetzt aus. Sie hatte diese Gefühle im Laufe der Jahre oft bei ihrem einzigen Kind gesehen, aber nie waren sie gleichzeitig aufgetreten.

„Mir war anscheinend nicht bewusst, dass du so viel Selbständigkeit besitzt ... nicht dass ich respektlos klingen möchte oder so etwas. Du glaubst wirklich, dass du das schaffen kannst?"

„Ja. Das wollte ich schon vor Jahren machen, aber du wolltest in Dry Lake bleiben. Jetzt bist du ein erwachsener Mann und heiratest bald, und ich würde dieses Projekt gern mit deinem Segen beginnen."

Er lächelte. „Mit meinem Segen?"

Sie nickte.

Er schaute an ihr vorbei, und als sie sich umdrehte, sah sie Deborah auf der anderen Seite des Raumes stehen. „Ich wünschte nur, du hättest mir schon vor Jahren gesagt, wie wichtig dir das ist, *Mamm*. Dann wäre jetzt einiges anders."

„Was wäre dann anders?"

Er senkte den Blick und sah zu Boden. „Das spielt keine Rolle."

Aber sie hatte das Gefühl, dass es sehr wohl eine Rolle spielte. „Mahlon?"

Er schaute wieder zu Deborah hinüber und schüttelte den Kopf. „Wie kann ich so verliebt sein und mich trotzdem ständig fragen, was alles hätte sein können?"

„Ada", sagte David neben ihr und unterbrach sie und Mahlon. „Du bist ohne deinen berühmten Kokosnusskuchen gekommen." Während er diese scherzhafte Bemerkung machte, schüttelte er dem Bischof die Hand.

Sein breites Grinsen und seine gemütliche Art verrieten nichts von den Launen, die ihn manchmal beherrschten. Leroy stand neben ihm und nickte Ada zu. Er war der ruhigste der Riehls und wahrscheinlich derjenige, der am meisten getrauert hatte, als Malinda weggegangen war.

„Die Angelegenheit, wegen der ich heute hier bin, ist ein wenig ernster."

Ein paar Gespräche in der Nähe brachen ab.

„Geht es hier um Cara?", fragte David.

Ada nickte, und Mahlon berührte ihren Arm, um sie wissen zu lassen, dass er zu Deborah hinüberging.

Drei Frauen – Anne, Susie und Rubens Frau Leah – traten gemütlich plaudernd in den Raum ein und bewahrten Ada davor, im Moment mehr sagen zu müssen. Sie trat zu einem Stuhl und tastete in der versteckten Tasche an ihrer Schürze, um sich zu vergewissern, dass die Dokumente immer noch da waren. Sie wollte sie Cara heute Abend zurückgeben.

Mahlons Augen waren auf sie gerichtet, als versuche er, etwas herauszufinden.

Seine Reaktion auf ihre Neuigkeit verwirrte sie. Andererseits waren seine Reaktionen auf tägliche Geschehnisse ohnehin oft schwer zu verstehen. Sie hoffte, Deborah würde leichter aus ihm schlau werden als sie.

Als noch mehr Leute eintraten, klatschte Levi einmal in die Hände.

„Okay, wer ein Glas Wasser oder Limonade möchte, nimmt sich bitte etwas und setzt sich dann. Das macht es den Leuten, die hinter euch kommen, leichter, auch einen Platz zu finden."

Die Lautstärke der freundschaftlichen Gespräche nahm ab, als die Leute sich auf die Stühle setzten. Die meisten betrachteten Cara als Unruhestifterin, der man aus dem Weg gehen musste. Die Gerüchte über ihr unakzeptables Verhalten waren noch frisch in ihren Köpfen. Nur wenige wussten, warum Ephraim Cara in seinem Haus wohnen ließ. Sie wussten nicht viel über sie, außer dass sie Malindas Tochter und eine obdachlose Diebin mit einer Tochter und ohne Ehemann war. Ach ja, und dass sie schuld daran war, dass Ephraim nun unter dem Bann stand. Aber nichts davon verriet wirklich etwas von Caras Wesen. Wenn Ada ihre Leute überreden könnte, Cara eine Chance zu geben, würde vielleicht für sie alle ein Heilungsprozess beginnen. Die Howards würden bestimmt ein gutes Wort für Cara einlegen, aber Englische hatten bei einer amischen Versammlung dieser Art nichts zu suchen.

Emma eilte herein und wischte sich ihre nassen Hände an ihrer Schürze ab. „Levi, deine Enkelkinder haben den Wasserschlauch erwischt und sich gegenseitig begossen, um zu sehen, ob sie dann schneller wachsen würden." Sie wischte sich über die Stirn. „Ich habe sie ihren Müttern übergeben."

Alle schmunzelten, als Emma sich setzte.

Ada betete im Stillen dafür, dass die Riehls jedes Hindernis, das zwischen ihnen und Cara stand, aus dem Weg räumen würden.

Der Bischof trat nach vorne. „Ruben und ich haben für Cara eine Wohnung in Carlisle gefunden. Dank der Großzügigkeit von allen hier haben wir die Miete für drei Monate gezahlt. Cara hat sich entschieden, dieses Angebot abzulehnen."

Ein verständnisloses Murmeln ging durch den Raum.

„Was wird aus dem Geld?", fragte ein Mann.

„Wir haben vorher sichergestellt, dass wir das Geld zurückbekommen können, das ist also kein Problem. Wichtiger ist, warum Cara das Angebot abgelehnt hat. Ada hat gesagt, dass Cara das Gefühl hat, wir wollten sie dafür bezahlen, dass sie verschwindet. Zuerst fand ich das lächerlich, aber nachdem ich darüber nachgedacht habe, wurde mir bewusst, dass in dieser Aussage ein großes Stück Wahrheit steckt. Es ist möglich, dass wir uns bei unserer Reaktion auf Cara von Missverständnissen und einer ungerechten Beurteilung leiten ließen. Das beruht zum großen Teil auf Gerüchten und darauf, wer ihre Mutter war."

Levi stand auf. „Ephraim hatte den meisten Kontakt zu ihr. Wäre es nicht besser, wenn er hier wäre?"

Der Bischof setzte sich. „Mit dem, was er getan hat, hat er die Grenze des Erlaubten überschritten. Er steht unter dem Bann. Ada, erzählst du uns etwas über Cara und darüber, was sie hierher nach Dry Lake geführt hat?"

Ada stand auf. Ihre Stimme zitterte, als sie erklärte, wie Cara aufgewachsen war, warum sie hierhergekommen war, und dass sie vorhatte, wieder wegzugehen. „Sie hat keine Familie außerhalb von Dry Lake. Tragen wir nicht einen Teil der Verantwortung für das, was sie durchgemacht hat? Obwohl sie nur wenige, bruchstückhafte Erinnerungen an ihre Kindheit hat, hat sie hierher zurückgefunden. Wollen wir sie ein zweites Mal gehen lassen?"

Der Bischof stand auf. „Um Gerüchte von Tatsachen zu trennen, möchte ich jetzt die Leute hören, die mit Cara gesprochen haben oder sie mit eigenen Augen irgendetwas tun sahen. Das heißt, dass wir vergessen, was ihr darüber gehört habt, was Abner gesehen hat."

Verschiedene Leute zählten Dinge auf, die Cara angeblich getan hatte. Sie erzählten, dass sie Drogen genommen, mit amischen Jugendlichen geraucht und Vieh von Weiden und Koppeln freigelassen hätte. Der Bischof nahm sich die Zeit, um für jedes Gerücht einen Augenzeugen zu suchen, und bald stellten alle fest, dass niemand Cara tatsächlich irgendetwas von diesen Dingen hatten tun sehen.

Als Anna Mary den Raum betrat und sich hinten hinsetzte, befürchtete Ada, dass sie etwas sagen würde, was Cara schaden könnte.

„Deborah fehlt ein Kleid", sagte ein junger Mann. „Ich weiß das, weil sie mich gefragt hat, ob ich es genommen habe."

„Allerdings habe ich dich das gefragt", entgegnete Deborah. „Wenn du es genommen hättest, hätte ich dich darin sehen wollen."

Ada schmunzelte genauso wie alle anderen. Wenn es jemand verstand, Humor und Frieden zu verbreiten, dann war das ihre künftige Schwiegertochter.

Deborah verschränkte die Arme vor sich. „Derjenige, der es genommen hat, hat am nächsten Tag Geld dafür gebracht."

Ada vermutete, dass Deborah inzwischen wusste, dass Cara ihr Kleid genommen hatte, aber wie es ihre Art war, würde sie die Sache nicht noch schlimmer machen, indem sie der Versammlung so etwas sagte.

Levi schilderte das Gespräch, das er am Vorabend mit Cara geführt hatte. Dann fügte er hinzu: „Sie wirkte ganz anders, als die Gerüchte sie beschrieben haben. Ich würde ihr gern helfen, aber ich werde nicht gegen die Wünsche des Bischofs verstoßen."

Ein Mann stand auf. „Wir haben ihr Hilfe angeboten, und sie hat sie abgelehnt."

Als er sich wieder setzte, ergriff eine Frau das Wort. „Ich habe nicht in Dry Lake gelebt, als ihre Mutter hier war, aber ich habe Cara bei der Auktion gesehen. Mir gefällt nicht, wie sie sich kleidet, und es ist leicht, die Gerüchte über sie zu glauben. Wir können es uns nicht leisten, jemanden wie sie hier aufzunehmen."

Ada bemühte sich, sich ihren Ärger nicht anmerken zu lassen, und wog ihre Worte und ihren Tonfall sorgfältig ab. „Hast du ihr einmal in die Augen geschaut und mit ihr gesprochen? Ich schon. Man muss vor ihr keine Angst haben. Wir könnten sogar einiges von ihr lernen."

„Ephraim hat ihr in die Augen geschaut", rief ein Mann aus dem hinteren Teil des Raumes, „und jetzt steht er unter dem Bann."

Die Gruppe begann zustimmend zu murmeln, und Ada wusste, dass ihre Argumente an Glaubwürdigkeit verloren.

„Ich habe mich gefragt, ob es vielleicht Gottes Wille war, dass sie als Kind nicht hierherkam", übertönte David Riehl das Stimmengemurmel.

„David!" Emma schnappte entsetzt nach Luft. „Sie ist deine Nichte, und das ganze Chaos war nicht ihre Schuld. Es war meine und Levis und auch deine Schuld. Wir alle haben darüber gesprochen, was wir tun sollten, und wir haben gedankenlose Fehler gemacht und nicht einmal versucht herauszufinden, was los war."

„Das lag daran, dass sie Malindas Tochter ist", sagte ein anderer Mann. „Und jeder hier im Raum, der über vierzig ist, weiß, was das heißt."

Widersprüchliche Meinungen schwirrten durch den Raum, und Ada befürchtete, der Abend würde enden, ohne dass sie zu irgendeinem Ergebnis kämen. Cara würde Dry Lake verlassen, und es wäre für immer vorbei.

Anna Mary stand auf, und Schweigen kehrte im Raum ein. „Ich habe mehr Gründe, ihr zu misstrauen, als jeder andere von euch. Ihretwegen stelle ich mir tausend Fragen. Aber euch will ich nur eine Frage stellen." Sie räusperte sich. „Ist Ephraim der einzige Mann, der für sie eintritt?"

Ada beobachtete die Mienen im Raum und stellte fest, dass viele anfingen umzudenken. Rubens Gesicht wurde kreidebleich, als er seine Tochter anschaute.

Zitternd und mit Tränen in den Augen nahm Anna Mary wieder Platz.

Ada nickte. „Danke, Anna Mary. Gestern Abend haben Levi und Emma ein Päckchen für Cara gebracht. Es war ein Päckchen, das ihr Vater ihr zu ihrem achtzehnten Geburtstag geschickt hatte."

Ruben begann zu husten, als hätte er sich verschluckt. „Aber ... ich ... dachte, ihr hättet es weggeworfen, ohne nachzusehen, was sich darin befand."

„Wir haben es nicht aufgemacht, aber wir sahen keinen Grund, es wegzuwerfen", erwiderte Levi. „Ada, was war in dem Päckchen?"

„Briefe, Tagebücher, Malindas Bibel und Dokumente. Ihre Heiratsurkunde und Caras Geburtsur ..."

„Moment mal!", fiel ihr Ruben ins Wort und stand auf. Er spielte nervös mit dem Hut in seiner Hand. Leah, seine Frau, zupfte an seinem Arm und bedeutete ihm, sich wieder zu setzen. Er schüttelte den Kopf. „Bevor das hier weitergeht, muss ich mit Malindas Familie und dem Bischof sprechen. Allein."

Der Bischof räusperte sich. „Ich denke, Ruben hat recht. Wir haben als große Gruppe alles geklärt, was wir heute klären konnten. Danke für euer Kommen. Ich hoffe, uns allen wurde klar, wie schädlich und gefährlich Gerüchte sein können und dass sie oft auf Lügen basieren. Ich bitte Malindas Brüder, ihre Frauen, Ruben, Leah und Ada zu bleiben."

Innerhalb weniger Minuten hatten alle den Raum verlassen bis auf die Leute, die der Bischof aufgezählt hatte.

Der Bischof setzte sich an den Küchentisch. Die anderen folgten seinem Beispiel.

Er holte tief Luft und beugte zum stillen Gebet den Kopf. Dann schlug er die Augen wieder auf. „Bevor ich anfange, will ich dich fragen, ob du uns etwas zu sagen hast, Ruben."

Ruben starrte auf den Tisch. Kinderstimmen aus dem Garten drangen in den Raum, aber von den Erwachsenen sprach keiner ein Wort.

Ruben wischte sich mehrmals über die Stirn und begann schließlich zu sprechen. „Als Malinda von hier wegging, geschah das nicht ganz so, wie die Gerüchte sich erzählen."

„Und wie geschah es?" Levis Stimme klang gereizt.

Ruben hatte Mühe zu sprechen. „Deine Schwester hat nicht mit mir Schluss gemacht. Und sie war auch nicht schwanger, als sie wegging."

Levi sprang auf. „Was? Du hast uns gesagt, sie hätte sich mit Trevor getroffen, während ihr beide miteinander verlobt wart, und sie wäre mit ihm durchgebrannt, nachdem sie mit dir Schluss gemacht hatte."

Ruben atmete tief ein und schaute auf den Boden. „Das habe ich nie direkt so gesagt. Ihr habt das nur geglaubt."

Emma schaute Rubens Frau an. „Wusstest du das?"

Der gequälte Blick in Leahs Gesicht war Antwort genug, obwohl sie nur ein Achselzucken und ein schwaches Nicken zustande brachte.

David schaute Ruben finster an. „Du erklärst uns das jetzt." Er tippte bei jedem Wort mit dem Zeigefinger auf die Tischplatte.

„Ich ... ich habe ungefähr eine Stunde von hier entfernt gearbeitet. Dort habe ich Leah kennengelernt. Ich war fast den ganzen Sommer dort. Als ich mehrere Wochenenden hintereinander nicht nach Hause kam, hat Malinda Trevor als Fahrer gemietet und sich von ihm zu mir bringen lassen. Sie ... sie hat gesehen, wie ich Leah küsste. Wir stritten, und sie verschwand mit Trevor. Sie bat mich, nichts zu sagen."

„Wie bequem für dich." David knallte mit der Hand auf den Tisch.

„Das klingt, als hätte sie wenigstens mit einer gewissen Würde weggehen wollen", sagte Leroy.

Emma ballte mehrmals über ihrer Schürze die Faust und ließ sie wieder los. „Sie war neunzehn und ihre ganzen Träume waren zerbrochen. Sie hatte sich von ihrem *Daed* immer abgelehnt gefühlt, weil er sie von Levina aufziehen ließ. Sie muss am Boden zerstört gewesen sein, als sie wieder von einem Mann abgelehnt wurde."

David zuckte die Achseln. „Ich finde immer noch, dass *Daed* richtig gehandelt hat, als er sie *Großmammi* Levina gab, nachdem *Mamm* bei Malindas Geburt gestorben war. Er konnte sich nicht um ein Neugeborenes und um seine anderen Kinder kümmern und dabei noch Geld verdienen."

Ein tiefer Schmerz sprach aus Levis Augen, als er den Kopf in die Hände legte. „Wir hätten sie nicht die ganzen Jahre bei *Großmammi* Levina lassen sollen. Aber unser Haus schien irgendwie nicht der richtige Ort für ein junges Mädchen zu sein. Wir waren nur Jungen und hatten keine Mutter."

„Malinda war für ihre Entscheidungen selbst verantwortlich", sagte David.

Mehrere begannen gleichzeitig zu reden.

Der Bischof hob die Hände und brachte damit alle zum Schweigen. „Wir dürfen nicht vergessen, dass Malinda in die Kirche eingetreten war und dann weglief. Sie hat ihren Eid gebrochen, egal aus welchen Gründen. Trotzdem klingt es so, als wären Schock und Verletzung die Gründe für ihre Entscheidung gewesen und nicht Rebellion."

Levi stand auf und begann, im Raum auf und ab zu gehen. „Fast dreißig Jahre lang dachten wir, sie hätte den Glauben verleugnet, sie wäre wie eine zügellose Landstreicherin weggelaufen. Ich habe dich gefragt, Ruben, weil ich nie irgendein Anzeichen dafür gesehen hatte, dass sie rebellisch gewesen wäre, nicht einmal während ihres ‚Rumschpringe'. Und du hast mich glauben lassen, dass wir sie einfach nie richtig gekannt hätten."

„Das hast du selbst so entschieden. Du hast mir gesagt, dass sie nicht lange, nachdem sie weggegangen war, angerufen hat. Sie sagte, dass sie sich zu sehr schäme, um nach Hause zu kommen, und dass Trevor sie heiraten wolle. Du hast erzählt, dass du das nächste Mal von ihr gehört hast, als sie eine kleine Tochter bekommen hatte."

Levi deutete auf ihn. „Ich habe das Gefühl, dass du uns jahrelang angelogen hast. Egal ob mit Worten oder durch dein Schweigen."

„Ich wollte nicht lügen."

„Du wolltest aber auch nicht die Wahrheit sagen", knurrte Leroy.

Ruben fuchtelte nervös mit den Händen. „Ich habe in jenem Sommer Leah kennengelernt, und wir ... wir haben uns ineinander verliebt. Wir wollten es ihr sagen, aber sie fand es vorher selbst heraus. Wer Malinda kannte, wusste, wie reizbar sie war."

„Reizbar?", fiel ihm eine ihrer Schwägerinnen ins Wort. „Ich erinnere mich, dass Malinda von ihrem Vater die Erlaubnis bekam, sich von einem Erntehelfer nach Ohio zu dir fahren zu lassen. Drei Wochen später sollte die Hochzeit sein. Trevor war der Fahrer, und er hat sie zu dir gebracht, nicht wahr?"

Ruben nickte.

Emma schluchzte. „Sie kam von dieser Fahrt nie zurück. Wir nahmen an, dass sie vorgehabt hätte, mit Trevor durchzubrennen, und dass sie den Besuch bei dir nur als Vorwand genannt hätte, um wegzukommen. Und du hast dazu beigetragen, dass wir das glaubten. Du weißt genau, dass du das getan hast."

„Es war gemein von dir, ihr nicht zu sagen, wie es um deine Gefühle stand, *bevor* du eine andere geküsst hast." Leroy bedachte Ruben mit einem anklagenden Blick. „Du und Leah habt erst ein ganzes Jahr später geheiratet. Habt ihr das nur getan, damit ihr gut dasteht? Das hätten wir nie von dir gedacht! Und erzähle uns jetzt nicht, unsere Schwester wäre reizbar gewesen, nachdem du uns fast drei Jahrzehnte lang im Glauben gelassen hast, sie sei bei ihrer Flucht schwanger gewesen."

„Sie hätte nicht weggehen müssen", verteidigte sich Ruben. „Und sie hätte auch nicht Trevor heiraten müssen. Als sie Jahre später auf der Suche nach einem sicheren Platz für Cara war, habe ich versucht, sie zu überreden, die Wahrheit zu erzählen. Ich wollte die Sache klarstellen."

„Du hast allein mit ihr gesprochen, als sie mit Cara nach Dry Lake zurückkam? Ohne dass ich oder sonst jemand dabei war?" Leahs Stimme verriet alles. Sie traute dem Herzen ihres Mannes nicht, was Malinda betraf. Ada fragte sich, ob Ruben wirklich in Leah verliebt gewesen war oder ob er sich nur verpflichtet gefühlt hatte, sie zu heiraten, nachdem Malinda ihn und Leah ertappt hatte. Vielleicht war das Jahr Wartezeit bis zu ihrer Heirat mehr eine Trauerzeit für Ruben gewesen als irgendetwas anderes.

Ruben gab seiner Frau keine Antwort, aber Ada vermutete, dass er das noch nachholen müsste ... für lange Zeit.

„Als Malinda mit Cara zurückkam, wollte sie die Sache nicht klarstellen. Sie sagte, das würde nichts daran ändern, dass ihr Vater und ihre Brüder sie nicht wieder hier in Dry Lake haben wollten. Und dass die Wahrheit nur Leah und mich in Schwierigkeiten bringen würde."

Levi schaute seine Frau an. „Sie dachte, wir würden sie nicht hierhaben wollen, selbst wenn wir die Wahrheit wüssten?"

David knallte die Hand auf den Tisch. „Wir können nicht glauben, was Ruben sagt. Er hat mit ihr unter vier Augen gesprochen, und wir werden nie erfahren, was dabei wirklich gesagt wurde und was nicht."

Leah stand auf und verschränkte die Arme vor sich. Ihre Verlegenheit und Schuldgefühle waren ihr deutlich ins Gesicht geschrieben. „Als sie mit Cara nach Dry Lake kam, hattet ihr genauso Gelegenheit, mit ihr zu sprechen wie Ruben. Aber ihr habt es nicht getan. Keiner von euch. Also schiebt die Schuld an dem ganzen Chaos nicht allein auf ihn."

Ada zog die Dokumente aus ihrer Schürzentasche. „Wenn wir auch die richtigen Leute finden, auf die wir die Schuld schieben können, so lösen wir damit doch kein einziges Problem, was Cara betrifft." Sie faltete die Papiere auseinander. „Trevor und Malinda heirateten mehrere Monate, nachdem sie von hier weggegangen waren. Cara wurde fünfzehn Monate später geboren. Wenn es stimmt, dass Malinda sich immer abgelehnt fühlte und ihr das gern wiedergutmachen wollt, fordere ich euch auf, das jetzt bei ihrer erwachsenen Tochter zu tun. Und Ephraim keinen Vorwurf aus dem zu machen, was er getan hat."

Der Bischof las die Dokumente durch, als wollte er sich noch einmal vergewissern, dass er beim ersten Mal richtig gelesen hatte. „Ephraim bleibt unter dem Bann. Wir können nicht zulassen, dass ein unverheirateter Mann eine Frau in seinem Haus übernachten lässt. Aber wir müssen alles in unserer Macht Stehende tun, um die Sache mit Cara in Ordnung zu bringen. Wir werden versuchen, einen Teil der Wunden, die wir mitverursacht haben, zu heilen."

Ada schob ihre Finger ineinander. „Ich glaube nicht, dass es im Moment die richtige Lösung wäre, zu ihr zu gehen. Sie traut den Motiven anderer Menschen nicht. Sie würde wissen wollen, warum ihr sie erst jetzt besucht und warum ihr nicht schon vor Tagen gekommen seid. Wenn sie herausfindet, dass wir uns getroffen haben, um über sie zu entscheiden, wird sie uns nie an sich heranlassen."

„Das klingt, als wäre sie genauso eigensinnig wie ihre Mutter", bemerkte Leroy.

Die Brüder schmunzelten, und ein Teil der Spannung im Raum löste sich.

„Ada, du kennst sie besser als jeder andere hier", sagte Emma. „Wenn sie uns nicht vertraut und nicht mit uns sprechen will, wie sollen wir dann an sie herankommen?"

„Im Moment durch Briefe. Aber vor allem hätte ich gern die Erlaubnis, dass sie bei mir einziehen darf. Ich habe ein Haus in Hope Crossing gefunden."

Mehrere Fragen stürmten gleichzeitig auf sie ein.
Der Bischof hob die Hand. „Du hast meine Zustimmung, Ada."

Kapitel 35

Die Geräusche der Nacht, vor allem das Zirpen der Grillen und das Quaken der Laubfrösche, rissen nicht ab. Die Flamme der Öllampe neben dem Bett zitterte, und Caras Augenlider wurden schwer, als sie die Briefe las, die ihre Mutter ihrem Vater geschrieben hatte. Andere Briefe stapelten sich auf dem Nachttischchen – Briefe von ihrer Mutter an Cara, von ihrem Vater an Cara, von ihrem Vater an ihre Mutter. Sie las sie immer wieder und versuchte, die fehlenden Puzzleteile ihres Lebens zusammenzufügen. Durch das offene Fenster trug der Sommerwind einen süßen Blumenduft ins Zimmer. Silberne Mondstrahlen lagen auf der Bettdecke.

Die Unterschiede zur New Yorker Bronx waren riesig, und sie konnte verstehen, warum sich ihr Besuch hier als Kind tief in ihr Gedächtnis eingegraben hatte. Verglichen mit dem ständigen Sirenengeheul, den lauten Nachbarn und den verriegelten Fenstern ihrer Wohnung in New York City war das hier ein Urlaubsort. Aber die Leute hier hatten auch Probleme. Andere Probleme als die, die sie früher gekannt hatte, aber trotzdem Probleme. Doch von Leuten, die weltliche Dinge ablehnten, hätte sie irgendwie mehr erwartet.

Sie überflog einen Brief, den sie vorher schon mehrere Male gelesen hatte. Anscheinend hatte ihre Mutter ihren Vater geheiratet, ohne zu wissen, dass er Alkoholiker war. Viele Briefe waren von ihrer Mutter, die sie ihrem Vater in die Entzugsklinik geschrieben hatte. Aber die Probleme ihres Vaters waren nicht das Einzige, was ihre Mutter belastet hatte. Sie schrieb von einem furchtbaren Schmerz aus ihrer Kindheit, aber Cara hatte noch nicht herausgefunden, was sie damit gemeint hatte. Trevors Vater war kein Vorzeigevater gewesen, und Trevor war auf legalem Weg an den Alkohol herangekommen. Ihre Eltern waren zwei verletzte Menschen gewesen, die sich in der Hoffnung, ihren Schmerz zu lindern, zusammengetan hatten. In gewisser Weise schien ihre Beziehung funktioniert zu haben. Wenigstens teilweise.

Aber diese Briefe und Tagebucheinträge zu lesen, war, als würde man das Ende eines Gesprächs mitbekommen. Es war verwirrend. Und sie wünschte, sie würde mehr verstehen. Aber im Moment war sie es müde, die Vergangenheit ihrer Eltern begreifen zu wollen.

Sie konnte es nicht erwarten, Dry Lake zu verlassen, und hatte Mühe, ihre Ruhelosigkeit zu zügeln. Es war drei Tage her, seit sie eingewilligt hatte, zu Ada nach Hope Crossing zu ziehen. Da aber Ada noch die Mietbedingungen mit den Vermietern klären musste und Ephraims Vater operiert wurde, saß Cara immer noch hier fest. Ephraim hatte sich seit Sonntag kaum blicken lassen, und Lori fragte ständig nach ihm.

Ein leises, gurrendes Geräusch erfüllte die Nachtluft. Obwohl sie nicht wusste, welcher Vogel dieses Geräusch von sich gab, war es ihr Lieblingsgeräusch – leise und sanft wie die Abenddämmerung, die sich über das Land legte. Sie legte die Briefe in die Schachtel und schlüpfte in ihre Jeans. Vom Fußende des Bettes sprang Bessere Zeiten auf und wedelte mit dem Schwanz. Sie hob ihn hoch und ging nach draußen. Es sah so aus, als würde es nicht schwer werden, bis der Hund stubenrein wäre. Das wäre für Ephraim wichtig, da Lori den Hund nicht mehr von morgens bis abends versorgen würde, wenn sie ausgezogen waren. Nachdem sie den Hund ins Gras gesetzt hatte, betrachtete sie die Landschaft.

Die stille Schönheit von Dry Lake stand im krassen Widerspruch zu ihrer inneren Unruhe. Sie fragte sich, ob alle amischen Gemeinden Außenstehenden gegenüber so verschlossen waren oder ob man nur ihr gegenüber so verschlossen war, weil ihre Mutter von hier weggegangen war und weil sie von Cara ein bestimmtes Bild hatten. Ein Flüstern, das ihren Namen trug, drang durch die Nachtluft, und als sie sich umdrehte, sah sie Ephraim am Eingang seines von der Hecke abgeschirmten Versteckes stehen.

Sie ging zu ihm hinüber. „Wie geht es deinem Vater?"

„Gut. Er wird morgen entlassen. Besser gesagt, heute. Warum bist du schon auf?"

„Ich habe die Briefe gelesen, die meine Mutter meinem Vater schrieb, als er in der Entzugsklinik war." Caras Blick wanderte über die Wiesen und den Weiher. „Ich kann es nicht erwarten, von hier wegzukommen, und doch strahlt dieser Ort etwas Besonderes aus.

Ich verstehe, warum meine Mutter ihn so sehr vermisst hat. Wo hat sie als Kind gewohnt?"

„Bei Levina, aber die restliche Familie wohnte im Haus neben Levi und Emma Riehls Haus. Leroy Riehl und seine Frau wohnen jetzt dort. Deine Großmutter starb bei der Geburt deiner Mutter, und Levina, ihre Großmutter, zog Malinda auf. Vor fünfzig Jahren gab es keine Hebamme in Dry Lake, und der Weg zu den Krankenhäusern war weit. Ich habe einmal gehört, wie dein Großvater mit anderen Männern darüber sprach. Er sagte, deine Großmutter sei eine zierliche Frau gewesen und habe bei jeder Entbindung große Schwierigkeiten gehabt, und sie habe die Nacht, in der Malinda geboren wurde, nicht überlebt. Levinas Kinder waren alle schon erwachsen, und sie hat Malinda dann bei sich aufgenommen. Ich habe immer gehört, dass es zwischen deiner Mutter und ihrem Vater böses Blut gab. Anscheinend war sie verletzt, weil er sie jemand anderem gegeben und sie nie aufgefordert hatte, zu ihm nach Hause zu kommen. Auch später nicht, als sie längst kein Baby mehr war. Sie zog erst in das Haus deines Vaters, als Levina gesundheitliche Probleme hatte und sich nicht mehr um sie kümmern konnte. Damals war deine Mutter sechzehn oder siebzehn."

„Und der Vater meiner Mutter?"

„Dein Großvater starb bei demselben Autounfall, bei dem auch meine Mutter, Mahlons Vater, Beccas Mann und mehrere andere aus der Gemeinde starben. Drei Wagen und gemietete Fahrer waren mit Leuten aus unserer Gemeinde zu einer Hochzeit nach Ohio unterwegs. Der Fahrer ihres Wagens fuhr zu schnell, passte nicht auf und raste gegen einen Betonpfeiler."

„Ephraim, das tut mir leid."

Er betrachtete den Nachthimmel. „Es war ein riesiger Verlust, und ich vermute, dass das einer der Gründe ist, warum die Gemeinde gegenüber Außenstehenden so abwehrend ist. Keiner der Erwachsenen in der Gemeinde hatte dem Fahrer des Wagens, der verunglückte, getraut. Und dennoch hat keiner auf seinen Instinkt gehört, und sie bezahlten dafür einen sehr hohen Preis. Jetzt sind sie gegenüber Außenstehenden doppelt vorsichtig."

Cara konnte das teilweise verstehen. Vertrauen kaputt zu machen dauerte nur einen Moment, und es konnte ein Leben lang dauern, es wieder aufzubauen. „Vielleicht fühlte sich meine Mutter von ihrem Vater im Stich gelassen, ließ sich deshalb auf einen Englischen ein und brannte mit ihm durch."

„Vielleicht."

Cara trat zur Schaukel. „Es scheint alles eine große Lüge zu sein."

„Was meinst du damit?"

„Wie malerisch das Leben manchmal aussehen kann. Man bekommt einen kurzen Eindruck von etwas und es sieht reizvoll und wunderbar aus – wie das amische Leben. Aber es ist alles eine Lüge."

Er setzte sich neben sie. „Am Sonntagabend warst du mit Lori bei den großen Bäumen am Weiher, als die Sonne unterging. Wenn jemand ein Foto von euch gemacht hätte, würde das Bild jedem das Herz erwärmen. Der Kampf ums Überleben ist groß. Dieser Kampf straft aber die Wahrheit nicht Lügen, die man in diesem kurzen Augenblick sieht. Die Liebe ist real, und sie ist es wert, dafür zu kämpfen. Das ist keine Lüge, Cara."

„Vielleicht hast du recht." Sie rieb sich den Nacken. „Ich bin so müde davon, über das alles nachzudenken."

Er griff in seine Hosentasche und zog etwas heraus. Er ließ einen Schlüssel vor ihren Augen baumeln und lächelte. „Vielleicht hilft dir das weiter. Die Farbe und das Malerwerkzeug wurden geliefert. Das erste Badezimmer funktioniert. Die Küchenspüle wird morgen repariert. Ein Gasherd und Kühlschrank werden spätestens anfangs nächster Woche geliefert."

Sie hielt die offene Handfläche unter den Schlüssel und er ließ ihn hineinfallen. Sie schloss die Faust um den Schlüssel und lehnte sich entspannt an die Rückenlehne der Schaukel. „Du hattest recht, weißt du das?"

„Nun, wie mein *Daadi* immer zu sagen pflegte ..."

„Dein wer?"

„Mein Großvater."

„Okay."

„Er pflegte zu sagen, dass auch ein blindes Hund hin und wieder ein Korn findet."

Sie lachte. „Du bist verrückt, Ephraim. Kein Mensch reißt noch vor Sonnenaufgang Witze."

Er verkniff sich ein Lächeln, konnte aber die leichten Lachfältchen um seine Mundwinkel nicht verhindern. „Hast du wirklich gesagt, dass ich mit etwas recht hatte?“

„Ich brauche diese Übergangszeit, einen Ort, an dem ich wohnen kann, um das alles zu verarbeiten, was ich erfahren habe. Aber was bedeutet es für dich, wenn ich ausziehe?“

„Dass ich wieder in meinem Bett schlafen kann.“

Sie stieß ihn mit dem Ellenbogen an. „Wie lange dauert es, bis der Bann aufgehoben wird?“

„Der Bischof hat keine genaue Zeit festgelegt.“

„Aber ich bin dann fort.“

„Es ist eine Züchtigung für Ungehorsam in der Vergangenheit, ähnlich wie wenn ein Jugendlicher Hausarrest bekommt oder ihm bestimmte Privilegien entzogen werden. Nur dass es die Freunde cool finden, wenn man Schwierigkeiten mit den Eltern hat, und beim Bann findet das keiner cool.“

„Weißt du, was ich denke?“

„Will ich das überhaupt wissen?“

Sie schnaubte und deutete auf ihn. „Ich denke, wenn es Gott wirklich gibt, dann bringt er diesen Bischof dazu, sich zu entschuldigen.“

Ephraim musste so herzhaft lachen, dass er fast nicht mehr aufhören konnte.

„Was ist?“

„Du glaubst nur, dass es Gott gibt, wenn er den Bischof dazu bringt, sich zu entschuldigen, obwohl er eigentlich nichts falsch gemacht hat?“

„Nichts falsch gemacht? Wir haben nichts getan, was gegen deine Bibel verstößt.“ Sobald sie das gesagt hatte, wurde sie jedoch unsicher. „Oder?“

„Doch, irgendwie schon. Wir werden aufgefordert, auch nicht den Anschein einer Sünde zu erwecken, und dass du in meinem Haus übernachtest ... ach, du weißt schon. Es ist nichts falsch daran, wenn man für sein Verhalten Rechenschaft ablegen muss, Cara.“

„Das ist lächerlich. Es gibt so viel Böses auf der Welt, und du wirst mit dem Bann belegt, weil du etwas getan hast, was den *Anschein erwecken könnte*, dass es falsch ist? Wo bleibt da der Beweis für die Liebe deines Gottes?“

„Du liebst deine Tochter, aber du kannst nichts in der Hand halten, was das beweisen würde. Liebe äußert sich immer durch dein Handeln. Gottes Liebe äußert sich auch immer durch sein Handeln. Aber wir stehen mitten in einem Kampf. Es ist Teil des Lebens, ‚den guten Kampf des Glaubens' zu kämpfen, um nicht vom Glauben abzufallen. Wenn es nichts Böses gäbe, das uns zu Fall bringen will, müssten wir nicht kämpfen, um am Glauben festzuhalten, oder?"

Cara war etwas beleidigt, aber gleichzeitig auch irgendwie verwirrt. „Ich mag dich. Und ich glaube, du magst mich auch. Tu unserer Freundschaft also bitte einen Gefallen und fang nicht wieder mit diesem Gott-Thema an, okay?"

Er stand auf. „Ist die Natur dir wichtig?"

„Natürlich."

„Dann komm und schau dir durch das Teleskop an, wie herrlich sie ist."

Als Cara den Kopf schüttelte, hielt Ephraim ihr die Hand hin. „Ich werde nicht das Risiko eingehen, unsere Freundschaft kaputt zu machen, indem ich versuche, dich von Gott zu überzeugen. Das ist seine Aufgabe. Ich will dir nur etwas Atemberaubendes am Himmel zeigen."

Cara legte ihre Hand in seine. Sie gingen die paar Schritte zu seinem Teleskop.

Sie schaute durch die Linse. „Ich sehe nichts anderes als meine eigenen Wimpern."

Ephraim stellte das Teleskop richtig ein. „Jetzt versuch es noch einmal. Aber blinzle nicht, bevor du das Auge daraufdrückst."

Cara versuchte es wieder. Er stand direkt hinter ihr und zeigte ihr, wie sie den Sucher einstellen und dann scharf stellen konnte. Sie fragte sich, wie oft er das schon mit Anna Mary gemacht hatte. Hatte sie sich dabei so gefühlt, wie Cara sich in diesem Moment fühlte?

„Cara?"

Sie blinzelte. „Entschuldige. Was hast du gesagt?"

„Leg das Auge an den Rand und stell es dann scharf, bis du etwas siehst."

„Okay."

Sie konnte kaum denken, wenn er so nahe neben ihr stand – seine Stimme klang so sanft, seine Haut strahlte eine angenehme Wärme aus, und jede seiner Bewegungen war so gefühlvoll. Aber dann eröffnete ihr das Teleskop einen Blick, der so atemberaubend war, dass sie ihren Augen kaum trauen wollte. Eine Ansammlung von leuchtenden Sternen hing vor einem Hintergrund aus goldenem und silbernem Staub am Himmel. Sie hatte immer gehört, dass es viel mehr Sterne gab, als man mit dem bloßen Auge erkennen konnte. Plötzlich nahm jedes Problem, das sie je gehabt hatte, eine andere Dimension an – als wäre es nur ein winziger Punkt auf dem Zeitstrahl der Welt.

Kapitel 36

Deborah beobachtete Mahlon, während er das Pferd und den Einspänner in Richtung Hope Crossing steuerte. Sie würden fast eine Stunde brauchen, bis sie dort wären. Deshalb hatte er früher in der Werkstatt Schluss gemacht, weil er hoffte, sie könnten vor Einbruch der Dunkelheit hin- und zurückfahren. Sie wollten beide das Haus sehen, in das Ada am Samstag einziehen würde.

Das einzige Geräusch war das Hufeklappern des Pferdes und das Quietschen des Einspänners. Deborah hatte bemerkt, dass Mahlon, seit Ephraim mit dem Bann belegt worden war, mit jedem Tag schweigsamer wurde und ihr immer weniger erzählte. Ihm war nicht einmal aufgefallen, dass sie etwas hinter ihrem Rücken versteckt hatte, als sie aus dem Haus kam, oder dass sie ein Paket unter den Wagensitz geschoben hatte. Vielleicht brauchte er nur etwas, worüber er lachen konnte. Sie für ihren Teil könnte jedenfalls eine Abwechslung gut vertragen, besonders nachdem sie gestern Abend von Anna Mary erfahren hatte, dass sie und Ephraim miteinander Schluss gemacht hatten.

Ein gemeinsamer Abend vor dem Wochenende tat wahrscheinlich sowohl ihr als auch Mahlon gut. Er hatte sich bestimmt darüber aufgeregt, dass seine Mutter sich für ein Haus entschieden hatte, ohne sich vorher mit ihm abzusprechen. Jetzt, da ihr Vater aus dem Krankenhaus entlassen war, war es für sie schwer zu akzeptieren, dass Ephraim und Anna Mary nicht mehr zusammen waren. Der Bann würde irgendwann aufgehoben werden, aber Ephraim hatte noch nie seine Meinung geändert, wenn er mit einem Mädchen erst einmal Schluss gemacht hatte. Sie gab die Hoffnung nicht auf, dass es diesmal doch anders wäre.

Ada hatte ihr nicht viel von dem erzählt, was am letzten Montag passiert war, nachdem der Bischof fast alle nach Hause geschickt hatte. Sie wollte nicht darüber sprechen, aber sie erzählte Deborah alles über das Haus in Hope Crossing und dass Cara mit ihr dort einziehen würde.

Nachdem sie erfahren hatte, wie viel Cara durchgemacht hatte, bevor sie nach Dry Lake gekommen war, verstand Deborah ihre Situation besser. Aber sie war trotzdem froh, dass Cara in zwei Tagen bei ihrem Bruder ausziehen würde.

Deborah holte tief Luft und versuchte, sich zu entspannen. Sie berührte Mahlons Wange und hoffte, sie könnte auch ihn aus den Gedanken, in die er versunken war, herausholen. „Wo bist du mit deinen Gedanken?"

„Ich denke über die ganzen Veränderungen nach, die zurzeit in Dry Lake passieren. Es ist, als hätte sich plötzlich jeder entschieden, seinem Herzen zu folgen."

„Jeder versucht, das zu tun, was das Beste ist. Sogar deine Mutter."

„Vielleicht."

„Was stört dich daran?"

„Ich bin geblieben, weil ich dachte, sie käme allein nicht zurecht. Und jetzt ..."

„Du bist geblieben?"

Er sagte nichts.

„Meinst du mit *geblieben*, bei ihr geblieben oder amisch geblieben?"

Er schüttelte seufzend den Kopf. „Bei ihr geblieben."

„Es hat nicht geschadet, dass du noch ein paar Jahre zu Hause geblieben bist, oder?"

„Nein." Er zuckte die Achseln. „Fragst du dich nie, ob Ephraim, wenn das alles vorbei ist, amisch bleibt?"

„Das frage ich mich viel zu oft. Ich glaube, das ist der Hauptgrund, warum ich mich nicht stärker darüber aufrege, dass deine Mutter beschlossen hat, nach Hope Crossing zu ziehen. Damit sorgt sie dafür, dass Cara aus seinem Haus und aus seinem Leben verschwindet. Es tut mir wirklich leid, dass Ada so weit weg zieht, aber vielleicht können Ephraim und Anna Mary sich wieder versöhnen, wenn Cara erst einmal weg ist."

„Ich hatte keine Ahnung, dass *Mamm* so viel Selbständigkeit besitzt. Es ist nur schade, dass ich das nicht schon vor Jahren gewusst habe." Er schlug dem Pferd leicht die Zügel auf den Rücken.

„Jetzt bist du frei. Und du kannst ein Haus für uns allein suchen. Ich bin so aufgeregt, aber gleichzeitig bin ich auch ziemlich nervös. Kannst du in zehn Tagen ein Haus für uns finden?"

„Vertraue mir einfach. Ich mache das schon.“ Mahlon schaute auf die Wegbeschreibung in seiner Hand und brachte den Einspänner vor einem alten Haus zum Stehen.

„Das ist es?“, fragte Deborah ungläubig.

Er blickte auf die Adresse auf dem Zettel und dann auf den Briefkasten. „Ja.“

Sie blieben schweigend sitzen und starrten das Haus an. Es sah aus wie ein Geisterhaus. Es war das absolut schlimmste Haus in Hope Crossing. Mahlon fuhr hinten herum und in die Einfahrt.

Deborah sah sich um. Das Haus stand auf einem Eckgrundstück mit einem Maisfeld auf einer Seite. Andere Häuser waren in der Nähe, aber nicht zu nahe. „Es hat einen netten, kleinen Stall, eine Weide für ihr Pferd und einen riesigen Garten.“

„Ja, einen Garten, der so voll ist mit Müll, dass sie ihn zu nichts gebrauchen kann.“

„Das kann man mit ein bisschen Arbeit ändern.“

Sie stiegen beide aus, und Deborah hielt Mahlons Hand, als sie um das Haus herum und den gepflasterten Weg hinauf zur Veranda gingen.

Die graue Farbe des zwei Meter breiten Holzbodens musste abgeschliffen und erneuert werden. Die weißen Schindeln an den Seiten hatten nur noch so wenig Farbüberzug, dass es nicht viel gab, was abgeschliffen werden musste.

„Kein Wunder, dass sich deine Mutter dieses Haus leisen kann.“

„Sie sagt, die Miete wird durch die Arbeitszeit, die sie hier einbringt, gesenkt.“

„Wenn Cara hier fleißig streicht, kann deine Mutter eine ganze Weile kostenlos hier wohnen.“

„Das sollte man meinen.“

Deborah steckte den Schlüssel ins Schloss und drehte ihn um. „Mir gefällt die Tür. Der altmodische Briefschlitz, das geschliffene Glas und die Messingknöpfe. Einfach perfekt.“

„Perfekt wofür?“

„Um die Träume deiner Mutter wahr werden zu lassen. In diesem alten Haus steckt viel Potenzial.“

Sie überquerten die schwarz lackierten Böden. Tapeten schälten sich von der Decke, überall standen modrige Abfallkisten herum, und auf dem ganzen Boden waren Zeitungen verstreut. Sie betraten die Küche.

Deborah schaute sich interessiert um. „Die Küche ist auf jeden Fall groß genug, dass sie hier ausgiebig backen kann."

Mahlon schaute ins Spülbecken. „Dieses Haus ist eine Ruine – sogar die Rohre fehlen."

„Ada sagt, dass der Installateur morgen wieder kommt, und dass die Vermieter die Kosten dafür bezahlen."

Sie gingen durch die anderen Räume im Haus.

Mahlon schüttelte den Kopf. „Ich kann nicht glauben, dass sie das will. In dieses Haus muss man so viel Arbeit investieren."

„Muss man nicht in alle Träume viel Arbeit investieren?"

Er zuckte leicht mit den Achseln. „Die meisten Träume muss man ignorieren."

Ein unbehagliches Gefühl beschlich sie. „Ignorieren?"

„Vergiss es." Er deutete zur Haustür. „Ich habe genug gesehen. Können wir gehen?"

„Mir gefällt dieses Haus, Mahlon. Siehst du denn nicht, dass das etwas ist, wonach sie sich schon immer gesehnt hat? Du wolltest als Jugendlicher in Dry Lake bleiben, und sie ist geblieben. Aber jetzt ist es an der Zeit, dass sie etwas Neues wagt."

„Na toll! Sie verwirklicht ihre Träume, während ich in Dry Lake festsitze und für Ephraim arbeiten muss."

„Mahlon." Deborah blieb stehen. „Nimmst du deiner Mutter das übel?"

Er schüttelte den Kopf. „Ich habe nur einfach genug davon. Du nicht?"

„Genug wovon?"

Er schloss die Haustür hinter ihr. „Ich wollte eine einzige Woche freihaben, um wegzufahren, aber Ephraim braucht mich, und *Mamm* zieht los und mietet ein altes Haus, und ... ich ..."

„Und du?"

Nachdem er die Tür zugesperrt hatte, steckte er den Schlüssel in seine Hosentasche. „Vergiss es."

„Vergiss es? Was ist mit dir? Willst du mir etwas sagen? Dann sag es bitte." Während sie die Verandastufen hinabgingen, zupfte Deborah an seinen Händen. „Ich will nicht mit dir streiten, nur weil du schlecht gelaunt bist, aber wenn du ständig Andeutungen machst und dann sagst, dass sie nichts ..."

„Okay“, fiel er ihr ins Wort und legte die Arme um sie. „Du hast ja recht.“ Er küsste sie auf die Stirn. „Ich brauche einfach ein paar Tage frei, aber das sollte ich nicht an dir auslassen.“ Er küsste sie wieder. „Tut mir leid, Deb.“

Sie stieg in den Einspänner und hoffte, ihr Geschenk würde seine Stimmung verbessern. Sie zog es unter ihrem Sitz hervor. „Ich habe für dich ein Geschenk bestellt. Es ist heute gekommen.“

Er lächelte. „Und wie ist es dir gelungen, es vor mir zu verstecken?“

„Das war gar nicht schwer. Ich habe dich ja in den letzten Wochen kaum gesehen.“

Mahlon nahm ihr das Geschenk aus den Händen. „Das hättest du nicht tun brauchen, Deb.“

„Du wirst mir bald ein neues Zuhause schenken. Ich finde, da kann ich dir etwas kaufen, das dorthin passt.“

Er riss das Papier auf und sagte nichts, als die Uhr zum Vorschein kam. Es war die faszinierendste Uhr, die Deborah je gesehen hatte, und sie sah genauso aus wie die Uhr, die Mahlon ihr vor einem Jahr gezeigt hatte. Damals hatte er gesagt, dass er hoffe, er würde eines Tages eine solche Uhr besitzen.

„Sie spielt jede Stunde eine Musik.“

„Sie ist schön, Deb“, flüsterte er, als er sie aus dem Karton nahm.

„Du musst nur auf diesen Knopf drücken, dann können wir jede Melodie hören. Es sind zwölf verschiedene Melodien.“

Er stellte den Schalter auf Ein. Die blecherne Musik schien ihn zu packen, und er rührte sich nicht. „Diese Melodie ...“

„Ich kenne sie nicht. Kennst du sie?“

Er nickte. „Sie ist überall, wohin ich in letzter Zeit komme. In jedem Laden. Im Haus von Kunden. In meinem Schlaf.“

„Wie lautet der Text zu dem Lied?“

„Der Text basiert auf einer Bibelstelle, die sagt, dass es für alles eine Zeit gibt. Nur dass es in dem Lied oft heißt: Dreh dich um, dreh dich um, dreh dich um.“

„Das ist eine gute Melodie, nicht wahr?“

Er zuckte die Achseln. „Manchmal habe ich das Gefühl, Gott wolle mir damit etwas sagen. Wie bringen wir die Uhr dazu, das nächste Lied zu spielen?“

„Du musst auf diesen kleinen Knopf drücken.“

Er tat es. Dieselbe Melodie fing wieder von vorne an.

„Das ist sonderbar." Deborah drückte wieder den Knopf. „Als ich die Uhr eingepackt habe, hat es noch funktioniert."

Jedes Mal, wenn sie den Knopf bediente, ertönte dieselbe Melodie. Deborah lief eine Gänsehaut über die Arme und den Rücken.

Mahlon reichte ihr die Uhr. „Schalten wir sie einfach erstmal aus, okay?"

„Klar." Sie stellte den Schalter auf Aus, aber die Musik hörte nicht auf.

Auch Mahlon probierte es noch einmal, aber die Melodie wurde nur schneller. „Versuch, die Batterien herauszunehmen."

Sie drehte die Uhr um, nahm die Batterieabdeckung ab und hielt inne. „Was passiert, wenn sie dann immer noch weiterspielt?" Sie zwang sich zu einem Lächeln, spürte aber, dass ihr Herz wie wild schlug. Als sie eine Batterie herausnahm, hörte die Musik auf.

„Wir schalten die Musik einfach nicht ein, okay?"

„Aber das ist doch gerade das Besondere an der Uhr. Wir können Lieder aussuchen, die im Laufe der Jahre eine bestimmte Bedeutung für uns bekommen und dann werden wir immer an unsere Liebe erinnert, egal wo im Haus wir gerade sind."

Mahlons Hände zitterten, als er seinen Hut abnahm. „Egal, wohin ich gehe und was ich in meinem Leben tun werde, deine Liebe werde ich nie vergessen. Niemals."

Ein seltsames Gefühl beschlich Deborah.

Er nahm ihre Hand in seine und küsste ihre Finger. „Ich liebe dich mehr, als du ahnst." Er sah ihr in die Augen, als wolle er ihr etwas sagen, wozu er nicht die Worte fand. „Fahren wir nach Hause. Ich muss morgen arbeiten, und du musst bald schlafen gehen, damit du *Mamm* beim Packen helfen kannst."

Sie war plötzlich so nervös wie noch nie und zuckte zusammen, als Mahlon den Arm um sie legte.

„Ich glaube, ich nehme mir ein paar Tage frei. Bist du damit einverstanden?"

„Aber die Schreinerei braucht dich. Sie liegen sonst mit den Aufträgen bald noch weiter zurück. Und du musst auch ein Haus finden und umziehen."

Er strich ihr beruhigend über den Rücken. „Ich habe Verwandte in Dry Lake, bei denen ich eine oder zwei Wochen wohnen kann."

„Dieser Gedanke hat dir bis jetzt nie behagt."

„Die Dinge ändern sich. Und die Schreinerei kommt mit den Aufträgen nicht nach, egal, was ich mache. Ich war jahrelang für den Lebensunterhalt meiner Mutter verantwortlich, und ich will jetzt nicht die gleiche Rolle für deinen *Daed* und seine ganzen Kinder übernehmen. Es ist nicht fair, mir diese Verantwortung aufzubürden."

„Aber so läuft es nun mal in Familien. Das weißt du. Was ist mit deiner Mutter? Hast du es ihr schon gesagt?"

„Nein. Ich werde ihr schreiben und es ihr erklären. Sie wird so damit beschäftigt sein, sich in diesem Haus einzurichten, ihre Arbeit zu schaffen und ihren Traum zu verwirklichen, dass sie nicht groß darüber nachdenkt."

„Wohin willst du gehen?"

Er zuckte die Achseln. „Irgendwohin, wo es ruhig ist und mich niemand kennt." Er zog sie heran und küsste sie auf den Kopf. „Deinem *Daed* geht es schon viel besser, und du wirst *Mamm* und Becca helfen. Du wirst gar keine Zeit haben, mich zu vermissen."

„Ich vermisse dich schon seit einer ganzen Weile. Und ich würde mich freuen, wenn du bei deiner Rückkehr ... wieder du selbst bist. Okay?"

„Du bist das wundervollste Mädchen, das jeder Junge sich nur wünschen kann."

„Das klingt schon eher nach dem Mann, dessen Heiratsantrag ich angenommen habe. Wann willst du fahren?"

„Am Samstag."

„Wann kommst du zurück?"

„Wahrscheinlich am Mittwoch. Am Wochenende danach können wir meine Sachen, die noch im Haus sind, fertig packen."

„Okay. Aber eines Tages, wenn du so weit bist, will ich mit dir darüber reden. Ich will wissen, worüber du die ganze Zeit nachdenkst."

„Wenn ich es selbst weiß, bist du die Erste, der ich es verrate."

Sie lächelte. „Einverstanden."

Kapitel 37

Ephraim beugte schweigend den Kopf und versuchte während des Tischgebets seine Gedanken an Cara zu verdrängen.

Als er die Augen wieder aufschlug, lächelte Lori ihn an. „Ich war als Erste mit dem Beten fertig."

Ephraim schmunzelte. „Ich glaube, darum geht es beim Beten nicht."

An einem Tisch, der ein Stück entfernt stand, nahm Ada ein Stück frisch gebackenes Brot und reichte Cara dann den Brotkorb. Cara stand von ihrem Tisch auf, ging zu Ephraims Tisch hinüber und stellte den Korb vor ihn hin.

Ephraim nahm ein Brötchen. „*Denki.*"

„*Gan gern?*", fragte Cara.

Er lachte. „*Gern gschehne.*"

„Ja, Mama, *gern gschehne.*" Cara streckte ihrer Tochter die Zunge heraus und kehrte dann zum anderen Tisch zurück. Lori kicherte.

Ephraim beobachtete Ada nachdenklich. Etwas belastete sie, etwas, was in diesem Brief stand, den sie schon hundert Mal gelesen hatte. Er wusste nicht, von wem er war. Sie hatte ihn in ihre Schürze gesteckt, und er hatte gesehen, dass sie weinte, wenn sie dachte, niemand würde hinsehen.

Seit Ada vor knapp zwei Wochen sein Haus verlassen hatte, nachdem sie dort über Nacht geblieben war, um Cara zu helfen, durfte sie nicht mehr mit ihm sprechen. Sie schrieb ihm und sie unterhielten sich über Cara als Mittlerin und konnten sich auf diese Weise ganz gut verständigen. Ephraim verstand, warum der Bischof ihm ungewöhnlich strenge Einschränkungen auferlegt hatte, aber das Schwerste waren die normalen Bannbestimmungen: dass er nicht mit ihr an einem Tisch sitzen durfte. Cara hatte sich einen Plan ausgedacht, der es ihnen leichter machte, mit den Regeln zu leben. Sie und Lori saßen bei den Mahlzeiten abwechselnd an seinem und an Adas Tisch.

Adas Haus in Hope Crossing war eine Stunde von Dry Lake entfernt, da die Pferdekutschen die Schnellstraße nicht benutzen durften, aber mit dem Auto waren es nur zehn bis fünfzehn Minuten. Deshalb fuhr Robbie Ephraim jeden Morgen hierher und holte ihn abends gegen zehn oder elf Uhr wieder ab.

In den Stunden dazwischen arbeiteten er und Cara daran, das Haus zu renovieren. Sie unterhielten sich und scherzten, sodass ihnen die ermüdende Arbeit fast wie ein Spiel vorkam. Jeden Morgen saßen sie auf den Verandastufen und tranken Kaffee. Jeden Abend, wenn es zu dunkel wurde, um im Licht der Öl- oder Gaslampen zu arbeiten, blieb Ada im Haus bei Lori, und er und Cara unternahmen einen langen Spaziergang. Danach hatte er sich gesehnt, als sie mit den Malerarbeiten im Haus der Garretts fertig gewesen waren. Nach mehr Zeit mit Cara.

Er sah ihr beim Essen zu und freute sich darüber, wie schnell ihr Heilungsprozess voranging. Der Schock und die Trauer, als sie von ihren Wurzeln gehört hatte, hatten sich gelegt, aber ihre Einstellung gegenüber ihrer Familie hatte sich noch nicht geändert. Mehrere hatten ihr Briefe geschrieben, aber sie hatte keinen einzigen davon aufgemacht. Sie hatte die Gleichgültigkeit ihrer Verwandten in der Vergangenheit akzeptiert, sie aber nicht vergeben.

Als sie bemerkte, dass er sie ansah, runzelte sie die Stirn. „Gibt es ein Problem?"

Er hatte ein Problem. Es saß direkt vor ihm. Alles an Cara faszinierte ihn. Die Art, wie sie ihr Brot aß und immer nur ein kleines Stück abbrach. Die Art, wie sie ihre Haare hinter ihr Ohr zu stecken versuchte, seit sie ein wenig gewachsen, aber noch zu kurz waren, um hinter ihrem Ohr zu bleiben. Die Art, wie sie am frühen Morgen flüsterte und am späten Abend sanft und leise sprach. Und die tausend anderen Bewegungen, die sie im Laufe eines Tages machte. Das alles ließ ihn nicht mehr los.

Wenn er ihr keine Antwort gab, streckte sie ihm die Zunge heraus und zog eine Grimasse. Er beherrschte sich, um sie nicht die ganze Zeit anzulächeln. Obwohl er sich nicht mehr sicher war, was er von seinem Leben erwartete, behielt er diese Verwirrung für sich. Der Bann hatte bei ihm nicht das bewirkt, was die Kirchenältesten sich erhofft hatten.

Ohne auf einen amischen Hof zu gehen, hatten er und Lori für jeden Welpen ein Zuhause gefunden. Nachdem er die Mutterhündin hatte sterilisieren lassen, hatten sie sogar für sie eine wunderbare Familie gefunden.

Auch wenn Cara es albern fand, ohne die Annehmlichkeiten der modernen Welt zu leben, zeigte sie ein deutliches Interesse daran, die Gründe für ihren Glauben verstehen zu wollen. Jeden Tag stellte sie Fragen über das amische Leben. Und obwohl sie immer wieder Argumente gegen diese Lebensweise aufführte, verstand sie die amische Kultur immer besser. Ihr Wissen war bemerkenswert, aber es war Kopfwissen. Sie schien nichts davon als eine vernünftige Lebensweise zu akzeptieren.

Trotzdem war er überzeugt, dass sie die positiven Seiten der amischen Lebensweise schätzen lernen müsste, bevor sie ihre Herkunft akzeptieren und Frieden finden könnte. Deshalb wählte er seine Worte mit Bedacht und sprach nie über seine Frustration, weil er unter dem Bann stand. Nach den Bannbestimmungen sollte er wahrscheinlich nichts tun, was Ada half, ihr neues Geschäft aufzubauen. Aber er hoffte, er käme damit durch, dass er nur Cara half, die zufällig im selben Haus wie Ada wohnte.

Er lebte seit vier Wochen unter dem Gemeindebann, für den der Bischof immer noch kein Ende festgesetzt hatte. Der Bann konnte noch fünf Monate oder sogar länger dauern. Adas verwahrlostes Haus erschien ihm als die perfekte Lösung, seine Zeit zu verbringen. Es war nicht die schmerzliche Situation, die der Bischof beabsichtigt hatte, und Ephraim vermutete, dass er bald Besuch von den Kirchenältesten bekäme, wenn ihnen das bewusst würde.

„Hey, Fram." Lori trank einen Schluck Milch und stellte das Glas auf den Tisch. „Vermisst mich Bessere Zeiten, wenn du ihn nachts mit nach Hause nimmst?"

„Ja, natürlich. Erst gestern Nacht hat er mir die Ohren vollgejammert, als ich einschlafen wollte."

„Kann er heute Nacht hierbleiben?"

„Lori ..."

„Ehrlich gesagt", fiel Ephraim Cara ins Wort und hoffte, er könnte sie davon abhalten, ein unwiderrufliches Nein zu verkünden, „wollte ich mit deiner Mutter darüber reden."

„Wirklich?" Loris Augen wurden ganz groß.

„Ja, Fram. Wirklich?" Cara zog eine Braue in die Höhe. „Bevor oder nachdem du einer arbeitenden, alleinerziehenden Mutter Probleme aufhalst?"

Er wusste, dass sie jeder Tag viel Kraft kostete. Sie renovierte das Haus, half Ada beim Backen und schuftete von morgens bis abends. Seit die Sommertemperaturen anstiegen, schien sie mehr als er oder Ada darunter zu leiden, dass es hier keine Klimaanlage und keine Ventilatoren gab.

„Ich habe einen Plan."

„Einen Plan, der funktioniert? Oder einen Plan, der viel Kraft kostet, aber trotzdem nicht funktioniert?", fragte Cara scherzhaft.

Seine Augen gehorchten ihm nicht. Er konnte nicht anders, als sie bewundernd anzusehen. Er staunte, wie nahe sie sich gekommen waren, seit sie sich kannten. Liebe war schwer zu erklären – und er zweifelte nicht mehr daran, dass er sie liebte. Egal, wie viel er für sie gab oder ihr half, er wollte mehr tun. Er wusste nicht, was sie für ihn empfand, außer dass sie in ihm einen guten Freund sah, dessen Gesellschaft sie genoss. Aber er wusste, dass sie jetzt glücklicher war als in Dry Lake, dass sie einen festen Wohnsitz und viel Arbeit hatte.

„Wie sieht dein Plan aus?", fragte Lori mit vollem Mund und kaute auf dem frisch gebackenen Weizenbrot.

Wenn ich das wüsste!

Ephraim räusperte sich und sah Lori an. „Ich räume den Müll aus dem Garten hinter dem Haus, damit nicht jedes Mal ein Erwachsener mit Bessere Zeiten Gassi gehen muss."

Lori sah zufrieden aus, als sie den nächsten Bissen von ihrem Brot nahm. Caras Gesicht verriet nicht, was sie dachte.

Als sie Lori gestern Nachmittag zurechtgewiesen hatte, weil sie beinahe einen Farbtopf umgestoßen hätte, war es in Caras Stimme zu hören gewesen: Sie brauchte unbedingt einen sicheren Platz, an dem ihre Tochter *im Freien* spielen konnte.

Da sich Geschäfte in der Nähe befanden und der Verkehr sehr lebhaft war, ließ Cara Lori nicht allein vors Haus. Bessere Zeiten musste an der Leine geführt werden, und wenn er sich von Lori losreißen sollte, würde sie ihm bestimmt nachlaufen. Aber Cara erlaubte Lori noch nicht einmal, auf der Veranda rund um das Haus zu spielen. Ephraim vermutete, dass sie deshalb so vorsichtig war, weil ihre eigene Mutter von einem Auto überfahren worden war. So hatte er beschlossen, zuerst den Müllhaufen hinter dem Haus zu beseitigen, bevor er Cara weiter im Inneren des Hauses bei den Renovierungsarbeiten half.

„Kann ich dir dabei helfen?“, fragte Lori.

„Später vielleicht, wenn ich die Glasscherben in Müllbeutel geschaufelt und den Zaun repariert habe, damit kleine Mädchen und kleine Hunde nicht durch die Löcher verschwinden können, okay?“

„Okay. Bessere Zeiten und ich spielen in meinem Zimmer. Du kannst uns holen, wenn du fertig bist.“

Cara stand auf und begann, die Teller aufeinanderzustapeln. „Sie denkt, du bist bis zum Abendessen damit fertig.“

Er streichelte Lori über den Kopf. „Das bin ich auch, nur nicht vor dem heutigen Abendessen.“

Er stand auf. „Dann sollte ich jetzt wohl am besten anfangen.“

Ephraim zog Arbeitshandschuhe an und begann, große Plastiksäcke mit kaputten Flaschen und allem möglichen Müll zu füllen. Die Junihitze brannte auf ihn herab, als er einen halb verrotteten Balken aufhob und ihn zum Wagen trug. Er hatte die ganzen großen Glasstücke beseitigt, aber er wusste, dass noch genug Scherben im Gras versteckt waren. Am schlimmsten sah es in zwei Ecken aus, die als Müllhaufen benutzt worden waren. Er war sich noch nicht sicher, wie er hier am besten vorgehen sollte.

Während er den nächsten großen Balken hochhob, sah er zwei Männer in einem Einspänner auf sich zukommen. Als der Wagen neben dem Stall stehen blieb, erkannte er sie. Es waren der Bischof und ein Prediger. Er hatte gewusst, dass dieser Besuch kommen würde, aber er war überrascht, dass sie sich eine ganze Woche Zeit gelassen hatten, um ihm diesen Besuch abzustatten. Ihm war nicht klar, ob sein Vater wusste, wie viel Zeit er hier verbrachte. Normalerweise begleitete sein *Daed* als Prediger die anderen beiden Kirchenältesten bei solchen Besuchen. Aber der Bischof hielt es wahrscheinlich für weiser, seinen *Daed* vor möglicherweise unerfreulichen Nachrichten zu schützen.

Ephraim hoffte, Cara und Lori würden nicht hören, was Sol und Alvin ihm zu sagen hatten, und bahnte sich einen Weg um den Müll herum, bis nur noch ein Maschendrahtzaun im hinteren Teil des Hofes sie voneinander trennte.

„Ephraim.“ Sol schüttelte ihm die Hand und erinnerte Ephraim damit wirkungsvoll daran, dass auf ihn eine brüderliche Gemeinschaft wartete, sobald er sich wieder richtig verhielt und sie den Bann aufheben konnten.

Alvin trat neben den Bischof. „Wir bedauern, dass dieser Besuch nötig wurde und dass wir so weit fahren mussten, um mit jemandem aus unserer Gemeinde zu sprechen."

Robbie brachte ihn jeden Abend nach Hause, aber das würde in ihren Augen nicht viel zählen.

Der Bischof betrachtete ihn. „Aufgrund des Eides, den du abgelegt hast, ist das, was du hier tust, ein Liebäugeln mit der Sünde. Du hast versprochen, innerhalb unserer Kirche zu heiraten, und Cara gehört nicht zu uns."

„Das könnte sie aber, wenn früher richtig gehandelt worden wäre."

„Wenn sie im Alter von acht Jahren zu uns gekommen wäre, wäre sie vielleicht unserem Glauben beigetreten. Das ist ein großer Unterschied. Ist das der Grund, warum du so viel Zeit hier verbringst, weil du vergangenes Unrecht wiedergutmachen willst? Das glaube ich nicht. Du bist hier, weil du der Begierde erlaubt hast, in dir Wurzeln zu schlagen, und jetzt beherrscht sie dich."

Alvin öffnete das Tor und kam in den unordentlichen Hof. Er legte Ephraim die Hand auf die Schulter. „Du kannst nicht von dem Bann befreit werden, solange du so lebst, und du hast eine Verpflichtung gegenüber deiner Familie."

„Wenn das dein Argument ist, ist es ein schwaches Argument. Ich habe meine Familienverpflichtungen mehr als genug erfüllt. Ich habe acht Jahre gearbeitet, um die Familie meines Vaters zu versorgen."

Der Bischof trat nun auch in den Hof. „Wir haben versucht, dir ein wenig Freiraum zu gewähren, da wir dachten, du würdest Ada helfen und dann auf einen sicheren Grund für deine Seele zurückkehren. Aber das hast du nicht gemacht. Man ist nicht amisch, nur weil die Eltern amisch sind oder früher amisch waren. Cara ist eine Englische. Willst du Gott, deine Familie und dein Geschäft aufgeben, um diesen ... diesen wollüstigen Weg weiterzugehen?"

„Dass ich hier bin, hat nicht das Geringste mit Wollust zu tun." Es hatte viel mit Sehnsucht zu tun, aber Ephraim kannte sich selbst gut genug, um zu erkennen, wann er in sexuelle Versuchung geriet.

Der Bischof legte ihm eine Hand auf die Schulter. „Alles, was dich von deinem Leben mit Gott, von den Prinzipien, an die du glaubst oder früher geglaubt hast, wegzieht, ist Wollust. Wenn das jemand anderem in unserer Gemeinde passieren würde, könntest du es als das erkennen, was es ist. Vertraue uns, Ephraim. Und geh von hier weg." Er sprach leise. „Lass dir von uns helfen, wieder auf den richtigen Weg zurückzukehren. Um der Liebe zu allem willen, was Gott für dich getan hat: Wende dich nicht von ihm ab."

„Ich habe mich nicht von Gott abgewandt."

„Nein, das hast du nicht", sagte der Bischof. „Aber jemand, der so erzogen wurde wie du, wendet sich auch nicht über Nacht von Gott ab. Das geschieht langsam, bis du eines Tages erkennst, dass du deinen ganzen Glauben verloren hast, und du weißt nicht, wann oder wie es passiert ist. Aber ich kann dir eines sagen: Es begann an dem Tag, an dem du diese Frau in dein Haus gelassen hast. Und es wird weitergehen, solange du jeden Tag nach Hope Crossing kommst und an ihrer Seite arbeitest."

„Sie braucht jemanden, der ihr von unserem Glauben erzählt, der ihr die vielen guten Seiten zeigt, die das amische Leben hat. Ihre Mutter wollte, dass sie bei uns aufwächst. Diese Gelegenheit wurde ihr geraubt. Sie stellt Fragen über unser Leben. Wollt ihr mich daran hindern, ihr diese Fragen zu beantworten?"

„Die meisten Englischen stellen Fragen über unseren Glauben, wenn sie eine Gelegenheit dazu bekommen. Das heißt nicht, dass sie auch nur entfernt daran interessiert wären, das zu tun, was nötig ist, um so zu leben wie wir. Und was passiert, wenn sie, nachdem ihre ganzen Fragen beantwortet sind, immer noch kein Interesse daran hat, nach der Alten Ordnung zu leben? Was dann?"

Ephraim betrachtete die saftig grünen Wiesen in der Ferne und wünschte, er wüsste darauf eine Antwort. Cara hatte ein paar Lieblingsplätze, zu denen sie abends gern spazieren ging. Sein Blick blieb an einem dieser Plätze hängen. Sie spazierten über die Wiese hinter Adas Haus, über die schmale Brücke und den steilen Hang hinauf zu einem baufälligen Stall und Außengebäude. Er hatte keine Ahnung, warum sie die halb verfallenen Gebäude so interessant fand, aber sie wollte immer wieder dorthin gehen. Sie setzten sich dann auf einen umgestürzten Baum oder auf einen Felsen oder manchmal auf eine Decke und beobachteten den Nachthimmel. Dort konnte er mit Cara sprechen und ihr Dinge von sich erzählen, die niemand sonst wusste. Auch sie erzählte ihm vieles, und das trug nur dazu bei, dass er sich noch mehr nach ihr sehnte. Das Einzige, was er ihr nicht verraten hatte, war, dass er nicht mehr mit Anna Mary befreundet war. Wenn sie genauer darüber nachdachte, konnte sie sich das bestimmt denken. Aber wenn er es ihr sagen würde, würde das ihre Beziehung verändern und Caras Verwirrung noch verstärken.

„Ephraim", wiederholte der Bischof. „Was ist, wenn sie kein Interesse daran hat, amisch zu werden?"

„Das weiß ich nicht."

Der Bischof schaute ihn mit tief besorgter Miene an. „Wirst du dann die amische Kirche verlassen? Wirst du den gleichen Fehler machen, den Malinda Riehl gemacht hat? Du hast ein solides amisches Leben nach der Alten Ordnung geführt, seit dein Vater dich vor neun Jahren brauchte. Das hast du aus Liebe getan, aber Liebe ist nicht immer genug, um das zu erreichen, was wir uns wünschen."

Ephraim hielt seinem Blick stand und schämte sich nicht für das, was in ihm vorging. Sein Herz gehörte Cara. Mit zweiunddreißig Jahren hatte er endlich eine Beziehung mit einer tiefen Verbundenheit gefunden, so wie er es sich immer erträumt hatte. „Manchmal ist Liebe genug."

Der Bischof atmete hörbar ein. „Ephraim, hör mir zu. Selbst wenn sie in die amische Kirche eintritt und alle richtigen Schritte geht, wird sie uns wahrscheinlich nach einer Weile wieder verlassen, wenn sie ihre Entscheidung aus den falschen Gründen trifft."

„Das würde sie nicht tun."

„Du magst sie sehr. Das ist nicht zu übersehen. Erwidert sie deine Gefühle?"

Er zuckte die Achseln. „Das weiß ich nicht."

„Wenn ihre Gefühle für dich so stark sind, dass sie alle nötigen Schritte geht, um dich zu heiraten, bleibt sie später vielleicht nur wegen dir. Aber wenn du dich zurückziehst und Abstand zu ihr hältst, bekommt sie die Chance, sich frei zu entscheiden, nicht aufgrund eines Lebens mit dir, sondern aufgrund unseres Glaubens."

Ephraim schob die Hände in seine Hosentaschen und schaute zum Himmel hinauf. „Darin kannst du recht haben."

„Ja." Der Bischof lächelte. „Ich habe recht. Ich habe im Laufe der Jahre viel von dir gelernt, bevor du ganz *verhuddelt* wurdest."

Hatte der Bischof recht? War er wirklich verwirrt?

Alvin schaute ihn an. „Wir wollen dich nicht verlieren und dir auch nicht noch mehr Strafen auferlegen. Aber sosehr wir es bedauern, müssen wir dir sagen, dass das deine letzte Warnung ist. Du hast Zeit bis Montag, um dich zu entscheiden. Du musst dich ab da von Cara fernhalten, bis wir bei ihr Fortschritte feststellen. Falls sie sich entscheidet, unsere Lebensweise anzunehmen und amisch zu werden, ändert sich das natürlich."

Der Bischof nahm den Hut ab und sah friedlich und zuversichtlich aus. „Du kannst nicht derjenige sein, der ihr hilft, denn du bringst dabei deine eigene Seele in Gefahr. Überlass diese Aufgabe Ada, denn sie hat die Erlaubnis dazu. Cara wohnt jetzt nicht mehr in deinem Haus. Wenn du zurückkehrst, wie wir es von dir verlangen, werde ich innerhalb einer Woche die extremen Beschränkungen deines Banns aufheben. Wenn wir bei dir die Bereitschaft erkennen, dich wieder weise zu verhalten, dauert es danach nicht lang, bis ich den Bann ganz aufhebe. Dann bist du, ehe du dich versiehst, wieder ein uneingeschränktes Mitglied der Gemeinde."

Jeder der beiden Männer legte Ephraim eine Hand auf die Schulter und beugte zum schweigenden Gebet den Kopf. „Sei weise, Ephraim. Es steht viel mehr auf dem Spiel als nur deine Seele. Viele der jüngeren Generation in Dry Lake stellen jetzt die Lebensweise der Amisch infrage."

Ephraim hatte das Gefühl, von der Last der Verantwortung erdrückt zu werden, und schaute zu Adas Haus hinüber. In diesem Haus befand sich eine Frau, die mehr von ihm besaß als er selbst.

„Wusstest du, dass Mahlon schon die ganze Woche weg ist?", fragte der Bischof.

„Was? Er hat gesagt, er würde warten, bis ich wieder arbeiten darf, bevor er sich freinimmt."

„Er fuhr letzten Samstag weg und sagte Deborah, dass er wahrscheinlich bis zum Mittwoch zurück ist. Heute ist wieder Samstag, und sie hat noch kein Wort von ihm gehört. Sie weiß nicht einmal, wohin er gefahren ist. Er soll bis morgen Nacht aus seinem Haus ausziehen, und so wie es aussieht, hat er keine Pläne gemacht, wo er danach wohnen will."

Diese Nachricht erschütterte Ephraim. Es brach seiner Schwester sicher das Herz, wenn Mahlon nicht zurückkam. War der Brief, den Ada immer wieder las, von Mahlon? Er konnte sich einige Gründe denken, warum sie so beharrlich schwieg, und war ziemlich sicher, dass sie erst etwas sagen würde, sobald sie wüsste, was ihr Sohn vorhatte.

„Kann ich mit meiner Schwester sprechen?"

Der Bischof schüttelte den Kopf. „Tut mir leid. Ich habe schon genug Ausnahmen gemacht. Ich habe dich mit deinem *Daed* sprechen lassen, als er im Krankenhaus war, und mit Ada, als Cara erfuhr, dass sie Verwandte in Dry Lake hat."

Ephraim sah zum klaren, blauen Himmel hinauf, an dem weiße Wolken und die goldene Sonne leuchteten. Genau dort, wo er jetzt hinschaute, standen die Sterne, die er nicht sehen konnte. Er könnte es erst dann sehen, wenn es dunkel geworden war. „Ihr wollt mir doch eigentlich sagen, dass ich, wenn ich mit Cara weiterhin zusammen bin, für den Rest meines Lebens mit den Folgen dieser Entscheidung leben muss." Er trat einen Schritt zurück und zog seine Arbeitshandschuhe wieder an. „Es könnte gut sein, dass ich bereit bin, diesen Preis zu zahlen."

Kapitel 38

Cara blies die Flamme der Öllampe auf dem Küchentisch aus, sammelte mehrere Briefe, die ihre Mutter geschrieben hatte, zusammen und ging zur Hintertür von Adas Haus. Ephraim arbeitete noch in der Dunkelheit und reparierte die Lücken im Zaun, als wäre es morgen zu spät. Sie hatte vor mehreren Stunden zwei Männer in schwarzen Anzügen in einem Einspänner vorfahren und mit ihm sprechen sehen. Er war seitdem nicht ins Haus gekommen – nicht einmal zum Abendessen. Sie hatte ihn in Ruhe gelassen, weil sie wusste, dass es einem Mann manchmal genauso half zu arbeiten, wie es einer Frau half zu reden.

Robbie war vor einer Stunde hier gewesen, hatte kurz mit Ephraim gesprochen und war dann allein wieder gefahren. Sie wusste zwar nicht, was los war, aber sie hätte das Dach über ihrem Kopf darauf gewettet, dass ihre Anwesenheit ihm das Leben in seiner Gemeinde immer noch schwer machte. Sie trat auf die kleine Veranda hinter dem Haus hinaus. Ephraim unterbrach seine Arbeit und sah ihr entgegen, als sie auf ihn zuschritt.

„Ich wusste, dass sie zu dir kommen würden. Diese schwarzen Männer. Trotzdem bist du immer noch da."

„Es geht darum, an Gott zu glauben. Nicht darum, amisch zu bleiben."

Sie wollte ihn fragen, ob er damit meinte, dass er die amische Kirche verlassen wollte. Falls er diese Frage mit Ja beantwortete, würde sie ihm am liebsten um den Hals fallen. Aber angesichts der schweren Vergangenheit ihrer Mutter, die in ihren Briefen immer wieder zum Ausdruck gekommen war, zähmte sie ihre Gefühle. „Glauben." Sie deutete mit einer leichten Handbewegung zum Himmel. „Ich glaube, dass die Nacht kommt und danach wieder ein neuer Tag anbricht, und dass sich das immer wiederholt." Sie schaute zum Haus zurück. „Ich glaube, dass ein Bedürfnis entweder gestillt wird, oder dass ich die Kraft habe, trotzdem zu überleben, wenn es nicht gestillt wird. In letzter Zeit glaube ich sogar an dich. Aber, Ephraim, ich glaube nicht an deinen Gott, und das wird auch nie geschehen."

Sein Blick wanderte über ihr Gesicht, aber er sagte nichts.

Sie hielt ihm die Briefe hin. „In der Handschrift meiner Mutter, in Briefen, die ich bekommen sollte, wenn ich volljährig bin, gesteht sie, dass sie nie wieder derselbe Mensch war, nachdem sie Dry Lake verlassen hatte. Sie hielt aus völlig falschen Gründen an einem anderen Leben fest: weil sie verletzt war, weil sie sich betrogen fühlte, weil mein Vater sie brauchte. Also blieb sie und heiratete ihn. Als ihr bewusst wurde, wer sie wirklich war und was sie aufgegeben hatte, um ihn zu heiraten, hätte ihre Loyalität nie zugelassen, von ihm wegzugehen."

Sie starrte die Briefe an. „Fahr nach Hause, Ephraim. Lebe so, wie du musst, bring den Schaden in Ordnung, der entstanden ist. Du hast Lori und mich sicher durch den Sturm gebracht, und uns geht es jetzt gut. Ich schätze, dass es zwischen dir und Anna Mary nicht so gut steht." Sie schob die Briefe in ihre Hosentasche. „Sie liebt dich, Ephraim. Wirf das wegen ein paar verrückter Wochen mit einer Außenstehenden nicht weg. Sie ist sicher nicht glücklich darüber, dass du so viel Zeit hier bei mir verbringst. Aber wenn du ihr eine Chance gibst, wird sie dir vergeben. Geh und triff die richtige Entscheidung – nicht nur für dich, sondern auch für deine Kinder und Enkelkinder und alle Generationen danach."

Grillen zirpten, und die Schönheit der Nacht schien sich um sie zu legen, aber er sagte nichts. Nach ein paar langen, schweigenden Minuten lud er sie mit einer Handbewegung zu einem Spaziergang ein. Sie gingen durch das hintere Tor, über die Holzbrücke und wanderten die Anhöhe hinauf.

Die dunkle Landschaft breitete sich um sie herum aus – die Umrisse der Hügel, der Bäume, der Täler. Ein paar Sterne leuchteten am dunstigen Sommerhimmel. Sie gingen zu dem umgestürzten Baum und setzten sich.

„Mahlon hat sich letzten Samstag ein paar Tage freigenommen und ist nicht zurückgekommen." Er deutete zum Waldrand, und sie entdeckte drei Rehe, die sich langsam auf das offene Feld wagten. „Seit er ein Teenager war, wusste ich, dass er eine tiefe Unruhe in sich trägt. Eine Unruhe, die einen Mann entweder dazu treibt wegzugehen oder sich immer zu wünschen, er wäre weggegangen."

„Was wird die Gemeinde tun?"

Er seufzte. „Trauern. Und darauf warten, dass er sich meldet."

„Deborah braucht dich jetzt."

„Ich kann nicht einmal mit ihr sprechen." Er stand auf. „Es ist alles so frustrierend. Meine Schwester ist wahrscheinlich ganz krank, weil Mahlon weg ist. Wenn eine Frau hier in der Gemeinde es verdient, dass man zu ihr zurückkommt, dann sie."

„Kann ich irgendwie helfen?"

Er nahm seinen Hut ab und fuhr sich mit den Händen durch die Haare. „Das ist möglich. Ich weiß nicht, ob es geht, aber vielleicht könnte Deborah mit dir sprechen, während ich in der Nähe bin."

„Und du könntest durch mich mit ihr sprechen, wie wir es mit Ada machen."

„Ich muss wissen, ob es ihr gut geht. Und ich weiß, dass du ihr Kraft geben kannst."

„Ich?", schnaubte Cara ungläubig.

Er lächelte und setzte seinen Hut wieder auf. „Ja, du. Wenn eine Frau weiß, wie man das verkraftet, was ein Mann einem angetan hat, und dabei stärker wird, dann du."

„Du bist seltsam, weißt du das? Außer dir würde keiner eine obdachlose Frau mit Kind als stark bezeichnen."

„Materieller Besitz macht einen Menschen nicht stark. Sondern seine Entscheidungen. Obwohl ich mir darüber nie Gedanken gemacht habe, bis ich dich kennenlernte. Als du mitten im Kampf stecktest, hast du eine Entscheidung getroffen, was du aufzugeben bereit bist und was nicht. Und du hast nie nachgegeben. Es würde Deborah guttun, das zu sehen."

„Ich glaube nicht, dass sie in mir das sieht, was du siehst, aber ich gehe zu ihr. Wann?"

„Ada hat Robbie gesagt, dass er morgen gegen elf kommen und sie zum Sonntagsbesuch nach Dry Lake bringen soll, da morgen kein Gottesdienst ist. Du könntest mit ihr fahren. Geh zum Haus meines Vaters und frag, ob du mit Deborah in meinem Garten sprechen kannst. Ich komme dann dort zu euch."

„Du bekommst keine Schwierigkeiten, wenn ich wieder in Dry Lake auftauche?"

Er schüttelte den Kopf. „Das dürfte kein Problem sein, und wenn doch, ist es mir auch egal."

Ephraim hatte sich anscheinend innerlich stärker verändert, als sich ihr Leben äußerlich verändert hatte. Er war nicht mehr derselbe Mann, der sie bei ihrer ersten Begegnung aufgefordert hatte, sein Grundstück zu verlassen, der zwei Busfahrkarten nach New York bezahlt oder versucht hatte, sie vor allen zu verstecken. Doch wie er es selbst schon gesagt hatte. Die Dinge, die sie trennten, änderten sich nie. Deshalb blieb ihr keine andere Wahl, als ihn zu Anna Mary zurückzuschicken.

Sie räusperte sich und wünschte, sie könnte den Schaden, den sie in seinem Leben angerichtet hatte, ungeschehen machen. „Weiß Ada von Mahlon?"

„Sie hat nichts gesagt, aber ich glaube schon, dass sie es weiß."

„Ich habe vor ein paar Tagen die Post ins Haus geholt. Ich glaube, er hat ihr geschrieben, aber ich weiß nicht, was in dem Brief stand. Aber es schien keine gute Nachricht zu sein. Warum spricht sie mit niemandem darüber?"

„Sie will bestimmt niemanden beunruhigen."

„Ich kam hierher und habe dein Leben völlig durcheinandergebracht. Du hast meinetwegen die amischen Regeln missachtet und wurdest dafür mit dem Bann belegt. Mahlons Mutter hat sich entschieden, aus Dry Lake wegzuziehen und mich bei sich wohnen zu lassen. Ist es möglich, dass Mahlon meinetwegen weggegangen ist?"

„Nein. Auch wenn ich verstehe, wie du auf diese Idee kommst. Aber Mahlon hat sich an dem Tag verändert, an dem wir so viele Gemeindemitglieder durch diesen Autounfall verloren haben. Sein *Daed* war eines der Todesopfer. Und er war an dem Tag, an dem die Twin Towers einstürzten, in New York. Danach wurde es noch schlimmer. Deborah sagt, er habe gefühlt, wie die Erde bebte, er habe den Rauch aufsteigen sehen und die Schreie der Menschen gehört, die im Inneren gefangen waren. Seine Mutter war am Tag zuvor in einem der Türme gewesen. Dieses Erlebnis hat bei ihm etwas ausgelöst."

„So etwas würde keinen kaltlassen."

„Deborah liebt ihn, seit sie ein Kind war." Er seufzte. „Ich habe keine Ahnung, was das jetzt bei ihr anrichtet."

Cara stand auf. „Du musst heute Nacht nach Hause fahren, Fram, und wieder anfangen, dich wie ein amischer Mann zu verhalten, denn du bist einer."

Er blieb auf dem Baumstamm sitzen und schaute zu ihr hinauf. „Ja. Ich weiß."

Als er aufstand, trennten sie nur wenige Zentimeter. Auch wenn die Amisch elektrischen Strom ablehnten, war er zwischen Cara und ihm so stark, dass er ihn fast mit Händen greifen konnte.

Cara hatte Angst, noch länger so nahe neben ihm stehen zu bleiben, und drehte sich um und ging weiter. Aber sie war noch nicht bereit, zu Ada zurückzukehren. Die heutige Nacht war alles, was ihnen blieb, und deshalb würden sie spazieren gehen.

Ephraim blieb neben ihr und sagte lange Zeit kein Wort. Schließlich räusperte er sich. „Da ich mit Robbie nicht nach Hause gefahren bin, nehme ich Adas Pferd, um nach Dry Lake zurückzukommen. Ich bringe die Stute auf die Wiese, und morgen wird Israel Kauffman oder Grey oder jemand anders sie erkennen und begreifen, dass ich sie mir ausgeliehen habe. Sie werden dafür sorgen, dass Ada das Pferd bis morgen Abend zurückbekommt."

Cara war ihm für seinen Versuch, Smalltalk zu machen, dankbar. „Woher willst du das alles wissen?"

„Das weiß ich aus jahrelanger Erfahrung mit meinen Leuten." Sein leichtes Lächeln sah eher traurig als glücklich aus, aber sie wusste, dass er recht hatte: Die Amisch waren seine Leute.

Deborah saß in Mahlons Schlafzimmer auf dem Boden. Sie war zu erschöpft, um noch länger zu weinen. Sie hielt sein Hemd an ihr Gesicht und atmete seinen Geruch ein. Mit Ausnahme der Scheinwerfer der wenigen vorbeifahrenden Autos war alles um sie herum dunkel. Sie sagte sich immer wieder, dass sie eine Öllampe anzünden oder nach Hause gehen sollte, aber sie blieb Stunde um Stunde hier sitzen und versuchte, einen Sinn in dem Ganzen zu erkennen und eine Möglichkeit zu finden, es wieder in Ordnung zu bringen.

Sie sehnte sich danach, von Mahlon zu hören, sie wollte wissen, dass ihm nichts passiert war. Aber wenn er nicht aufgehalten worden war, wenn er keinen Unfall gehabt hatte ... wenn er sich entschieden hatte, einfach so wegzugehen ... war sie sich nicht sicher, ob sie es wirklich wissen wollte. Andererseits würde sie jeden Tag im Ungewissen leben, solange sie die Wahrheit nicht wusste. Das könnte sie auch nicht ertragen. Deshalb hatte sie gebetet, bis sie nicht mehr konnte.

Israel Kauffman und Mahlons Vetter Jonathan waren vor Einbruch der Dunkelheit mit ihr hier gewesen. Sie hatte seine Kommode, seine Truhe und seinen Nachttisch ausgeleert. Die Männer hatten sein Bett zerlegt und alle schweren Möbel hinausgetragen. Deborah hatte sie nach Hause geschickt und wollte seinen großen, unordentlichen Schrank allein ausräumen und verpacken. Sie hatten die Großvateruhr mitgenommen, deshalb wusste sie nicht, wie spät es war. Aber das spielte keine Rolle. Es war irgendwann zwischen gestern und morgen.

Der Schrank war leer, und die Kisten waren im Raum verteilt. Ihre Gebete hatten sich in den letzten vier Tagen verändert, seit er nach Hause hätte kommen sollen, aber nicht gekommen war. Aber ihre Gefühle hatten sich nicht verändert. Sie hatte Angst, und vor allem kam sie sich wie eine Idiotin vor. Welche Frau lässt ihren Verlobten weggehen, ohne zu wissen, wohin er geht oder wie sie ihn erreichen kann? Wer lässt zu, dass jemand ständig verwirrende Andeutungen macht, und verlangt nicht, dass er erklärt, was los ist?

Scheinwerferlichter fielen auf die Wand, aber statt sich durch das Zimmer zu bewegen wie sonst, wenn ein Auto am Haus vorbeifuhr, blieben sie an einem Fleck stehen. Dann ging das Licht aus. Deborah stand vom Boden auf und trat ans Fenster. In der schwarzen Nacht sah sie, dass ein Auto ein Stück vom Haus entfernt am Straßenrand stehen geblieben war. Im Inneren des Autos ging ein Licht an, und die Tür ging auf.

Mahlon!

Sie wollte seinen Namen rufen und zu ihm laufen, aber weder ihre Stimme noch ihre Beine wollten ihr gehorchen. Mahlon stieg aus und lehnte sich ans Auto. Er sah auf das nächtliche Feld hinaus und zündete ein Streichholz an, und bald sah sie Rauch vor seinem Gesicht aufsteigen. Ein Mann stieg auf der Fahrerseite aus und setzte sich auf die Motorhaube des Autos. Sie saßen und standen da, rauchten und unterhielten sich, als wäre nichts wichtig – weder ihr Schmerz noch ihre Sorge um ihn noch irgendetwas anderes.

Ein anderes Fahrzeug kam auf sie zu. Mahlon warf seine Zigarette auf den Boden. Er ging zum Viehgatter, öffnete es und rief sein Pferd. Ein Lieferwagen mit einem Pferdeanhänger blieb neben dem Auto stehen. Während Mahlon seinem Pferd das Geschirr anlegte, öffnete sein Freund die Ladeklappe des Anhängers. Nachdem das Pferd verladen war, hielt der Fahrer des Wagens etwas aus dem Fenster. Mahlon ging zu dem Mann, nahm das, was er ihm hinhielt, und trat zur Seite, bevor der Mann wieder fuhr.

Er blieb mitten auf der Straße stehen und betrachtete das Haus, in dem er aufgewachsen war. Während sie am Fenster stand und zu entsetzt war, um sich bewegen zu können, traf sie die Erkenntnis wie ein unbarmherziger Schlag: Sie sehnte sich nach einem Mann, den sie offensichtlich überhaupt nicht kannte. Sosehr sie sich auch bemühte, konnte sie den Mann, den sie seit ihrer Kindheit liebte, und den einsamen Fremden auf der Straße, den sie jetzt beobachtete, nicht zusammenbringen.

Er war gesund und wohlauf. Aber ihr brach trotzdem das Herz.

Der Mann, dem sie sich bereitwillig hingegeben hätte, hatte nicht die Absicht, zu ihr zurückzukommen. Jetzt endlich sah sie, was er ihr nicht hatte sagen können. Es war, als sollte sie hier sein, als sollte sie die Wahrheit mit eigenen Augen sehen.

Als Mahlon ins Auto stieg, lief sie die Treppe hinab, zur Hintertür hinaus und auf die Straße.

Das Auto fuhr auf sie zu, und sie winkte mit den Armen. „Mahlon, warte!“

Mahlon sah ihr direkt in die Augen, aber das Auto fuhr, ohne zu bremsen, an ihr vorbei.

„Mahlon!“, schrie sie, so laut sie konnte.

Die Bremslichter leuchteten rot auf, und danach kleine, weiße Lichter, als das Auto rückwärtsfuhr. Es blieb stehen. Als Mahlon die Tür öffnete, erkannte Deborah, dass Eric in seiner Militäruniform am Steuer saß. Mahlon stieg aus und schloss die Tür, aber Eric fuhr nicht weiter.

„Warum?“ Deborah konnte vor Tränen kaum sprechen.

Er schaute sie an, wie er es schon tausendmal getan hatte, aber sein Gesicht war eine Mischung aus Unsicherheit und Härte. „Es tut mir leid.“

„Es tut dir leid?“, brüllte sie. „Ich will keine Entschuldigung. Ich will eine Erklärung.“

Er schüttelte nur den Kopf und hielt ihr einen Umschlag hin. „Das wollte ich in deinen Briefkasten werfen. Es ist für dich und *Mamm*.“

Deborah war verwirrt. Sie verstand überhaupt nichts mehr. Sie riss Mahlon den Umschlag aus der Hand und warf einen Blick hinein.

„Geld?" Deborah rang nach Luft. „Du lässt mich sitzen, und du meinst, wenn du mir Geld gibst, wäre alles in Ordnung?"

Er trat auf sie zu und wollte die Hände auf ihre Schultern legen, aber sie wich einen Schritt zurück. „Ich kann das einfach nicht, Deb."

„Was kannst du nicht?"

Er sagte nichts, aber sie sah, wie ihm eine Träne übers Gesicht lief.

„Du hast eine andere?"

„Niemals, nicht in einer Million Jahren. Das schwöre ich dir."

„Was ist es dann?"

„Ich bin in die amische Kirche eingetreten, aber nur ein Teil von mir wollte das. Dieser Teil war manchmal so klein, dass ich ihn an den meisten Tagen kaum finden konnte. Du warst alles, was mich hier hielt, und jetzt habe ich endlich erkannt, dass ich so nicht leben kann."

Seine Worte waren klar und deutlich, aber ihr Verstand konnte das alles nicht fassen. „Ich ... ich habe dir geglaubt. Die ganze Zeit dachte ich, du würdest mich wirklich lieben. Aber du liebst mich nicht, nicht wahr? Warum nicht? Warum kannst du mich nicht so lieben, wie ich dich liebe?"

„Tu dir das nicht an, Deb."

„Du tust mir das an! Und was ist mit deiner Mutter? Du bist ihr einziges Kind. Sie hat alles aufgegeben, um dich aufzuziehen."

„Das tun Eltern nun einmal."

„Du hast versprochen, immer für sie da zu sein, und jetzt machst du das?"

„Sie schafft es auch ohne mich. Das hat sie schon bewiesen. Und irgendwann wirst auch du ohne mich glücklich werden. Aber ich werde nie glücklich sein können, wenn ich hierbleibe."

Deborahs Beine zitterten, und sie hatte Angst, sie könnte umfallen. „Das kann nicht wahr sein. Es kann einfach nicht wahr sein."

„Nimm das Geld. Ich schicke mehr, wenn ich kann."

„Ich brauche nichts von dir, Mahlon Stoltzfus. Absolut nichts!"

Er schloss die Augen, und neue Tränen liefen ihm übers Gesicht. Als er sich umdrehte, um ins Auto zu steigen, warf sie ihm den Umschlag hin, und das Geld flatterte auf den Boden. Sie ließ es liegen, lief die Straße hinab und war froh, dass ihr Zuhause in dieser Richtung lag.

„Deb, es tut mir leid!“, schrie Mahlon, aber sie weigerte sich, sich umzudrehen.

Sie konnte vor Tränen nichts mehr sehen und lief weiter, bis ihre Beine und ihre Lunge brannten. Sie dachte, sie würde ohnmächtig werden, aber sie blieb nicht stehen.

Vor ihr erklang das Klappern von Pferdehufen. Sie war so benommen und verwirrt, dass sie nicht erkennen konnte, wer von dem Pferd stieg, das irgendwo vor ihr stehen geblieben war. Dann trat Ephraim in ihr Blickfeld.

Als er versuchte, sie in die Arme zu nehmen, schob sie ihn weg. „Er war da, und er ... er ist weggefahren.“ Sie schluchzte. „Warum, Ephraim? Er liebt mich nicht. Warum liebt er mich nicht?“

Ihr Bruder trat näher. Als er die Arme um sie legte, war sie zu schwach, um sich zu wehren. Sie sank an seine Brust und weinte.

Kapitel 39

Cara schaute sich im Spiegel an und fragte sich, ob sie das amische Kleid und die Schürze aus Respekt trug, oder ob es Heuchelei war. Obwohl sie den Stil hasste, gefiel ihr die blaugrüne Farbe. Sie hielt es für eine Schande, das Kleid fast vollständig mit einer schwarzen Schürze zu bedecken. Doch Ada hatte sie gebeten, für ihren heutigen Besuch in Dry Lake beides anzuziehen. Der Zweck der Schürze war es, die Figur einer Frau zu verbergen. Aber Cara hatte kein Problem damit, ihre Figur zu zeigen. Sie war zierlich und gut gebaut. Ihre Figur war ein Teil von ihr, warum sollte sie sie also verstecken?

Die Menschen waren wirklich sonderbar. Nicht nur die Amisch, die Menschen im Allgemeinen.

Einige Männer bezahlten einen großen Teil ihres Lohns, um nackte Frauen oder Prostituierte zu sehen, während andere in Enthaltsamkeit lebten und hofften, Gott würde ihnen die richtige Frau bringen. Einige Frauen taten aus Spaß oder für Geld fast alles, während andere allen Versuchungen widerstanden, um einem Mann treu zu bleiben, den sie nicht einmal mochten. Die meisten Menschen lagen irgendwo zwischen diesen Extremen. Im Moment wüsste sie gern, wo sie sich auf dieser imaginären Linie befand. War sie nun eher eine Frau mit dunklem Kleid und schwarzer Schürze geworden als eine Frau mit kurzem, bauchfreiem Oberteil?

War Gott, falls es ihn gab, nicht manchmal verwirrt von den Entscheidungen, die die Menschen trafen? Oder enttäuscht? Cara hatte den Eindruck, dass es sogar unter den religiösesten Menschen Missverständnisse gab, die genauso viel Spaltung und Schmerz verursachten wie irgendeine Sünde.

Ada trat in den Türrahmen. „Du siehst nett aus."

„Ich komme mir so unförmig vor."

Aus Adas Augen sprach eine tiefe Traurigkeit, aber sie lächelte trotzdem. „Willst du lieber den Leuten gefallen, die nur auf das Äußere sehen, oder denen, die auch die Ewigkeit im Blick haben?"

Cara zuckte die Achseln. „Jeans sind bequem."

„Männerschlafanzüge und Clownkostüme sind wahrscheinlich auch bequem. Wenn du bereit bist, sie tagein tagaus in der Öffentlichkeit zu tragen, glaube ich dir auch deine Argumente für diese eng sitzende Kleidung."

Cara beherrschte sich und verdrehte nicht die Augen. „Ich würde lieber in Freiheit leben und meine Entscheidungen selbst treffen, als mir sagen zu lassen, was ich anziehen soll."

Ada trat ins Zimmer und bedeutete Cara, sich umzudrehen. Sie rückte die Schürzenbänder gerade. „Jeder ordnet sich irgendetwas unter. Sportler ordnen sich ihren Spielregeln unter. Anwälte und Richter ordnen sich den Gesetzen unter. Der höchste Gerichtshof des Landes ordnet sich der Verfassung unter. Sogar der rebellischste Mensch ordnet sich irgendetwas unter, meistens der dunkelsten Seite seiner sündigen Natur. Die Amisch haben sich entschieden, sich der Alten Ordnung zu verpflichten, um gegen Begierden stark zu sein, die Grenzen überschreiten. Die Prediger, Diakone und Bischöfe helfen uns, diese geschriebenen und ungeschriebenen Regeln einzuhalten. Wenn du dich dem nicht unterordnen willst, musst du das nicht, aber glaube nicht, dass du frei wärst." Adas Stimme zitterte, und als Cara sich zu ihr umdrehte, sah sie Tränen in ihren Augen. „Niemand ist frei, Cara. Und die, die glauben, sie wären frei, haben nur nicht lang genug darüber nachgedacht."

Cara sperrte sich immer gegen Adas Erklärungen zu allem, was amisch war. Vielleicht war sie diesmal zu weit gegangen. „Stimmt etwas nicht?"

Ada zog einen Umschlag aus ihrer Schürzentasche. „Das war durch den Briefschlitz in der Haustür geschoben worden, als ich heute Morgen aufwachte." Ada reichte ihn ihr, dann ging sie zum Fenster und schaute hinaus.

Cara las die Worte, die vorne auf den Umschlag geschrieben waren. *Mamm, das ist das Schwerste, was ich je gemacht habe. Ich komme nicht zurück. Es tut mir leid. Pass auf dich auf und hilf Deborah, mir zu vergeben. Alles Liebe, Mahlon.*

Diese Worte drehten ihr fast den Magen um. Manchmal konnten

die endlosen Regeln einen wirklich dazu bringen, wegzulaufen. Und doch strahlte die amische Lebensweise eine nicht zu leugnende Kraft aus, das zu bewahren, was die Welt stehlen wollte: die Seele, die Familie und den Glauben.

Cara musste nicht an Gott glauben, um zu wissen, dass man anderen auf der Seele herumtrampeln konnte und dass es Richtig und Falsch gab. Warum gab also jemand wie Mahlon die Kraft der guten Dinge auf, um frei zu werden für die Schwäche der schlechten Dinge? Es war ein wenig so, wie Ada gesagt hatte: Jeder ordnete sich irgendetwas unter. In jeder Lebensweise gab es Frustrationen und Fehler.

Ada setzte sich aufs Bett. Der tiefe Schmerz in ihrem Gesicht war nicht zu beschreiben. „Er hatte mir vor ein paar Tagen einen Brief geschrieben, und ich hatte schon fast befürchtet, dass es so weit kommen könnte. Doch ich habe gebetet und gehofft, dass er noch zur Vernunft kommen würde. Ich gab mein Bestes, um Mahlon gut zu erziehen. Es verging kein Tag, an dem ich mich nicht wirklich bemüht hätte, ihm eine gute Mutter und ein gutes Vorbild zu sein."

Ihre Worte erinnerten Cara an etwas, was ihre eigene Mutter an ihren Vater geschrieben hatte. Sie ging zu ihrer Kommode und schaute die Briefe durch. Als sie den richtigen fand, brachte sie ihn Ada und setzte sich neben sie. „Mama schrieb einmal, dass sie alles gab, um meinem Vater zu helfen, von seiner Sucht frei zu werden. Sie wollte ihr Mögliches tun und konnte dann nicht akzeptieren, was dabei herauskam. Aber sie schreibt das viel besser, als ich es formulieren kann." Cara reichte Ada den Brief.

„Denki." Ada fuhr mit den Fingern über die gefalteten Seiten. „Ich kann mich aus unserer Schulzeit daran erinnern, dass Malinda eine besondere Art hatte, Dinge zu formulieren."

Cara ging zur Kommode und holte einen großen Stapel mit Briefen. „Dann lies diese Briefe, wenn du willst."

Ein lautes Hupen verkündete, dass Robbie da war.

Ada hielt die Briefe fest, als hätte sie etwas ganz Zerbrechliches in ihrer Hand. „Ich kann heute niemanden besuchen."

„Diese schwarzen Männer ..."

„Die Kirchenältesten sind keine Männer mit Waffen aus einem Kinofilm. Sie sind Diener Gottes, die ihr Bestes geben, egal, was dabei herauskommt."

Zum ersten Mal begriff Cara, wer diese Männer waren, und warum sie kamen. „Du hast recht. Es tut mir leid. Die Kirchenältesten haben Ephraim gesagt, dass Mahlon vielleicht nicht wiederkommen würde, und er macht sich Sorgen um seine Schwester. Er hat gesagt, dass ich heute nach Dry Lake kommen und für ihn und Deborah eine Art Mittlerin sein soll, damit sie irgendwie miteinander reden können."

Ada nickte. „Fahr hin. Lori kann hier bei mir bleiben."

„Bessere Zeiten ist auch da. Im Garten hinter dem Haus gibt es noch einiges zu tun, aber die beiden können schon draußen spielen. Ephraim hat zwei Ecken, in denen viele Glasscherben im Gras liegen, mit einem Seil abgetrennt. Sag ihr, dass sie von diesen zwei Stellen wegbleiben soll."

„Ich passe gut auf sie auf." Ada wischte sich eine Träne aus dem Gesicht. „Deborah wird mich wahrscheinlich nie wiedersehen wollen, es ist also ganz gut, dass ich jetzt so weit weg von Dry Lake wohne. Aber würdest du ihr sagen, dass es mir leidtut?"

„Das mache ich."

Die Hupe ertönte wieder. Cara eilte die Treppe hinab und zur Haustür hinaus. Die Atmosphäre zwischen ihr und Robbie war nicht mehr so angespannt wie bei ihrer ersten gemeinsamen Fahrt. Dennoch war es schwer, nach Dry Lake zurückzufahren, auch ohne versuchen zu müssen, mit ihm ein Gespräch zu führen. Nachdem sie sich höflich begrüßt hatten, lehnte Cara sich auf ihrem Sitz zurück und war froh, dass er sie nicht ansprach.

„Die Masts sind gute Leute." Robbie riss sie aus ihren Gedanken, als er das unvermittelt sagte. „Abner, Ephraims Vater, weiß einfach nicht, wer Sie sind. An einem Tag tragen Sie Jeans und torkeln wie eine Betrunkene, und am nächsten Tag tragen Sie ein Kleid, das Sie von seiner Wäscheleine gestohlen haben. Sie haben in einem Stall gewohnt, obwohl sein Sohn Sie aufgefordert hatte zu verschwinden, und dann sind Sie in das Haus seines Sohnes gezogen. Damit macht man es jedem schwer, einem zu vertrauen."

„Sie wissen zu viel."

„Ich plaudere ziemlich oft mit Abner. Anders als Ephraim ist er ein gesprächiger Mann. Also, haben Sie an dem Tag, an dem er Sie auf der Straße gesehen hat, die Swareys bestohlen und waren Sie betrunken?"

„Meine Güte." Sie verdrehte die Augen. „Ja, ich habe ein Paar Schuhe und Pflaster für Loris Blasen an ihren Füßen gestohlen. Wenn es sein müsste, würde ich das wieder tun. Aber ich war nicht betrunken."

Er zuckte die Achseln und sagte ein paar Minuten nichts. „Ich weiß, dass es den meisten Amisch in Dry Lake leidtut, wie sie Sie behandelt haben. Die anderen wissen nicht, was sie denken sollen. Noch nicht. Sie sollten am besten also sehr wenig sagen und viel nicken, wenn Sie mit ihnen zusammen sind. Fast alle kennen Englische, die sie mögen. Die Amisch sind sehr vorsichtig, bevor sie jemandem erlauben, einen Einfluss auf ihre Kinder zu haben. Sie scheinen viel Einfluss auf Abners Kind zu haben. Er ist zwar ein erwachsener Mann, aber trotzdem immer noch Abners Kind."

„Wissen Sie, dass man mit Ihnen richtig etwas anfangen kann, wenn Sie nicht gerade aufdringlich neugierig sind?"

Robbie lachte. „Anfangs habe ich der Sache auch nicht getraut und es nicht gut gefunden, dass Sie in Ephraims Leben aufgetaucht sind."

„Und jetzt?"

„Es interessiert ihn nicht, ob ich es gut finde oder nicht. Und ich kann Sie nicht daran hindern, in seinem Leben aufzutauchen. Da ich Sie nicht loswerden kann, versuche ich, Sie davon abzuhalten, die Situation zwischen ihm und seiner Familie noch schlimmer zu machen."

„Denki."

Robbie lächelte und hielt eine Plastiktüte hoch. „Das ist für Sie."

Cara nahm die Tüte und schaute hinein. Er hatte ihr eine Schachtel Zigaretten gekauft. „Sie wissen, dass diese Dinger einen Menschen *langsam* umbringen. Wenn es also Ihr Ziel ist, mich schnell loszuwerden, dann ist das ein schlechter Plan."

Er schmunzelte. „Nein. Ich musste auf dem Weg hierher tanken, und an der Tankstelle fiel mir ein, dass Sie letztes Mal eine Zigarette wollten."

Sie hielt ihm die Tüte wieder hin. „Das ist nett, und ich bin beeindruckt. Aber ich bin jetzt völlig entgiftet, auch wenn das unfreiwillig geschah. Und ich habe nicht die Absicht, wieder süchtig zu werden."

„Sie sind eine kluge Frau." Er bog in die lange Einfahrt der Masts. Unter den Bäumen saßen mindestens zwanzig Leute. Die meisten sahen Cara an, als das Auto an ihnen vorbeifuhr.

„Was hat sich Ephraim nur dabei gedacht?"

„Er wollte, dass Sie kommen?"

„Ja."

„Das ist ja interessant. Diese Leute sind hier, um Deborah zu unterstützen, aber ich sehe Deborah gar nicht. Wahrscheinlich ist sie nicht in der Stimmung, sich blicken zu lassen. Sie wollen ihr durch ihre Anwesenheit einfach zeigen, dass sie für sie da sind." Er schnalzte verächtlich mit der Zunge. „Ich habe jahrelang mit Mahlon zusammengearbeitet, und ich habe das beim besten Willen nicht kommen sehen. Wegzugehen ist eine Sache. Aber wegzugehen, nachdem man in die Kirche eingetreten ist und jemandem einen Heiratsantrag gemacht hat, so etwas macht man einfach nicht. Und schon gar nicht auf diese Weise."

„Ich muss den Mund halten und viel nicken, sagen Sie?"

„Ja."

„Ich glaube nicht, dass ich länger als ein paar Minuten bleibe. Ich will versuchen, mit Deborah in Ephraims Garten zu gehen und mit ihr zu sprechen. Warten Sie so lange?"

Robbie brachte den Wagen zum Stehen. „Abner sitzt unter einem der Bäume hinter uns. Ich unterhalte mich ein bisschen mit ihm."

„Sie können bei den Amisch kommen und gehen, wie Sie wollen?"

„Ich musste mich erst ein paar Jahre als guter Nachbar und guter Angestellter erweisen, bis es so weit war. Aber ich bin immer noch ein Außenstehender, und deshalb sind die Spielregeln anders. Mahlon könnte Buße tun und morgen zurückkommen, und es würde ein Jahrzehnt dauern, bis er in vielen Häusern wirklich wieder willkommen wäre."

„Und Ephraim?"

„Das weiß ich nicht. Bei ihm ist es anders. Er hat eine Grenze übertreten, so viel steht fest. Jetzt, da die Leute wissen, wer Sie sind, bewundern einige, was er getan hat. Andere denken, dass ihr beide wahrscheinlich ... ach, Sie wissen schon."

„Dass wir miteinander geschlafen haben."

„Ja. Und sie nehmen daran Anstoß, dass er Sie in seinem Haus übernachten ließ. Wenn der Bann aufgehoben ist, wird er Jahre brauchen, um den Respekt der meisten zurückzugewinnen. Bei einigen wird er das nie schaffen."

„Es hat seine Vorteile, keine Familie und keine Gemeinde zu haben."

„Ja? Sind diese Vorteile es wert?" Er öffnete die Autotür.

Sobald sie ausstiegen, kamen mehrere Männer und Frauen auf sie zu. Sie erkannte Emma und Levi Riehl.

„Cara." Levi trat vor. „Du erinnerst dich an meine Frau, Emma."

Emma wirkte unsicher, als sie ihr die Hand hinhielt. „Herzlich willkommen."

Herzlich willkommen? Wem wollte diese Frau etwas vormachen?

Aber sie dachte an Robbies Rat, gab der Frau die Hand und nickte, ohne etwas zu sagen.

„Ich würde dir gern ein paar Leute vorstellen", sagte Levi.

Es waren zu viele Namen, um sich alle merken zu können, als Levi ihr Tanten, Onkel, Cousins und Cousinen vorstellte. Sie nickte und lächelte nur, als jeder ihr die Hand gab und sich entweder entschuldigte oder sie willkommen hieß. Als ihr Blick über die Leute wanderte, sah sie Ephraim, der an der Seite des Hauses lehnte. Sein sanftes Lächeln verriet, was er dachte. Er hatte den Preis für diesen Tag bezahlt, und er bezahlte ihn immer noch. Hatte er gewusst, dass das geschehen würde, als er sie gebeten hatte, heute nach Dry Lake zu kommen?

Links von ihr stand Robbie und unterhielt sich mit dem Mann, den sie an ihrem ersten Tag in Dry Lake auf der Wiese gesehen hatte, und der an dem Abend, an dem sie und Lori getanzt hatten, zu Ephraim gekommen war. Er schritt langsam auf sie zu.

Levi stellte ihn ihr nicht vor, wie er das bei den anderen gemacht hatte.

„Ich bin Abner, Ephraims Vater. Es ... es war falsch von mir, alle vor dir zu warnen und ihnen zu sagen, du wärst betrunken gewesen oder hättest unter Drogen gestanden. Ich hatte dich ja nur ganz kurz gesehen."

Cara schluckte und wünschte, ein einfaches Nicken würde als Antwort genügen. „Ich habe an jenem Tag auf Sie wahrscheinlich genauso sonderbar gewirkt wie Sie auf mich. Außerdem habe ich wenig später Ihren Sohn als herzlos bezeichnet." Sie warf einen verstohlenen Blick auf Ephraim. „Wir haben uns beide geirrt."

Abner hielt ihr die Hand hin, aber als sie ihre Hand in seine legte, drückte er sie nicht. Er strich ihr väterlich über die Hand. *„Denki."*

„Wie geht es Ada?", fragte eine Frauenstimme, die von oben zu kommen schien.

Abners Blick wanderte nach oben und Caras Augen folgten ihm. Deborah stand an einem Fenster im ersten Stock und sah herunter.

Cara trat etwas näher. „Sie hat gesagt, dass ich dir ausrichten soll, wie leid es ihr tut."

Ohne noch mehr zu sagen, verschwand Deborah vom Fenster.

Levi deutete auf einen Stuhl.

Cara setzte sich. Einige Frauen flüsterten. Andere weinten.

„Wir verstehen nicht, warum er weggegangen ist.“ Emma setzte sich auf den Stuhl neben sie. „Es ergibt einfach keinen Sinn.“

Vor ihrem geistigen Auge konnte Cara sehen, wie traurig diese Menschen gewesen sein mussten, als ihre Mutter wegging. Ihr wurde bewusst, dass es keinen Menschen interessierte, wenn sie irgendwo wegging. Außer Mike. Vielleicht lohnte es sich doch, mit festen Regeln zu leben, die dazu beitrugen, Familien zusammenzuhalten.

„Als deine Mutter wegging, dachten wir, wir hätten verstanden, warum sie das tat. Erst vor Kurzem haben wir ihre wahren Beweggründe herausgefunden.“

Cara wollte fragen, was Emma damit meinte, aber sie nickte nur wieder. Außerdem wollte sie keine zu freundliche Beziehung zu diesen Menschen aufbauen. Sie bedauerten ihre Fehler und hatten Mitleid mit ihr. Das genügte ihr aber nicht. Sie war aus dem Alter herausgewachsen, in dem sie zufrieden war mit ein paar Krümeln von Zuneigung, die eine Familie ihr übrig ließ.

Deborah kam barfüßig und ohne Schürze um das Haus herum. Einzelne Haarsträhnen hingen ihr ums Gesicht und um den Hals, und ihre weiße Haube saß ein bisschen schief auf ihrem Kopf, aber das schien niemanden zu stören. Ihr Gesicht strahlte nur wenig von der sanften Schönheit aus, die Cara bei der Auktion gesehen hatte. Im Moment erinnerte ihre Hautfarbe eher an eine graue Gewitterwolke. „Ich möchte zu Ada gehen, *Daed*.“

Ihr Vater sah sie an. „Natürlich kannst du zu ihr gehen. Dein Besuch tut ihr sicher gut.“

„Ich will ihre Ruth sein.“

Abner schüttelte den Kopf. „Kind, hör mir zu ...“

„Nein.“ Deborah brach in Tränen aus. „Hör mir zu. Bitte, *Daed*.“

Verwirrt wandte sich Cara an Emma. „Wer ist Ruth?“, flüsterte sie.

Emma beugte sich näher zu ihr vor. „Sie spricht von Naomi und Ruth. Aus der Bibel.“

Cara war versucht, ihr zu sagen, dass sie nicht viel von Märchen hielt, aber sie zog nur die Brauen hoch, als würde sie verstehen, wovon Emma sprach. Schemenhafte Gedanken meldeten sich in ihr, Gedanken, die mehr an ihren Zweifeln zweifelten als an Gott. Es sah wirklich so aus, als würde die Bibel klar und ehrlich die Wahrheit darüber sagen, wie die Menschen waren, obwohl Cara noch nicht viel darin gelesen hatte.

Abner schaute zu Cara hinüber und betrachtete sie nachdenklich. Wenn sie die Geschichte von Naomi und Ruth kennen würde, könnte sie vielleicht erraten, was er dachte.

„Das hier ist dein Zuhause, Deborah. Wir brauchen dich. Aber wenn du ein oder zwei Nächte bei Ada bleiben willst, solltest du das tun."

„Ada braucht mich. Ihr einziges Kind hat sie verlassen. Dir geht es seit der Operation gesundheitlich viel besser. Und selbst wenn ich weggehe, hast du noch sechs Kinder, die zu Hause wohnen – fünf von ihnen sind Töchter. Kannst du nicht eine entbehren und sie bei einer Frau wohnen lassen, die ihr Leben lang eine gute *Mamm* war, aber jetzt überhaupt keine Kinder hat?"

Cara begriff, dass Deborah um die Erlaubnis bat, bei Ada wohnen zu dürfen. Für immer. Abner schaute wieder Cara an, und sie konnte seine Gedanken fast lesen. Er hatte Angst, Deborah ganz zu verlieren, wenn sie im selben Haus wie Cara wohnte. Sie konnte es ihm nicht verdenken. Cara brachte dem Glauben, den diese Menschen hatten, nur wenig Loyalität entgegen. Sie hatte Ephraims Leben großen Schaden zugefügt, ohne das überhaupt zu merken.

Eine starke Unruhe beschlich sie, als ihr bewusst wurde, dass sie wahrscheinlich ausziehen musste, damit Deborah bei Ada einziehen durfte. Man würde nicht wollen, dass sie so viel Zeit mit Deborah verbrachte und möglicherweise einen negativen Einfluss auf sie ausübte. Cara sah zu Ephraim hinüber. Er hatte so viel dafür getan, dass sie ein Dach über dem Kopf hatte, nun bei den Verwandten ihrer Mutter sitzen und so mit ihnen sprechen konnte.

„Ich kann ausziehen." Sie sagte es leise, aber es hatten genug Leute gehört, dass sie es an die anderen weitergaben, die es nicht gehört hatten.

Deborah trat näher zu ihrem Vater. „Das will ich nicht. Adas Mietvertrag ist an die Arbeit geknüpft, die Cara in ihrem Haus leistet." Sie wandte sich an Cara. „Und sie glaubt, dass Gott will, dass du bei ihr wohnst. Ich will Ada nichts wegnehmen. Ich will nur das ausgleichen, was ihr jetzt fehlt."

Abner seufzte. Es war ein tiefes und müdes Seufzen, als er sich neben

Cara setzte. „Meine erste Frau, Ephraims und Deborahs Mutter, hat deine Mutter genauso geliebt, wie Ada sie geliebt hat. Wusstest du das?"

Cara schüttelte den Kopf.

„Deshalb durfte Ephraim in jenem Sommer, in dem deine Mutter dich hierherbrachte, so viel Zeit mit dir verbringen. Meine Frau sah dir einmal in die Augen und vertraute dir. Aber ich war so in meiner Angst gefangen, dass Malinda diesem Bezirk Schmerz und Schaden zufügen könnte, dass ich viel Falsches glaubte. Es war leichter zu glauben, Malinda hätte bekommen, was sie verdiente, als wirklich mit ihr zu sprechen. Deshalb sagten wir ihr, dass du hierher zurückkommen könntest, aber sie nicht."

Deborah zog einen Stuhl neben ihren Vater und setzte sich.

Abner nahm Deborahs Hand in seine. „Ich habe viele Jahre so große Angst gehabt, das zu verlieren, was zu mir gehört, dass ich nicht sah, wie andere Menschen wirklich waren. Als Prediger habe ich unsere Leute sogar ermutigt, eine unsichtbare Festung um sich und ihre Familien zu errichten. Aber dadurch haben wir so viel Argwohn gegenüber Außenstehenden entwickelt, dass ein Fremder bei der geringsten Kleinigkeit schuldig wirkte. Dann war es leicht, zueinander zu sagen: ‚Ich wusste, dass man ihnen nicht trauen kann' oder ‚Ich wusste, dass sie nur Schwierigkeiten machen.'"

Abner sah zu Ephraim hinüber, der an der Hauswand lehnte – ein Ausgestoßener im Garten seiner eigenen Familie. „Ephraim und Deborah geraten nach ihrer Mutter." Dann wandte er sich an seine Tochter. „Ada hat ein gutes Herz wie deine *Mamm*. Wenn du zu ihr ziehen willst, dann tu es, Kind. Ich werde dich nicht daran hindern."

Deborah brach in Tränen aus und umarmte ihn. *„Denki."* Sie stand auf, und mehrere Frauen traten zu ihr und gingen mit ihr ins Haus zurück.

Kapitel 40

Trotz der offenen Fenster rührte sich kein Windhauch in der feuchten Augustluft. Die Backdüfte aus Adas Küche erfüllten das Haus. Deborah hielt Cara die Leiter, während diese den Tapetenigel über den nächsten Teil der Wand rollte.

Adas Telefon klingelte laut und lang. Der Bischof hatte ihr das Telefon für geschäftliche Zwecke erlaubt. Kurz danach fiel die Mückengittertür zu und Cara wusste, dass Ada über den Hof zum Stall lief und hoffte, noch rechtzeitig ans Telefon zu kommen, bevor der Anrufer auflegte.

Zwei Monate waren vergangen, seit Mahlon weggegangen war. Deborahs Trauer und Verwirrung waren an den meisten Tagen schier bodenlos, aber Cara versuchte, sie zu motivieren, weiterzumachen. Adas Trauer war stiller und vielleicht tiefer, aber Deborahs Anwesenheit schien Ada gutzutun, weil sie dadurch jemanden hatte, um den sie sich kümmern konnte. Cara quälte eine Traurigkeit, die nichts mit dem Verlust der beiden zu tun hatte, aber das würde sie ihnen nicht verraten. Mahlon war fortgegangen und käme nicht zurück. Ephraim war in Dry Lake, bei Anna Mary, vermutete sie, aber sie versuchte, nicht an ihn zu denken.

Cara hob den Saum ihres Kleides und stieg eine Sprosse höher. Da viele amische Leute in Adas Haus ein- und ausgingen, hatte Cara beschlossen, Kleider zu tragen. Deborah hatte viele Kleider, die sie mit ihr teilte, und Cara hoffte, ihr Verhalten würde ein gutes Bild auf Ephraim werfen. Es konnte nicht schaden, und wenn es irgendwie dazu beitragen würde, dass die Kirchenältesten ihn in einem besseren Licht sahen, würde sie diese unmodischen Kleider widerspruchslos anziehen.

Sie reichte Deborah den Tapetenigel. „An dieser Stelle bin ich jetzt fertig."

Jede Bewegung, die Deborah machte, war quälend langsam wie bei einer Frau, die dicke, schwere Ketten trug. Sie hielt Cara einen Eimer mit warmem Wasser und Essig nach oben. „Hier."

Cara tauchte einen dicken Schwamm in die Lösung und begann, die Tapete aufzuweichen, während Deborah die wackelige Leiter weiter festhielt.

In der ersten Zeit, nachdem Deborah hier eingezogen war, hatte Cara in vielen Nächten an ihrer Seite gelegen und sie einfach nur festgehalten, während ihr Körper von Weinkrämpfen geschüttelt wurde. In jenen ersten Wochen hatte Cara beide Frauen motivieren müssen, sich auf eine unbekannte Zukunft einzulassen. Jetzt kam es, dank der Hilfe der amischen Gemeinden in Dry Lake und Hope Crossing sogar manchmal vor, dass Ada und Deborah lachten. Sie hatten ihr Geschäft ausgebaut und verkauften jetzt auch Backwaren an ein Hotel in der Stadt für das hauseigene Restaurant und die Frühstücksbar.

Cara stieg von der Leiter. „Machen wir da drüben weiter. Dort müssten die Tapeten so weit aufgeweicht sein, dass man sie abziehen kann."

Sie schoben die Leiter an die richtige Stelle, und Cara stieg wieder hinauf.

Nach einem von Deborahs seltenen Besuchen in Dry Lake kam sie zurück und sagte, dass Ephraim jetzt nicht mehr mit dem Bann belegt war. Sobald er gezeigt hatte, dass er bereit war, nach den amischen Regeln zu leben, hatte der Bischof den Bann aufgehoben. Seit Anfang Juli war Ephraim wieder ein uneingeschränktes Gemeindemitglied und war an seine Arbeit zurückgekehrt.

Sie hatte ihn seit Juni nur dreimal gesehen, als er gekommen war, um Adas Garten aufzuräumen. Aber selbst da war er nur mit anderen aus Dry Lake ins Haus gekommen. Die gemeinsamen stillen Morgenstunden bei einer Tasse Kaffee, das humorvolle Geplänkel während eines anstrengenden Arbeitstages und die langen Abendspaziergänge waren vorbei, aber Cara würde sie nie vergessen.

Erinnerte er sich daran?

Auch wenn sie immer noch wünschte, für sie und Ephraim wäre es anders gekommen, hatte sie einen gewissen Frieden über ihre Vergangenheit gefunden und hatte sich entschieden, den Leuten, die vielleicht an den vergangenen Ereignissen mit schuld waren, keine Vorwürfe zu machen. Inzwischen tolerierte sie es, Briefe und Besuche von ihren Tanten, Onkeln und Cousinen zu bekommen, und freute sich sogar darüber.

„Vielleicht solltest du lieber hinter mir stehen, während du die Leiter hältst, Deb."

Deborah schnappte nach Luft. „Meine Güte, du hast recht. Dieses amische Kleid ist nicht gerade züchtig, wenn eine Frau auf einer Leiter steht."

„Du hast freie Aussicht auf einen roten Seidenbikini, nicht wahr, Deborah?" Cara nahm die obere Kante der Tapete und zog sie langsam herunter. „Drück mir die Daumen, dass das hier klappt."

„Dann müsste ich ja die Leiter loslassen."

„Was ist wichtiger, dass diese Tapete in einem Stück abgeht, oder dass ich nicht falle?"

Bei dem seltenen Geräusch von Deborahs Lachen wurde Cara warm ums Herz. „Muss ich mich jetzt gleich entscheiden?"

Ein dicker Klecks Tapetenlösungsmittel klatschte auf den Boden. „Entschuldigung. Aber nichts ist schwerer, als alte Tapeten abzulösen. Womit haben sie diese Tapeten nur festgeklebt?" Cara stieg eine Sprosse tiefer.

„Ich glaube, es ist Elefantenleim."

Während Cara langsam die Tapete abzog, stieg sie vorsichtig die nächste Stufe hinab. „Was ist Elefantenleim?"

„Du weißt schon, so ein Zeug, mit dem sogar ein Elefant an der Wand kleben bleiben würde."

Cara schaute fragend zu Deborah hinab.

Deborah zog eine Grimasse. „Das hab ich mir ausgedacht. Aber als ich mir dieses Bild vorstellte, gefiel es mir."

Cara schürzte die Lippen und unterdrückte ein Lachen. „War das einer dieser Gedanken, die einem im Halbschlaf kommen?"

„Ja, genau so ein Gedanke war es."

„Ich mag solche Gedanken. Sie sind lustig. Keine große Hilfe, aber immer für einen Lacher gut. Am liebsten mag ich die, die du kurz vor dem Einschlafen murmelst."

„Gehst du am Sonntag mit Ada und mir zum Gottesdienst hier in Hope Crossing?"

„Einmal hat mir gereicht, danke."

„Mädchen", rief Ada. „Das Essen ist fertig. Der Lieferant hat angerufen. Er kann heute die Sachen nicht abholen. Ich muss meine Kuchen also alle in den Einspänner laden und sie zur Bäckerei, zum Hotel und zum Diner bringen. Ich bin in zwei Stunden wieder da. Lori fährt mit mir mit."

„Okay, Ada. Danke."

„Denki." Deborah trat zur Seite. „Wegen der harten Sitzbänke ohne Rückenlehnen oder weil der Gottesdienst so lang dauert?"

„Weder noch." Cara zog an dem letzten Teil der Tapete und stieg auf den Boden hinunter. „Trotz deiner großen Bemühungen im letzten Monat, mich deine Sprache zu lehren, habe ich keine Ahnung, was dort gesprochen wird. Warum soll ich die ganze Zeit dabeisitzen, wenn du mir danach alles zusammenfassen musst?" Cara ließ die alte Tapete auf ein Stück Plastikplane fallen. Dann wischte sie sich die Hände an ihrer schwarzen Schürze ab. Sie hakte sich bei Deborah unter und führte sie aus dem Zimmer. „Also, was heißt *geziemt*?"

„Das kommt darauf an. Es kann passend bedeuten, wie zum Beispiel ein passender Ehepartner. Aber es kann auch angenehm heißen, zum Beispiel, dass man mit seiner Kleidung und seinem Verhalten vor Gott angenehm ist und ihm gefällt." Sie gingen die Treppe hinab. „Wo hast du dieses Wort gehört? Vielleicht kann ich herausfinden, welche Bedeutung es hatte."

„Ich habe es im Gottesdienst gehört."

„Der Pastor hat davon gesprochen, dass wir nach Gottes Vorstellungen leben und nicht versuchen sollen, so zu sein, wie die Welt uns haben will."

„Warum ist es für dich so wichtig, zum Gottesdienst zu gehen? Es ist ein freier Tag. Warum soll man sich diesen Tag verderben?"

„Weil ..."

Cara hielt die Hand hoch, um Deborah zu unterbrechen. „Ich habe das als rhetorische Frage gemeint."

„Das heißt, dass du eigentlich keine Antwort von mir wolltest?"

„Genau." Cara lehnte sich an die Schwingtür zur Küche. Hitze schlug ihr entgegen. „Das amische Leben gibt dem Spruch ‚Wenn du die Hitze nicht aushältst, dann geh aus der Küche' eine neue Bedeutung."

„Komm, setzen wir uns draußen unter den Baum."

„Ich wäre eher dafür, eine Klimaanlage einbauen zu lassen."

„Ohne Strom würde uns eine Klimaanlage auch nichts helfen, meine liebe Englische. Aber mit einem batteriebetriebenen Ventilator könnte ich mich anfreunden, auch wenn unser Bischof wahrscheinlich etwas dagegen hätte."

Sie nahmen die Teller mit ihren belegten Broten, Chips und dem Obst. „Wie hält Ada das nur in den Sommermonaten aus?"

„Ich verstehe das als rhetorische Frage. Das erspart es mir, dir das erklären zu müssen." Nachdem sie sich an den Tisch gesetzt hatten, beugte Deborah den Kopf zum stillen Gebet, und Cara wartete.

Deborah hob den Kopf. „Ein paar Mädchen aus diesem Bezirk haben mich gefragt, ob ich am Samstag mit ihnen zum Singen gehen will. Ich bin nicht sicher, ob ich schon so weit bin. Wenn ich nur daran denke, muss ich wieder anfangen zu weinen."

„Warum?"

„Weil die Art, wie Mahlon mich verlassen hat, wie eine öffentliche Auspeitschung war. Jeder weiß, dass er mir nicht nur das Herz gebrochen, sondern mich auch gedemütigt hat."

„Unsinn." Cara verdrehte die Augen. „Wenn die Leute auch nur ein bisschen Verstand haben, wissen sie, wie verrückt er sein muss, dass er dich verlassen hat. Bei dem, was er getan hat, geht es allein um ihn, Deb. Wenn ich du wäre, würde ich ihnen direkt in die Augen schauen und ihnen zu verstehen geben, dass es ja keiner wagen soll, schlecht von dir zu denken, bloß weil jemand anders sich so dumm verhalten hat."

„Wenn du recht hast, warum fühle ich mich dann wie eine Idiotin, weil ich ihn geliebt habe?"

„Weil er dir einen Schlag versetzt hat, mit dem du nicht rechnen konntest."

„Das hat er nicht absichtlich gemacht."

„Er hat es aber auch nicht aus Versehen getan."

Deborah zuckte die Achseln. „Vielleicht hast du recht. Willst du mitkommen, wenn ich zum Singen gehe?"

„Auf keinen Fall. Das Singen ist für Singles, nicht für Witwen, oder?"

„Ja. Für mich ist das Singen aber viel mehr als nur die Suche nach einem Partner. Es ist eine Zeit, in der man Freundschaften schließt, die auch in fünfzig Jahren noch Bestand haben. Es wird viel gelacht und gesungen, dass die Wände wackeln. Ich denke, ich bin so weit, in Hope Crossing ein paar gute Freundschaften zu schließen."

„Dann solltest du anfangen, öfter Leute einzuladen."

Deborah lehnte sich lächelnd auf ihrem Stuhl zurück. „Willst du damit sagen, dass du keine Freundin bist?"

Cara blinzelte. „Ich ... du meinst ... mich?"

„Mir gefällt deine Demut, Cara. Sie käme dir als amische Frau sehr zugute."

„Es ist schwer, amisch zu sein, wenn man nicht an Gott glaubt, findest du nicht?"

Deborah öffnete den Mund, um eine Antwort zu geben, aber Cara hielt beschwichtigend die Hand hoch. „Versteh das einfach als rhetorische Frage, Deb."

In der Ferne hörte man Donnergrollen und der Geruch nach Regen lag in der Luft, als Cara mit Lori auf dem Bett kuschelte und ihr aus einem Buch vorlas. Als Ada bei ihrem Umzug in einer Kiste ein Kinderbuch gefunden hatte, hatte sie es Lori geschenkt. Anfangs hatte Cara dieses Buch für ein harmloses Kinderbuch gehalten. Aber es ging darin um ein kleines amisches Mädchen, und Lori liebte es.

„Das kleine Mädchen geht gern zum Gottesdienst, nicht wahr, Mama?"

„Ja. Jetzt versuch zu schlafen." Cara stand vom Bett auf und breitete das leichte Laken über ihre Tochter. Sie fragte sich, wie jemand in dieser Augusthitze überhaupt schlafen konnte.

„Ich will wieder mit Ephraim zum Gottesdienst gehen."

Starke Gefühle überrollten Cara, als Lori seinen Namen erwähnte, und sie vermisste ihn so sehr, dass es richtig wehtat. „Ich bin nicht sicher, ob man es als ‚mit ihm in den Gottesdienst gehen' bezeichnen kann, wenn du dich ein Mal hineingeschlichen und auf seinem Schoß gesessen hast." Cara küsste ihre Tochter auf die Stirn. „Außerdem verstehst du ja nicht einmal, was gesagt wird."

„Ein paar Wörter kann ich schon. Deborah hat sie mir beigebracht. Ich muss auch nicht alle Wörter verstehen. Ich kann fühlen, was sie sagen."

Cara strich Lori die Haarsträhnen aus dem Gesicht. „Ja, manchmal geht das vermutlich."

Als sie hörte, wie das Donnergrollen lauter wurde, hoffte Cara, Deborahs Abend mit ihren neuen Freunden in Hope Crossing würde durch das Wetter nicht beeinträchtigt.

Die Sehnsucht, an etwas anderes zu glauben als an das, was sie sehen konnte, war in letzter Zeit in ihrem Herzen immer stärker geworden. Manchmal hatte sie den Eindruck, Gott sei überall. Gleichzeitig wusste sie nicht, ob sie das wirklich glauben konnte. Als kleines Kind hatte sie auch an den Weihnachtsmann und an den Osterhasen geglaubt.

„Das Mädchen in meinem Buch ist gern amisch."

„Es ist unglaublich schwer, so zu leben. Es gibt mehr Regeln als Mücken in einem Stall."

Lori kicherte. „Aber es gibt doch überall Regeln. Das hast du mir oft gesagt, auch schon früher, als wir noch niemanden kannten, der amisch war."

„Ja, das kann schon sein. Schlaf jetzt. Soll ich heute Nacht eine Öllampe auf kleine Flamme drehen und auf die Kommode stellen?"

„Nein. Ich vertraue Gott wie das Mädchen in dem Buch. Willst du beten?"

Nein, das wollte sie nicht. Nicht jetzt. Und auch sonst nicht. Sie hatte gebetet, als ihre Mutter gestorben war, und sie hatte Gott angefleht, sie ihr zurückzubringen. Sie hatte gebetet, als sie in Pflegefamilien gelebt hatte, und sie hatte Gott angefleht, ihr jemanden zu schicken, der sie liebte. Aber eines Tages war ihr bewusst geworden, dass niemand zuhörte, wenn sie betete.

„Ich mache die Augen zu, und du sprichst, okay?"

Lori drückte die Augen fest zu. „Lieber Gott, vergib mir, was ich falsch gemacht habe, und hilf mir, das Richtige zu tun. Amen."

„Amen."

Cara hob die Öllampe hoch. „Gute Nacht, Lori-Schatz."

„Mama?"

„Ja?"

„Vertraust du Gott?"

„Du musst jetzt schlafen, okay?"

„Okay. Gute Nacht, Mama."

„Gute Nacht." Cara streichelte Bessere Zeiten und zog dann die Tür hinter sich zu.

Sie blieb oben an der Treppe stehen und war versucht, dieselben Tagebücher und Briefe von ihrer Mutter zu lesen, die sie jeden Abend las. Aber sie hatte das Gefühl, dass sie dieses Mal etwas anderes tun sollte. In der Schachtel, die ihr Vater ihr geschickt hatte, war nichts Neues, aber sie ging trotzdem die Treppe hinab und zum Garderobenschrank.

Nachdem sie die Lampe auf einen Tisch gestellt hatte, streckte sie sich zum obersten Regal und holte die Schachtel, die ihr Tor in die Vergangenheit war. Mit der Schachtel in der Hand hob sie die Laterne auf und ging in die Küche. Als sie am Tisch saß, öffnete sie die Schachtel.

Sie legte die Bibel ihrer Mutter beiseite und faltete dann alle Briefe auseinander und breitete sie auf dem Tisch aus. Sie hatte jeden einzelnen Brief und alle Tagebücher schon zigmal gelesen.

Die Treppe knarrte, und Ada kam mit einer Laterne in die Küche. Sie strich im Vorbeigehen mit der Hand über Caras Rücken. „Soll ich dir ein Glas Eiswasser bringen?"

„Nein, danke." Cara lehnte sich auf ihrem Stuhl zurück. „Ada, wenn dein Bezirk nie erfahren hätte, warum meine Mutter wirklich aus Dry Lake weggegangen ist, würden sie mir dann trotzdem schreiben und mich besuchen?"

„Ich glaube schon, aber mit Gewissheit lässt sich das nicht sagen." Mit einem Wasserglas in der Hand setzte sich Ada zu ihr.

„Es muss meiner Mutter das Herz gebrochen haben, als sie das Geheimnis ihres Verlobten nur wenige Wochen vor der Hochzeit herausfand."

„Ruben steckt in großen Schwierigkeiten, weil er das so lange verschwiegen hat."

„Aber er wird nicht mit dem Bann belegt?"

Ada schüttelte den Kopf. „Vielleicht kommt das noch, aber der Bischof hat sich noch nicht entschieden, was er tun will. Er befindet sich in einer schwierigen Lage: Er muss einen Mann für etwas züchtigen, was er vor über dreißig Jahren getan hat. Wenn viele Jugendliche nach Ephraims und Mahlons Schwierigkeiten schon den nächsten Bann in kürzester Zeit erleben, werden sie vielleicht nicht mehr in die Kirche eintreten wollen."

„Es macht mich immer noch wütend. Ich hätte nichts dagegen, wenn sie sowohl Ruben als auch seine Frau für immer mit dem Bann belegen würden."

„Und es ist für dich noch schwerer, weil sie Anna Marys Eltern sind, nicht wahr?"

Cara nickte. „Ja, manchmal ist es fast nicht auszuhalten."

„Du erinnerst mich so sehr an deine Mutter. Du hast mir und Deborah geholfen, eine furchtbar schlimme Zeit zu überstehen. Ich hätte die letzten zwei Monate kaum ertragen, was Mahlon getan hat, wenn ich nicht immer wieder gesehen hätte, was Gott aus deinem Kummer hat Gutes entstehen lassen. Und wenn du nicht immer die Peitsche geschwungen und Deborah und mich gezwungen hättest, uns darauf zu konzentrieren, ein Geschäft aufzubauen. Ich bin wirklich froh, dass du ein kleiner Sklaventreiber bist."

In Caras Augen standen Tränen, als sie einen Brief ihrer Mutter anschaute. „Manchmal fühle ich mich fast wieder ganz, als hätte ich Antworten gefunden, die meinem verrückten Leben einen Sinn geben. Und dann bin ich wieder so verwirrt und bitter und fühle mich so verloren, dass ich mich selbst nicht ausstehen kann." Sie ließ den Brief auf den Tisch fallen. „Ich lese jedes Blatt immer wieder, als wollte ich einen Beweis dafür finden, dass das Leben sich lohnt."

Sie betrachtete die Bibel ihrer Mutter. Obwohl sie alles, was ihr Vater ihr geschickt hatte, immer wieder gelesen hatte, hatte sie dieses Buch kein einziges Mal aufgeschlagen. Sie hatte ein paar Minuten in Ephraims oder Adas Bibel gelesen, aber nicht in der ihrer Mutter. Ihr wurde dabei immer irgendwie unheimlich, als enthalte es mehr über das Herz ihrer Mutter als ihre ganzen Briefe.

Ada schob ihre Hand über Caras Hand. „Nur Gott kann einem Leben einen Wert geben. Wenn er uns keinen Wert gäbe und nicht in uns leben würde, bestünde die Menschheitsgeschichte nur aus unerfüllten Hoffnungen und zerbrochenen Träumen." Sie nahm die Bibel vom Tisch und reichte sie Cara. „Er kann den Schmerz deiner Vergangenheit heilen und dir eine hoffnungsvolle Zukunft schenken."

Cara hielt die Bibel zwischen ihren Händen und klappte sie auf. Als sie schnell die Seiten durch ihre Finger gleiten ließ, fiel ihr ein gelbes Blatt Papier auf. Sie legte das Buch auf den Tisch und blätterte darin. Nach ein paar Momenten hatte sie das Papier wiedergefunden und zog es heraus. Als sie es auseinanderfaltete, erkannte sie sofort die Handschrift ihrer Mutter.

Ich werde euer Vater sein, und ihr werdet meine Söhne und meine Töchter sein.

Diese Worte berührten auf ungeahnte Weise ihr Herz.

Sie schluckte mühsam die Tränen hinunter und stand auf. Ihr Herz pochte kräftig gegen ihre Rippen, als ihr plötzlich die Augen aufgingen. „Es gibt ihn wirklich." Mit einem Mal war es ihr in der Küche zu eng, und sie musste dringend alleine sein. „Ich muss einen Spaziergang machen. Bleibst du bei Lori?"

„Natürlich bleibe ich bei ihr."

Sie eilte zur Hintertür hinaus. Ein leichter Regen setzte ein, als sie mit schnellen Schritten losmarschierte. Ein Schmerz erfüllte ihr Herz, als würde sie jeden Verlust, den sie je erlitten hatte, neu durchleben. Bruchstücke aus ihrer Vergangenheit zerrten an ihr und wollten Antworten. Aber es gab keine. In ihrer Seele war nur ein dunkles Loch, das ihr alle Kraft raubte. Der Regen fiel stärker, als sie den schmalen Pfad hinaufstieg.

Sie sah auf das Tal, das unter ihr lag, und ballte die Fäuste. „Warum?", schrie sie in den Regen hinein. „Ich will wissen, warum!" Ihre Tränen vermischten sich mit dem Regen, aber sie bekam keine Antwort.

Das Bild, wie sie hungrig und elend in Ephraims Stall Zuflucht gesucht hatte, stand deutlicher vor ihren Augen als der Himmel mit den Regenwolken. Sie war aus Verzweiflung hier gelandet. Der lange Weg hatte begonnen, weil sie sich bruchstückhaft an ihre Vergangenheit erinnerte und weil ihre Mutter ihr eine versteckte Botschaft in ihrem Tagebuch hinterlassen hatte. Aber vor allem war sie hier gelandet, weil etwas in ihr, etwas, was nicht aus ihr selbst kam, sie geführt hatte.

Als würde vor ihrem geistigen Auge ein Film ablaufen, sah sie Ephraim in der Stalltür stehen und ihr die Hand hinhalten. Er hatte ihr nicht die Antworten auf alles gegeben, was sie wissen wollte, aber er hatte ihr geholfen ein besseres Leben zu finden. Er hatte ihr Hilfe und Kraft und sich selbst als eine Art Schutzschild angeboten. Das war nicht die Art von Schutz gewesen, die sie Lori zu geben versuchte, indem sie die harte Realität vor ihr versteckte, bis sie älter war. Dieser Schild versteckte weder die Realität noch den Schmerz. Er fing jeden Schlag ab, bevor er sie treffen konnte.

Plötzlich veränderte sich Ephraim vor ihrem inneren Auge, und ein Mann, den sie nicht kannte, hielt ihr die Hand hin. Er war noch sonderbarer gekleidet als die Amisch, hatte eine dunklere Haut, dunklere Haare und dunklere Augen. Aber vor allem hatte er Mitgefühl für sie und eine Liebe, die so tief war, dass sie sie nicht begreifen konnte.

Das musste Jesus sein. Als er sie anschaute, hatte sie den Eindruck, nicht mehr die Frau zu sein, für die sie sich gehalten hatte. Es war, als wäre sie ein Teil von etwas Größerem, und gleichzeitig wusste sie, dass sie nichts war. Sie fühlte sich vollständig angenommen, wie ein Familienmitglied, aber nur weil Gott ihr die Tür geöffnet hatte – ähnlich wie es Ephraim getan hatte.

Ihre Frage nach dem Warum war unwichtig geworden. Die einzige Frage, die jetzt zählte, war, wie sie sich ab diesem Zeitpunkt entscheiden würde.

Sie sank auf die Knie.

Kapitel 41

Mit einem aufgeschlagenen Buch und einer Kaffeetasse in der Hand saß Ephraim auf seinem Sofa und lauschte dem Geräusch des Regens.

Er hatte schon viele stille Abende allein hier verbracht, seit er vor neun Jahren dieses Haus gebaut hatte. Bevor er Cara kennengelernt hatte, waren diese Abende nie einsam gewesen. Okay, vielleicht ein bisschen. Aber er hatte sich nie nach einem bestimmten Menschen gesehnt.

Dann war Cara aufgetaucht, und ohne es zu wissen, hatte sie ihm ein langes und gesundes Leben in echter Einsamkeit beschert.

Die Einsamkeit war manchmal so stark, dass er versucht war ...

Er riss sich von diesen Gedanken los, knurrte leise und ging in die Küche. Ein Blitz erhellte den Himmel, und im nächsten Moment folgte ein lautes Donnern. Er glaubte, ein Telefon läuten zu hören. Er stellte seine Tasse auf den Tisch, legte den Kopf zur Seite und lauschte. Es klingelte wirklich ein Telefon. Dreimal. Viermal. Fünfmal. Dann war es still.

Er stand in seinem dunklen Haus und wartete. Das Telefon klingelte wieder. Er schnappte sich seinen schwarzen Filzhut und rannte zur Tür hinaus. Es klingelte fünfmal, dann folgte eine Pause und dann klingelte es wieder. Das bedeutete, dass es kein geschäftlicher Anruf war und dass das auch niemand war, der sich verwählt hatte. Jemand versuchte dringend, ihn zu erreichen. Er stürmte über die nasse Wiese und den Hof. In der Schreinerei tastete er sich durch die Dunkelheit und nahm den Hörer ab.

„Hallo."

„Ephraim." Adas Stimme klang besorgt. „Ich habe ein kleines Problem."

„Was ist los?"

„Cara ist spazieren gegangen, aber dann begann es, in Strömen zu regnen. Sie ist jetzt schon über zwei Stunden fort. Der Bach hat bestimmt schon Hochwasser. Ich muss bei Lori bleiben, und Deborah ist nicht da. Ich weiß nicht, was ich tun soll."

„Ich suche mir einen Fahrer und komme so schnell wie möglich. Lass Lori auf keinen Fall allein, und versuche auch nicht, mit Lori den Bach zu überqueren."

Ephraim rief ein halbes Dutzend Fahrer an, bis er Bill zu Hause antraf. Er kam innerhalb von zehn Minuten. Eine Viertelstunde später stieg Ephraim vor Adas Haus aus dem Auto. Sie öffnete ihm die Tür.

„Ist sie schon zurück?" Ephraim musste brüllen, um sich bei dem prasselnden Regen Gehör zu verschaffen.

Ada winkte ihn ins Haus und ließ die Tür offen, sodass Bill ihnen folgen konnte. „Nein. Sie war ziemlich aufgewühlt, als sie losging."

„Warum?"

„Wir haben uns unterhalten, und sie hat sich die Bibel ihrer Mutter angesehen, die in dem Päckchen von ihrem Vater war. Sie fand einen Zettel darin. Ich glaube, sie hat gezittert, als sie mich anschaute und sagte: ‚Es gibt ihn wirklich.' Dann stürmte sie los."

Als Ephraim das hörte, war er ganz aufgeregt, und in seinem Kopf drehte sich für einen Moment alles. Wenn es schon aufwühlend für sie gewesen war, zu erfahren, dass sie Verwandte in Dry Lake hatte, dann musste die Erkenntnis, dass es Gott wirklich gab, hundertmal aufwühlender sein. „Wohin ist sie gegangen?"

„Ich weiß es nicht, aber sie ist über die Wiese in Richtung Bach gelaufen. Wird sie als Stadtmädchen wissen, wie gefährlich die Strömungen bei einem solchen Wetter sein können?"

Ephraim wusste, wohin sie gegangen war, aber Adas Frage beunruhigte ihn trotzdem. „Ich nehme dein Pferd."

„Brauchst du Hilfe?", fragte Bill.

„Nein. Wir haben nur ein Pferd, und zu Fuß ist es zu gefährlich. Ich finde sie." Er eilte die Treppe hinab.

„Ephraim." Ada versuchte, den prasselnden Regen zu übertönen. Er blieb noch einmal stehen. Sie winkte ihn zurück und verschwand wieder im Haus. Als er zur Haustür zurückkam, reichte sie ihm eine Quiltdecke und ein Funkgerät. „Gib mir Bescheid, sobald du sie gefunden hast. Wenn ich bis in einer Stunde nichts von dir höre, rufe ich die Polizei."

„Du hörst von mir." Ephraim hoffte und betete, dass das die Wahrheit war.

Er schwang sich ohne Sattel auf den Rücken des Pferdes und ritt den matschigen Lehmweg hinauf. Das Donnern war nicht mehr ganz so laut, und der Regen ließ ein wenig nach. Als er zum Bach kam, stellte er fest, dass er über die Ufer getreten war und die halbe Wiese unter Wasser gesetzt hatte. Während er das Pferd vorsichtig an der seichtesten Stelle durch den Bach lenkte, versuchte er, die Bilder, wie Cara durch die starke Strömung mitgerissen wurde, zu verdrängen. Bald war das Pferd auf der anderen Seite. „Cara!“ Er legte die Hände als Trichter an den Mund und rief ihren Namen.

Wie fühlte sie sich wohl nach ihrer Entdeckung? Das Problem beim Glauben war, dass er alles in einem Menschen veränderte, ohne jedoch die Vergangenheit zu verändern. Manchmal änderte der Glauben auch an der Gegenwart nichts, nur das Herz des Menschen wurde erneuert.

Obwohl Ephraim im Schutz der Bäume ritt, prasselten große Tropfen auf ihn herab. Er zog seinen Filzhut tiefer in seine Stirn und trieb das Pferd auf dem glitschigen Weg zur Eile an. „Cara!“, rief er in den Regen hinein, aber seine Stimme reichte nicht weit.

Auf der Lichtung erblickte er den alten Stall, den sie so sehr liebte. Er hoffte, er würde sie darin unbeschadet antreffen, und fühlte einen neuen Frieden in seinem Herzen. Als er nur noch ungefähr dreißig Meter vom Stall entfernt war, erleuchtete ein Blitz kurz die Wiesen, aber er sah keine Spur von ihr. Er trieb das Pferd voran. „Cara!“

Die Stalltür ging auf. Sie stand mit triefend nassen Haaren und klatschnassem Kleid in der Tür. Ephraim lenkte das Pferd zum Stall hinüber. Cara trat zurück, damit das Pferd Platz hatte, in das alte Gebäude hineinzulaufen. Er zog an den Zügeln und kam zum Stehen.

Als sie zu ihm hinaufblickte, führten ihn die Hoffnung und Sehnsucht fast in Versuchung, Dinge zu sagen, von denen er wusste, dass er sie in diesem Moment nicht sagen sollte.

„Es gibt ihn wirklich.“ Ihr Tonfall klang gleichzeitig überzeugt und überrascht.

Er war zu aufgewühlt, um sprechen zu können, deutete zu einem hölzernen Viehgatter hinter ihr und hielt ihr dann die Hand hin. Da der Regen wieder stärker geworden war und der Wasserstand des Baches immer weiter stieg, mussten sie ins Tal hinunterkommen und den Bach durchqueren, bevor die Strömung zu stark wurde. Ansonsten säßen sie für die nächsten ein oder zwei Tage hier oben fest. Sie stieg an dem wackeligen Tor mehrere Sprossen hinauf und ergriff seine Hand. Er zog sie hinter sich aufs Pferd.

Er reichte ihr die Decke und wartete, während sie sich damit umwickelte. Er drehte sich um, damit er ihr in die Augen schauen konnte.

Sie wischte sich mit der Decke den Regen aus dem Gesicht. „Für einen kurzen Moment habe ich einen Mann gesehen. Er ... er starb, damit niemand von ihm getrennt sein muss, wie ich es von meiner Familie war." Trotz dieser klaren Worte sprach eine starke Verwirrung aus ihren Augen.

Ephraim setzte ihr seinen Hut auf den Kopf, fuhr mit einem Finger über ihre Wange und fühlte sich ihr näher als sich selbst. Er drehte sich wieder um. Sie legte die Arme um ihn und lehnte ihren Kopf auf seinen Rücken. Er zog das Funkgerät aus der Tasche. „Ada."

„Ich höre dich. Hast du sie gefunden?"

„Ja. Wir machen uns jetzt auf den Rückweg."

Er steckte das Funkgerät wieder in seine Tasche. Mit einer Hand lenkte er das Pferd und mit der anderen hielt er ihre Hände fest und war froh, dass die Dunkelheit und der Regen die Tränen verbargen, die in seinen Augen brannten.

Ihr ging es gut.

Und sie glaubte an Gott.

Das Wasser des Baches war höher gestiegen, und die Strömung war stärker geworden, als er den Bach zum zweiten Mal durchquerte. Bald waren sie in Adas Stall, und er half Cara vom Pferd. Sie gab ihm seinen Hut zurück. Der Stall roch nach frischem Heu. Cara war in die nasse Decke eingewickelt, lehnte sich an eine Box und sah zu, wie er das Pferd mit einem alten Handtuch abtrocknete.

Er warf dem Pferd reichlich Hafer in den Futtertrog. „Ich ... will nur, dass du weißt, dass du dich nicht verpflichtet fühlen solltest, amisch zu werden." Er warf Heu in die Box und schloss das Tor. „Dir steht frei, zu gehen, wohin du willst. Und der Kirche beizutreten, die dir am meisten zusagt."

„Danke, Fram. Für alles."

Er nahm sie in die Arme und fühlte durch die Decke hindurch, dass sie zitterte. „Ich hatte Angst um dich." Er legte die Wange auf ihren Kopf, und sie standen da und beobachteten den Regen.

Kapitel 42

Deborah verteilte den Zuckerguss auf dem letzten Kuchen und hoffte, sie und Ada hätten für heute Abend genug Süßes. Sie hielt es für die perfekte Art, den Labor Day[1], den Tag der Arbeit, zu verbringen – zu backen und sich auf Besuch zu freuen. Ada war vor dem Haus und arbeitete in ihrem Blumenbeet, und Cara war mit Lori zu einem langen Spaziergang aufgebrochen. Sie alle ließen Deborah ein paar Minuten allein, bevor sie ein Haus voller Gäste begrüßen würde – Freunde, Verwandte und fast Fremde, die wussten, dass Mahlon sie sitzen gelassen hatte.

Auch wenn die Sehnsucht nach ihm sie an manchen Tagen noch gefangen hielt, war sie es inzwischen müde, sich zu schämen, weil er ihr das angetan hatte. Sie hatte mit Ada darüber gesprochen, dass sie sich beide schämten, und sie gaben beide zu, dass sie nur ausgingen, wenn es nötig war. Deshalb hatten sie beschlossen, von nun an ein offenes Haus zu führen und amische Freunde aus beiden Bezirken – aus Dry Lake und Hope Crossing – in ihr Haus einzuladen.

Cara hatte recht. Es war nicht Deborahs oder Adas Schuld, dass Mahlon sie und den Lebensstil der Alten Ordnung nicht gewürdigt hatte.

Das Wort *würdigen* lenkte ihre Gedanken auf Ephraim. Da die Kirchenältesten den Bann aufgehoben hatten, würde er heute Abend wahrscheinlich auch kommen – wenn auch vielleicht aus keinem anderen Grund, als um einen kurzen Blick auf Cara zu erhaschen. Es war nicht immer leicht, aber Deborah verriet keinem etwas über den anderen. Darum hatten beide sie gebeten, und sie hielt sich daran. Aber auch ohne dass Ephraim es ihr verraten hätte, wusste sie, dass er in Cara verliebt war. Doch Cara schien das nicht zu merken.

Die Kirchenältesten hatten Mitte Juni darauf bestanden, dass Ephraim vorerst nicht mehr nach Hope Crossing kommen sollte. Jetzt war

---

1 Labor Day: Der amerikanische Tag der Arbeit, der immer am ersten Montag im September begangen wird.

es Anfang September und er war bereits wieder ein uneingeschränktes Gemeindemitglied. Deborah vertrat in dieser Angelegenheit den gleichen Standpunkt wie der Bischof: Es wäre Heuchelei, Ephraim weiterhin dafür zu bestrafen, dass er in Caras Fall falsch gehandelt hatte, wenn sie doch alle auf die eine oder andere Weise im Unrecht gewesen waren. Aber obwohl Ephraim inzwischen die Erlaubnis hatte, Cara zu sehen, hatte er sie noch nicht besucht. Er hielt sich von ihr fern, weil er sie nicht in ihrer Entscheidung, amisch zu werden oder nicht, beeinflussen wollte. Aber er hatte Deborah anvertraut, dass ihn das fast um den Verstand brachte.

Gott sei Dank verbesserte sich der Gesundheitszustand ihres *Daeds* immer mehr, sodass er für Ephraim eine echte Hilfe war, seit Mahlon ohne Vorwarnung seine Arbeit aufgegeben hatte. Das nahm Ephraim eine gewisse Last von den Schultern, und ihrem Vater gab es seine Selbstachtung zurück. Wegen der vielen Aufträge, die die Schreinerei hatte, dachte Ephraim darüber nach, amische Männer von außerhalb der Stadt einzustellen.

Als Deborah ein Pferd und einen Einspänner hörte, die neben dem Haus zum Stehen kamen, warf sie einen Blick auf die Uhr. Einer der Gäste kam viel früher als erwartet. Sie blickte aus dem Fenster und sah Lena auf das Haus zukommen. Ihre schöne Cousine schien sich von dem blauen Muttermal auf ihrer Wange nie beeindrucken zu lassen. Deborah gewöhnte sich langsam und unter Schmerzen an die Vorstellung, allein zu sein, aber sie konnte sich nicht ausmalen, wie sich Lena fühlen musste, die mit ihren dreiundzwanzig Jahren noch nie von einem jungen Mann eingeladen worden war. Deborah begriff endlich, was Lena immer sagte: Nicht das, was in deinem Gesicht ist, veranlasst die Leute zu flüstern oder die Männer, dich zu meiden. Sondern das, was in ihren eigenen Herzen ist.

Mahlon war wegen seines eigenen Herzens weggegangen, und Deborah gab inzwischen zu, dass sie ihn nie wirklich gekannt hatte. Aber jetzt, fast drei Monate später, wusste sie, dass der Tag kommen würde, an dem sie dafür dankbar wäre, dass sie von ihm frei war. Ihre Liebe zu Ada wuchs mit jeder Woche mehr.

Die Hintertür ging auf, und Lena trat ein. „Oh, hier drinnen riecht es aber gut!“ Sie hielt die Tür auf, und hinter ihr erschien Jonathan mit einem Fass auf der Schulter.

Er stellte das Fass auf den Boden. „Hey, kleine Debbie. Ich habe etwas Gutes zu trinken gemacht. Ich dachte, du kannst etwas Starkes vertragen, um die nächsten Stunden zu überstehen."

Er verstand anscheinend, dass der heutige Abend für sie nicht leicht werden würde. „Wie stark?"

„Extra viele Zitronen und weniger Zucker."

Sie schmatzte übertrieben mit den Lippen. „Jonathans berühmte Limonade wird meinetwegen saurer."

Er steckte den Finger in die fast leere Zuckergussschüssel und dann in seinen Mund. „Mann, ich bin untröstlich, dass ihr nicht mehr nur ein paar Häuser weiter wohnt."

„Ja, aber jetzt machen wir mit unseren Kuchen Gewinn."

Lena lachte: „Willst du damit sagen, dass er euch immer den ganzen Gewinn weggegessen hat?"

„Hallo?", ertönte Anna Marys Stimme von der Treppe hinter dem Haus.

„Hier herein." Deborah trat zur Tür und sah Rachel, Linda, Nancy, Lydia, Frieda und Esther. Sie waren wieder alle zusammen, und das tat so gut.

„Hallo." Anna Mary umarmte sie. „Wir sind mit Jonathan gekommen, aber wir sind vor dem Haus ausgestiegen und haben uns ein wenig mit Ada unterhalten."

„Wir sind alle gekommen, um dir und Ada bei den letzten Vorbereitungen zu helfen", sagte Rachel.

Anna Mary schaute sich verschwörerisch in der Küche um. „Und um sicherzustellen, dass wir früh genug da sind, damit uns kein unverheirateter Mann entgeht, der aus Hope Crossing kommt."

Die Mädchen lachten, aber Deborah wusste, dass es Anna Mary bestimmt auch nicht leichtgefallen war, heute zu kommen. Cara wohnte hier, und wenn Ephraim auftauchte, was er wahrscheinlich tun würde, war das für Anna Mary bestimmt unangenehm. Aber trotzdem war sie hier.

Deborah erfüllte eine neue Kraft, und sie reichte Jonathan eine Schöpfkelle. Er öffnete den Deckel des Fasses, während Deborah einen Stapel Plastikbecher nahm und jedem Mädchen einen Becher reichte.

Deborah stellte eine Schüssel mit Eiswürfeln auf den Tisch. „Also, Jonathan, du hast acht Mädchen mitgebracht, von denen vier hundertprozentig Singles sind, und es klingt so, als wäre keine Einzige von ihnen an einem Mann aus Dry Lake interessiert."

„Das ist schon okay." Jonathan tauchte die Schöpfkelle in die Zitronenlimonade. „Ich bin ja auch an keinem Mädchen aus Dry Lake interessiert."

Lena schmunzelte, als er ihre Tasse mit der schimmernden, gelben Flüssigkeit füllte. Ada kam durch den vorderen Gang in die Küche. „Wo sind denn Cara und Lori?"

Deborah reichte Ada einen Becher Limonade. „Sie sind zu einem langen Spaziergang aufgebrochen. Cara wollte dafür sorgen, dass Bessere Zeiten müde wird und ruhig ist, wenn hier viele Leute ein- und ausgehen."

Als jeder einen Becher Limonade in der Hand hielt, hob Jonathan seinen Becher. „Auf Adas Haus!"

„Adas Haus!", fiel ihm Deborah ins Wort. Sie wandte sich an Ada. „Das fehlt diesem Haus. Ein guter Name, nicht wahr?"

„Adas Haus?" Ada sah ein wenig unsicher aus, doch dann zog ein breites Lächeln über ihr Gesicht. „Adas Haus." Sie hob den Becher und trank Jonathan zu.

Er lächelte. „Auf Adas Haus. Möge Gott die Menschen darin mit seinem Segen beschenken, der alles Bitten und alles Verstehen übersteigt."

Deborah kannte Jonathans Lieblingsbibelvers, den er gerade zum Teil zitiert hatte, gut: Epheser 3,20. Diese Worte hatten sie noch nie so stark angesprochen wie ihn, aber in diesem Moment nahmen sie eine neue Bedeutung an. Sie trank einen Schluck Limonade, und seine Worte erfüllten sie mit der Hoffnung, dass etwas Gutes vor ihr lag.

Ada umarmte Deborah. „Gott hat mich durch dich mehr gesegnet, als ich mir hätte erbitten oder erträumen können", flüsterte sie.

Deborah zog verspielt die Brauen in die Höhe. „Aber ich bin offen für noch mehr."

Ada lachte. „Wenn du das bist, dann bin ich es auch."

Ephraim fuhr mit der Hand über das Holzstück und entfernte das Sägemehl. Seine Gedanken kreisten fast ständig um Cara. Es kursierten jede Menge Gerüchte über sie. Einige sagten, die Kirchenältesten hätten die Absicht, sie in die Amischgemeinde aufzunehmen. Andere sagten, dass zwei unverheiratete amische Männer aus Hope Crossing es nicht erwarten könnten, sie zu umwerben, und dass die Riehls eine Beziehung zu ihr aufzubauen versuchten.

Er wäre gern der Erste in der Reihe der Männer, die sie umwarben. Besser gesagt, wäre er gern der Einzige. Aber er würde sich zurückhalten.

Als Cara sein Haus das erste Mal betreten hatte, hatte sie klargestellt, dass sie ihm nichts schuldig sein wollte. Er verstand ihre Haltung, die mit ihrer Beziehung zu Johnny zu tun hatte. Cara hatte ihn geheiratet, um Schutz und ein Dach über dem Kopf zu haben, ohne jedoch in ihn verliebt gewesen zu sein. Aber noch während er sich einredete, dass sich an seinem Verhalten ihr gegenüber nichts ändern durfte, sehnte sich alles in ihm danach, sie zu sehen und ihr zu sagen, was er für sie empfand.

Sie war nun ein anderer Mensch, als wenn sie amisch aufgewachsen wäre. Unschuld und Vertrauen waren ihr geraubt worden, weil sie seit ihrer Kindheit viele schlechte Erfahrungen gemacht hatte. Trotzdem fand er sogar ihre misstrauische Art irgendwie faszinierend. Alles an ihr war für ihn so attraktiv, dass er fast Angst bekam.

Er atmete tief ein und räumte das Werkzeug auf. Vielleicht sollte er doch zu dem heutigen Treffen bei Deborah fahren und wenigstens ein paar Minuten mit Cara sprechen. Sie sollte wissen, dass er nicht mehr mit Anna Mary zusammen war, oder?

War das zu selbstsüchtig?

Immer noch unsicher, was er zu ihr sagen, und was er lieber nicht sagen sollte, ging er ins Büro und rief Robbie an. Es hatte keinen Sinn, eine Stunde nach Hope Crossing zu fahren, wenn er mit Robbie in zehn Minuten dort sein konnte.

☙

In ihrem amischen Kleid mit der schwarzen Schürze und barfüßig unterhielt sich Cara mit Deborahs Gästen, aber nach einer Weile ging sie auf die vordere Veranda hinaus. Das schien eine nette Gruppe zu sein, sogar Anna Mary, die sich in Caras Nähe eindeutig unwohl fühlte, was sie ihr natürlich nicht verdenken konnte. Zwischen Cara und Ephraim war viel passiert, und selbst wenn er Anna Mary nichts davon erzählt hatte, musste sie es ahnen.

Die Sonne tanzte durch die Blätter, als die Schatten des Spätnachmittags sich über den Hof legten. Sosehr sie sich auch dagegen wehrte, vermisste sie Ephraim jetzt genauso wie im Juni, als die Kirchenältesten gekommen waren und er nach Dry Lake zurückgekehrt war.

Sie hatte seit der Nacht, in der er sie aus dem Gewitter gerettet hatte, nur kurz und nur zweimal mit ihm gesprochen. Sie konnte sich nicht erinnern, je etwas als so stark und so richtig empfunden zu haben wie das Gefühl in seinen Armen, als sie gemeinsam in den Regen hinausgeschaut hatten. Aber wenn er heute Abend käme, würde er die Zeit mit Anna Mary verbringen.

Unabhängig von Ephraim und allem und jedem anderen stand Cara kurz davor, in die amische Kirche einzutreten. Sie hatte mit Deborah und Ada darüber gesprochen, dass sie hier in Hope Crossing eigene Wurzeln schlagen könnte, wenn sie das Haus fertig renoviert hatte. Ada hatte daraufhin gemeint, dass das noch eine ganze Weile dauern würde. Dann hatte sie hinzugefügt, wenn Cara in ihrer Nähe bleiben und lieber als Englische leben wollte, könnten die Lagerräume über dem Kutschenschuppen für sie renoviert werden, und man könnte auch Strom- und Telefonleitungen in die Räume legen lassen.

Deborah und Ada sahen es genauso wie Ephraim: Cara musste nicht amisch werden, um an ihrem Leben teilhaben zu können. Cara lehnte sich an eine Verandasäule und schloss die Augen. Mit jeder Woche, die verging, wuchs in ihr der Wunsch, in die amische Kirche einzutreten. Einige Aspekte dieses Lebens würden ihr nicht leichtfallen – sich nie wieder die Haare zu schneiden, sogar im Sommer schwarze Strümpfe zu tragen, sich einem Kirchenältesten unterzuordnen und ihre Sprache zu lernen. Aber inzwischen hatte sie sich an dieses Leben gewöhnt.

Ein Mann räusperte sich, und sie fuhr zusammen. Zwei Männer in schwarzen Anzügen standen vor ihr. Da die Pfosten zum Anbinden der Pferde und der Parkplatz für die Kutschen sich hinter dem Haus befanden, hatte sie nicht damit gerechnet, dass jemand an die Vordertür käme. Sie erkannte einen von ihnen und begriff, dass sie die Männer höflicher begrüßen sollte.

Der Mann, der ihr bekannt vorkam, reichte ihr die Hand. „Ich bin Sol Fisher. Ephraims Bischof."

Sie fragte sich, wie seltsam sie mit ihren kurzen Haaren und ohne Kapp, aber in einem amischen Kleid auf die Männer wirken musste. Sie gab ihm die Hand. „Ich bin Cara Moore. Malinda Riehls Tochter."

„Ja, ich weiß." Er zeigte auf den Mann an seiner Seite. „Das ist Jacob King. Er ist Diakon in Hope Crossing."

Cara reichte auch ihm die Hand. „Ada ist im Haus, und Deborah auch. Und noch einige andere. Soll ich jemanden holen?"

„Wir gehen später kurz zu ihnen hinein. Aber zuerst wollten wir mit dir sprechen." Sol strich mit der Hand über seinen grauen Bart. „Es war falsch von Ephraim, dich allein in seinem Haus wohnen zu lassen. Verstehst du das?"

Und ob sie das verstand. Sie nickte.

Der Mann atmete tief ein. „Das war ein ernster Verstoß. Aber ich bitte dich, mir zu vergeben, dass ich mich so sehr über ihn aufgeregt habe, dass ich dabei dich und deine Situation nicht wahrgenommen habe. Dass ich nicht gesehen habe, dass du Hilfe brauchtest. Ich ließ mich von deinem äußeren Erscheinungsbild und den Gerüchten blenden. Wenn er dir nicht geholfen hätte, hätte das keiner von uns getan. Dafür entschuldige ich mich."

Sie musste an die Worte denken, die sie zu Ephraim gesagt hatte – dass sie an Gott glauben würde, wenn der Bischof sich entschuldigte – und hatte Mühe, ihre Belustigung zu verbergen. „Danke."

Jacob trat vor. „Du musst sagen: ‚Ich vergebe dir.' So ist es bei den Amisch üblich."

Als sie versuchte, die Worte zu sagen, wurde ihr bewusst, wie demütigend einiges im amischen Leben war. „Ich vergebe dir."

Er hielt ihr wieder die Hand hin. „Ich stehe als ein Mann vor Gott, dem vergeben wurde. Danke."

„Ist das so leicht?"

„Nein, aber es ist ein erster Schritt. Bei mir wird sich manchmal großes Bedauern melden und bei dir wird sich manchmal Abneigung regen. Aber wir haben durch unseren Glauben und eine willentliche Entscheidung einen ersten Schritt in die richtige Richtung gemacht. Wann immer du darüber sprechen willst, steht dir meine Tür offen."

Jacob nickte. „Du hast einen guten ersten Schritt getan, Cara."

Sie war unsicher und fühlte sich irgendwie fehl am Platz und ihr fiel beim besten Willen nichts ein, was sie sagen sollte.

„Wir haben dich im Auge behalten, seit du bei Ada eingezogen bist“, sagte Jacob. „Du bist mit ihr und Deborah zu ein paar Gottesdiensten gekommen.“

„Ja.“

„Da deine Mutter amisch war und wollte, dass du in unserem Glauben aufwächst“, sprach Jacob weiter, „sollst du wissen, dass wir keine Einwände haben, falls du eine von uns werden willst. Ich habe dir einen Gottesdienstplan und eine Straßenkarte mitgebracht, auf der jedes Haus eingezeichnet ist, in dem die Gottesdienste stattfinden.“

Sol nickte. „Es ist nicht einfach, so zu leben wie wir, und die Entscheidung sollte nicht auf die leichte Schulter genommen werden, aber wir sind da, um dir alle Fragen zu beantworten, die auftauchen.“

„Danke.“

„Und du bist eingeladen, in jede unserer Gemeinden zu kommen und dich frei darin zu bewegen. Natürlich werden wir kommen und mit dir sprechen, falls ein Fall von unangemessenem Verhalten auftritt.“

Cara akzeptierte, dass es in jeder Gesellschaft Regeln gab, und dass es sich lohnte, sich diesen Regeln unterzuordnen, wenn sie ein gutes Ziel verfolgten. Ihr war inzwischen klar geworden, dass das amische Leben mehr Verheißungen als Einschränkungen enthielt.

Der Wunsch, Ephraim zu sehen, wurde immer stärker. Sie wollte ihm erzählen, dass der Bischof sich entschuldigt hatte. Aber vor allem wollte sie ihn sehen, weil sie ihn so vermisste. Die Männer gingen ins Haus, und Cara setzte sich wieder auf die Veranda und ließ sich alles durch den Kopf gehen.

Lori wäre begeistert, wenn sie in die amische Kirche eintrat. Sie redete fast von nichts anderem. Sie trug bereits amische Kleider in der staatlichen Schule und kümmerte sich nicht darum, was die anderen Kinder davon hielten. Sie hatte nie gern Hosen angezogen, was Cara früher oft frustriert hatte. Wenn Cara alles erfüllt hätte, was nötig war, um in die Kirche einzutreten, könnte Lori im amischen Schulhaus, in dem alle Klassen in einem einzigen Raum unterrichtet wurden, zur Schule gehen. Das würde ihr auch gefallen. Aber das alles war nicht der Grund, warum Cara diesen Schritt gehen wollte.

Es war eine ungewöhnliche Lebensweise, aber sie hatte erkannt, welchen Wert dieses Leben hatte.

Robbies Auto hielt vor dem Haus, und Ephraim stieg aus.

Das Schwerste an ihrer Entscheidung, amisch zu werden, war das Wissen, dass sich dadurch zwischen ihr und Ephraim nichts änderte. Aber wenn Deborah ohne Mahlon positiv in die Zukunft blicken konnte, konnte Cara es auch schaffen, sich ein Leben ohne Ephraim aufzubauen. Trotzdem wollte sie ihm von ihrer Entscheidung, in die Kirche einzutreten, erzählen, bevor sie es irgendjemand anderem sagte. Und sie wollte ihm berichten, welche amischen Fertigkeiten sie schon von Deborah und Ada gelernt hatte.

Anna Mary müsste einfach damit leben, dass Cara ein paar Minuten mit Ephraim sprach.

Ein leichtes Lächeln zeigte sich auf seinem attraktiven Gesicht, als er den Weg zum Haus hinaufschlenderte. „Hey."

„Hi."

Er blieb am Fuß der Stufen zur Veranda stehen. „Was machst du ganz allein hier draußen?"

„Mir wünschen, du wärst hier und ich könnte mit dir reden. Hast du eine Minute Zeit?"

Seine graublauen Augen faszinierten sie, und sie versuchte, ihr Herz zu zwingen, langsamer zu schlagen.

Er setzte sich neben sie. „Ich habe den ganzen Abend Zeit."

„Ich glaube nicht, dass Anna Mary das gut fände."

Er stützte seine Unterarme auf die Knie. „Das ist mehr oder weniger der Grund, warum ich heute gekommen bin. Ich wollte dir sagen, dass Anna Mary und ich nicht mehr zusammen sind."

Ihr Herz ließ sich nun nicht mehr bändigen. „Was? Warum hat Deborah mir das nicht erzählt?"

„Weil ich sie gebeten habe, es dir nicht zu erzählen."

„Warum?"

„Aus Gründen, über die wir wahrscheinlich erst in ein paar Monaten sprechen sollten, okay?"

„Ja. Ich wusste, dass Anna Mary verletzt und verärgert sein musste, aber ich hätte nicht gedacht, dass sie mit dir Schluss macht, weil du nett zu mir warst."

„Das hat sie auch nicht. Könnten wir jetzt das Thema wechseln?"

„Noch nicht. Wann habt ihr miteinander Schluss gemacht?"

„Bevor du aus meinem Haus ausgezogen bist."

„Vor drei Monaten?“

Er nickte. „Also, worüber wolltest du mit mir sprechen?“

Sie blinzelte und versuchte, ihre Gefühle wieder in den Griff zu bekommen. Konnte er ihrer Miene ansehen, welche Hoffnung in ihr aufkeimte? „Ach ja. Äh. Der Bischof war da. Er hat mir gesagt, dass ich gerne die Gottesdienste besuchen darf und dass ich mir überlegen könnte, in die amische Kirche einzutreten. Und er hat sich bei mir entschuldigt.“

Ephraim schmunzelte. „Heißt das, dass du jetzt an Gott glaubst?“

Sie lachte. „Können wir einen kleinen Spaziergang machen?“

„Klar.“

„Ich will nur kurz nach Lori schauen und Ada bitten, auf sie aufzupassen. Als ich sie das letzte Mal gesehen habe, saß sie in der Küche auf Deborahs Schoß.“ Cara eilte ins Haus, sprach kurz mit Ada, holte ihren Pullover und kam wieder zur Tür heraus.

Ohne ein Wort zu sagen, steuerten sie und Ephraim auf ihren Lieblingsplatz zu. „Wenn Anna Mary nicht der Grund ist und wenn ich nicht mehr tabu bin, warum hältst du dich dann von mir fern?“

Er lachte, legte den Kopf in den Nacken und schaute zum Himmel hinauf. Dann seufzte er übertrieben. „Warum sagst du nicht einfach, was du denkst?“

„Einer von uns muss ja wohl damit anfangen.“

„Du weißt den Grund. Ich will keinen Druck auf dich ausüben und dich bei deiner Entscheidung nicht beeinflussen.“

„Das war nett gedacht, aber ich habe meine Entscheidung schon getroffen.“

Ephraim trat vor sie und blieb stehen. „Und?“

„Ach, du lässt mich monatelang im Unklaren und lässt mich glauben, du hättest noch eine Freundin, aber ich soll dir meine Antwort sofort geben?“

„Ich hätte gern schon viel früher eine Antwort von dir gehabt, noch bevor du überhaupt wusstest, dass du dir eine überlegen musst. Und ich war unglaublich geduldig.“

„Du formulierst die Dinge immer so, dass ich dir nur schwer widersprechen kann.“

„Aber das hält dich trotzdem nie davon ab, mir zu widersprechen.“

„Halt den Mund, Fram. Ich versuche gerade, dir etwas zu sagen.“ Sie schob sich eine Haarsträhne hinters Ohr. „Ich habe die Absicht, in die amische Kirche einzutreten."

Er lächelte nicht und bewegte sich nicht. Er tat gar nichts.

„Die Welt kann mir nichts bieten, was mir je so viel bedeuten würde, wie zu einer Gemeinschaft zu gehören, die dieselben Werte vertritt."

Sein Blick wanderte über ihr Gesicht. „Wie sicher bist du dir?"

„Vollkommen sicher."

Er betrachtete sie, und langsam verriet sein schiefes Lächeln, was sie wissen wollte: Die Hoffnung, dass sie eines Tages zusammenfinden könnten, war der Grund gewesen, warum er mit Anna Mary Schluss gemacht hatte.

„Ich habe dich so sehr vermisst, Ephraim."

Er nahm ihre Hände in seine und sah plötzlich ungewöhnlich scheu aus. „Ohne dich ist alles leer. Ich würde gern in Zukunft öfter hierherkommen, und vielleicht hättest du eines Tages auch Lust, nach Dry Lake zu kommen."

Nach unendlich langer Zeit erlebte Cara einen Moment ungetrübten Glücks. „Du meinst, wir könnten miteinander ausgehen?"

Er nickte. „Wie nennt man es bei den Englischen, wenn man nur mit einer Person ausgeht?"

„Man ist mit ihm zusammen."

„Ja, das meinte ich."

„Du machst dir Sorgen, dass ich mich noch für andere amische Männer interessieren könnte, Fram?"

Er ließ eine ihrer Hände los und strich mit den Fingern über ihre Wange. „Ein bisschen vielleicht."

Kapitel 43

Cara spülte das Geschirr nach dem Abendessen, während Lori es abtrocknete und Deborah jedes Teil zum Einräumen gab. Ada stand in der Speisekammer, ging die Liste mit den Backwaren für den nächsten Tag durch und glich sie mit den Zutaten ab.

Der Bischof war gestern Abend bei ihr gewesen, und sie konnte es nicht erwarten, Ephraim die Neuigkeiten zu erzählen. Seit dem Besuch des Bischofs am Labor Day waren erst drei Wochen vergangen, und er war schon wieder da gewesen, um ihr die gute Nachricht mitzuteilen.

Deborah stellte einen Teller in den Schrank. „Ich vermisse Ephraim. Seit dem Labor Day war er jeden Tag hier."

„Ich weiß. Es ist so herrlich, wenn wir jeden Abend alle auf den Berg steigen und die Sterne betrachten. Ich habe das Gefühl, richtig verwöhnt zu werden." Cara wischte kurz ihre nasse Hand an ihrer schwarzen Schürze ab und schob sich dann eine Strähne hinters Ohr. Selbst mit einem Haarnetz, Nadeln und einer Gebetskapp wollten ihre kurzen Haare nicht da bleiben, wo sie sollten.

„Ich glaube, ich steige heute Abend nicht schon wieder auf diesen Berg hinauf." Ada stand in der Speisekammer und sagte das halb murrend und halb lachend. „Wo steckt er überhaupt?"

Cara spülte ein Glas aus. „Er muss heute länger arbeiten. Er hat irgendwas davon gesagt, dass das Material für einige Schränke nicht pünktlich geliefert wurde. Ich bin fast versucht, einfach bei ihm aufzutauchen und ihm zu helfen. Hat jemand Lust, nach Dry Lake zu fahren?"

Deborah nahm Lori den nächsten Teller aus der Hand. „Ich wollte *Daed* sowieso schon längst wieder einmal besuchen. Ada, willst du mitkommen?"

Sie kam aus der Speisekammer. „Ich habe Lori versprochen, dass ich ihr heute Abend beibringe, Puppenkleider zu nähen."

„Wir machen meiner Puppe ein amisches Kleid, das genauso aussieht wie meines.“ Loris Augen leuchteten.

Deborah stellte den letzten Teller in den Schrank. „Ephraim wird überrascht sein, dich in Dry Lake zu sehen. Ich dachte schon, es würde mindestens ein halbes Jahr dauern, bis du dich dazu überwindest.“

„Ephraim sagt, ich wäre dickköpfig. Manchmal denke ich, er könnte vielleicht recht haben.“

Ada ließ ihre Liste fallen und tat, als wäre sie völlig schockiert. „Du? Wie kommt er nur auf diese abwegige Idee?“

Deborah biss sich auf die Lippen, um nicht laut loszulachen. „Ich packe ein paar Sachen für die Nacht bei *Daed*. Du kannst etwas von mir zum Anziehen haben und mit in meinem Zimmer schlafen. Spannst du schon mal das Pferd an?“

„Wir fahren hin *und* bleiben über Nacht?“

„Das wird dir guttun. Du musst *Daed* und Becca besser kennenlernen.“

Cara trocknete sich die Hände ab und warf das Handtuch auf das Abtropfgitter. „Wahrscheinlich hast du recht.“

Deborah legte den Arm um Cara und drückte sie freundschaftlich. „Du und Lori, ihr habt in Dry Lake eine Familie. Daran solltest du dich gewöhnen.“ Deborah lächelte, aber trotzdem glänzten Tränen in ihren Augen. „Komm, mach dich fertig. Ephraim wird sich über die Überraschung freuen. Ephraim war noch nie so ... na ja ... ich habe noch nie erlebt, dass er nach einem Mädchen auch nur ansatzweise verrückt gewesen wäre. Ich habe immer gedacht, er wäre eben so und könnte keine Leidenschaft für einen anderen Menschen aufbringen.“

Lori hob Adas Notizblock vom Fußboden auf. „Er liebt Mama und mich.“

Caras Herz schlug höher. Sie schaute zuerst Deborah und dann Ada an. „Hat er das gesagt?“

„Ja“, nickte Lori. „Und er hofft, dass wir eines Tages eine Familie sind. Aber er glaubt, dass du noch nicht bereit bist, über so etwas zu reden.“

Cara schmunzelte. „Gut, dass ich dich habe, Kind. Halte mich bitte weiterhin auf dem Laufenden.“

Lori half Cara, das Pferd vor den Wagen zu spannen. Ihre Tochter und Ada winkten, als Cara und Deborah losfuhren und um die Straßenecke bogen. Es war befreiend, Bezugspersonen für Lori zu haben, denen sie voll und ganz vertraute. Während der einstündigen Fahrt nach Dry Lake stellte Cara Deborah zig Fragen über das amische Leben: Beispielsweise, wie ein Prediger, ein Diakon oder ein Bischof gewählt wurden, wie es die Amisch schafften, anscheinend untereinander immer Arbeit zu finden, warum einige der jüngeren Mädchen eine Schürze trugen und andere nicht. Bald näherten sie sich Levinas früherem Stall.

„Deb, kannst du mich hier bei den Bäumen absetzen?"

„Okay." Deborah brachte den Einspänner zum Stehen. „Aber egal, was du tust, du darfst auf keinen Fall ins Haus meines Bruders gehen und dort einschlafen."

„Sehr witzig. Sag ihm einfach, dass sich jemand mit einem Wurf Welpen im Stall herumtreibt. Dann kommt er bestimmt."

„Oder er sucht schnell das Weite."

„Wenn er das macht, sitze ich die ganze Nacht auf diesem Baum und warte." Sie sprang aus dem Wagen und lief zu dem Baum hinüber. Viele Erinnerungen tauchten auf, als Deborah weiterfuhr. Cara wünschte, sie hätte eine Jeans an, schaffte es aber auch im Kleid, auf den Baum zu klettern. Dann lehnte sie sich an den Stamm zurück und wartete.

Ephraim schaute von dem Holz, an dem er arbeitete, auf und beobachtete seine Schwester. Sie sah jedes Mal, wenn er sie sah, besser aus. Er war nicht so naiv zu glauben, sie hätte ihre Trauer völlig überwunden, aber die Trauer beherrschte sie nicht mehr. Cara tat ihr sehr gut. Ihre direkte, unverblümte New Yorker Art konnte jemandem wie seiner Schwester sehr helfen.

Deborah stand im Türrahmen der Werkstatt. „Du musst zu Levinas Stall gehen." Das Gleiche hatte sie schon vor ein paar Minuten gesagt. Er fuhr mit dem Hobel über die glatte Oberfläche und trug ein wenig Holz ab. „Ich muss arbeiten."

Seine Schwester schnaubte. „Wenn es nicht wichtig wäre, hätte ich nichts gesagt."

Ihr Tonfall überraschte ihn. Er musste lachen. „Ich glaube, ich habe gerade Cara in deiner Stimme gehört."

„Ja, das kann gut sein. Gute Nacht, Ephraim." Die Mückengittertür klatschte laut zu, als seine Schwester ging.

Er atmete tief ein und räumte das Werkzeug auf. Vielleicht sollte er kurz nachsehen, was im Stall los war. Während er durch das trockene Maisfeld schlenderte, dachte er an das erste Mal, als er Cara gesehen hatte. Wenn sie in Dry Lake aufgewachsen wäre, hätten sie schon vor Jahren geheiratet. Wahrscheinlich hätte er nie eine andere Freundin gehabt. Sie sprach seine Seele an wie niemand sonst. Sie passten zusammen.

Je mehr Zeit sie miteinander verbrachten, umso mehr Zeit wollten sie zusammen sein. Und er wusste, dass sich daran für den Rest ihres Lebens nichts ändern würde.

Als er am Rand des Maisfelds ankam, sah er eine Bewegung auf dem Baum.

„Ein Mädchen kann ganz schön lang hier oben sitzen und warten, bis du endlich kommst."

Sein Herz schlug vor Freude höher, als er näher kam. „Es ist fast zu dunkel, um dich zu sehen, und ich wollte eigentlich gar nicht kommen, aber wie mein *Daadi* immer zu sagen pflegte: Auch ein blindes Huhn findet hin und wieder ein Korn."

„Willst du damit sagen, dass ich ein Korn bin, Ephraim?"

Er trat näher. „Was machst du eigentlich da oben?"

„Auf dich warten."

Er lehnte sich an den Baumstamm. „Ich bin da. Kommst du jetzt herunter?"

„Nein. Vorher muss ich ein paar Sachen wissen."

„Zum Beispiel, wie viele blaue Flecken du dir holst, wenn du vom Baum fällst?" Er fragte sich, ob sie eine Ahnung hatte, was sie mit seinem Herzen angestellt hatte. „Schieß los."

„Ich habe die Erlaubnis, im Frühling am Taufunterricht teilzunehmen."

„Wirklich? Hat das der Bischof gesagt?"

„Ja. Du weißt, was das heißt, oder?"

„Ja. Dass du im nächsten Sommer Mitglied der amischen Kirche der Alten Ordnung bist."

„Das auch."

„Auch?"

„Auch. Aber das ist nicht das Wichtigste."

„Und was ist das Wichtigste, Cara?"

Sie drehte sich so, dass sie mit dem Bauch auf dem Ast lag. Während sie sich an den dicken Ast klammerte und sich langsam nach unten ließ, legte Ephraim die Hände um ihre Taille und half ihr, weich zu landen.

Sie sahen sich in die Augen, doch er war nicht fähig, Cara irgendwas zu sagen.

Cara fuhr mit den Fingerspitzen über seine Hand und lehnte sich an den Baum. „Dass du mich im nächsten Herbst oder Winter heiraten kannst, wenn du bereit bist, so lange zu warten."

Ephraim hätte am liebsten alle Vorsicht über Bord geworfen und sie geküsst, aber er zwang sich, logisch zu denken. „Ich weiß, dass dir bewusst ist, dass die meisten Amisch große Familien haben, aber haben wir je darüber gesprochen, dass die Amisch die Entscheidung, wie viele Kinder sie bekommen, Gott überlassen? Das ist für Leute, die als Englische aufgewachsen sind, meistens ein Punkt, den sie nicht akzeptieren können."

„Versuchst du, mir auszureden, einen Heiratsantrag anzunehmen, den du mir noch gar nicht gemacht hast?"

Er lachte leise. „Du bist unglaublich, Cara Moore. Ich will mehr Zeit mit dir verbringen und dich immer besser kennenlernen. Aber es gibt einfach ein paar Dinge, die dir klar sein müssen."

„Schon klar. Du hoffst, dass du das Glück hast, viele Kinder zu bekommen, und du willst sichergehen, dass ich dem jetzt zustimme."

„Weißt du, was ich wirklich denke?"

„Nein, aber ich wette, dass du mir das gleich sagen wirst."

Er legte eine Hand auf ihren Rücken. „Ich denke, dass du in mich verliebt bist."

„Du *denkst?* Das heißt, du weißt es nicht?"

Sein Herz überschlug sich fast. „Ich habe es gehofft."

„Du musst aber trotzdem noch ungefähr dreizehn Monate warten." Sie deutete mit dem Finger auf ihn. „Aber du wirst auf mich warten."

Er nahm liebevoll ihr Gesicht in seine Hände. „Und warum sollte ich das tun?"

„Weil du in mich verliebt bist."

Ihre Lippen fanden einander und er verspürte eine so intensive Liebe und Sehnsucht, wie er es sich immer gewünscht hatte. „Ich bin in dich verliebt. Das hast du ganz richtig erkannt. Vielleicht war ich das schon immer. Ich könnte mir Schlimmeres vorstellen, als bis zur nächsten Heiratssaison zu warten.“